KB261986

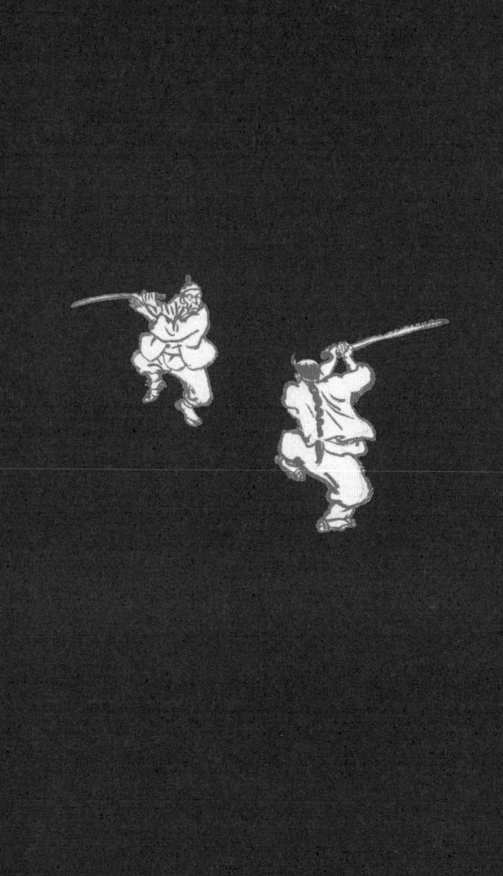

# 임꺽정

벽초 홍명희 소설

**2**

피장편

사계절

일러두기

1 이 책은 본사에서 펴낸 1985년 1판과 1991년 2판, 1995년 3판을
   토대로 하였고, 이미 2판과 3판에서 시행한
   조선일보 신문연재분과 1939년, 1940년에 나온 조선일보사본,
   1948년에 나온 을유문화사본 대조작업을 한번 더 거쳐 나온 것이다.

2 표기는 원문의 느낌을 최대한 살리는 선에서 현행표기법에 따라 바로잡았다.
   지문에서는 표준말을 원칙으로 하였으나 표준말이 없는 것은 그대로 놔두었다.
   대화에서는 방언이나 속어를 살리되 현행 한글맞춤법에 맞도록 표기하였다.

3 원전에 나와 있는 한자 가운데 일반적인 것은 더러 빼기도 하고
   필요한 한자는 더 보충해 넣기도 하였다.

4 독자들이 읽기에 편리하도록 현재 흔히 쓰지 않거나 꽤 까다로운 말은 뜻풀이를 첨부하였다.

5 104쪽의 열여덟째 줄에서, 원문에는 '덕순이'로 되어 있는 것을 내용상 '덕수'로 고치었다.

6 조정암 자제가 첫째아들은 조정, 둘째아들은 조용인데,
   뒷부분에 가서 저자가 혼동하여 둘의 이름을 바꿔 썼기에 이를 바로잡았다(298~302쪽).

「수두가 누구냐?」

물어서 몇사람을 잡으려고 하니 여러 유생들이

「나도 수두다、 나도 수두다。」

하고 달려들었다。 금위군사가 처음에 잡기는

네다섯 사람에 불과하였지만 나중에 앞을 다투어 잡히는

사람이 수가 없이 많은 까닭에 철쇄가 부족하여

새끼로 목을 얽힌 사람이 여러 백명이 되었다.

위에서 이것을 알고 조광조가 인심을 얻었다는 것이

사실이구나 생각하고 눈살을 찌푸릴 때에

마침 금부에서 조광조의 옷자락 상소를 올리니 위에서

「상소는 다 무어냐?」

하고 감하지 아니하였다.

교유 · 술객 · 사화 · 뒷일 · 형제

# 고유

동소문東小門은 원이름이 홍화문弘化門인데 동관대궐 동편에
홍화문이 있어서 이름이 섞이는 까닭으로 중종대왕 당년에 동소
문 이름을 혜화문惠化門이라고 고치었다. 홍화문이 혜화문으로
변한 뒤 육칠년이 지난 때다. 혜화문 문턱 밑에 초가집 몇집이
있고 그중에 갓바치˚의 집 한 집이 있었다. 그 갓바치가 성명이
무엇인지 이웃에는 아는 사람이 하나도 없었다. 그 까닭에 그 사
람이 듣지 아니할 때 갓바치라고 말할 뿐이 아니라 그 사람을 보
고 말할 때까지도 갓바치라고 부르고, 양민들이 갓바치라고 부
를 뿐이 아니라 관 사람들까지도 갓바치라고 말하였다. 갓바치
가 곧 그 사람의 성명인 것과 같았다. 그 갓바치가 사람은 투미
하지˚ 아니하나 신 솜씨는 투미하여 맞춤은 고사하고 막치˚도
변변히 짓지 못하므로 그 지은 신을 신는 사람 중에 진중치 못한

사람은

"이 신은 옥견玉堅이가 발로 맨든 것이야."

하고 실없이 말하는 일까지 있었다(전에 이옥견이라고 신 잘 짓기로 유명하던 사람이 있어서 당시 서울 사람들은 무엇이든지 잘하는 것을 보면 옥견이의 신 솜씨 같다고 말하였었다). 그 갖바치가 갖바치의 벌이로는 내외와 아들 단 세 식구 살림이나마 부지할 수가 없지만, 홍인문興仁門 밖에 사는 이판서 집에서 시량범절*을 돌보아주는 까닭에 이웃 사람이 부러워할 만큼 의식 걱정이 없이 살았었다. 이판서 댁 하인이란 사람들이 한 달에도 몇번씩 올 뿐이 아니라 한골* 나가는 양반같이 보이는 사람들이 종종 찾아오는 까닭으로 이웃에는 갖바치를 우러러보는 사람까지 없지 아니하였다.

갖바치에게 오는 손님 중에 나이 사십가량 될락말락한 점잖아 보이는 손님이 하나 있었다. 그 손님이 흔히 초저녁에 왔다가 밤든 뒤에 가는데, 혹간 밤에 왔다가 이튿날 식전에 가는 일도 있었다. 갖바치의 집 이웃 사람이 그 손님이 데리고 다니는 아이를 붙들고

"오신 양반이 누구시냐?"

하고 물으면 그 아이는

"영감이시오."

하고 대답하고

“뉘 댁 영감이시냐?”

하고 채치어 물으면

“우리 댁 영감이시지요.”

하고 모호하게 대답할 뿐이고 그외에는 더 자세히 말하지 아니하였다. 이웃 사람은 고사하고 갖바치 이외의 갖바치 집 식구까지도 그 손님이 누구인 것을 잘 알지 못하였다. 알지 못하였기에 망정이지 알고 보면 놀라지 아니하지 못할 만한 희한한 손님이었으니, 그 손님의 성은 조趙씨요 이름은 광조光祖요 자는 효직孝直이요 호는 정암靜菴이니, 그때 벼슬이 사헌부 대사헌大司憲이었다. 선비들은 우리의 선생이라고 존숭尊崇하고 시정市井 사람들은 우리의 상전이라고 공경하던 사람이니 무주 구천동에 사는 나무꾼까지라도 서울 조재상趙宰相이 갸륵하다고 말할 만큼 그의 명망이 팔도에 가득하였다.

조재상이 갖바치를 찾아오기 시작하기는 부제학副提學으로 있을 때 일이니, 조제학이 어느 날 성균관에 왔다가 돌아갈 때에 대사성大司成과 같이 관 어귀까지 걸어나오다가 키 큰 재상 하나가 미복을 입고 앞길로 지나가는 것을 보고 조제학이 손을 들어 가리키며

“저게 가는 것이 희강希剛이 아니라고?”

하고 대사성을 돌아보니 대사성이

“글쎄요, 키 큰 것은 이판吏判 같소.”

하고 고개를 기울였다. 조제학이 데리고 왔던 상노아이를 보내

서 따라가서 보라고 하였더니, 그 아이가 돌아와서 과연 홍인문 밖 이판서가 혜화문 안 어느 초가집으로 들어가더라고 말하였다. 시임 이조판서 이장곤이 초가집에 있는 사람 찾아가는 것을 조제학은 괴상히 생각하며 관 어귀에 세워두었던 말을 타고 집으로 돌아왔다. 며칠 뒤에 조제학이 이판서를 만나서

"일전 편복˙으로 혜화문 안에 행차하신 일이 있지 않습니까? 누구를 찾아갔었습니까?"

하고 물은즉, 이판서는 적이 얼굴을 붉히며

"아니야, 그 무어 누구랄 것도 없어. 나의 선생이야."

하고 우물우물 대답하다가 조제학이

"문식文識이 있는 사람입니까?"

하고 묻는 말을 듣고는 이판서가

"문식이야 놀랍지. 그 사람이 미천할 뿐이지."

하고 우물거리지 아니하였다. 조제학은 혹 숨은 인재가 아닌가 생각하여 친히 찾아볼 생각이 났었다. 얼마 뒤에 조제학이 일부러 틈을 만들어가지고 미복으로 찾아와서 보니 사람은 비록 갖바치일망정 우선 언어거동이 사대부와 다름이 없고 경사자집經史子集을 외어가며 말하는 것이 드물게 보는 큰 선비라, 조제학은 첫번부터 수작에 재미를 붙이어 해가 지는 것을 잊었었다. 그리하여 일어설 때 처음에 말하지 아니하였던 자기의 본색을 말하고 나서 그 사람의 성명을 물으니, 그 사람은

"갖바치가 무슨 성명이 있소이까."



● 편복(便服)
평상시에 간편하게 입는 옷.

하고 성명을 대답하지 아니하였다.

조제학이 갓바치와 상종하는 동안에 갓바치가 학문이 섬부할 뿐 아니라 식견이 투철하여서 앞일을 요량하는 법이 범상치 아니한 것을 알고 학문을 토론하는 때보다 일을 문의하는 때가 많았다. 조제학이 부제학 되던 해에 벼슬길이 또다시 올라서 대사헌이 되었는데, 대사헌은 풍기風紀를 바로잡는 직책이 있는 벼슬이라 예사 관원과 달라서 함부로 나다니지 못할 처지이나, 그러나 조대헌은 밤저녁에 미복으로 나서는 때가 없지 아니하였으니 이때는 갓바치를 찾아오는 것이었다. 한 삼년 상종하는 동안에 서로 정분이 깊어져서 갓바치가 조대헌을 대하여 맘에 있는 말을 기이지 않고 말하게 되었다.

전무후무한 현량과賢良科가 있은 뒤, 어느 날 밤에 조대헌이 갓바치를 찾아왔는데 현량과로 이야기가 시작되어 이야기가 한동안 길었었다.

"이번 현량과를 자네 어떻게 생각하나?"

"이번 과거의 방목˚이 있으니까 소인들이 모함할 때 죄줄 사람의 당적黨籍을 꾸미기가 힘들지 아니할 줄로 생각합니다."

"그게 다 무슨 소린가? 국가의 성사盛事를 그렇게 말하는 법이 어디 있나?"

"입에서 나오는 대로 말씀하다가 말씀을 잘못하였습니다. 그러나 희한한 성사가 패사敗事의 장본이 될까 영감을 위하여 두려워하는 맘이 없지 못합니다."

"얇은 얼음을 밟는 것같이 하라는 것이 자네 말을 두고 이름일세."

"지금 영감께서 대사헌 되신 지가 햇수로 불과 삼년인데, 그동안 세상 풍기가 일변하였습니다. 다른 것은 고만두고라도 청촉請囑이 없어지고 뇌물이 끊어졌으니 그것이 여간 변한 것이 아닙니다. 그렇지만 뇌물이나 받아먹고 청촉질이나 하던 사람들이 그 심장이야 갑자기 변하였겠습니까? 그 사람들이 활을 들고 영감을 과녁삼아 노리고 있습니다. 이것은 영감도 아시겠지요?"

"그렇기도 하겠지."

"말씀하는 길에 한마디 말씀을 여쭐 것이 있습니다. 영감의 재주가 일세를 경륜經綸하실 만하나 임금을 만난 뒤에라야 그 재주를 다하실 수 있습니다. 그러한데 지금 상감께서는 영감의 명망은 아시겠지만 영감의 재주는 아시지 못할 것입니다. 통이˚ 말하자면 영감의 사람을 알아주시지 못할 것입니다. 만일에 소인들이 사이를 타서 농간하게 된다면 영감이 화를 면하실 수 있습니까? 한번 급류急流에서 물러나는 것이 어떻습니까? 결단하실 용맹이 있습니까?"

"용맹은 있고 없고 간에 남의 신자 된 도리가 오직 충성을 다할 뿐이지 다른 말이 왜 있겠나?"

"영감이 그러실 줄 알았습니다."

하고 갖바치는 입을 다물고 다른 말이 없었다.

달포가 지난 뒤다. 조대헌이 성균관 대사성 김식金湜이를 보러

왔다가 가는 길에 갖바치에게 들러서

"내가 월전에 자네 말을 들은 뒤에 노천老泉하고 의논하고 양근楊根 미원迷源이란 데다가 밭뙈기를 장만하고 나무 주를 심게 했네. 차차 한번 용맹을 내볼 작정일세."

"노천이 누구신가요?"

"김사성金司成의 자야."

"네, 현량과의 장원으로 뽑히신 양반이로구먼요."

하고 갖바치가 머리를 흔드는 것을 보고 조대헌이

"왜 머리를 흔드나?"

하고 물으니 갖바치가 이윽히 말이 없이 앉았다가

"영감이 혼자 하신다고 하여도 될 것 같지 아니할 일인데 더구나 김사성 영감과 공론해가지고 하신다니 양근 밭은 헛사셨습니다."

하고 말하는데 얼굴에 걱정하는 빛이 보이었다. 조대헌이 이 말을 듣고 한두 번 한숨을 쉬더니

"십여일 전에 내가 여러 친구들과 노천에게 모이어 앉았자니까 최수성崔壽城이란 사람이 밖에서 들어오며 인사도 변변히 아니하고 노천더러 술 한 그릇을 달라고 하여 한숨에 들이마시고 나서 하는 말이 '썩은 배를 타고 물에 빠질 뻔하여 가슴이 울렁울렁하더니 술을 먹으니까 진정이 되는군' 한마디 하고 인사도 아니하고 나가버리는데, 그때 좌중에 앉았던 사람들이 괴상히만 생각하는 것을 내가 그 사람의 말을 풀어서 썩은 배를 탔다는 것

이 우리를 두고 비유하는 것이라고 말했더니 제일 첫째 노천이 그렇다고 말하고 여러 친구들이 간 뒤에 나를 보고 양근이 육지니 속히 썩은 배에서 내리자고까지 말하던걸."
하고 말하니 갖바치는

"최수성이라니, 열아홉살 때부터 산천 구경 잘 돌아다니는 양반 말이지요? 나 보기에는 영감네뿐 아니라 그 양반은 그 양반대로 자기의 썩은 배를 타는 모양입디다."
하고 적이 웃었다.

조대헌이 갖바치 찾아다니는 것을 김사성이 알고 하루는 조대헌을 향하여

"갖바치가 아무리 숨은 인재라고 하더라도 영감이 찾아다니는 것은 좋지 못한 일이오. 조정 재상으로 미천한 사람과 교유하는 것도 좋은 일이 아니고 또 대사헌으로 미복을 입고 출입하는 것도 좋은 일이 아닌즉, 영감 한번 다시 생각하시오."
하고 갖바치를 찾아다니지 말라고 권하였다. 그러나 조대헌은 그의 권하는 말을 듣지 아니할 뿐이 아니라

"영감이 그 사람을 보지 못한 까닭에 그런 말을 하는 것이니 나하고 한번 같이 갑시다."
하고 뒤집어 권하여 김사성도 한번 갖바치를 찾아와서 보게 되었다. 김사성은 갖바치의 위인이 심상치 아니한 것을 친히 보아 알았으나, 종시 남의 이목을 꺼리어서 한번 외에는 더 오지 아니하였다.

김사성이 아들 형제를 두었는데 둘째아들 덕순德純이는 색시 같은 형님과 달라서 나이 열일곱살밖에 아니 된 젊은 사람이 기운이 장사이었다. 성질도 형제가 딴판으로 달라서 그 형님이 책상머리에 앉아 글을 읽을 때 덕순이는 밖에 나와서 돌을 들거나 뛰엄을 뛰었다. 덕순의 처유모妻乳母의 아들 박연중朴蓮中이가 역시 기운이 절등하므로 덕순이는 연중이를 데리고 겨룸을 하는 때가 흔히 있었다.

어느 날 김사성이 출입한 동안에 덕순이와 연중이가 큰사랑 뒤꼍에 와서 뛰엄뛰기 내기를 시작하였는데, 연중이가 덕순이보다 몸이 더 날쌘 까닭으로 둘이 나란히 서서 뛰면 연중이는 한두 발씩 더 멀었다. 덕순이가 연중이에게 지는 것이 분하여

"이애, 맨손으로 뛰는 것은 신통치 아니하다. 우리 다듬잇돌을 갖다가 들고서 뛰어보자."

하고 안에 들어가서 묵직한 다듬잇돌을 들고 나왔다. 그리하여 둘이 번갈아가며 다듬잇돌을 들고 뛰엄질을 하는데 연중이가 기운이 좀 못 미치는 까닭으로 뛰는 금이 덕순이와 비등하였다.

연중이가

"여보, 서방님. 우리 높이로 뛰기해봅시다."

하고 뒷마당 담을 가리키며

"우리 힘 자라는 대로 몇번이든지 저 담을 뛰어넘어봅시다."

하고 도전하니 덕순이는

"그리하자. 우리 둘이 함께 뛰어갔다 뛰어들어왔다 하느니 하

나는 밖에서 안으로 뛰고 하나는 안에서 밖으로 뛰어보자."
하고 방법을 정하였다.

"너 밖으로 나가거라."

"언제 돌아가고 있단 말씀이오. 내가 첫번 한번 뛰는 것은 접어드리리다."

하고 연중이가 먼저 몸을 솟치어 담을 뛰어넘어갔다. 그 뒤에 덕순이가 뛰어넘어가며 연중이가 뛰어넘어오고, 또 연중이가 뛰어넘어가며 덕순이가 뛰어넘어왔다. 두서너 번 재미나게 뛰어넘어다니다가 둘이 일시에 뛰게 되었는데 안팎에서 뛰는 자리가 공교하게 맞질러서 담 위에 두 사람이 마주 닥뜨리며 안에서 뛰던 연중이는 안으로 떨어지고 밖에서 뛰던 덕순이는 밖으로 떨어졌다. 담 밖에는 다행히 풀밭이라 덕순이는 별로 다치지 아니하여 일어나서 몸을 털고 다시 담을 뛰어넘어오니 연중이가 뒤로 자빠지는 바람에 뒤통수가 돌부리에 다치어서 피가 흘렀다. 덕순이가 손으로 상처를 비비는 연중이를 보고

"많이 다치지나 않았느냐? 맨 나중에 내가 한번 혼자 뛰었으니까 접힌 것이 없다. 이담날 다시 뛰자."

하고 사랑으로 들어갔다.

김사성이 집에 돌아와서 덕순이와 연중이가 뛰엄질을 하다가 연중이가 다치었다는 말을 듣고 덕순이를 불러서

"사람의 자식이 나이 열칠팔세나 된 것이 밤낮 상없는 장난으로 날을 보낸단 말이냐!"

하고 준절히 꾸짖은 뒤에

"혜화문 안에 갖바치일 하는 사람이 있는데 그 사람이 심상한 사람이 아닌 모양이니 더러 찾아가보아라."

하고 일렀다. 그리하여 김덕순이가 갖바치를 찾아오게 되었는데, 처음 만나던 때 갖바치가 고리삭은 글 이야기나 하였더면 덕순이도 그 아버지 김사성과 같이 한번 외에 더 오지 아니하였을 것이지만 갖바치가 덕순이의 좋아하는 술수 이야기를 한 까닭에 덕순이가 첫번 오던 길로 갖바치에게 반하게 되어 그 좋아하던 뛰엄질도 별로 아니하고 자주 갖바치에게 놀러오고 박연중이도 덕순이를 따라다니는 때가 많았다.


김덕순의 아내 이씨는 나이 열아홉살인데 인물이 얌전하고 범절이 무던하여 김사성 내외가 사랑할 뿐 아니라 덕순이와 내외간 금실이 여간 좋지 아니하였다. 덕순이가 아내 방을 밝히는 것이 김사성 집 하인들 사이에는 조명이 났었다. 그 아버지가 취침할 때쯤 되면 덕순이는 그 형님과 같이 큰사랑에 올라가서 한동안 뫼시고 섰다가 그 아버지의 입에서

"가서들 자거라."

하고 말이 떨어지면 형제가 함께 절하고 나와서 그 어머니를 뵈러 같이 안으로 들어왔었다. 그 어머니 방에서 혹 무슨 이야기가 나서 곧 일어서지 못하게 되면, 덕순이는 졸린 모양을 보이느라고 거짓 하품을 하는 때도 없지 아니하였다. 이런 때는 대개 그

어머니가

 "졸린데 고만 나가서들 자거라."

하고 말하여 형제 같이 나오다가 그 형을 보고

 "형님, 먼저 나가시오."

하고 아내의 방인 뜰아랫방으로 들어가서 밤을 지내고 첫새벽에
형제 쓰는 사랑으로 나가는 것이 거의 버릇이 되다시피 하여서
그 형은 덧문을 지쳐만 두고 자는 때가 고리까지 걸고 자는 때보
다 많았다. 덕순이가 갖바치에게 놀러 다니게 된 뒤에 어느 날
밤 뜰아랫방에서 내외 앉아 잔사설 이야기를 하다가 갖바치의
이야기가 났었다.

 "아버님이 어련히 생각하시고 찾아가보시라고까지 말씀하셨
을라구요만 갖바치를 찾아다니는 것이 창피하지 않아요?"

 "나는 고만두고 조참판장丈 같은 점잖은 어른이 다 찾아다니
실라구."

 "조참판 어른 말씀을 들으시고 아버님이 당신더러 가보시라
고 말씀하신 게요그려."

 "아니, 아버지도 한번 가셨더래."

 "그 사람이 무슨 별 재주나 가졌습디까?"

 "별 재주는 가졌는지 모르지만 아는 것은 많아. 점을 모르나
사주를 모르나 의술을 모르나 모르는 것이 없어."

 "그러면 술객術客인가 보구려."

 "아니야, 술객이 다 무어야. 점잖은 사람이야."

"당신이 말을 무어라고 하셔요?"

"말이라니?"

"갖바치더러 무어라고 하셔요?"

"선생이라고 하지."

"그러고 보면 당신이 갖바치의 문인 이요그려."

"그러니 어째? 신 잘 짓던 옥견이는 종반 이가야. 당신의 일가야. 갖바치의 일가를 아내로 데리고 사는 사람이 갖바치의 문인 되는 것이 창피할까?"

"창피하거든 창피하다고나 하시지 왜 남을 끌고 들어가려고 그러시오?"

"갖바치의 일가는 오히려 창피할 것도 없지. 당신네 먼 조상은 고리백정이야. 아이구, 다치는 데가 있군. 쉬, 쉬."

"쉬쉬할 걸 왜 말을 하시랍디까?"

"고리백정의 자손이요 갖바치의 일가로 양반의 집에 시집와서 호강한다."

"나는 무식한 여자이니까 우리 조상이 고리백정인지도 몰랐세요. 이담 친정에 가거든 아버지에게 물어보지요. 당신 말씀만 듣고야 믿을 수가 있어요?"

"오, 남을 역적으로 몰리게 할라구."

"우리더러 고리백정의 자손이라고 말했기로 역적 될 것이야 무어 있어요?"

"나라 임금에게 다치니까 걱정이지."

"그러기에 보시오, 금지옥엽의 자손을 놓고 마구 말할 것인
가."

"금지니 옥엽이니 계집의 이름 같구려."

"쉬쉬 말고 말조심하시지요."

"한 말도 지지 아니하는구려. 당신이 칠거지악七去之惡이 두
가지 있는 것을 당신이 아시오? 말 많은 것이 한 가지야."

"또 한 가지는?"

"아들 없는 것."

젊은 내외의 잔사설이 한이 없었다. 자리에 누운 뒤에야 말이
그치었다.

덕순의 아내 이씨의 친정에서 유명한 장님에게
덕순이 내외의 사주를 본 것이 있었는데, 내외가
백년해로하지만 자손궁이 부족하여 아들이 없으리라는 말이 있
었다. 덕순이가 이씨에게 있는 사주 적은 것을 본 뒤에

"첩을 두어야겠다."

"아들을 못 낳으면 출처黜妻하는 수밖에 없다."
하고 이씨의 골을 지른 일이 한두 번이 아닌 터이었다. 그날 밤
에 이씨가 베개 위에서

"여보세요, 주무세요?"
하고 덕순의 몸을 건드리니, 이때껏 가만히 소리없이 누워 있던
덕순이가 갑자기 코를 드르렁드르렁 골았다. 이씨가 덕순의 몸
을 흔들며

● 문인(門人) 문하생.
● 종반(宗班)
임금과 성과 본이 같은 겨레붙이.

“아이구, 곤하게도 주무시네. 다 새었어요. 고만 일어나 나가
시지요.”
하고 소리를 죽이어가며 웃었다. 자는 체하던 덕순이가
“닭도 울기 전에 날이 새어? 가짓말이 일쑤로구려.”
하고 머리를 이씨에게로 가까이 옮기어 숨기운이 이씨의 얼굴에
끼치니, 이씨가 성난 목소리로
“가짓말이 다 무어요? 어떻게 그렇게 낮잡아 말하시오? 내가
당신더러 가짓말로 코를 곤다고 말이나 해보아. 당신은 화를 산
같이 내실 것 아닌가.”
하고 덕순을 등지고 돌아누웠다.
“게서가 성을 내신다면 이곳이 말씀을 잘못했소.”
하고 덕순의 말에
“낮잡아 말하고 게다가 빈정거리기까지 하시는구려.”
하고 다시 덕순을 향하여 돌아누웠다. 덕순이가 자는 체하듯이
이씨는 성내는 체한 것이라 풀 것도 없고 풀릴 것도 없었다.
“여보세요, 갖바치가 사주를 잘 안다셨지요? 장님 사주에 있
는 말이 맞나 아니 맞나 한번 물어보시구려.”
“아들이 없다는 말을 물어보란 말이지? 나이 새파랗게 젊은
사람이 아들 말을 묻기가 좀 창피해.”
“갖바치 선생은 창피치 않고 아들 말은 창피하시담 아들이니
딸이니 말씀하실 것 없이 장님의 사주를 가지고 가셔서 이 사주
가 잘 본 것이냐고 물으면 자연 말이 있을 것 아니에요?”

"되었소, 그렇게 합시다. 나는 그 생각은 못하고 사주를 한번 보아달래려고 맘을 먹고 있었지."

"그것도 좋지요."

"그렇지만 장님 사주를 보이고 묻느니만 못해. 게서의 것과 내것을 내일 다 나를 주시오."

"내일은 고만두고 지금 곧 달라셔도 불 켜놓고 찾아드릴 터이에요."

이날 밤 내외간 수작한 것과 같이 이튿날 덕순이는 장님의 사주 두 장을 가지고 갓바치를 찾아왔다. 처음에 이말저말 하다가 덕순이는 말을 사주 편으로 가까이 끌려고 점 이야기부터 시작하였다.

"홍계관이 점은 참말 용하던 모양이지요. 홍계관이 살던 골목을 홍계관골이라고 부르게 된 것만 보더라도 당시에 유명하던 것을 짐작할 수가 있지요만, 홍윤성洪允成이를 보고 그가 뒤에 귀히 될 것을 미리 알 뿐이 아니라 그 아들이 홍윤성이 손에 죄를 당하게 될 것까지 미리 알고서 아들을 살려달라고 당부하였다고 하니 기가 막힐 일이 아니오? 지금도 이 홍계관이와 같은 점쟁이가 있을까요?"

"점쟁이는 왜 묻소? 무어 점쳐보고 싶은 일이 있소?"

"아니, 요사이 점쟁이니 사주쟁이니 자칭하고 다니는 것들은 모두가 거짓말쟁이 같습디다. 그래서 지금 세상에도 홍계관이 같은 사람이 있나 하고 말씀을 물었소."

“홍계관이는 고사하고 관로管輅, 곽박郭璞, 이순풍李淳風 같은 사람도 없으란 법은 없지요.”

“점도 점이지만 사주를 잘 보는 사람이 있을까요?”

“있겠지요.”

“사주를 볼 줄 아신다지요? 이 사주가 잘 본 것인가 못 본 것인가 좀 보아주시오.”

하고 덕순이가 장님의 사주 두 장을 내놓으니, 갖바치가 그것을 받아서 한번씩 휙휙 보고 접어서 무릎 앞에 놓으며

“내외가 백년해로하면 아들 없을 리 없지요. 되지도 못한 사주쟁이의 사주가 종작이 있겠소? 얼마 아니 있으면 용한 사주쟁이 하나가 서울을 올 터이니 그 사주쟁이에게 사주를 한번 보시오.”

하고 빙그레 웃고서

“나도 사주 볼 줄을 짐작하지만 이때까지 사주 한 장을 본 적이 없소. 대체 사주란 것이 꼭꼭 다 맞는다면 보는 사람이 볼 재미가 없을 것이오. ‘설마’나 ‘혹시’를 믿고 사는 사람들이 덧정이 없어질 것이 아니겠소.”

하고 허허 웃었다. 덕순이가

“그 용한 사주쟁이가 언제 서울 올까요? 오거든 꼭 알으켜주시오.”

하고 부탁하니 갖바치가 다시 빙그레 웃으며

“내가 알으켜드리지 아니하여도 자연 보시게 되리다.”

하고 사랑스럽게 여기는 눈으로 덕순의 얼굴을 바라보았다.

갖바치가 김덕순이와 같이 이야기하는 중에 행길로 난 방문
밖에서

"주인 있소?"

하고 곧 방문을 열고 들어서는 사람이 있었다. 덕순이가 들어서
는 사람의 얼굴을 한번 치어다보더니 얼른 몸을 일어 그 사람 앞
으로 나아와서 공손히 절을 하고

"어르신네께서 어찌 행차를 하셨습니까?"

하고 물은즉 그 사람이

"자네는 어째 왔나?"

하고 수염을 쓰다듬으며 허허 웃었다. 덕순을 따라 일어섰던 갖
바치가

"저리 앉으십시오."

하고 아랫목 자리를 가리키며 말하여 그 사람이 앉은 뒤에 갖바
치가 그 사람을 향하여 엉거주춤하게 앉아서 두 팔로 방바닥을
짚고 고개를 숙이고서

"제가 이 집에 사는 갖바치올시다."

하고 다시 고개를 드니, 그 사람이 한동안 아무 말이 없이 갖바
치의 얼굴만 바라보다가 다시 한번 허허 웃고 나서

"나는 최원정崔猿亭이란 사람이오. 원정이래서는 모를까? 최
수성이라면 혹 들었겠지?"

하고

"압니다. 함자를 들어뫼신 지 오랩니다."
말하는 갓바치를 여전히 바라보며 고개를 끄덕이었다. 최원정이
서 있는 김덕순이를 흘긋 치어다보더니
"자네도 거기 앉게."
하고 말하는데 덕순이가
"시생은 온 지가 오래라 먼저 물러가겠습니다."
하고 말하다가
"거기 앉게. 좀 있다 나하고 같이 가세."
하는 최원정의 말을 거역하지 못하고 한옆에 꿇어앉았다. 최원
정이 또다시 갓바치를 바라보며
"효직이가 가끔 온다지?"
하고 덕순이를 가리키며
"저 사람의 어르신네 노천에게서 말을 들었어."
하고 말하여 갓바치의 대답을 기다리지 않는다는 뜻을 보이고
곧 말을 이어서
"효직이를 어떠한 사람으로 보았소?"
하고 물으니 갓바치는
"물으시는 뜻을 잘 알지 못하겠습니다."
하고 선뜻 대답하지 아니하였다. 최원정이 이윽히 잠자코 앉았
더니
"내가 초면이라도 믿고서 말을 묻는 터이야."
하고

"내가 효직이의 사람됨을 몰라서 묻는 것이 아니라 그 사람이 학문의 힘이 좀 부족하지 아니한가 의심하는 까닭에 묻는 말이오."

하고 갖바치의 대답을 기다리다가 갖바치가

"무엇으로 학문의 힘을 말하오리까?"

하고 돌이켜 물은즉

"글쎄, 나도 의심뿐이야. 그러나 지금 예판으로 있는 남곤南袞이라든지 작년에 형판을 지낸 심정沈貞이라든지 이와같은 자들과 동조하여 벼슬 다니는 것을 보든지, 일을 좋아하는 젊은 간관諫官들이 날뛰는 것을 누르지 못할 뿐이 아니라 도리어 탄핵을 당할 뻔한 것을 보든지, 효직이의 학문의 힘이 부족해서 그렇지 아니한가 하는 의심이 생기오그려."

하고 말을 그치자 갖바치가 적이 얼굴을 붉히며

"조대헌 영감은 산으로 치면 태산이고 별로 치면 북두北斗올시다. 때를 못 만나신 양반이라 일의 성패는 모르겠습니다만, 그 인물은 길이 천추千秋에 빛날 줄로 생각합니다. 말하자면 조대헌 영감이 학문의 힘은 조금도 부족하시지 아니하시지만 임금 사랑은 너무 과합니다. 그러나 이것을 흠절이라고는 말할 수 없겠습지요."

하고 최원정의 의심이 부당한 것을 말하니 최원정이

"조대헌에게 반했군. 실상은 나도 반한 사람이야."

하고 한바탕 크게 웃었다.

“효직이가 아무래도 화패禍敗는 면치 못하지.”

하고 최원정이 조대헌의 장래를 걱정하다가 가만히 앉았는 덕순이를 바라보며

“너는 너의 아버지 덕에 썩은 배를 타고 나서게 되었다. 너 힘이 장사라더구나. 위태할 때 배에서 뛰어내리겠니? 어, 위태한 일이야!”

하고 어깨를 웅숭그리는데 갖바치가

“남들이 큰 소매옷을 입고 다니는데 팔이 간신히 들어가는 옷을 입는 것도 썩은 배를 타는 것입니다.”

하고 말하니 최원정이 좁은 소매옷을 들어 보이며

“이것이 위태하단 말이지? 그래도 내 소매가 이 세상보다는 넓기도 하고 평안도 하지.”

하고 일어서서 같이 가자고 붙든 덕순이를 바라보고

“나는 먼저 가네.”

하고 방문 밖으로 나가는데 그의 허허 웃는 소리가 멀리 가도록 방안에 들리었다.

# 술객

소격서昭格署 골에 있는 소격서는 삼청성신三淸星辰을 제사하는 곳이니 국초 적부터 말없이 내려오던 것인데, 지난해에 와서 혁파革罷하게 되었었다. 처음에 사헌부와 사간원과 홍문관과 예문관에서 소격서 같은 좌도˚의 일은 없이하는 것이 옳다고 임금에게 혁파하기를 청하였으나 임금이 좇지 아니하여 여러 달을 두고 다투다가 나중에 조제학이 임금께 면대하여 말씀으로 아뢰고 이튿날 또 여러 동료들과 같이 합문˚ 밖에 엎드려서 청하는데 해가 지고 밤이 들고 닭울때가 되기까지 물러가지 아니하여 임금이 하릴없이 대신들에게 수의˚하여 혁파한다고 허락하게 되었다. 말하자면 임금이 좇고 싶지 아니한 것을 부대끼다 못하여 좇게 된 모양이다.

● 좌도(左道) 유교의 취지에 어긋나는 다른 종교들.
● 합문(閤門) 임금이 거처하는 궁의 앞문.
● 수의(收議) 의견을 종합함.

조제학 이하 여러 문신이 임금의 허락을 받고 물러나간 뒤에 임금이 내전에 들어가니 연세가 열여덟밖에 아니 된 왕비 윤씨가 그때까지 침소에 들지 않고 촛불 아래 단정히 앉아 있다가 일어나 맞아들이었다.

"복합˚한 문신들이 인제 물러나갔습니까? 소격서 일은 어찌하셨습니까?"

하고 중전이 여쭈어보니 상감은

"귀찮아 견딜 수가 있어야지. 대신에게 수의한다고 말해서 내보냈소. 그렇지만 대신들도 혁파하자는 측이야."

말씀하고 상을 찡그리었다. 중전이 무릎을 도사리고 앉아서

"대체가 모를 일입니다. 소격서가 좌도라고 말한답니다만 열성조列聖朝에서 어련히 알으시고 그대로 두셨겠습니까? 더구나 장헌대왕莊憲大王(세종) 같으신 동방 요순 시절에도 혁파합시지 아니하고 강정대왕康靖大王(성종)같이 유학을 숭상합시던 때에도 좌도란 말이 없던 것을 지금 와서 좌도라고 혁파하잔다니, 조광조, 김식 등 일대一隊가 유학儒學으로 전무후무한 사람들이겠습니까? 대체가 모를 일입니다. 그리고 신자 된 도리에 닭울때까지 임금을 침수 못하시게 하는 것이 옳은 일이겠습니까? 성현을 본받는 사람으로는 그럴 법이 없을 것 같습니다."

하고 길게 말하였는데, 상감은 중전 말씀이 낱낱이 옳은 줄로 생각하였다.

그러나 대신에게 수의한 결과로 구경 혁파하지 아니치 못하게

되었다. 소격서가 혁파된 뒤에 관원은 없어지고 나라에서 지내던 제사는 없어졌으나, 궐내에서 나오는 치성과 여염에서 들어오는 치성은 그치지 아니하여 태일전太─殿과 삼청전三淸殿에 삼색실과와 노구메°가 떠나는 날이 드물었다. 태일전은 칠성을 위하여 놓은 곳이고, 삼청전은 옥황상제와 태상노군太上老君과 보화천존普化天尊을 위하여 놓은 곳이요, 이밖에 있는 여러 제단은 사해용왕四海龍王과 제천신장諸天神將과 명부시왕冥府十王과 수부제신水府諸神을 위하여 놓은 곳이니 여러 목상木像 외에 수백개나 되는 위패가 있어서 소격서에 있는 중도 아니고 속한도 아닌 것들의 밥그릇이 되었었다.

　이때 소격서 안에 시골서 온 술객이 하나가 있었는데 점 잘 치고 사주 잘 보기로 유명하였다. 점치고 사주 보러 오는 사람이 나날이 많아져서 얼마 뒤에는 사람이 줄을 대서 소격서 안으로 드나들게 되니 소격서의 번잡한 것이 혁파 전의 제삿날보다 더하였다. 그 술객은 강원도 사람으로 성명이 김륜이라고 하는데 나이 삼십가량 되었었다. 소격서에 치성 나왔던 내인內人이 소문을 궐내에 퍼뜨려서 곤전°에서 이것을 알고 일부러 내인 하나를 내보내어 사주를 보이었는데 곤전의 사주를 내인의 사주라고 속이게 하였다. 김륜이가 '신유 십이월 이일 묘시'라는 연월일시를 보고 한동안 생각하더니 무릎을 꿇고 앉아서 사주풀이를 적었는데, 그 첫구에는 덕배지존

德配至尊에 만성지모萬姓之母라고 하였고 그 아랫구 중 안구에는 종사지경螽斯之慶은 일왕사주一王四主라고 하였으니, 첫구는 신분이 왕비인 것을 말한 것이요 그 아래에 있는 구는 자녀가 왕 한 분과 공주 네 분이라는 것을 말한 것이다. 곤전의 사주를 보아드린 뒤에 궁인들은 너나 할 것 없이 김륜의 사주 한 장을 얻으려고 애를 쓴 까닭에 김륜의 사주가 여러 백장이 궐내로 들어오게 되었다. 그중에 희빈熙嬪 홍씨洪氏의 사주에는 부녀합심父女合心에 화급조정禍及朝廷이란 구가 있으니 부녀가 합심하면 화가 조정에 미친다는 뜻이요, 경빈敬嬪 박씨朴氏의 사주에는 서혜서혜鼠兮鼠兮여 자모수해子母受害라는 구가 있으니, 쥐여 쥐여 모자가 해를 받으리라는 뜻이라 희빈과 경빈은 사주를 감추고 남에게 보이지 아니하고

"사주가 지나간 일이나 맞지 앞일이야 맞나."
하고 김륜의 사주를 믿지 아니하였다.

이때 조신 중에 승문원承文院 판사判事 벼슬을 지낸 신경광申景光이란 사람이 있었는데, 이 사람은 이왕 사람이나 당시 사람이나 유명한 사람의 생년월일을 지성스럽게 적어 모으는 괴벽이 있어서 묵은 책력 안장에 잔글씨로 적은 것이 두서너 권이 되었었다. 서울 안에 유명한 사주쟁이가 나타나면 신판사는 친히 가서 보거나 또는 집에 데려다 보거나 하여 사주쟁이로 서울에서 유명한 자치고는 거의 만나보지 아니한 자가 없건마는 자기나 자기 자질子姪의 사주를 보인 일은 이때까지 한번도 없었다. 그

것은 사주를 너무 과히 믿는 대신에 사주쟁이를 좀처럼 믿지 아니하는 까닭이었다. 사주쟁이를 처음으로 만나면 신판사는 책력 안장에 적힌 생년월일 한둘을 뽑아서 주고 사주를 보이고서 사주풀이가 그 생년월일 임자의 일생과 조금만 틀리면 무명필을 주고 오거나 장국 그릇을 먹여 보낼 뿐이고, 자기나 자기 자질의 사주는 보일 생각도 아니하였다.

신판사가 김륜의 이름을 듣고 어느 날 저녁때 소격서 안을 찾아와서 인사를 마치고 사주 이야기를 하다가 사주 하나를 보아 달라고 말하고 점필재 김종직의 연월일시를 적어 주었더니, 김륜이가 받아가지고 이윽히 들여다보다가 웃으면서

"실없으신 일입니다. 벌써 두 번 죽음당한 이의 사주를 왜 보라고 하십니까?"

말하여 신판사는 놀라기는 하였으나 이자가 점필재 선생의 사주를 전에 본 적이 있는 것이 아닌가 속으로 의심하며

"용하오. 내가 그대의 재주를 보려고 옛날 양반의 사주를 적어주었소. 알아내는 것이 용하오."

하고 칭찬한 뒤에 월전에 낳은 자기 집 개새끼의 일시를 적어주며

"어린것의 사주를 하나 보아주시오."

하고 말한즉 김륜이가

"재주껏 보오리다."

말하고 받아보더니

"이것이 댁 어린아기의 사주오니까?"

하고 물어서 신판사는 그렇다고 하기도 어렵고 그렇지 않다고 하기도 어려워서 우물쭈물 대답하였다. 김륜이가

"이 사주가 괴상합니다. 사주로만 보면 세살 되는 해에 박살을 당하고 사지를 찢길 모양이니 댁 아기로야 이런 일이 있을 까닭이 있습니까? 아무래도 육축六畜의 새끼를 가지고 저를 속이시는 것 같습니다."

말하여 신판사는 참으로 놀라고 김륜의 재주에 반하게 되었다. 그 뒤로는 신판사가 틈틈이 김륜을 찾아올 뿐 아니라 김륜을 가끔 집으로 청하여 큰손님과 같이 융숭히 대접하였다. 어느 날 신판사가 김륜을 집에 데려다 앉히고 자기의 사주와 자질의 사주를 보인 뒤에 당시 유명한 조신들의 사주를 보이었는데, 김륜의 말로 보면 그때 유명한 사람치고 말로末路가 좋은 사람이 드물었다. 좌의정 신용개申用慨는 수한˚이 박두하였다 하고, 우의정 안당安瑭은 뒤에 참화를 면치 못하리라 하고, 영의정 정광필鄭光弼만은 일시 액이 없지 아니하나 후분이 좋다고 하였다. 정승들이 이러할 뿐 아니라 유명한 중에도 유명한 대사헌 조광조 이외에 형조판서 김정金淨과 대사성 김식과 부제학 김구金絿와 우승지右承旨 윤자임尹自任과 좌부승지左副承旨 박세희朴世熹와 동부승지 박훈朴薰과 예문관 응교 기준奇遵 등 일대 명류名流가 모두 비명에 죽지 아니하면 귀양을 면치 못하리라고 하고 조신들의 사주를 가지고 미루어보면 불구不久에 조정에 큰 변이 생기리라고까지 단언하였다. 신판사는 김륜의 말을 믿고 의심치 아니하였

다. 잔치 음식같이 잘 차린 점심으로 김륜을 대접한 뒤에 신판사
가 자기가 적어놓은 책력의 안장을 김륜이와 같이 훑어보며 좋
은 사주를 평론하는 중에 김륜이가 언사를 보고 놀라며
　"이것이 뉘 사주오니까?"
하고 물으니 신판사가
　"머리에 쓴 것을 보면 뉘 것인지 알지."
하고 들여다보고서
　"정허암鄭虛菴의 사주로군."
하고 말하였다. 김륜이가
　"정허암이 누구오니까?"
하고 재차 물으니
　"정희량 정한림이야."
하고 대답하였다. 김륜이가 고개를 기울이고
　"이것이 우리 선생님의 사주올시다. 우리 선생님 이천년이라
는 이의 사주올시다."
하고 한참 있다가 다시
　"우리 선생님의 원성명은 저도 이때껏 몰랐었습니다."
하고 말한 까닭에 신판사는 정한림이 조강祖江에서 빠져 죽지
아니한 것이 적실한 사실인 것을 알게 되었다.
　처음에 정허암이 물에 빠져 죽었다는 소문이 세상에 전파되었
을 때, 그 생사를 의심하는 사람은 한둘이 아니었었다. 그러나
오순형吳順亨 오주부吳主簿만은 당대 이인인 정허암이 그렇게 죽

● 수한(壽限) 타고난 수명.

을 리 만무하다고 당초에 의심할 생각까지 먹지 아니하였었다. 그 뒤 삼년 만에 반정이 되어 세상이 변하매, 오주부는 정허암이 다시 나오리라고 생각하고 은근히 기다리었으나 종내 아무 소식이 없으므로

'허암이 살아 있고 나오지 아니할 까닭이 없는데, 아니 나오는 것을 보면 혹시 죽은 것이 아닌가.'
하고 오주부도 혹시를 의심하게 되었으나 그래도 오주부는 십의 팔구나 그럴 리가 없으리라고 생각하였다. 오주부가 그렇게 생각하기는 전에 들은 정허암의 말을 믿는 까닭이었다. 정허암이 한림을 다닐 때 하루는 오주부가 찾아간즉 가기 전에 궁한 선비 한 사람이 먼저 와서 있었고 간 뒤에 옥당 문관 몇사람이 떼를 지어 왔었는데, 옥당들이 일어서 나간 뒤에 정한림이 그 궁한 선비를 향하여

"여보게 이지理之, 지금 왔다간 사람들이 보기에 부러운가?"
하고 물어서 그 선비가

"부럽다뿐이겠나, 지금 나의 궁한 품이 녹미祿米 말을 먹는 사람이면 모두 치어다보이는데 옥당 귀인이야 더 말할 것이 무엇 있겠나."
하고 대답한즉 정한림이 빙그레 웃으면서

"부러울 것이 없어. 자네는 궁사십窮四十 달사십達四十에 수한이 그 안에 있는 사람이니."
하고 말하는 것을 오주부가 옆에서 듣고 있다가 그 선비를 보고

"궁사십 달사십이면 궁팔십 달팔십이라는 태공망太公望의 절반이구려. 당세當世 소강절邵康節의 말씀이 틀릴 리 없겠지요."
웃음의 말로 말하고 그 끝에 우연히 정한림에게
"노형 자신은 어떻겠소?"
하고 물었더니 정한림이
"나 말이오? 욕스러운 수壽만은 남만 못지않을 터이지요."
하고 말한 일이 있었다. 궁사십 달사십이라던 그 선비는 조광조의 숙부 되는 조원기趙元紀인데 그 뒤에 과연 사십에 등과하여 갖은 청환˙을 다 지내고 벌써 직품이 아경亞卿에 이르렀다. 수만은 남만 못지않을 터이라던 정허암이 벌써 죽었을 리 없을 것이다. 그리하여 오주부는 정허암이 십의 팔구는 죽지 아니하였으리라고 생각한 것이었다.

어느 날 오주부가 신판사를 심방하였더니 신판사가

"여보, 오주부. 정허암이 살아서 묘향산에 있었다오. 이천년이라고 변성명하고 있었다오."
하고 말하여 오주부가 반색하며 소식의 출처를 물은즉, 신판사가 사주쟁이 김륜에게 들은 것과 김륜이가 허암의 제자로 사주 잘 본다는 것을 말하였다. 오주부가 원래 '혹시'를 의심할 뿐이었지마는 죽었다는 소문이 난 뒤 십오륙년 만에 살아 있다는 소식을 처음으로 들으니 김륜의 말을 친히 들어보고도 싶고 또 김륜이 말한 이천년이가 진적한˙ 허암인가 더 알아보고도 싶어서



---

˙ 청환(淸宦)
조선시대에 학식과 문벌이 높은 사람에게 시키던 규장각, 홍문관 따위의 벼슬.
˙ 진적하다
참되고 틀림없다.

김륜을 한번 만나게 하여달라고 신판사에게 말하였더니

"어려울 것이 없소. 지금이라도 곧 만나게 해주리다."

하고 신판사가 하인을 보내어 김륜을 오라고 청하였다. 김륜이가 온 뒤에 오주부가 그 선생의 신장과 용모를 물어보고 거동과 음성까지를 물어보니 대개는 허암에 틀림이 없었다. 오주부가 김륜에게

"선생이 지금 어디 있소? 묘향산에 그저 있소?"

하고 물으니 김륜이가

"저 나올 때까지는 향산에 계셨으나 곧 떠나신다고 하셨는데 그동안 육칠년이 지났으니까 지금은 어디 가서 계신지를 모릅니다."

대답하고 그 뒤에는 선생의 술수 이야기를 시작하여 주문으로 여우 죽이던, 본 이야기를 할 뿐이 아니라 대의 운명을 점친, 들은 이야기까지 하였다. 대 이야기는 김륜의 말이 이러하였다.

"선생님이 전에 전라도 땅에 가신 일이 있었는데, 어느 날 친구의 집 사랑에 앉으셨자니까 사랑 앞에 있는 대수풀에 긴 대 세 가지가 흔들흔들하더랍니다. 다른 대는 가만히 있는데 세 가지만 흔들거리는 것을 주인이 괴상히 생각하여 선생님께 무슨 까닭이겠느냐고 묻더랍니다. 선생님이 오늘 오시에 그 대를 찍어 가는 사람이 있으리라고 말씀하셨는데, 과연 오시 때쯤 되어서 그 고을 원님이 쓸데가 있으니 대 서너 가지만 달라고 하인을 보냈더라지요. 그래서 주인이 대숲에 가서 맘대로 찍어 가라고 하

고 내다본즉 그 하인이 골라서 찍는 것이 꼭 그 흔들거리던 대 세 가지더랍니다."

이야기를 듣던 오주부가 김륜을 보고 말하였다.

"그것은 허암이 전라도에 갔을 때 일이오. 나도 들은 이야기요. 그대의 선생이 허암인 것은 의심할 여지가 없소."

정허암이 살아서 술객 김륜의 선생 노릇을 하였다는 말이 한 사람 두 사람의 입을 건너서 흥인문 밖 이판서의 귀에 들어왔다. 이판서는 그때 병조판서로 판의금부사判義禁府事를 겸하여 공사가 다단한 까닭에 며칠을 두고 별러서 간신히 틈을 만들어가지고 김륜을 불러다놓고 그 선생의 일을 이말저말 물어보았다. 이판서가 말을 물어보는 중에 장순손 장판서가 오고, 또 뒤미처 남곤 남판서가 왔다. 다심˚한 남판서가 윗간에 있는 젊은 손을 보고 누구냐고 물어서 유명한 사주쟁이 김륜인 것을 알고

"잘 만났네. 내 사주 하나 보아주게."
하고 말하니 장판서도 운에 딸려서

"이왕이니 내 사주도 보아주소."
하고 말하였다. 김륜이가 두 사람의 생년월일을 적어 들고 잠깐 생각하고서

"두 분 대감이 다 일품 대신이십니다."
하고 말하니 남판서가

"듣기 좋으라고 하는 말이 아닌가?"

하고 좋아서 웃으며

"그래 와석종신˚들이나 하겠나?"

하고 묻고서 김륜이가 다시 잠깐 사주를 들여다보고

"와석종신하시다뿐이겠습니까?"

하고 말하는 것을 듣더니

"일품 대신으로 와석종신하면 고만이지 더 볼 것이 없네."

하고 장판서를 돌아보고 장판서는 김륜을 바라보며

"주인대감의 사주는 어떠하던고?"

하고 묻는데 김륜이가 대답하기 전에 이판서가

"나는 아직 보지 아니하였소."

하고 말하니 장판서와 남판서가 함께 어서 보라고 권하여 이판서가 자기의 생월생시를 일러준즉 김륜이가

"주인대감의 사주는 신판사 댁에서 본 일이 있습니다. 시時가 좀 좋지 못합니다. 대신은 못 되십니다."

하고 다시 말을 이어

"평생을 놓고 통이 말씀하면 초분은 산란하고 중분은 형통하고 후분은 안온합니다."

하고 말하니 남판서가 자기는 벌써 대신이 된 듯이

"대신 귀찮지, 안온한 것이 제일이지."

하고 웃었다.

이날 남판서와 장판서의 사주 본 이야기를 다른 날 최원정이 어디서 듣고 김대사성에게 와서 옮기는데

"홍문관 대제학, 예문관 대제학, 지성균관사知成均館事, 예조판서, 원자보양관元子輔養官 남곤이와 도야지 대가리 장순손이가 희강이에게서 유명한 사주쟁이에게 사주를 보니까 둘이 다 장래에 정승을 하겠더라네."

남곤의 말만은 축문 읽듯이 직함을 주워섬기고 말하더니 다시 아이의 이름을 부르듯이 '곤이가' 하고 말을 시작하여

"만일 정승을 한다면 썩은 배는 하릴없이 파선이 될 모양이야."

하고 쩍쩍 소리가 나도록 입맛을 다시다가

"기생서방 장도야지로 말하면 고양이 급제로 솟에피리 정승까지 한다니 요절할 노릇이지."

하고 한바탕 너털웃음을 웃었다. 그때 김덕순이

● 와석종신(臥席終身)
제 명을 다하고
편안히 자리에 누워서 죽음.

가 그 부친을 모시고 있다가 최원정의 말을 듣고 그 형님의 사랑으로 내려와서 원정의 시늉을 내가며 형제가 웃다가

"앞일을 꿰어뚫고 아는 사주쟁이가 어디 있단 말이냐."

하는 그 형님의 말에 유명한 사주쟁이가 오리라던 갖바치의 말이 홀제 생각이 나서

'그 사주쟁이가 갖바치 말하던 사람인가?'

하고 속으로 생각하였다. 그날 밤에 덕순이가 그 아내 이씨를 보고

"요새 서울 안에 용한 사주쟁이 하나가 났답디다."

하고 말하였더니 이씨는 장님의 무자 사주 까닭으로 항상 속에

꺼림하여 하는 터라 대번에

"그 사주쟁이가 어디 있대요?"

하고 물었다.

"어디 있는 것은 나도 몰라."

"이 댁에는 오는 사람도 별로 없고 가는 사람도 별로 없고 하니까 꼭 두문동˚에 사는 셈이야요. 그러니까 세상 소식을 알 수가 있어야지요. 연중이를 내일 우리 집에 보내서 좀 알아보아 달래야겠어요."

"대체 이 댁은 뉘 댁이고 우리 집은 뉘 집이야?"

"이 댁은 이 댁이고 우리 집은 우리 집이지요. 물을 것이 무어 있어요?"

"시집오기 전의 말이지, 시집온 뒤에는 우리 집이 따로 없어. 친정을 우리 집이라면 내가 듣기 섭섭해. 그 '우리'란 말 속에 나는 빠지니 내가 섭섭지 않아? 가만히 생각해보지."

"잘못했사오니 용서합소서. 이후에는 '우리'란 말을 명심하여 쓰겠삽네다."

"조런."

"낮잡아 말씀 마시오. 남이 들을까 겁납니다."

"그래그래. 그 사주쟁이 있는 데나 얼른 알아가지고 아들이나 얼른 낳을까 물어보자구."

덕순이 내외간에 수작이 이렇게 실없는 것은 흔히 있는 일이었다.

'봄날이 따뜻하니 복숭아꽃이 아리땁도다. 푸른 물이 고요하니 증경이˚ 서로 부르도다. 도장 안에 눈썹을 그리어 주니 보는 이 웃음겨워 하도다. 모진 바람 일어나며 밝은 달이 바다에 잠기도다. 촛불이 희미한데 붉은 깃발 무삼 일고. 서리 찬 긴긴 밤에 외기러기 울고 가도다.'

이것이 덕순 내외의 팔자라 한다. 이씨의 친정에서 이씨의 청으로 유명한 사주쟁이 김륜에게서 받아온 것이다. 이씨가 이 적은 것을 들여다보며 생각하였다. 첫 개구는 그저 그러하나 아래 세 구가 좋지 못하니 선길후흉先吉後凶하단 말인가? 모진 바람, 잠기는 달도 시원치 못하거니와 서리 찬 밤, 외기러기가 대단히 맘에 좋지 못하였다. 촛불에 붉은 깃발은 무슨 소리인지 알지 못하나 역시 좋은 말은 아닌 것으로 생각하였다. 의심을 풀려다가 근심을 사게 되었다. 낮에는 그럭저럭 잊고 지내고 밤에 자기 방에 들어앉았을 때 이씨는 곰곰 생각하였다. 외기러기 울고 간다는 말이 자기가 죽는 것이 아니면 남편이 어떻겠다는 말이 아닐까? 자기가 혼자 이 세상에 남아 있게 되는 것은 말할 것도 없고 남편을 두고 자기가 죽는 것도 맘에 애달팠다. 생각이 이에 미치며 이씨는 하염없는 눈물이 옷깃을 적시었다.

이씨의 유모가 자리를 깔아놓으려고 요이불을 드다루다가 흘긋 이씨를 치어다보고 놀라며

　"여보, 아씨. 왜 우시오?"

하고 이씨의 앞으로 가까이 오니 이씨가

　"아니야."

하고 얼른 눈물을 씻었다. 얼마 있다가 이씨가

　"어멈."

하고 유모를 불러서

　"어멈이 마음이 무딘 사람인 게야. 아범 없이 어떻게 혼자 살아 있소?"

하고 어두운 밤에 홍두깨 같은 말을 내니 그 유모는 무어라고 대답하여야 좋을지 몰라하다가

　"그렇기에 연중이를 데려왔지요."

하고 이씨의 얼굴을 들여다보았다. 이씨는 실심한 모양을 하고 앉아서

　"양자는 말고 친아들이 있기로 정든 남편을 잊을 수가 있겠소? 나는 그러면 혼자 못 살 것 같아."

하고 또 눈에 눈물이 어리니 그 유모가

　"사위스럽게* 왜 그런 말씀을 하오. 허구많은 말에."

하고 다시 무슨 말을 하려 하는데 이씨가

　"아니야, 그렇단 말이야."

하고 억지웃음을 웃었다. 그 유모가

　"아범 말은 말씀도 마시오. 그 술부대가 잘 죽었지, 만일 살아 있으면 어멈은 지금만큼 편하게 지내지 못하지요."

하고 말을 그치었다가

"그렇지만요 아씨, 내외란 건 달라요. 가끔 불쌍한 생각이 나겠지요."

하고 시름없이 웃었다. 방문 밖에서 신발소리가 나는 것을 듣고

"아이구, 서방님이 들어오시는군."

하고 유모가 일어서 나가자 덕순이가 들어왔다. 덕순이가 이씨의 얼굴을 보더니

"무슨 걱정이 생겼소?"

하고 물으니까 이씨는 천연스럽게

"아니오."

하고 대답하였다.

"거짓말 마오, 얼굴에 수심이 끼었는데."

하는 덕순의 말에 이씨는 앞이마를 손으로 쓰다듬으며 얼굴빛을 고치려고 애를 썼다. 덕순이가 한동안 말이 없이 앉았다가

"사나이 대장부가 설마 아내의 걱정을 못 풀어줄까. 걱정이 있거든 속이지 말고 말을 해."

하고 소매를 걷어치고 힘줄이 울끈불끈한 팔뚝을 내보이니까 이씨가

"팔뚝으로 걱정을 풀어주실 터이에요?"

하고 방긋 웃었다.

"팔뚝으로 풀 만한 걱정이면 팔뚝으로 풀어주지."

"아닌게아니라 사주팔자가 눈이 있어서 그 팔뚝을 보면 무서

● 사위스럽다
어쩐지 불길하고 꺼림칙하다.

위 내빼기라도 할 것이에요."

"오, 사주를 보아 온 게로군. 그 사주에도 아들이 없다고 그랬어? 어디, 나 좀 봅시다."

하고 덕순이는 소매를 내리고 손을 이씨에게로 내미니 이씨는 상을 찡그리는 듯 마는 듯하고 아무 말이 없이 여섯 구 적은 것을 덕순의 손 위에 놓았다. 덕순이가 펴서 들고 입으로 '봄날이' 하더니 눈은 벌써 '외기러기'에까지 갔는지 집어 내던지며

"그게 다 무슨 소리야. 부작符作 같군."

하고

"그래서 걱정을 하고 앉았었소? 그런 걱정 하다가 지레 죽으리다. 살다 살다 사는 날까지 살고 마는 것이지 쓸데없이 걱정 마오."

하고 이씨의 얼굴을 바라보니 이씨는 눈물이 글썽글썽한 눈을 덕순에게 보이지 아니하려고 고개를 옆으로 돌리고

"한날 한시에 나지는 못했지만 한날 한시에……."

하고 말끝을 흐리는데 덕순이가 뒤를 대서

"죽었으면 소원이 없겠다 말이오?"

하고 말을 그치고 잠잠히 앉았다가 시름없이 말하였다.

"내가 먼저 죽으면 게서 다시 시집 안 갈 것은 정한 일이라 말할 것이 없고 게서 먼저 죽더라도 내가 다시 장가들지 아니할 터이야. 그러면 한날 한시에 죽으나 다름이 없지."

며칠 뒤의 일이다. 덕순이가 갖바치에게 놀러왔더니 갖바치가 어디 가고 없었다. 한동안 문밖에서 서성거리다가 성균관 앞길로 내려오자니 갖바치가 박석고개를 넘어오는데 그 뒤에 낯모르는 젊은 사람이 따라섰다. 덕순이는 길에 서서 기다리다가 갖바치가 가까이 와서 발을 멈춘 뒤에

"어디를 갔다오우?"

하고 물으니 갖바치가 어디를 갔다온다고는 대답하지 아니하고

"내게를 가셨다가 내려오시는 길인가요?"

하고 묻더니 덕순이가 고개를 끄덕이는 것을 보고서

"내게로 도루 가십시다. 유명한 사람 하나를 보시게 하여 드릴 터이니."

하고 뒤에 따라오던 젊은 사람을 돌아보았다. 갖바치가 두 사람과 같이 집으로 돌아와서 방에 들어앉은 뒤에 먼저 덕순을 보고

"저 사람은 강원도 사는 김서방인데 나하고 형제같이 친한 사람이오."

하고 다음에 그 사람을 향하여

"이 양반은 지금 대사성 영감의 둘째 자제일세."

하고 말하여 덕순이는 그 사람과 말을 사귀게 되었다.

"서울 온 지 얼마나 되시오?"

"두어 달 되었어요."

"무엇을 하시오?"

수작이 시원하게 나가지 아니하는데 갖바치가 웃으면서 덕순

을 향하여

"저 사람이 유명한 사주쟁이예요. 사주 하나 보아 달라시지요."

하고 말하니 그 사람이 갖바치를 보며

"남에게 밀지 말고 형님이 보아 드리구려."

하고 웃었다. 덕순이가 말끝을 따라

"나는 사주를 새로 보느니보다 이왕 본 사주 하나를 물어볼 것이 있소."

하고 자기 아내가 보아 온 사주풀이를 외니 그 사람이

"그것이 내가 푼 것 같습니다."

하고 말하고 덕순이가

"촛불에 붉은 깃발이 무슨 소리요?"

하고 물으니 그 사람이 무어라고 대답하려고 하는데 갖바치가

"부작 같군."

하고 허허 웃어서 그 사람의 말문이 막히었다. 덕순이가 다시 묻기 전에 갖바치가 그 사람과 이야기를 시작하였다.

"『삼원명경』을 선생님이 주셨다고 했지? 지금 어디다 두었나?"

"얼마는 시골집에 두고 얼마는 가지고 왔는데 신판사가 보고 지성으로 빌려달라고 해서 할 수 없이 빌려줬어요."

"선생님이 주시지 아니하는 것을 훔쳐가지고 오지나 아니하였나?"

　"형님도! 백여 권 책을 훔치런들 무슨 수로 훔치오? 공연히 남을 도적놈 만들려고 그런 말을 하는구려."

　"나는 한 권도 아니 주시고 자네만 주신 것이 샘이 나네그려, 허허허."

　"여보 형님, 선생님도 참말 인색하신 양반인 것이 주문 외는 재주는 조금도 안 가르쳐주십디다. 형님이 나오신 뒤 오륙년이나 더 뫼시고 지냈는데 그동안 여러번 가르쳐주십사고 했건만 그것 배워 무엇하느냐고 영영 안 가르쳐주십디다. 그것 못 배운 것은 참말 분해요."

　"그런 재주는 배워두는 것이 한편으로 생각하면 좋을 것이 없어. 자네가 못 배웠으니까 분하니 무어니 하지 만일 배웠더면 큰 걱정거리가 되었을 것일세. 조금만 미운 사람이 있어도 곧 주문을 외어서 여우 죽이듯 하고 싶을 터이니 그것 될 일인가. 생각해보게, 재주 가지고 안 쓰기가 여간 어려운 일이 아니야. 점치고 사주 볼 줄 아는 것도 지금 나에게는 걱정거리일세."

　"그렇지만 사람의 맘이 어디 그렇소?"

　"자네가 임신년에 집으로 갔었다고 했지?"

　"그랬세요. 그때 서울을 지났었는데 형님이 서울 계신 줄만 알았더면 찾아뵈입고 갔었지만 나는 형님이 함흥 가서 계신 줄로만 알았었구려. 그래 집에 가 있는 동안 몇번 함흥으로 찾아가려고까지 했었어요."

　"맘만 먹은 것도 정분일세."

“선생님이 기해년 가을에 강서江西 구룡산九龍山으로 오라고
하셨는데, 그때 형님 같이 가실라오?”
“나도 가려고 맘을 먹고 있네.”
“형님 나올 때도 선생님이 말씀하십디까?”
“아니, 그저 알았지.”
“그저 알다니? 선생님 말씀도 못 듣고 어떻게 아셨단 말이
오?”
“지금 자네 말만 들어도 알지 못해?”
“맘을 먹고 있었다니 말이지요.”
“점을 안다면 그것쯤이야 모른단 말인가?”
“점으로요? 그것이 점으로 알게 될까요?”
“아따, 그것은 이다음 이야기하세. 우리만 지껄여서 미안해.”
하고 갖바치가 덕순을 돌아보았다. 덕순이는 옆에서 그 수작하
는 말을 듣고 갖바치가 유명한 술객 김륜이와 동문수학한 것을
알게 되었다.

# 사화

해가 다저녁때가 된 뒤에 덕순이가 집으로 돌   
아온즉 그 어머니가

"너 어디 갔었니? 아까 너의 처가에서 사람이 와서 너의 장인
이 갑자기 병환이 나셨다고 기별하는데 온 사람이 호들갑스러워
서 곧 시각대변중時刻大變中이라는 것같이 말하여 네 댁이 그 말
을 듣고 초설해ᐧ하기에 너의 아버지께 말씀을 여쭙고 네 댁을
보냈다. 그런데 갔다온 하인의 말을 들은즉 병환이 대단치도 않
은가 보더라. 어제 낮에 도야지고기라나 무슨 고기 자신 것이 눌
려서 어젯밤부터 좀 편치 못하시다가 오늘 낮에 일시 고통이 심
하셔서 집안에서 황황히 지냈다는데, 네 댁이 갔을 때는 그저 그
만하시다고 하더란다."
하고 며느리 근친 보낸 것을 말하니 덕순이는 자기가 집에 없는

동안 아내의 간 것이 불만하여

"체증 났다고 데려가고 고뿔 들렸다고 데려가고 딸을 데려가다가 볼일 못 보겠네요. 체증쯤으로 편치 못한데 기별은 무슨 기별이에요."

하고 상을 찌푸리었다. 이튿날 덕순이는 하룻동안 그린 아내를 볼 겸 장인 문병하려고 처가에를 가게 되었다. 덕순의 장인은 숭선부정嵩善副正이니, 종친宗親 중에 현명한 사람이라 같은 종친에도 성심으로 나랏일을 걱정하는 파성군巴城君과 자별한 친분이 있었다.

덕순이 간 때에 마침 파성군이 문병 왔다는 까닭에 덕순이는 바로 안으로 들어갔었다. 덕순의 아내 이씨는 속으로 십년 그리던 남편을 만난 것같이 반가웠으나 겉으로 시침을 떼고서 말이 없이 잠깐 웃는 것으로 알은체하고 덕순이도 역시 끄덕이는 듯 마는 듯 고개를 끄덕일 뿐이었다. 덕순이가 한동안 안방에 앉았는데, 섰다 앉았다 하여도 별로 안방을 떠나지 아니하는 이씨가 그 어머니의 심부름으로 다락에 올라가는 길에 덕순의 옆을 지나가며 나직이

"저녁때 가겠세요. 할 이야기가 많아요."

하고 한번 덕순을 돌아보니 덕순이는 넌지시

"무슨 이야기? 병환 구원한 이야기?"

하고 소리없이 웃었다.

파성군이 갔다고 한 뒤에 덕순이가 장인 사랑으로 나가니 누

비처네를 덮고 누워 있는 그 장인이 반갑게
  "너 왔느냐?"
하고 덕순이가 가까이 앞으로 나가서
  "좀 어떠십니까?"
하고 병환을 물은즉 그 장인이
  "오늘은 그만하다."
하고 덕순이더러 일으켜달라고 하여 처네로 앞을 두르고 뒤에
의지하여 앉은 뒤에
  "거기 앉아라. 내가 이야기할 것이 있다."
하고 덕순이가 쪼그리고 앉는 것을 보고 조용히 이야기하기 시
작하였다.
  "너의 아버지 친구 몇분들이 성심으로 나랏일을 바로잡으려
는 것은 누가 모르겠느냐만, 소인들의 원망이 나날이 심해서 여
러가지 간계奸計가 있는 모양이니 뒤가 걱정이다. 지금 화천군花
川君 심정이와 남양군南陽君 홍경주洪景舟가 예조판서 남곤 집에
서 거의 하루돌이로 모이다시피 한단다. 남곤이가 간특하기 짝
이 없는데다가 꾀주머니라는 심정이가 합했으니 무슨 간계가 안
나오겠느냐. 심정이는 경빈 박씨에게 소식을 통하여, 홍경주는
그 딸 희빈에게 말을 들여보내서 갖은 참소를 다 하게 하는데 제
일 조대헌을 몹시 몰아 말하는 모양이란다. 일전에 위에서 내전
에 듭셨을 때 곤전도 계시고 희빈과 경빈도 뫼시었었는데, 희빈
이 조광조가 길거리에 나서면 늙은것이나 젊은것이나 모두 우리

상전 우리 상전 하고 절들을 한답니다 말씀하고, 경빈이 뒤를 이어서 지금 조정에는 조광조의 당黨이 아니면 간신으로 몰려서 쫓겨나지 않을 수 없답지요 말씀하고, 그 뒤에 경빈과 희빈이 번갈아가면서 조광조가 인심 수습을 잘한다는 등 조광조가 당파를 잘 세운다는 등 갖은 말씀을 다 하니까 위에서 듣기 싫어하시는 빛을 보이시며 아무리 하기로 조광조가 역적이야 되랴 꾸중하다시피 말씀하셔서 희빈과 경빈은 입을 다물게 되었고, 그때 곤전께서 그렇게만 하실 말씀도 아닙니다, 조광조야 그런 맘이 없겠지요만 조광조에게 붙좇는 것들이 추대를 한다면 조광조인들 어떻게 하겠습니까? 강헌대왕康獻大王께옵서도 개국공신들 까닭에 맘에 없으신 왕위를 받으셨다지 않습니까? 말씀하시니까 대전에서도 아무 대답이 없으시더란다. 이것이 사실인지는 자세히 모르나 조대헌이나 너의 아버지나 좌우간 조심들 하여야 할 것이니 너의 아버지께 가서 조용히 말씀을 여쭈어라. 지금 파성군도 한걱정을 하다 갔다."

숭선부정은 얼굴에 피로한 기색이 보이며 말을 그치었다가 다시 동강동강 하는 말이

"심정이로 말하면 이판으로 논박論駁을 당해서 떨어진 일이 있지. 또 형판으로 탄핵을 당해서 쫓겨난 일이 있지, 심지어 한성판윤漢城判尹까지 다니지 못하게 되었었구나. 그러니 독이 여간 났겠느냐?"

"남곤이는 글자 하는 것을 믿고 이편에 붙으려고 애를 쓰나

남상인南喪人으로 고변할 때부터 소인놈이니까 누가 그걸 붙이겠니? 신의정申議政이 대제학大提學을 물려준 까닭에 신의정은 고맙게 생각하는가 보더라."

"홍경주는 남곤의 글도 없고 심정의 꾀도 없는 위인이 찬성贊成으로 논박 맞은 것을 분하게 생각해서 둘에게 섭슬리는˚ 모양이야."

"궁흉극악한 것들이 별짓을 다 생각해내는 모양이다. 주초위왕走肖爲王이란 비결秘訣 비슷한 말까지 지어냈단다."

"정암의 일도 걱정이지만 일 불행하면 장기튀김˚이구나. 너의 집이 걱정이다."

덕순이가 장인의 하는 말만 듣고 앉았다가

"가친家親이 조대헌장과 같이 양근으로 낙향하실 생각이 계신 모양이니 가친을 만나시거든 낙향하시라고 권하십시오."

하고 말한즉 그 장인은

"나더러 권하라느니 네가 말씀을 여쭈려무나."

말하고 덕순이가

"저는 어린아이로 아시니까 말씀을 여쭈어야 들으실 것 같지 않습니다."

하고 말한즉 그 장인은

"뛰엄질 같은 어린아이 장난을 너무 하지 말지."

말하고 웃는데 아이종이 미음상을 들고 나와서 한번 방을 들여

● 섭슬리다
함께 섞여 휩쓸리다.
● 장기튀김
장기짝을 한줄로 늘어놓고
한쪽 끝을 밀면 차차 밀리어
다 쓰러지게 된다는 뜻으로,
한군데에서 생긴 일이
차차 다른 데로 옮겨감을 뜻함.

다보고 뒤를 돌아보며 무어라고 말하더니 덕순의 아내가 뒤를
따라나와서 곧 방으로 들어오며

"아버지, 속미음 좀 잡수시지요."

하고 미음상을 받아서 그 아버지 앞에 갖다 놓았다. 덕순이는 그
장인이 미음을 자시는 것까지 보고 일어서 돌아오고 덕순의 아
내는 더 있다가 저녁때가 다 된 뒤에 돌아왔다.

그날 밤에 덕순이가 아내 방에 들어가서 자리에 앉으며 곧

"아무리 친환親患이 있다기로 나도 보지 않고 가는 법이 어디
있단 말이."

하고 논죄하듯 말하니 그 아내는

"그러지 않아도 오시거든 보입고 가고 싶었지만 어머님이 곧
가라고 하인들 지휘까지 하시는데 유난스럽게 보입고 가겠다고
할 수가 있어요? 할 수 없이 그대로 갔지요."

하고 진정 반 웃음 반으로 발명하다가 덕순이가

"여러가지로 생각해서 십분 용서하지."

하고 거짓 점잔빼는 것을 보고는

"황송무지하외다."

하고 순전히 장난조로 사과하였다. 그다음에 덕순이가

"아까 낮에 할 이야기가 많다고 했지? 무슨 이야기야?"

하고 물어서 이씨가 친정에서 들은 이야기를 옮기는데, 그 이야
기는 대개 이러하였다.

경복궁 안 함원전含元殿 뒤에 배나무가 한 주 섰는데 그 배나무

에 글자 쓰인 잎새가 생기었다. 희빈 홍씨가 그 잎새를 따서 상
감께 보시게까지 하였는데, 이 글자는 조씨가 임금 된다는 뜻이
라 한다. 이것이 실상은 희빈이 만들어낸 것인데 희빈이 일찍이
익은 배를 따서 즙을 내고 거기다가 꿀물을 타서 배나무 잎새에
글자를 써놓았더니 벌레가 즙이 묻은 자리를 갉아먹어서 글자
모양이 된 것이라 한다. 어느 어스름 달밤에 희빈이 남몰래 배나
무 밑에 가서 높은 발판 위에 올라서서 여러 잎새에 글자를 썼는
데 벌레가 먹기는 한 잎새뿐이었다고 한다. 이것을 눈으로 본 사
람이 둘이 있으니 하나는 희빈의 심복 나인이고 하나는 그 나인
아래 있는 무수리다. 그 무수리는 숭선부정의 집에서 자라난 사
람이라 일전에 다니러 왔다가 이씨의 어머니를 보고 이야기한
것이다.

　이씨가 이야기를 대강 끝내고

　"그 무수리가 글자 쓸 때 발판을 들고 따라가기까지 했더라니
그 말이 믿을 만하겠지요?"

하고 말하니 덕순이는 그 장인이 말하던 주초위왕이란 말을 생
각하고

　"희빈이 글자를 쓰다니, 진서眞書를 알든가?"

하고 얼굴에 걱정스러운 빛을 보이었다.

　덕순이는 그의 부친이 사랑에 혼자 있는 때에 조용히 들어가
서 전후에 들은 이야기를 말하여 드리고 그 끝에 속히 양근으로
낙향할 것을 말하니 그의 부친은 잠자코 듣고 있다가

"응, 알았다."

하고 적이 고개를 끄덕이는 외에 별로 말이 없었다. 덕순이가 맘이 초조하여

"조대헌장을 청하셔서 조용히 의논해보시는 것이 좋지 않겠습니까?"

하고 다시 말씀한즉 그의 부친은

"알았다니까 그러는구나."

하고 섰는 덕순을 치어다보는데 말을 더하면 꾸지람이 내릴 눈치가 보이었다. 덕순이가 한동안 우두커니 섰다가 방 밖으로 나오자 그의 부친의 한숨짓는 소리가 귀에 들리었다. 덕순이는 그 한숨소리에 맘이 더욱 초조하여

'조대헌장을 가 보입고 말씀이나 해보겠다.'

생각하고 사헌부에서 나올 만한 때를 헤아려서 조대헌에게 와서 본즉 조대헌 사랑에 여러 손님이 모이어서 무슨 공론이 있는 모양이었다. 덕순이가 그 사랑에 바로 들어가기를 주저하여 청지기를 시켜 조용히 뵙고 싶다는 뜻을 통하니 청지기가 들어갔다 나와서 말이 잠깐 기다리라신다고 하여 덕순이는 한동안 다섯살 먹은 조대헌의 아들 정奭이를 데리고 실없는 말을 물었다.

"너 지금도 젖 먹니?"

"동생이 있는데."

"네 동생 이름이 무어냐?"

"아기."

옆에 있던 상노가

"애기가 이름이야? 용龍이올시다 그러지."

하고 가르치니 정이는 고분고분하게 말을 듣고

"용이올시다."

하고 따듬따듬 옮기었다.

"아버지가 이쁘냐, 어머니가 이쁘냐?"

"어머니는 때려주어."

"그러면 아버지가 이쁘냐?"

아이는 말이 없이 고개를 끄덕이었다.

"너 글 배우니?"

"그럼. 하늘 천 따 지, 아비 부 어미 모 다 아는 데 무어."

"잘 아는구나."

하고 덕순이가 칭찬하는 바람에 아이는 까불기 시작하여 상노더러 이놈아, 저놈아 하며 장난을 치는 중에 큰사랑에서

"이리 오너라."

하는 조대헌의 목소리가 나니 상노가

"아이구, 장난한다고 아버지가 걱정하시어."

하고 공동*을 시키어서 아이는 장난을 그치었다.

조대헌이 혼자 앉아서 덕순을 불러들이었다. 덕순이가 절하고 꿇어앉은 뒤에 궐내 이야기를 말씀한즉 조대헌은 웃으면서

"위에서 간계에 속으실 리가 없네. 또 신자 된 도리는 성심을

● 공동(恐動)
위험한 말을 하여 두려워하게 함.

다할 뿐이니."

하고 다시 말이 없으므로 덕순이가

"어르신네나 시생의 가친이나 지금쯤 조정에서 물러나시는 것이 좋을 듯합니다. 가친과 의논하시고 속히 양근 미원으로 낙향하시는 것이 어떠합니까?"

하고 조대헌의 의향을 물으니

"자네 말이 옳아. 그렇지만 조정에서 물러가기가 그리 쉬운 일이 아닐세. 자네 어르신네나 내나 작록˚을 탐해서 사로˚에 나선 것 같으면 벌써 물러가게 되었을 것일세."

하고 조대헌이 대답하는데 그 말소리부터 간곡하게 들리었다.

"자네 어르신네 말씀은 무어라시나?"

"별말씀이 없으셔요."

"내가 이따가 자네 어르신네를 보이러 갈 터일세. 먼저 가게."

하고 조대헌이 말하는데 덕순이 더 앉았기가 어려워서 일어서 집으로 돌아왔다.

저녁때가 다 된 뒤에 조대헌이 김사성을 찾아와서 이야기하다가 저녁밥을 같이 자시게 되었는데, 덕순 형제가 뫼시고 서서 시중을 들자니 조대헌이 덕순을 돌아보며

"내년 봄쯤 두 집에서 같이 낙향하자고 지금 어르신네와 의논했네."

하고 말하여서 덕순의 초조하던 맘은 너누룩하여졌다. 저녁상이 끝나고 덕순 형제가 나온 뒤에 조대헌과 김사성 사이에는 아들

들의 이야기가 났었다.

"덕순이가 기골만 든든한 줄 알았더니 식견도 제법 있는 모양이야."

"무어, 공부를 해야지 사람이 되지."

"자네는 맏자제가 청수하고도˙ 그릇같아 보이니까 뒷걱정이 없네. 집의 정이는 아직 어린것이지만 원대한 기상이 보이지 아니하는 것이 수壽를 못할 것 같아."

"정이는 좀 약해서 걱정이지만 둘째 자제 용이는 튼튼하더군."

"덕순의 아우 어린아이의 이름을 무어라고 지었어?"

"덕무德懋라고 지었지. 덕무나 용이나 한 이십 되어서 사람 노릇하게 될 때에는 우리가 육칠십 노인이 될 모양이지."

하고 김사성이 웃으니 조대헌은

"우리가 그때까지 살까?"

하고 적이 한숨을 지었다.

그날 낮에 조대헌의 사랑에 모이었던 사람들은 사헌부와 사간원의 관원인데, 병인년 반정공신들 중에 아무 공로도 없이 외람히 참예한 사람이 많으니 이것을 골라서 처치하도록 하자고 그들이 공론하였었다. 이튿날부터 사헌부, 사간원 양사에서 무공한 사람들의 공신 칭호를 깎아버리자고 주장하기 시작하였다. 그리하여 대사헌, 대사간 이하 여러 간관들이 복합까지 하였으

● 작록(爵祿)
관직과 녹봉. 즉 돈과 명예.
● 사로(仕路) 벼슬길.
● 청수(淸秀)하다
얼굴이나 모습이 깨끗하고
빼어나다.

나 임금이 좇지 아니하였고, 그 뒤에 옥당에서 양사의 주장을 따라서 상소를 아뢰고 대신과 각조 판서가 양사의 주장을 좇아서 말씀을 아뢰었으나 임금이 종시 좇지 아니하였다. 이때 좌의정 신용개는 병으로 수유하고 집에 누워 있던 중이라 예조판서 남곤이가 문병하러 왔다가

"근래 조정 의논이 과격하여 걱정입디다."
하고 말하니 병이 중하여 기신起身을 잘 못하는 신정승이 벌떡 일어앉으며

"과격하다니? 소인들이 옳은 일을 주장하는 사람이 미워서 모함하려고나 할 말이지 대감이 할 말이오? 대감이 어째 그런 말을 하오? 나는 병이 좀 나아서 등연˚하게 되면 힘껏 말씀을 아뢸 작정이오."
하고 얼굴빛을 붉히며 나무라서 남판서는 무료하게 앉았다가 돌아갔다.

그 뒤 얼마 동안 지나지 아니하여 신정승의 병이 더치어서 다시 등연하지 못하고 마침내 돌아가니 대신의 초상이라 임금님이 별전別殿에서 망곡望哭하려고 하교까지 있었는데, 예조판서 남곤 이외 몇 신하가 중난한 일이니 중지하시라고 밀막았다. 조대헌이 입궐하여 임금께 알현하고

"신용개 초상에 망곡하옵시려다가 중지합시는 것은 무슨 일이오니까? 신은 듣사오니 세종대왕께옵서는 대신 상사에 백관을 거느리시고 친림親臨까지 하옵시고 곡하실 때 곡성이 밖에까

지 들리었다 하오니 일전에 망곡하옵신다는 하교를 봉행奉行하지 아니한 것은 도道로써 임금을 섬기는 신자의 할 바이 아니외다.”

하고 말씀을 아뢰니 임금도 무안하였거니와 남곤 이외 몇사람은 무안이 지나서 분憤으로 변하였다. 신정승 초상난 뒤 사오일이 지나서 양사 간관들이 공신 문제로 일제히 사직하게 되었는데, 임금이 조대헌을 인견하고

“이미 봉封한 공신을 깎아 없이하는 것이 국가의 중대한 일이라 이때껏 지난持難한 것인데 경들이 사직까지 하는 것은 너무 과하지 아니한가?”

하고 말씀하니 조대헌은 외람한 공신은 삭훈˚함이 마땅하다고 누누이 아뢰고 그 끝에 예조판서 남곤이가 조정의 중대한 의논이 있을 때 영릉英陵에 진향進香 간다고 서울을 떠나서 의논에 참예치 아니하였으니, 이것이 조정 중신의 도리가 아니라고 논박하여 그때 같이 입시하였던 남곤이는 등에 찬땀이 흘렀었다. 나중에 임금도 할 수 없이 양사의 주장을 좇아서 반정공신 중에 사등공신은 전수를 없이하고 삼등공신은 추리어 없이하여 화천군花川君 심정이와 남양군 홍경주도 군君 칭호를 빼앗기게 되어서 분심이 더욱이 돋히었다. 공신 문제가 낙착난 뒤 어느 날 밤에 혜화문 안 갖바치가 조대헌을 찾아왔다. 이때까지 조대헌에게 한번도 온 일이 없는 사람이 졸지에 찾아오니 조대헌은 반갑게 맞아들이면서도

● 등연(登筵)
대신이 직무상 임금에게 나아가 뵘.
● 삭훈(削勳)
공신 자격을 박탈해 삭제함.

괴상히 생각하여

"오늘은 웬일인가?"

하고 물으니 갖바치는 첫마디에

"조상弔喪 왔소이다."

하고 슬픈 기색이 얼굴에 가득하였다. 조대헌이

"조상이라니?"

하고 놀라니 갖바치는

"영감께서는 가실 길을 가시는 것이나 옆에서 보입는 사람은
개연한 맘이 없지 않습니다. 이 다음날 동소문 밖에서 하직할 틈
은 있을 듯하나 말씀까지는 여쭙게 될지 모르는 까닭에 오늘 밤
에 일부러 왔습니다."

하고 화가 박두하였으니 집일을 미리 정돈하여 두는 것이 좋겠
다는 뜻을 말한 뒤에

"이목이 번다하여 오래 있지 못하고 갑니다."

하고 일어서 나가는데, 조대헌은 무슨 셈인지를 몰라서 별로 붙
잡지도 아니하였다.

갖바치가 왔다가던 이튿날 조대헌은 심신이 불쾌하여 종일 집
에 누워 있었는데, 이른 저녁때 김사성이 찾아와서 외조부 제사
참사參事를 가는 길에 잠깐 들리었노라고 말하고 수어하다가 바
로 일어서려고 하니 조대헌이 조금 더 앉았다 가라고 붙들어서
나중에 저녁밥까지 같이 먹게 되었다. 저녁상을 치운 뒤에 조대
헌이 김사성을 돌아보며

"오늘은 종일 신기가 불편하여 밥 생각이 별로 없더니 자네와
같이 먹는 덕에 저녁을 잘 먹었네."

하고 치사하듯 말하는데 김사성이

"우리가 이 다음날은 같이 밥 먹기도 어려울 것일세."

하고 한숨을 쉬니

"갑자기 앞짧은소리˚가 웬일인가? 자네가 몹시 심약해졌네그
려."

하고 조대헌이 도리어 위로하는 어조로 말하다가

"벌써 함정의 고동을 밟았으니 천장만장 빠질 것은 눈앞에 닥
친 일이지."

하는 김사성의 말을 듣고 맘이 따라 약하여졌던지

"글쎄, 그렇다고 하겠지."

하고 역시 한숨을 쉬었다. 이리하여 주객이 근심
스러운 얼굴로 한동안 서로 대하고 앉았다가 나중에 김사성이

"제사나 지내러 가겠네."

하고 일어서려고 하니 조대헌이

"이리 오너라."

하고 상노를 불러서

"대사성 댁 하인에게 등불을 켜라고 일러라."

하고 분부하고서 곧바로

"아니, 달이 밝겠구나. 등불은 고만두고 나오라구나 일러라."

하고 고쳐 분부한 뒤 일어서는 김사성을 보고

“내일 만나겠지.”

하고 작별인사까지 하더니 김사성이 마당에 내려서서 몇걸음도 걷기 전에 영창을 열고

“노천, 외조 제사에 꼭 참사하여야 하겠나?”

하고 묻지 않을 듯한 말을 묻는 까닭에 김사성은 괴상히 생각하여

“그것은 왜 묻나?”

하고 고개를 돌이켜 바라보니 작은 촛불이 찬바람에 후리어서 방 안이 밝지 못한 중에 조대헌이 손으로 문틀을 짚고 구부슴하고 서 있는데, 그 머리 위에 짐승의 발톱 같은 손이 내려와서 관冠 속에 있는 상투를 꿰어 들려는 것같이 보이었다. 김사성이 속으로 놀랍게 여기어 다시 뜰 위로 올라와서 가까이 서서 본즉 짐승의 발톱 같은 손이 아니라 문 방장房帳을 걷어 다는 갈고리의 끝이 나온 것이었다. 조대헌은 김사성이 다시 올라오는 것을 가까이서 말하려는 것인 줄로 알고 마루로 마주 나와서 달빛이 들기 시작한 뜰 위에 섰는 김사성을 내려다보며

“달이 밝으네그려. 오늘 밤은 공연히 맘이 소란하니 자네와 이야기나 하고 지냈으면 좋겠으나 자네가 제사 지내러 간다니 붙들 수가 있어야지.”

하고 은근히 붙들었으면 좋은 눈치로 말하나 김사성은

“간다고 기별까지 하였으니까 아니 갈 수가 없어. 자네는 일찍이 자게. 내일 만나지.”

하고 다시 마당으로 내려와서 중문 밖으로 나오는데 공연히 맘

에 섭섭한 것 같았다.

김사성이 외가에 와서 보니 주인 되는 외사촌이 기다리고 있는 중이었다. 그 외사촌이 김사성을 분주히 맞아들이며

"형님 댁에서는 일찍 나서셨다는데 어디서 늦으셨습니까?"

하고 물으니 김사성이

"효직이에게서 늦었네."

하고 대답한 뒤

"집에서 일찍이 나선 것은 어떻게 알았나?"

하고 도리어 물은즉 그 외사촌은

"덕순이가 석후에 와서 다녀갔습니다."

하고 대답하였다. 김사성이 외사촌 이외 여러 사람과 같이 앉아서 이야기하는 중에 그의 외척 되는 사람 하나가

• 서회(敍懷) 회포를 풀어 말함.

"근래는 조정 일이 어떠합니까?"

하고 물으니 김사성이 손을 내저으며

"오래간만이니 서로 서회˚들이나 하지 조정 일은 물어 무엇하나."

하고 말하기를 즐겨 아니하는데 그 사람이 굳이 듣고자 하여 나중에 김사성은 눈살을 찌푸리며

"나로 말하면 공명이 분수에 넘치는 까닭으로 어느 때 화를 받을지 모르는 사람이라 다음날은 이렇게 모이기도 어려울 것이니 이런 때 서로 서회나 하세나."

하고 말하여 그 사람은 더 말하지 못하고 김사성의 외사촌이

"형님, 화 받으실 줄 알면서 왜 진작 피하지 아니하십니까?"

하고 말하니 김사성은

"지금 와서는 진퇴유곡이야."

하고 한숨을 지었다.

김사성의 외가는 닭운 뒤에라야 비로소 행사하는 예문가禮文家가 아닌 까닭에 제사를 일찍 지냈다. 그러나 제사를 파하고 음복을 시작할 때 밤이 벌써 삼경이 가까웠다. 음복상이 채 다 끝나기 전에 덕순이가 도적에게 쫓긴 것같이 장달음을 쳐 뛰어들어오며 바로 사랑으로 들어와서 양치하는 김사성을 보고

"아버지, 큰일났습니다."

하고 벅찬 숨을 돌리려고 할 때 벌써 중문 밖이 술렁술렁하며 여러 사람의 발짝소리가 들리었다.

덕순이가 김사성 앞으로 가까이 가서

"벌써 왔습니다. 사랑 뒤로 피하시지요."

하고 나직이 말하니 김사성이 눈을 부릅뜨며 큰 소리로

"지각없는 것 같으니, 어디를 피한단 말이냐?"

하고 꾸짖었다. 이리할 때 선전관宣傳官 하나가 금위군사 십여명을 데리고 들어왔다. 김사성의 외사촌이 놀란 가슴을 간신히 진정하고 나서서

"웬일이오?"

하고 물으니 그 선전관이

"웬일?"

하고 뇌며 어깨를 으쓱하고

"대사성 김식이 여기 왔지?"

하고 호기 있게 묻는데 김사성의 외사촌이 미처 무어라고 대답하기 전에 김사성이 방 밖으로 나와서

"내가 김식이오."

하고 나서니 그 선전관이 어명을 받들고 나왔다고 말한 뒤에 금위군사를 지휘하여 김사성을 끌어내리어 전후좌우로 에워싸고 중문 밖으로 나가는데, 덕순이는 두 주먹을 불끈 쥐고 전신을 부르르 떨다가 잡혀가는 부친의 뒤를 따라나섰다. 뒷전에서 가는 군사 하나가 돌치어서며

"이놈아, 따라오지 마라!"

하고 호령하는데 덕순이가

"아무더라나 이놈이야. 따라가면 어찌할 테냐?"

하고 맞호령하다시피 하였더니

"이놈 보아라."

하고 덕순에게 달려들어 손찌검을 하려는 것을 옆에서 가던 다른 군사가

"앗게 이 사람아, 잡혀오는 이의 자질인가 보에. 인정에 따라오고 싶지 않겠나? 이 사람, 고만두고 어서 가세."

하고 말리어서 그 군사는

"양반의 자식이 법도도 모른단 말이, 봉명*한 사람에게 호령

● 봉명(奉命)
임금이나 윗사람의 명령을 받듦.

질을 하다니. 내일쯤은 연좌로 경치게 될 것이니 어디 보자."

하고 벼르며 돌아섰다. 덕순이는 그리하지 않아도 분통이 터질 지경이라 주먹질과 발길질 한두 번에 그 군사를 반쯤 죽여놓고 싶었으나 억지로 참고서 광화문 앞까지 따라왔다. 궐내는 따라 들어갈 길이 없는 까닭에 광화문 밖에서 미친 사람같이 왔다갔다하다가 수문장에게

"누구냐? 저리 가거라."

하는 꾸지람까지 받았다. 얼마 동안 지난 뒤에 금부도사가 앞을 서고 그 뒤에 금위군사 한 떼가 덕순의 부친 이외 여러 사람을 둘러싸고 나오더니 의금부로 향하였다.

군사 속에 싸여서 끌려가는 그 부친의 얼굴을 언뜻 보고서는 이때껏 말똥말똥하던 덕순의 눈에서 눈물이 비오듯 쏟아졌다. 금부 앞까지 따라오기는 왔으나 황토마루 큰길로 돌아왔는지 수진방壽進坊골 사잇길로 내려왔는지 덕순이는 생각하지 못하였다. 이때 달이 대낮같이 밝아서 기어가는 개미도 보일 만하였으나 달이 밝은지 날이 밝았는지 덕순이는 요량하지 못하였다. 그날 밤에 궐내에 입직하였던˚ 승지며 옥당들도 잠깐 금부에 내려 갇히었다가 바로 놓이었는데, 두서너 사람이 놓여나올 때마다 덕순이는 그 부친도 섞이어 나오나 하고 번번이 쫓아가서 보았다.

금부 안에서는 잡히어 온 사람들이 넓은 뜰에 늘어앉았는데 금부도사의 인정으로 공석 한 닢씩을 주어 깔고 앉았으나, 언 땅에서 올라오는 찬기운과 기왓골에서 내려오는 찬바람에 몸이 벌

벌 떨리었다. 잡혀온 사람들은 대사헌 조광조와 형조판서 김정과 대사성 김식과 부제학 김구와 우승지 윤자임과 좌부승지 박세희와 동부승지 박훈과 응교 기준 등 여러 사람인데, 모두 무슨 죄로 잡히었는지는 알지 못하지만 죽음을 면치 못할 줄은 다 각기 짐작하였다. 그러나 조광조 외에는 모두 일없는 사람같이 웃고 이야기하고 윤자임이 금부도사에게 사정하여 술을 사다가 돌려 마신 뒤에는 시까지 읊조리는 사람이 있었는데, 조광조 한 사람은 이야기도 하지 아니하고 술도 마시지 아니하고 처음부터 통곡하여 그칠 줄을 모르니 여러 사람들이

　"효직이, 울지 말게."

하고 말리기도 하고

　"효직이, 창피하지 아니한가?"

하고 조롱하기도 하는 중에 기준이가

　"죽음을 당하여는 끝까지 용용한˙ 것이 글자 배운 보람인데 통곡할 까닭이 무어 있소?"

하고 책망하니 조광조가 목멘 소리로

　"낸들 그걸 모르겠나. 나는 우리 임금을 뵙고 싶어. 우리 임금이야 이렇게 하실 리가 없어."

하고 다시 울음을 내놓았다. 조대헌이 깔고 앉은 공석은 떨어진 눈물이 얼어붙어서 달빛에 번쩍거리니 나졸 중에 한 사람이 이것을 보고 새 공석 한 닢을 가지고 와서

　"이것을 깔으십시오."



● 입직(入直)하다
관아에 들어가 차례로 숙직하다.
● 용용(雍容)하다
마음이나 태도 따위가
화락하고 조용하다.

하고 조광조를 붙들어 일으키고 새 공석을 덧깔아주니, 조광조
가 그 나졸을 돌아보며

　"필묵을 좀 얻어주겠소?"
하고 청하니 그 나졸이

　"도사 나리께 말씀을 여쭈어보리다."
하고 가더니 필묵과 벼루를 가져왔다. 조대헌이 눈물로 묵수墨水
삼고 웃옷자락으로 종이 삼아 상소 한 장을 써놓았다.

　여러 사람이 조광조의 써놓은 상소를 보니 말은 간단하나 뜻
은 곡진한데, 끝으로 말한 소원은 임금이 친히 한번 심문하여 주
면 죽어도 한이 없겠다는 것이었다. 성미 괄괄한 윤자임이 이것
을 보고 대번에

　"친국˚당하기가 소원이란 것은 좀 우습소그려."
하고 옷자락 상소를 손등으로 밀어치우니 조광조가 그것을 정성
스럽게 접어서 품에 품으며

　"우리 임금은 잘못된 일을 아시고 고치시지 않을 리가 없으
셔."
하고 또 눈물이 방울방울 옷깃에 떨어지는데 눈물자국이 완연히
불그스름한 물이 묻는 것 같았다. 김식이가 이것을 보고

　"여보게 중경仲耕이!"
하고 윤자임의 옆구리를 지끈거리어 윤자임이 자기를 돌아다보
게 하고는 할 말이 별로 없으니까 김구를 가리키며

　"저 대유大柔의 글을 들었나? 명월장천야明月長天夜 구가 좋

지?"

하고 말한즉 윤자임이

"아까 같이 듣고 들었느냐고 묻는단 말인가? 노천도 정신이

빠졌네그려."

하고 허허 웃으니 김식이는

"그랬든가?"

하고 적이 웃었다. 김식이가 말하고 웃고 하는 모양으로 윤자임

도 조광조의 맘을 더 상하게 하지 말라는 눈치를 알고 다시는 옷

자락 상소에 대하여 말을 내지 아니하였다.

　잦은 닭이 울 무렵에 덕순이는 집으로 돌아왔다. 덕순이는 금

부 문밖에서 돌아다닐 묘리도 없지마는 집으로

돌아갈 생각도 역시 없었는데, 어찌하다가 집에

있는 어머니의 생각이 나며 발이 저대로 걸어서

집에를 돌아오게 된 것이다. 처음에 선전관이 금위군사를 지휘

하여 집안을 뒤지는 틈에 덕순이는 슬그머니 사랑 뒷담을 뛰어

넘어서 한달음에 그의 부친이 있는 진외가로 갔었는데, 그 어머

니와 그 형님까지도 집에 있는지 없는지를 모르도록 정신을 차

리지 못하였지만 덕순의 아내 이씨는 대번에 그 남편이 자취없

이 없어진 것을 알고 걱정 중에 한걱정을 더하였다. 나중에 그

시아버지가 잡혀가는 데 따라간 것까지 알고 이씨는 사람을 보

내고 싶었으나, 그 시어머니가 수족에 자개바람˚이 나서 맏동서

와 같이 시어머니 옆에 붙어 있느라고 틈을 타지 못하였다. 덕순



● 친국(親鞫)
임금이 중죄인을 몸소 심문하던 일.
● 자개바람
쥐가 나서 곧아지는 증세.

이 집에를 돌아왔을 때 이씨와 그 동서는 아직도 시어머니 방에 있었는데, 중병을 치른 사람같이 얼굴이 해쓱한 덕순이가 방문을 열고 들어서니 그 형수가

"아이구!"

하고는 곧 눈을 감고 누워 있는 시어머니에게

"서방님 오셨습니다."

하고 말하였다. 덕순의 어머니가 기운없이 눈을 뜨고 한번 둘러보더니

"너의 아버지 오셨느냐?"

하고 묻는 것이 정신이 깨끗한 사람 같지 아니하였다. 덕순이는 그 형수가 가까이 있는 것도 헤아리지 않고 어머니 앞으로 달려들어서 그 아내가 주무르느라고 쥐고 있던 어머니의 손을 빼앗는 것같이 당겨쥐고

"어머니, 아버지는 금부로 가셨어요."

하고 눈물이 텀벙텀벙 떨어지니 그 어머니는 아무 말이 없이 고개만 가로 흔들 뿐이었는데, 그 고개가 남편의 일이 글렀다는 뜻인지 또는 아들더러 울지 말라는 뜻인지 옆엣사람은 알지 못할 고개이었다.

덕순의 형 덕수德秀가 들어왔다. 덕수는 울어서 눈이 부었다. 그 어머니는 덕수를 보고 또 그 알지 못할 고개를 흔들었다. 이씨가 슬그머니 일어서서 시어머니의 발치로 가서 서니 맏동서가

"여보게, 앉게. 어머님 발을 주무르세."

하고 자기도 발치로 가서 두 동서가 시어머니의 발을 하나씩 갈라쥐고 주무르기 시작하고 덕수는 계수가 내놓고 일어선 자리에 와서 덕순과 나란히 앉았다.

방안이 조용하였다. 앉았는 사람의 속을 답답케 할 만큼 조용하였다. 소리는 어린 덕무의 코고는 색색 소리와 등잔불의 심지가 타는 빠지직 소리뿐이고 움직이는 것은 두 동서의 흰 손들뿐이었다. 이때 광경을 갑자기 보게 된 사람이 있다면 아들 며느리가 어머니 임종에 모이어 앉은 것으로 잘못 보기 쉬울 만하였다. 동이 틀 때 그 어머니가 깨끗한 정신이 돌아나서 아들들을 보고

"너희들이 이리하여서는 아니 된다. 큰일을 당한 사람일수록 잠 잘 자고 밥 잘 먹어야 한다. 나가서 눈들을 좀 붙여라."

하고 또 발치에 있는 며느리들을 보고

"너희들도 방으로들 가거라."

하고 말한 뒤에 아니들 나가는 것을 야단치다시피 하니, 이씨의 두 동서가 먼저 나와서 상직꾼과 아이종을 들여보내고 그 뒤에 덕수 형제도 일어서 사랑으로 나왔다. 덕수는 기질이 약한 까닭에 앉아 배기지 못하고 목침을 베고 눕고 덕순은 손으로 턱을 고이고 앉았는데 밖에서

"작은서방님."

하고 부르는 소리가 들리었다.

덕순이가 문을 열고 내다본즉 박연중이가 댓돌 위에 올라서 있었다.

"왜 부르니?"

"이리 좀 오시오."

덕순이가 마루 끝에 나와 앉은 뒤에

"소문을 더러 들으셨소?"

하고 연중이가 물으니 덕순이는 듣지 못하였다고 고개를 흔들었다. 연중이가

"소인이 몇군데 다니며 알아보니까 예조판서 남곤이가 일을 꾸며낸 모양입디다."

하고

"오밤중에 어디 가서 알아보았단 말이냐?"

하고 덕순이가 의심하는 것같이 말하니까 연중이는

"어젯밤에 문 닫고 잠잔 댁이 어디 있단 말씀이오."

의심하는 것을 나무라듯이 말하고 우선 알아본 데를 대려고

"소인의 친구가 회동 정정승 댁의 청지기를 다니고 소인의 일가가 홍인문 밖 이판서 댁의 별배*를 다니지요."

하고 말하니 덕순이가

"그래, 고만두고 알아본 이야기나 해라."

하고 연중의 이야기를 재촉하였다.

"정정승 댁 청지기의 이야기를 들으니까 어제 새벽에 남판서가 패랭이를 쓰고 헌 베옷을 입고 걸어서 정정승 댁에를 왔더랍디다. 정정승이 중문간에 나가 보는데 그 청지기가 부축하고 나갔더래요. 남판서 말이 남의 이목이 무서워서 이 모양을 하고 왔

노라고 하고, 지금 위에서 조광조 당을 없이하시려고 하시는데
위에서 대감께 문의하시거든 아무쪼록 위의 뜻을 거스르시지 마
십시오. 그 사람들을 하나라도 뒤에 남겨두면 해毒가 무궁할 것
이라 씨를 없애도록 하여야 할 것입니다. 잘못하다가는 나중에
후회하게 되실지도 모르니 깊이 생각하십시오, 말하고는 잘하면
큰 수가 생길 것이요, 잘못하면 큰 탈을 당할 것이라고 별말을
다 하더랍니다. 그런데 정정승이 그 말을 다 듣고 나서, 여보 대
감이 조정 중신의 몸으로 상것들의 모양을 하고 큰거리를 지나
오시다니 해괴한 일이오. 또 그러고 사림士林을 모함하려는 것은
나의 본심이 아니오, 하고 말하여 남판서가 골을 내고 인사도 변
변히 아니하고 간 일이 있었는데, 어제 밤중에 궐
내에 큰일이 났다고 입궐하시라고 해서 들어가시
게 되니까 그 댁에서도 큰일이 나는가 보아서 안
팎없이 야단들이랍디다. 또 이판서 댁 별배의 말
을 들으니까 이판서가 댁에 아니 계신 동안에 남
판서가 연 사흘 찾아왔더랍니다. 어제 저녁때 남판서에게서 무
슨 편지가 왔는데 이판서가 그 편지를 보더니 군복을 차리고 말
을 빌려다 타고 문안을 들어왔답니다. 처음에는 남판서 집으로
갔다가 남판서와 같이 경복궁 대궐 뒷문으로 가서 그 문으로 입
궐하였다는데, 그 별배가 주인대감의 뒤를 따라다니다가 나왔다
고 합디다. 그러고 신무문*으로 입궐하는 것은 전에 본 적이 없
는 일이라고 합디다. 그래 이말저말 합해서 생각한즉 이번에 영

● 별배(別陪)
예전에, 벼슬아치 집에서
사사로이 부리던 하인.
● 신무문(神武門)
서울 경복궁의 북문.
임금이 경무대에서 거행되는
과거장에 행차할 때에만
이 문을 열었다.

감마님이 당하신 일은 남곤이가 꾸며낸 것이 분명하지 않아요?”

정신 놓고 연중의 이야기를 듣던 덕순이가

“남곤이는 원래 간특한 놈이니까 못된 짓을 하겠지만 이장곤이로 말하면 점잖다는 말을 듣는 자가 남곤이와 부동해서 못된 짓을 했단 말인가?”

하고 열을 내어 소리를 질렀다. 덕순이가 소리지르는 바람에 방에 누웠던 덕수가 놀라서 뛰어나오며

“무얼 그러니?”

하고 물으니 덕순이가 눈을 크게 뜨고

“여보 형님, 이장곤이가 남곤이와 부동해가지고 아버지를 모함했다는구려.”

하고 분하여 하니 덕수가 얼마 동안 말이 없이 생각하더니

“아니다, 그럴 리가 없다. 이판서가 점잖다는 이고 또 조대헌장이시나 아버지시나 서로 친하신 터인데 그럴 리가 만무하다.”

하고 이판서를 두둔하여 말하였다.

“아니오, 형님. 연중이가 듣고 온 말이 있을 뿐 아니라 가만히 생각해본즉 그 말이 근리한 것이, 이장곤이가 병판이 아니오? 병판이 아니 들면 금위군사를 풀 수가 없지 않소?”

“글쎄, 그렇다면 인심이 무섭다.”

“인심이 다 무어요? 친한 것으로 말하면 남곤이는 친하시지들 아니한가요? 우리가 원수를 갚자면 첫째 이장곤이고 그다음에 남곤이오.”

덕순이가 주먹을 쥐고 일어서니 덕수가 차차 더 알아보자고 말하였다.

덕순이가 이장곤을 때려죽일 놈같이 벼를 때에 금부 안에서는 벌써 좌기˙할 기구를 차리느라고 나졸들이 이리저리 왔다갔다 하는 중이었다. 해가 높이 솟은 뒤에 조광조, 김정 등을 잡아들여 문초를 받게 되었는데 문초 받는 관원은 위관委官에 김전金銓이요, 금부당상에 이장곤이요, 이품二品에 홍숙洪淑이었고, 문초 받는 죄목은 조광조, 김정, 김식, 김구 네 사람은 붕당을 지어 성세聲勢를 잡고 궤격한˙ 버릇을 길러 조정을 그르친다는 것이요, 윤자임, 기준, 박세희, 박훈 네 사람은 조광조 무리를 따라 궤격하다는 것이었다. 조광조가 계하에 꿇리어 앉아서 당상에 좌기한 이장곤을 치어다보고

"희강이, 희강이."

하고 자를 부르니 이장곤은 바늘방석에 앉은 사람같이 몸을 편히 가지지 못하고 차마 계하에 꿇린 사람을 바로 내려다보지 못하던 중에, 조광조의 자 부르는 소리를 듣고 무안한 듯이 부끄러운 듯이 얼굴을 붉힐 뿐이었는데 김전이가

"죄인이 당상의 자를 부르다니 가만두지 못할 일이다."

하고 같지 않게 화를 내며 좌우에 벌려선 나졸을 내려다보고

"너희들 그 주둥이를 비비어놓지 못하느냐!"

하고 호령하였다. 나졸들이 긴대답을 하고 조광조에게 달려들려고 할 때 이장곤이가

● 좌기(坐起)
관아의 으뜸 벼슬에 있던 이가 출근하여 일을 시작함.
● 궤격(詭激)하다
말과 행동이 사리에 맞지 않고 지나치게 과격하거나 격렬하다.

"가만히 물러들 섰거라."

하고 분부하여 나졸들을 물리치고 곧 손 위에 앉은 김전을 돌아보며

"선비는 죽일망정 욕보이지 못합니다. 또 어제까지 친구로 지내던 사람이 자 좀 불렸다고 욕보이는 것은 인정이 아닙니다."

하고 점잖게 말하여 김전은 입맛을 다시고 말이 없었으나 손 아래에 앉은 홍숙이가 이장곤을 돌아보며

"그것은 대감 말씀이 틀린 말씀이십니다. 충역忠逆이 한번 갈린 바에야 친구가 어디 있습니까? 그렇지만 그것은 고만두고 얼른 죄인들의 문초나 받으십시다."

하고 계하를 내려다보며

"너희들의 죄목은 다 알았지? 광조부터 바로 아뢰라."

하고 호령하니 조광조가 홍숙을 치어다보며

"네가 나의 문초를 받다니. 만일 법대로 국문鞫問한다면 이럴 수가 있느냐?"

말하여 홍숙은 분이 나서 얼굴이 붉어졌다. 금부에서 여러 사람의 문초을 받아서 궐내에 들이고 형장 쓰기를 청하였으나, 이 일에 대하여는 조정 의논이 정한 것이 있으니 형장을 쓰지 말고 조율하라고 위의 하교가 있어서 여러 사람이 형장은 당하지 아니하였다.

이때 문밖에 사는 사람들은 문안으로 모여들고 문안에 사는 여염 사람과 시정 사람들은 길거리로 몰려나오고 성균관에 거재

居齋하는 유생들과 중부 동부 서부 남부 사부학당四部學堂에 있
는 유생들은 경복궁 대궐 앞으로 몰려들어서 광화문 앞에서 황
토마루로 종로 큰길거리까지 사람 천지가 되었는데, 해태 앞과
금부 앞에는 사람이 천여명씩 뭉치었었다. 해태 앞에 뭉치었던
유생 중에 신명인申命仁이란 선비가 앞으로 나서서

"우리가 이렇게 모여 섰기만 하여서 무엇하는가? 우리가 신
원상소나 올려보자."

하고 섰던 자리에 주저앉아 상소를 초草하는데 붓이 쉴새없이
적어냈다. 여러 유생들이 상소 든 유생을 앞세우고 궐문 앞으로
달려드는데, 수문장이 문 지키는 군사를 좌우에 벌려세우고 앞
을 막으니 황계옥黃季沃이란 유생이 군사 하나를 떠다박질러서
유생과 문군사 사이에 살풍경이 나기 시작하였다.

"쳐라, 때려라."

소리와

"밟아라, 죽여라."

소리가 서로 어우러지며 유생 중에 갓 부서지고 옷 찢긴 사람은
말할 것도 없고 머리가 깨어져서 피투성이 된 사람이 한둘이 아
니었다. 그러나 먼저 손찌검을 시작한 황계옥이는 슬슬 피하여
옆으로 비켜선 까닭에 옷고름 하나 떨어지지 아니하였다. 막아
도 물러가지 아니하고 점점 더 달려드는 유생들을 문군사 몇사
람이 막아내지 못하여 나중에는 유생들이 물밀듯이 광화문 안으
로 몰려들어와서 악머구리˚ 울듯이 통곡하기 시작하였다. 난데

없는 곡성이 궐내를 진동하여 위에서 놀라 곡성 출처를 하문하니 정원˚에서 사실을 아뢰었다. 위에서

"이것은 천고에 없는 변이다. 금위군사를 풀어서 몰아내라. 그러고 수두首頭 몇놈은 잡아 가두어라."

하고 하교하여 금위군사들이 유생들을 내쫓는데

"수두가 누구냐?"

물어서 몇사람을 잡으려고 하니 여러 유생들이

"나도 수두다, 나도 수두다."

하고 달려들었다. 금위군사가 처음에 잡기는 네다섯 사람에 불과하였지만 나중에 앞을 다투어 잡히는 사람이 수가 없이 많은 까닭에 철쇄가 부족하여 새끼로 목을 얽힌 사람이 여러 백명이 되었다. 위에서 이것을 알고 조광조가 인심을 얻었다는 것이 사실이구나 생각하고 눈살을 찌푸릴 때에 마침 금부에서 조광조의 옷자락 상소를 올리니 위에서

"상소는 다 무어냐?"

하고 감鑑하지 아니하였다.

옥당 하인 이학년李鶴年은 속량˚하지 못하여 하인 노릇을 할망정 근본을 따지면 종친의 서자라 종친 중에 안면이 넓었다. 그날 식전에 파릉군巴陵君에게 쫓아가서 의논한 결과로 왕자, 군 이하 종친들의 힘을 모아서 조광조 등을 구원하기로 되어 낮이 지난 뒤에 파릉군 이하 여러 종친들이 예궐하여 임금께 면대하기를 청하다가 정원에 막히어 면대하지 못하고 그대로 퇴궐들 하게

되었다. 파릉군은 빈청賓廳에 와서 대신들을 보고 나랏일을 걱정하여 울며불며하는 중에 마침 빈청으로 들어오던 이장곤을 보고 인사도 채 아니하고

"희강이, 나는 대감을 사람으로 알았더니 불여우 새앙쥐들 틈에서 꼬리를 흔들고 다닌단 말이오? 대감이 사람이오? 대감이 효직이 일파를 해칠 줄은 몰랐소."
하고 나무라며 눈물을 좌르르 흘리니, 이판서는 아무 말도 아니하고 얼빠진 사람같이 두리번거리기만 하다가 영의정 정광필 앞으로 나아가서 금부의 처치를 말하는데 영의정은 상을 찡그리었다.

금부에서 조광조 이하 여덟 사람의 죄를 간당률奸黨律에 비추어서 당자들은 참형斬刑에 처하고 처자는 노비를 박고 재산을 적몰하기로 정하고 위관* 김전이가 위에 품하려고 궐내로 들어왔다. 죄를 정할 때에 이판서는 너무 중하게 매는 것이 불가하다고 다투었으나 남곤, 심정의 뜻을 받은 홍숙이가 무능한 김전과 부동하여 이판서가 다투는 것을 돌보지 아니하고 이렇게 정하게 된 것이다. 이판서가 만일 모리악을 쓰다시피 다투었다면 병조판서로 금부당상을 겸한 중신의 말이 허무해지도록 될 것이 아니었지만, 거제 귀양살이와 함흥 도망질의 광경이 머릿속에 떠오르는 중에 정다운 봉단과 귀여운 함동의 얼굴이 눈앞에 어른거리어 맘이 약하여져서 굳세게 말을 세우지 못하였

* 정원(政院) 승정원.
* 속량(贖良) 몸값을 받고 노비의 신분을 풀어주어 양민이 되게 하는 일.
* 위관(委官) 죄인을 신문할 때에, 의정대신 가운데서 임시로 뽑아 임명한 재판장.

다. 두 사람에 한 사람이라 힘이 자라지 못하여 간당률에 비추어 죄를 정하게 되었다고 이판서가 영의정에게 말하고 부끄러운 듯이 고개를 숙이었다.

이때 위관 김전이가 임금께 뵙고 금부에서 조율한 것을 아뢰니 임금은 조광조 무리의 인심 얻은 것을 근심하던 터이라 그 죄가 죽일 것이 없는 것은 통촉하지 못하는 것이 아니나 조광조, 김정, 김식, 김구 네 사람은 죽이고 그 나머지 네 사람은 귀양보내라고 하교하여 다저녁때 위관 김전과 당상 이장곤과 이품 홍숙이가 다시 금부에 좌기하고 조광조 등의 지만*을 받게 되었는데, 이당상만은 머리가 아프다고 손으로 머리를 짚고 별로 말을 입에 내지 아니하였다. 조광조는 옷자락 상소를 올린 뒤에 한번 친국이나 당하게 될까 기다리었더니 금부에서 지만을 두게 되는 것을 보고 소원이 틀린 것을 알았다. 어젯밤에는 친구들이 말하는 것을 돌아보지 아니하고 통곡으로 밤을 새우다시피 한 조광조가 지만을 둔 뒤로부터는 여러 친구와 웃고 이야기하는 것이 자기 집 사랑에 모여 앉았을 때나 다름이 없었다.

영의정 정광필은 날이 저물어 불을 켠 뒤까지 빈청에 앉았었는데 혼잣말로

'개지漑之가 살았더면 혹 선처할 도리가 있었으련만 나 혼자 남아서 이런 변고를 당한단 말인가?'

하고 죽은 친구 신용개를 생각하며 긴 한숨을 쉬기까지 하였는데, 조광조 등의 죄를 한번 다시 대신에게 수의하게 되어 입시하

라는 전교가 위에서 내리니 정광필은 즉시 입시하여 탑전*에 부복하고

"광조 등은 나이 젊고 어리석사온 까닭으로 사리를 몰라서 그렇게 된 것이옵지 만일 중죄를 범하였사오면 신인들 어찌 죄주시기를 청하지 아니하오리까? 죄가 있사와도 죽이도록 중할 것이 없사오니 감사정배*케 하옵시기를 바랍니다."
하고 아뢰는데 눈물이 관복 깃을 적시니 임금도

"과연 중대한 일이니 다시 생각하여 보지."
말씀하고 얼마 뒤에 가승지假承旨 성운成雲을 불러서

"광조 등 네 사람은 원방遠方에 안치安置하고 그 나머지 네 사람은 원방에 부처付處하라."
하고 하교를 내리었다.

조광조 등 여덟 사람은 다같이 귀양가게 되었는데 조광조는 능주로 가고 김정은 금산으로 가고 김식은 선산으로 가고 김구는 개령으로 가고 또 박세희는 상주로, 박훈은 성주로, 윤자임은 온양으로, 기준은 아산으로 가게 되었다. 임금이 가승지 성운을 금부에 보내어 귀양갈 사람들에게 전교를 내리는데 그 전교 말씀이

"너희들은 모두 시종근신侍從近臣으로 상하동심上下同心하여 국사를 잘 다스리려고 한 것이 맘이 그른 것은 아니로되 근래에 너희들의 하는 일이 그릇됨이 많아서 인신*을 불편케 한 까닭으

● 지만(遲晚) 예전에 죄인이 자백하여 복종할 때에 너무 오래 속여서 미안하다는 뜻으로 이르던 말.
● 탑전(榻前) 왕의 자리 앞.
● 감사정배(減死定配) 죽을죄를 지은 죄인을 처형하지 아니하고, 장소를 지정하여 귀양 보내던 일.
● 인신(人身) 개인의 신상이나 신분.

로 부득이 죄를 주는 것이다. 그러나 나의 맘이 어찌 편할 수 있으며 청죄한 대신인들 어찌 사심이 있으랴? 만일 율대로 정하게 되면 귀양에만 그칠 것이 아니나 너희가 국사를 잘 다스리려던 본뜻을 생각하여 죄를 경하게 주는 것이니 너희들은 그리 알고 가거라."

하고 특별히 조광조에게

"광조 너는 죄가 제일 중하나 특별히 관대하게 처분하는 것이니 그리 알아라."

하니 다른 사람들은 아무 말이 없이 엎드려 들을 뿐이었으나 조광조는 고개를 들고

"신이 이렇게 가온들 상심上心을 어찌 모르오리까? 신들의 한 일이 과연 과격하였사외다."

아뢰어달라고 대답하였다. 조광조 등은 전교를 받은 뒤에 금부에서 동소문 밖으로 나가서 사처를 정하고 행장을 수습하게 되고 잡혀 갇혔던 유생들은 모두 그대로 방송'하게 되니 복잡하던 금부가 일이 없는 빈집 같았다.

나졸 몇사람이 모이어 앉아서 조광조 등의 인물을 평하는데, 어느 사람은

"김식이가 단아하더군."

말하고 또 어느 사람은

"윤자임이 사내다워."

말하는데 그중에 나이 지긋한 한 사람이

"말들을 마라. 내가 금부에 다닌 지 수십년에 죄 당하는 대관들을 한둘 본 것이 아니지만 조대헌 같은 지성스러운 사람은 처음으로 보았다."

말하여 여러 사람의 말을 막으니 이 사람이 조광조에게 필묵을 갖다주던 나졸이었다.

조정암이 동소문 안을 지나갈 때 길가에 섰는 여러 사람들 틈에 한 사람이 눈물을 뿌리며 섰었으니 이 사람은 갖바치다. 이날 저녁때 갖바치가 문밖으로 나와서 조정암에게 하직할 틈을 타려고 애썼으나 금부도사가 잡인 출입을 엄하게 금하여 사첫집 안에 들어가지 못하고 얼마 동안 근처로 돌아다니다가 덕순을 만나게 되었다. 덕순이가 창황한 중에도 갖바치를 보고 반색하여

● 방송(放送)
죄인을 감옥에서 나가게
풀어주던 일.

"어째 나왔소?"

하고 말을 물으니 갖바치가

"조정암의 얼굴이나 한번 더 보려고 나왔소이다."

하고

"나를 하인이라고 하고 사첫집을 좀 같이 들어가십시다."

말하여 덕순이가 금군禁軍과 말다툼을 좋이 하고야 갖바치가 구차히 집안에 들어왔으나 조정암의 사첫방에는 가까이 가지 못하였다. 조정암이 저녁상을 받을 때에 사첫방 문이 열리며 조정암이 밖에 있는 갖바치를 보고 고개를 끄덕이니 갖바치는 허리를 구부리어 하직하는 뜻을 보이었다. 정암이 문 앞으로 가까이 나

앉으며 갖바치를 손짓하여 부르려고 한즉 마침 사첫방에 들어앉
았던 금부도사가 고개를 가로 흔들고 방문을 닫았다. 갖바치가
조정암에게 말 한마디 못하여보고 돌아서 나가는데 덕순이가 뒤
를 따라나오며
　“인제 문안으로 들어가려오?”
묻고서
　“나도 내일은 아버지를 뫼시고 떠날 터인데 이따가 집으로 들
어갈 때 잠깐 들르리다.”
말하니 갖바치는
　“그리하시오. 기다리리다.”
하고 대답하였다.
　초저녁이 다 된 뒤에 덕순이가 갖바치 집에서 방문을 열어보
니 아랫목에 누워 있던 갖바치가 일어나서 마주 나오며
　“오셨소? 우리는 이다음에도 만날 터이니까 섭섭할 것이 없
소. 어서 가셔서 금실 좋으신 내외분이 작별이나 오래오래 하시
오.”
하고 웃으니 덕순이는
　“창황분주한 중이지만 잠시 이야기할 틈이야 없겠소?”
하고 방으로 들어오려고 하는 것을 갖바치가
　“고만두고 가시지요.”
하고 막다시피 말하여 덕순이가
　“그러면 작별이오.”

하고 돌아서려는데 갖바치가

"여보시오."

하고 불러서

"내가 말씀 한마디 할 것을 잊었소그려. 일은 중이 낭패시킬
터이니 조심하시오."

하고 말하였다.

덕수 덕순 형제 중에 덕순만 그 아버지를 따라가게 되었다. 덕
수는 그 아버지가

"너의 아우만 데리고 갈 터이니 너는 아직 집에 있어서 집일
을 보살펴라."

하고 일렀을 뿐이 아니라 그 어머니가 아직도 편치 못한 것을 보
고 형제 함께 떠나기도 어려웠다. 그 아버지가 죽지 않고 귀양을
가게 되고 삼수갑산 같은 먼 곳으로 가지 않고 선산을 가게 되니
불행중의 다행이라 덕수는 맘이 적이 놓이었다. 행장을 대강 수
습하고 형제 서로 대하여

"하인은 누구를 데리고 가신다더냐?"

"연중이를 데리고 가시자고 여쭈었어요."

"주동朱同이가 사람이 영리하니까 낫지 않을까?"

"연중이 모자에게 벌써 다 일렀는걸요. 그리고 기운꼴 쓰는
연중이가 나을 겝니다."

말말끝에 덕수가 안심되는 모양으로 한번 한숨을 쉬고서

"이번 일은 참말 천은이 망극하다."

말하니 덕순이는 대답이 없이 고개를 가로 흔들었다.

"왜 고개를 흔드느냐?"

"망극할 것도 없어요."

"어째 그렇단 말이냐? 너는 감축한 생각이 없니?"

"없어요. 부모를 귀양 보내는데 감축한 생각이 날 까닭이 있나요?"

"귀양만으로 그치게 된 것이 감축하지 않아?"

"죄 없는 부모의 귀양만도 분한 일이지요."

"소인들이 모함한 것을 어떻게 하니?"

"임금이 밝으면 소인들이 모함할 수 있나요?"

"이애, 그게 다 무슨 말이냐? 아예 그렇게 지망지망히 말을 마라. 큰일날라."

"큰일은 벌써 난걸요."

"큰일이 작게 되었으니까 천만다행이지."

"뒤의 일이 또 없을는지 지내보아야 알지요."

"아무리 소인들이기로 설마 가죄加罪야 청할라구."

"소인들의 심장을 누가 알아요. 지금 우리가 이야기하는 이 시각에 남곤의 집에서는 이장곤, 심정, 홍경주, 김전, 홍숙, 성운 뭇 소인놈들이 가죄 청할 계획을 꾸미는지도 모르지요. 이런 생각을 하면 사람이 치가 떨리지 않아요?"

"그야 알 수 없지. 그렇지만 소인들의 원이 여러 어른을 조정에서 내쫓으면 고만 풀릴 것이 아니냐? 그리고 이장곤만은 그

자들 축에 섞이지 않을 것이다."

　형제가 사랑에서 이러한 수작을 하다가 덕순이가

　"어머니 보이러나 들어가십시다."

하고 말하여 형제가 같이 안방으로 들어와서 또다시 한동안 앉

았었다.

　밤이 든 뒤에 덕순이가 아랫방으로 내려와서 보니 그 아내 이

씨가 자리도 펴놓지 않고 넋잃은 사람같이 앉아 있었다.

　"왜 자리를 펴지 않았소?"

　"여기서 주무시겠어요?"

　"그럼 어디 가 자란 말이오?"

　"펴지요."

하고 이씨는 일어서서 자리를 내리는데 팔의 맥이 풀리었는지

요이불을 들어다 놓는 것이 무거운 농짝을 드다루는 것같이 보

이었다. 덕순이가 딱하게 여기어서

　"품앗이합시다. 게서 자리는 내가 펴주리다."

하고 일어서니 이씨가 웃는지 마는지 하게 적이 웃으며

　"고만두세요."

하고 말리는데

　"고만두기는 왜?"

하고 덕순이가 요와 이불을 번쩍번쩍 들어다가 펴놓으며

　"내일은 꼭두새벽에 일어나야 할 터이니까 일찍 잡시다."

하고 말하니 이씨는

“일찍 주무시지요.”

하고 대답하는데 그 얼굴이 다시 시름 속에 싸이었다.

“게서는 아니 자려오?”

“이따가 자겠어요.”

“그러면 나도 이따가 자지.”

“그러지 말고 먼저 주무세요.”

덕순이가 입을 이씨의 귀에 대고 무어라고 한마디 속살거리니 이씨는 고개를 외로 돌리며

“딱하신 양반.”

하고 입속으로 말하였다.

“아버지가 귀양가시게 되니까 어머니가 병나셨지. 귀양가시는데 내가 따라가게 되니까 게서 따라 병이 날 것 같기에 그 시어머니에 그 며느리라고 칭찬했지. 딱하기는 무어 딱해?”

“실없는 말씀 할 겨를이 있어요? 그것이 딱하지 않아요?”

“실없이 말한 것은 근심하는 아내를 위로하려는 것이니까 용혹무괴˚지만 멀리 떠날 남편을 책망하는 것은 겨를이 있어 하는 일이오?”

이씨는 대답이 없었다.

“늦었소. 고만 잡시다.”

하고 덕순이가 우기어서 내외가 함께 눕기는 하였으나 베개 위의 잔사설은 날이 샐 때까지 그치지 아니하였다.

그 이튿날 여러 귀양 행차가 떠나는데 서관西關이나 북관北關

으로 가는 사람이 없으니만큼 과천까지는 모두 동행할 수 있었다. 서울서는 느직이 떠나게 된 까닭에 과천이 첫날 숙소참이 되었다. 숙소는 군데군데 정하였으나 석반 후에는 여러 사람이 모두 조정암의 숙소로 모이었다. 내일이면 조광조, 김정, 윤자임, 기준 네 사람은 수원, 진위길로 가고 김식, 김구, 박세희, 박훈 네 사람은 용인, 죽산길로 가게 되어 길이 서로 갈릴 터이라 여러 사람이 한숨을 지어가며 생리사별의 괴로운 것을 이야기하는 중에 낯모르는 유생 한 사람이 방으로 들어왔다. 이 유생은 서울서 뒤쫓아내려온 사람이었다. 조정암과 친한 재상 몇사람이 일이 생긴 연유를 자세히 알아가지고

"효직이가 죄를 당하고도 연유를 모르고 갈 터이니 사람을 보내서라도 가르쳐줍시다."

하고 공론한 뒤에 그중에 한 재상이 자기와 친근한 이 유생을 전위하여 보낸 것이었다. 이 유생이 조정암 이하 여러 사람에게 인사를 마치고 한옆에 꿇어앉아서 그 재상에게서 듣고 온 이야기를 자세히 전하였다.

● 용혹무괴(容或無怪)
혹시 그런 일이 있더라도
괴이할 것이 없음.

처음에 남곤이가 일을 시작하려 할 때 병조판서가 없으면 금위 군졸을 풀어 쓸 수가 없으니까 이삼일 전부터 이장곤 이판서가 집에 없는 틈을 엿보아 찾아가서 이판서의 맘에 의심이 생기도록 하여놓고 일 나던 날 다저녁때 국가의 큰일이 있어서 바삐 들어오라는 어명이 내렸다고 기별하여 이판서가 창황히 들어와

서 바로 예궐하려고 궐문 밖에 가서 보니 표신˚이 내리지 아니
하여 궐문을 열지 못한다고 문군사가 들이지 아니하였다. 이판
서가 괴이쩍게 여기어 기별한 남곤의 집에 가서 본즉 남곤, 홍경
주, 홍숙 몇사람이 모여 앉았다가 이판서를 보고 반겨 맞아들이
고 남곤이가 홍경주를 가리키며 이 홍판서에게 밀지密旨가 내리
어 신무문 밖으로 대령하랍신다고 하여 이판서가 남곤 일파와
같이 신무문으로 입궐하였다. 닫은 궐문 열쇠는 모두 정원에 있
고 오직 북문인 신무문 열쇠만이 내시들의 사약방司鑰房에 있으
므로 다른 궐문으로 들어가려다가 정원과 사관이 먼저 알게 되
면 귀찮으니까 남곤, 심정이가 꾀를 모아서 북문으로 입궐할 계
획을 낸 것이었다. 밤이 이경 때쯤 되어 남곤, 심정 이외 여러 사
람이 합문 밖에 모이었을 때 입직하였던 승지, 주서注書, 검열檢
閱들이 비로소 알고 쫓아와서 정원 모르게 입궐하는 법이 어디
있느냐고 여러 사람을 책망하니 이판서가 불안하게 섰다 앉았다
하다가 무슨 말을 하려는데 심정이가 표신이 내리어 들어왔노라
고 대답하였다. 승지, 사관들도 합문 안에 들이지 않고 소인들만
드나드는데 이판서에게 어필御筆이라고 종이쪽을 주고 강박하다
시피 하여 금위 군졸을 풀어서 입직하였던 승지, 사관들을 먼저
금부로 내려 가둔 뒤에 사람을 잡아들이기 시작하였다. 남곤, 심
정 등이 세조정난世祖靖難 때와 같이 잡아들이는 대로 박살할 거
조를 차리는데 이장곤은 국가 대사를 대신에게 알리지 않는 법
이 없으니 대신을 불러 수의한 뒤에 처치하시라고 임금께 아뢰

고 홍경주는 급한 일은 급하게 조처하여야 하니 대신까지 알릴
것이 없다고 임금에게 권하였다. 이판서가 홍경주를 돌아보고
임금으로서 도적의 일을 행하는 법이 어디 있느냐? 임금을 불의
에 빠지게 하는 것이 신자의 도리란 말이냐? 하고 호령하다시피
말하여 당장에 박살할 계획은 시행하지 못하게 되었다.

　임금이 대신을 부르라고 하교하여 삼경이 지난 뒤에 영의정
정광필이 창황히 입궐하여 임금께 면대하고 눈물을 흘리며 간하
였고, 그 뒤에 우의정 안당이도 오경 때쯤 예궐하여 정광필과 같
이 주선하였다. 일이 남곤, 심정의 꾀한 대로 되지 못한 것이 처
음에는 이판서의 힘이요, 그다음에는 영의정의 힘이었다. 그러
나 소인들의 일을 지은 법이 가장 교묘하여 붕당
을 지어 국가를 위태케 하는 일파를 그대로 두면
국가의 화가 조석에 있다고 임금을 공동하고 그 자리에서 반대
하는 이장곤의 이름은 고사하고 그 자리에 없는 대신들의 이름
까지 함께 섞어가지고 온 조정이 청죄하는 것같이 임금을 기망
한 것도 사실이었다.


　유생의 이야기로 일의 연유를 여러 사람이 알게 된 뒤 윤자임
은 승지로 입직하였던 사람이라 자기의 본 일과 맞추어 생각하
고 그렇게 된 일일 것이라고 말하고 조정암은
　"소인들이 임금을 기망한 까닭이지 우리 임금이야 당초에 그
러하실 리가 없지."



● 표신(標信) 조선 후기에
궁중에 급한 일을 전하거나
궁궐 문을 드나들 때 쓰던 문표.

하고 긴 한숨을 쉬었다.

조정암 이하 여러 사람이 쫓겨나고 보니 조정은 남곤, 심정의 판이라 썩은 고기에 쉬파리 꾀듯이 남곤, 심정의 집 문에 사람의 얼굴 가진 물건들이 수없이 많이 모여들었다. 엊그제까지 조광조를 정암 선생이라, 김식을 사서沙西 선생이라 하던 무리들이

"광조는 미친 놈이다."

"식은 소견 없는 놈이다."

하고 욕설하기를 예사로 하고 남곤, 심정을 개도야지같이 여기고 죽일 놈같이 벼르던 사람까지 밑 못 씻겨서 한恨을 하고 얼굴 보는 것을 큰 영사榮事로 생각하게 되니 권세에 붙좇는 쥐 같은 무리의 행세가 예나 이제나 다를 것이 없다.

유생들이 광화문 앞에서 야료하던 날 금부에 갇히는 축에까지 끼었던 황계옥이가 무리에 섞이어서 남곤, 심정의 문하에 출입하기 시작하였다. 얼마 뒤에 황계옥이가 두어 유생과 연명聯名하여 상소 한 장을 올리었는데, 그 상소는 광조 등의 죄상이 만만 중하여 죽이어 마땅하다고 말한 것이었다. 계옥의 상소 뒤를 받아서 남곤, 심정의 동류인 대관과 간관들이 좌의정 안당 이하 삼십여 인을 조광조의 당으로 몰아 죄를 주자고 성명 단자單子를 올리었다.

조광조 등 여러 사람이 귀양길을 떠나던 날 김전이 우의정이 되어 정부政府에 들어오며 안당이 좌의정으로 승차하였었다. 위에서 영의정 정광필과 우의정 김전을 불러서 계옥의 상소와 대

간의 단자를 보이고 어떻게 처치할 것을 하순下詢하니 정광필은 물론 불가하다고 말씀하였거니와 김전까지도 궁극스럽게 다스릴 것이 없다고 아뢰었다. 위에서까지

"광조 등도 죄를 당한 뒤에는 잘못된 것을 알고 고치겠지. 지금 그 동류를 죄로 다스리는 것이 불가할 뿐 아니라 애초에 붕당이란 말이 불가한 말이야."

하고 말씀하는데 남곤, 심정에게 붙좇는 중신 한 사람이 앞으로 나서서

"대간의 의사인즉 사邪와 정正을 함께 섞어둘 수 없다는 것인 듯하외다."

하고 얼굴이 뻔뻔한 말을 아뢰니 임금이 도리어

"사라고야 할 수 없지."

하고 말씀하였다. 그리하여 조광조 등에게 가죄하지 아니하고 안당 등에게 죄를 주지 아니하기로 작정이 되었더니 불과 수일 후에 위에서 엄교嚴敎가 내리어서 이왕 죄받은 사람에게는 다시 죄를 더하고 아직 죄받지 아니한 사람에게는 새로 죄를 주게 되었다. 이것은 그동안에 안팎에서 참소가 들어간 까닭이다.

조광조는 능주서 사약을 받고 나머지 일곱 사람은 제주, 남해, 의주, 온성 등 원방에 안치를 당하고 안당은 대관 단자 첫비두'에 오른 사람이라 파직을 당하고 정광필은 안당을 구하다가 또 황계옥의 상소를 만나서 영중추領中樞로 좌천되고, 이장곤은 죄인이 자 부른 것을 가만두었다는 죄목으로 대간의 탄핵을 만나

● 비두(飛頭)
편지나 문서 따위의 첫머리.

서 삭직削職을 당하고 파성군과 숭선부정은 대간 단자에 이름이 올라서 원찬˚을 당하고 이학년까지도 결곤˚을 당하였다.

가죄한다는 소문이 나기 시작한 뒤에 덕수가 처가 하인 우음 산于音山이라는 장사와 자기 집 하인 주동을 데리고 밤 도와서 선산을 내려갔다. 덕수가 그 아버지를 보고 서울 소문을 말하니 그 아버지는

"불이 사방에서 일어나니까 무엇이든지 다 태우고 나서야 말 터이겠지."

하고 한숨을 쉬는데 마침 김식을 보러 왔던 제자 이신李信이가 자리에 나앉으며

"가죄가 소인들의 농간인지 알 수 없으니 잠시 피하셨다가 사 실로 임금의 뜻인 줄 아신 뒤에 자수하셔도 늦지 않습니다. 소인 들의 농간에 목숨을 바치시는 것은 쓸데없는 일입니다."

하고 말하니 옆에서 듣던 덕수와 덕순은 그 말이 일리가 없지 아 니한 줄로 생각하였다. 이신이가 김식이 모르게 덕수 형제와 의 논하고 도망할 계획을 세웠다. 김식에게 양에 겨운 술을 권하여 정신없이 취케 하고 이웃의 마소까지 잠이 든 오밤중에 도망하 게 되었는데, 죽은 사람이나 다름이 없이 취한 김식을 장사 우음 산이 등에 업고 덕순과 연중이가 좌우 양옆에 따라가며 부축하 고 덕수와 주동과 이신이는 자박자박 걸어서 뒤를 따라갔다. 십 릿길을 넘어 간 뒤 새벽녘 찬바람에 김식의 술이 깨었다. 일이 이렇게 된 바에 김식이도 하릴없이 영산 사는 제자 이중李中의

집에 가서 은신할 곳을 작정하기로 하고 여러 사람을 데리고 영산길을 찾아가게 되었다.

  이중은 학식이 유여하고˙ 가세가 풍족하여 영산서 높이 행세하는 사람이라 그 집에 내인거객來人去客이 그치지 아니하여 분요한˙ 때가 많았다. 어느 날 해진 뒤에 김식의 일행이 그 집에 들어가니 이때 마침 이중이는 서울 가서 없고 그의 서제庶弟 이용李庸이가 집을 맡아보고 있는 중이라 이용이가 김식의 행색을 수상하게 생각하며 일행을 맞아들였다. 이용이는 김식이가 도망길 나선 것을 안 뒤에

  "내일이라도 곧 하인 하나를 서울 보내서 형님을 내려오라고 하겠습니다. 그러나 집의 사랑은 사람의 왕래가 많아서 비편하니 형님 소실의 집을 치워드리겠습니다."
하고 시원시원하게 말하여 이중이 없는 것을 은근히 걱정하던 김식 삼부자가 일제히 안심이 되었다. 이중의 첩의 집을 치우고 일행이 옮긴 뒤에 이용이가 틈틈이 와서 보고 밤저녁 일 없는 때는 오래 앉아 이야기하여 도망꾼들의 맘이 적지 않이 위로되었다. 하룻밤은 이용이가 김식 삼부자와 같이 은신할 곳을 이야기하다가

  "형님이나 오고 한 뒤에 차차 의논하면 은신하실 곳은 있겠지요마는, 어디로 가시든지 일행이 많은 것이 걱정입니다. 사람이

많으면 자연히 탄로나기가 쉬우니 저의 소견 같아서는 자제들과 하인들은 보내시고 홀몸으로 피하여 다니시는 것이 상책일 것 같습니다."

말하니 김식이는 옳게 듣고 덕수 형제를 돌아보며

　"이 사람의 말이 옳다. 너희들은 다 가는 것이 좋겠다. 나 혼자 여기 있다가 이 사람의 백씨 오거든 의논하여 할 터이니 너희들은 곧 가도록 해라."

하고 말하였다. 덕수는 그 아버지를 바라보고

　"그렇기도 합니다만 혼자야 말씀이 됩니까? 주동이나 연중이나 하나를 데리고 다니시지요."

말하고 덕순이는 그 형을 돌아보며

　"형님이 하인들과 이신이를 데리고 가시면 내가 아버지를 뫼시고 다니지요."

말하여 의논을 얼른 정치 못하는데, 이용이가

　"하인 하나쯤은 관계없을 듯합니다."

말하고 덕수 형제를 돌아보며

　"형제분이 가신대도 따로따로 가시는 것이 좋을 것 같습니다. 대체 이신이란 자는 하인도 아니고 그거 무엇입니까?"

하고 물어서 김식이가

　"그자는 본래 관노 출신으로 중노릇한 일도 있고 또 퇴속하여 미장이 노릇한 일도 있는 자인데, 내 집에 담을 치러 왔을 때 우연히 사람이 공부할 정이 있는 것을 보고 집에 두고 글자를 가르쳐준 일이 있어."

하고 이신의 내력을 말한즉 이용이는

"목자가 보기에 시원치가 않습디다. 그자를 먼저 보내시지요."

하고 말하였다. 이튿날 김식이가 이신을 불러서

"우리가 여럿이 함께 다니기도 비편하고 하여 서방님 형제도 장차 보낼 작정인즉 너부터 떠나가거라."

하고 이르니 이신의 말이

"영감께서 어디 가서든지 안신하시는 걸 보입고 가야지, 인정 도리에 중도에서 떠날 수가 있습니까?"

하고 이신은 고만두고 덕수더러 주동을 데리고 떠나라고 하니 덕수가 가더라도 좀더 뫼시고 있다 가겠다고 말하다가 김식이

"집일이 어찌 될지 몰라서 심려가 적지 않으니 너는 우선 서울로 도로 가보아라. 더 같이 있다 가면 무엇하느냐? 잔말 말고 떠나거라."

하고 일러서 덕수는 할 수 없이 내려올 때 같이 왔던 주동을 데리고 서울길을 떠나게 되었다. 김식이가 영산을 온 뒤 십여일 만에 이중이가 서울서 내려왔다. 그 선생의 은신할 곳을 이중이가 이리저리 생각하여 보다가 영축산 절벽 위에 있는 법화사法華寺에 친한 중이 있는 것을 생각하고 김식에게 말한즉 김식의 말이

"일전에 내가 괘卦를 하나 뽑아본즉 산인훼사山人毀事란 말이 있고 또 덕순이가 서울서 올 때 어떤 점쟁이가 중이 일을 낭패한다고 말하더라니 절로 갈 묘리가 없지 않은가?"

하여 이중이는

"글쎄요."

하고 생각하는데 이용이가 옆에서 김식을 보고

"이신이가 중노릇한 일이 있다셨지요?"

하고 일깨우니 김식부터 이신을 믿지 못하는 까닭에

"그러면 보내지."

말하고 이중이도

"신이도 중노릇한 일이 있을 뿐 아니라 사람이 올곧지 못하니 곧 보내십시다."

말하여 이신 보낼 공론을 하는 중에 이용이가

"큰일을 당하여는 조그만 인정을 돌볼 수 없으니 만일 의심이 나거든 보낼 것이 아니라 죽여 없이합시다."

하고 권하였으나 김식이가

"점 같은 것을 믿고 사람을 죽이는 법이 있나? 길양식이나 후히 주어서 보내지."

하고 곧 이신을 불러 가라고 말하여 떠나보내었다.

이때 칠원漆原현감 하정河挺은 김식의 절친한 사람이라 김식은 칠원 가면 잠시 피신할 수 있을 것을 생각하여 덕순을 앞서 보내어 통기하고 그 뒤에 곧 칠원으로 오는데, 현감을 찾아오는 예사 손님의 행색을 차리느라고 김식은 말을 타고 연중과 우음산은 말 뒤를 따랐었다. 하현감이 중로까지 하인을 내보내서 관아로 맞아들이어 팔구일 동안 같이 거처하였다. 관속들의 눈이 있어

관아에서 더 오래 묵이기가 어렵게 되니 하현감은 김식에게 말하고 자기의 본집으로 가게 하였다. 내일이면 떠나기로 되던 그전날 밤에 김식이가 덕순을 조용히 불러가지고

"부자가 같이 다니자면 탄로나기 쉬운 것은 고사하고 남에게 누가 적지 아니하니 우음산만 남겨두고 너는 연중이를 데리고 서울로 가거라. 서울 집도 성하게 있을는지 모르나 만일 위태한 일이 있거든 어디로든지 피신하여 구명도생하려무나. 너는 망명 죄인의 아들일 뿐이지 무슨 죄야 있느냐. 그다지 위태한 일도 없겠지."

덕순이가 우음산 대신 남아 있겠다고 눈물을 흘려가며 말하였으나 그 아버지가

"아비의 맘을 더 괴롭게 하지 마라."

하고 말하여 덕순이는 더 말하지 못하였다. 이튿날 덕순은 그 아버지의 말대로 연중을 데리고 서울로 떠나고, 김식은 우음산을 데리고 현감의 본집으로 와서 이곳에서 달포 넘어 묵었다.

이신이가 영산서 떠나는 길로 곧 서울 올라가서 김식이가 지금 이중의 집에 있는데 그 아들과 문객을 데리고 남곤과 심정과 홍경주 세 사람을 해치려고 음모하는 중이라고 고발하여 김식 부자를 잡으려고 금부도사가 영산을 내려갔다. 하현감이 서울 소문을 듣고 곧 기별하여 김식이는 조마조마하게 며칠을 지내는 중에 금부도사가 칠원읍으로 가더라는 소문을 듣고 자기를 잡으러 간 것이라고 생각하였다. 그날도 현감의 집을 떠나서 무주 사

는 제자 오희안<sub>吳希顔</sub>의 집을 찾아가는데, 그 동네 가까이 와서 길가 농군에게 집을 물으니 농군이

"저기 저 산 밑에 있는 큰 집입니다."

하고 집을 가리키고

"오서방님은 망명죄인을 집에 부쳤다고 엊그제 서울로 잡혀 갔지요. 동네서 다 알다시피 언제 부치기나 했나요?"

하고 분히 여기는 말이었다. 김식이가 이 소식을 듣고는 오희안의 집으로 들어갈 덧정이 없어서 그대로 돌아섰다. 지향 없는 길을 걸어서 지리산 속을 들어왔다. 우음산이가 인가를 찾아가서 보리밥술을 얻어다가 한두 끼 먹기도 하였지만 김식은 며칠 동안 생솔잎을 씹어 허기를 면하고 바위 밑에서 잠을 잤다. 김식이가 사약받은 조정암을 생각하고 또 원방 안치된 여러 친구들을 생각하여 선산 있다가 가죄를 당하여 절도로 가는 것이 옳은 것을 공연히 망명하여 누명을 입게 되었다고 후회하였다. 면치 못할 죽음을 면하려고 헛애 쓸 것이 없다고 맘을 먹었다.

"내가 배가 정히 고파 견디기 어려우니 고사리라도 캐어 오너라."

하고 우음산을 보낸 뒤에 옆에 있는 버드나무 가지에 목을 매었다. 덕수가 서울 집에 온 뒤 얼마 되지 아니하여 금부도사가 금부 나졸을 거느리고 김식의 집을 나오는데 다행히 선통해주는 사람이 있어서 덕수는 상투를 풀어 머리를 쪽찌고 그 아내의 옷을 입고 안여편네들 틈에 숨어 있었다. 그때는 배코*를 치지 아

니하였던 까닭에 머리를 고치기가 용이하였고 덕수는 수염이 없던 까닭에 사나이 표가 나지 아니하였다. 금부도사가 와서 집안을 뒤지니 사나이는 하나도 없고 젊은 여편네들만 마루 구석에 뭉쳐 섰었다. 금부도사가 김식의 부인을 보고 말을 물었다.

"자제들은 어디 갔소?"

"선산서 아니 왔세요."

"큰자제는 왔다는데?"

"몰라요. 아직 집에는 오지 아니했세요."

"알 수 없는 일이군. 저 젊은이들은 다 누구요?"

"며느리하고 먼촌 조카딸이에요."

그중에 한 여편네가 얼굴은 조금 여편네답게 어여쁘지 못하나 손은 분같이 희고 가냘펐다.

금부도사가

"그러면 당신이나 갑시다."

하고 김식의 부인을 잡아갔다.

우음산이가 지리산에서 내려와서 자수하여 어명으로 김식의 시체를 검시까지 하게 된 뒤에 김식의 부인이 놓여나왔다. 김식의 시체는 영남서 운구하여 충주 땅에 권폄<sup>*</sup>하게 되었는데 일을 주장하여 한 사람은 김식의 부인 이씨요, 부인의 뒤를 받들어 일을 보살핀 사람은 김식의 제자 신명인이었다.

● 배코 상투를 앉히려고 머리털을 깎아낸 자리.
● 권폄(權窆) 좋은 묏자리를 구할 때까지 임시로 장사를 지냄.

# 뒷일

　이중은 김식을 감춘 죄로 부령富寧에 안치되고 오희안은 김식과 통모通謀하였다는 죄목으로 벽동碧潼에 찬배竄配되고 하정은 김식과 무슨 음모를 같이 하였다고 무지무지한 곤장 사백여 도에 구경 장폐˚를 당하고 그외에도 김식의 제자와 문객으로 죄를 당한 사람이 한둘이 아니었다. 이신은 고발한 공으로 양민이 되어 충청도에 가서 살다가 강도 와주로 몰리어 그 고을 군수 손에 맞아 죽었다. 뒷날 이야기는 고만두고 이신이가 처음 고발할 때 김덕순과 박연중이 장사인 것을 말하여 남곤, 심정은 특별히 덕순과 연중을 잡으려고 여러가지로 애를 썼다. 영남 대로는 각 고을 군교軍校를 풀어 목목이 지키며 행인을 기찰하게 하고 김식의 서울 집은 근처에 포교를 묻어 출입하는 사람을 일일이 살피게 하였다. 숭선부정은 덕순의 장인이요, 연중의 상전이라 속으로 소식을 통하는지 모른다고 옥에 잡아 가두었다가 애매하게 형장 개를 때리어서 영해寧海로 귀양을 보내었다. 남곤은 덕순을 잡지 못한 것이 큰 근심이 되어서 밤잠을 편히 자지 못하였다. 자는 처소를 남에게 알리지 아니하려고 하룻밤에 잠자리를 대여섯 군데로 옮기는데 잠이 들려말려 할 때에 덕순이란 세차 보이는 남자가 칼을 들고 눈앞에 나서서 소스라쳐 잠을 깨는 일이 많았다.

덕순이와 연중이는 칠원서 떠나서 서울로 오는 길에 문경새재 근처에 와서 소로로 들어섰다가 길을 잃고 헤매던 중에 우연히 어느 적굴에를 들어갔었다. 화적들이 두 사람을 해치려고 하다가 망명죄인 김식의 아들 김덕순의 노주°인 것을 알고 손님으로 맞아들이어 대접을 융숭히 하고 그중에 수두 되는 자가 덕순을 대하여

● 장폐(杖斃) 죽은 사람을 땅에 묻거나 화장하는 일.
● 노주(奴主) 종과 주인을 아울러 이르는 말.
● 보구(報仇) 앙갚음.

　"서방님, 서울 가실 것 없이 우리하고 같이 지냅시다. 지금 임금도 요전 임금같이 내쫓기거나 그렇지 아니하면 급살을 맞거나 해서 세상이 변하거든 서방님이 나가셔서 보구°니 숭릉대부도 하고 마치뚝딱대장도 하시구려. 지금 서울 갔다가 소인놈들 손에 조광조처럼 죽으면 무엇하오. 내 말대로 어디 같이 지내봅시다."

하고 덕순을 나가지 말라고 만류하니 덕순은 생각하였다. 자기 수하에 무기를 갖추 가진 강병强兵이 수천명만 있으면 거침없이 서울까지 지쳐올라가서 남곤, 심정의 무리를 잡아다가 천참만

륙千斬萬戮하겠으나 끝에 녹이 슨 창 개와 날이 무딘 환도 개 외
에는 모두 박달나무 방망이밖에 가지지 못한 화적당으로 육십명
은 소용이 없었다.

"서울 집 일이 걱정이니까 올라가보아야겠소. 형님이 있지만,
몸이 약해서 급한 때는 자기 한 몸도 주체궂어할 사람이니까 어
머니와 여러 식구들을 어떻게 하겠소? 내가 올라가보아야지."
하고 수두의 말을 거절하였다. 그러나 날마다

"내보내주리다."
하고 말하면서 좀처럼 내보내주지 아니하는 수두에게 붙잡히어
덕순의 노주 두 사람은 그 적굴에서 한 달 가까이 묵었다. 길을
나서 보니 한 달 전이 옛날이었다. 길목마다 수직하는 각 고을
군교들이 행인을 맘대로 통행하지 못하게 하여 인심이 소란할
지경이었다. 덕순이와 연중이는 낮이면 으슥한 산골이나 궁벽한
촌가에서 숨어 지내고 밤이면 길을 걸었다. 나중에 서울까지 무
사히 오게 되었으나 덕순이는 바로 집으로 들어가기가 위태하여
어디로 갈까 망설이다가 점잖은 갓바치를 생각하고 연중이를 데
리고 혜화문 안을 찾아왔다. 이때 갓바치는 문밖에 나섰다가 두
사람이 인사도 하기 전에

"어서 방으로 들어가십시다."
하고 앞서 방문을 열어주고 덕순의 노주가 방에 들어앉은 뒤에
안으로 들어가서 밥 두 상을 갖다 주며

"시장들 할 터이니 어서 밥들을 잡수시오."

하고 말하는데, 그 밥상이 미리 올 것을 알고 차려둔 것 같았다.
밥상을 치운 뒤에 덕순의 아버지가 지리산 속에서 자결한 것과
덕순의 어머니가 옥에 갇히었다가 얼마 전에 놓이어 운구하러
내려간 것과 덕수가 어디로 도망한 것과 덕순과 연중을 잡으려
고 경향京鄕이 소란한 것을 갖바치가 대강대강 이야기하여 들리
었다.

　덕순이는 천지가 아득하였다. 처음에는 넋잃은 사람같이 앉았
다가 한동안 뒤에 갑자기 자리에 엎드러지며 소리없이 우는데,
흘러나오는 눈물이 흥건하게 자리에 고이고 흑흑 느낄 때마다
허리 위가 꿈틀꿈틀하였다. 연중이가 일변 눈물을 뿌리며 흔들
어 말리나 좀하여 그치지 아니하였다. 덕순이가
또다시 갑자기 머리를 들고 이를 가는데 그 얼굴

● 수직(守直)하다
건물이나 물건 따위를
맡아서 지키다.

이 귀신을 밟고 섰는 금강金剛과 같이 무서웠다. 덕순이가
　"남곤이란 놈을."
하고 주먹을 쥐고 일어서려고 하니 갖바치가
　"정신없는 소리 마시오. 주먹으로는 원수를 못 갚소."
하고 붙들어 앉히었다. 덕순이가 다시 얼빠진 사람같이 우두머
니 앉았다가 갖바치를 보고
　"집에나 좀 가보고 오리다."
하고 말하니 갖바치는 고개를 끄덕이며
　"그것은 그리하시오. 그렇지만 포교들의 눈이 무서우니 조심
하시오."

하고 가는 것을 말리지 아니하였다.

　덕순이가 집 문간에를 와서 보니 밤도 늦지 아니하였는데 대문은 벌써 닫히었다. 들창에 불빛이 보이는 행랑방이 없지 아니하나 문 열라고 소리치기가 어려운 까닭에 사랑 뒷담께로 돌아가서 담을 넘어 들어왔다. 사랑방, 수청방 할 것 없이 불이 켜 있는 방이 하나도 없다. 사방이 캄캄하였다. 덕순이는 사람 없는 사랑마당에 주주물러앉아서 대성통곡을 하고 싶었으나, 억지로 참고 안중문간에 와서 중문을 밀어보니 역시 빗장이 걸리었다.
　'어머니도 아니 계시고 젊은 동서끼리 집을 지키고 있으니까 밤저녁이면 집안이 휘휘해서 일찍 문을 닫는 게다.'
하고 생각하며 덕순이는 발써 익은 대로 다시 사랑 뒤로 돌아와서 안으로 통하는 일각문 담을 뛰어넘어왔다. 아무리 뛰엄질 잘하는 덕순이가 사뿐 뛰었다고 하더라도 땅에 떨어질 때 소리가 나지 않을 리 없다. 앞마당에서 개가 야단스럽게 짖었다. 그러나
　'이 개.'
하고 문 열어보는 사람이 없는 양이었다. 개가 마루 밑 종부담' 뚫어진 곳으로 기어나와서 뛰어들어온 사람에게로 와락 덤비려고 하다가 젊은 주인의 냄새를 맡고 펄펄 뛰며 반기는 뜻을 표하였다. 덕순이는 경황없는 중에도 개의 뜻을 저버리지 못하여 대가리를 쓰다듬어주고, 개는 답례하듯이 젊은 주인의 손등을 핥아주었다. 덕순이가 안방 뒤를 돌아서 지쳐놓은 부엌문을 열고

앞마당으로 나왔다. 집안을 둘러보니 안방과 건넌방은 문이 첩첩이 닫히었고 아랫방만 덧문 한쪽이 열리어 있다. 방마다 희미한 불빛이 있는 것이 사람이 없는 것은 아니련만 내다보는 사람은 하나도 없었다. 덕순이가

'아내도 잠이 들었나?'

하고 생각하며 아랫방 문을 열고 들여다보니 철 아닌 병풍이 앞으로 둘러치었는데 붉은 깃발 같은 것이 그 병풍에 걸치어 있다. 병풍 앞에 누워 있는 사람이 문 여는 데 놀라서

"누구야?"

하고 소리를 지르며 일어났다. 머리가 헙수룩하고 얼굴이 흉상스러워 사람인지 귀신인지 분별할 수가 없을 지경이다. 더구나 누구인 것을 언뜻 알아내기가 어려웠다. 덕순이가 눈을 씻고 들여다보다가

"연중 어멈인가?"

하고 물은즉

"애구, 서방님이오?"

하고 곧 엉엉 울기 시작하였다. 덕순이가 방안으로 들어와서 자세히 살펴보니 그 붉은 깃발이 명정˚이다. 분粉으로 쓴 글씨가 있다. 첫머리는 병풍 너머로 넘어갔으니 전주이씨지구全州李氏之柩 여섯 자가 덕순의 눈에 보이었다. 덕순이는 가장 정신을 잘 차리는 듯이

'전주이씨라니? 전주이씨가 누구일까?'

● 종부담
토벽 바깥 벽면에 돌을 쌓아서 화재를 방지하는 구조로 된 벽.
● 명정(銘旌)
죽은 사람의 관직과 성씨 따위를 적은 기.

하고 의심하며

"연중 어멈, 아씨 어디 갔나?"

하고 물으니 연중 어멈은 대답이 없이 눈물을 이리 씻고 저리 씻고 하다가

"연중이는 어디 있어요?"

하고 도리어 물었다. 덕순이는 맑은 정신이 돌았는지

"아씨가 죽었나? 언제 죽었나?"

하고 물어서 연중 어멈이 목멘 말소리로 이야기하기 시작하였다.

"아씨는 서방님이 떠나신 뒤로 진지 한 끼를 잘 잡숫지 아니했세요. 이 댁 마님이 잡혀가신다, 본댁 영감이 잡혀가신다 한 뒤 맑은 물 한 모금도 변변히 잡숫지 아니했세요. 밤낮 서방님 일이 걱정이 되셔서 돌아가실 때까지 서방님 말씀이었세요. 누운 자리에서 일어나지 못하게 되신 뒤에는 밤저녁에 개만 짖어도 서방님 오시나 내다보라고 하시겠지요. 한번은 어멈이 '서방님이 오시기는 어디를 오셔요?' 하고 말씀하니까 '그래, 어멈 말이 옳아' 하고 한숨을 쉬시더니 '어멈 나는 죽지 않을 테야. 한번 만나보입고 죽지 그냥 죽을 수가 있나?' 하고까지 말씀하던 양반이……. 서방님! 조금 일찍 오시지요. 원이나 풀고 돌아가시게! 운명하시던 날 본댁 마님이 조카 양반을 데리고 오셨는데 아씨가 외사촌을 보시고 '언제 오셨세요? 고생이나 과히 안 하셨세요?' 하고 말씀하시기에 처음에는 몰랐더니 나중에 '아버님은 어디로 가시게 하였느냐? 선산 음식이 고약하지 아니하더냐?'

모든 말씀이 그 양반을 서방님으로 알고 하시는 말씀입디다. 본댁 마님은 어머니로 알아보시던지 어머니! 불러가지고 '나는 인제 죽어도 한이 없어요. 한번 만나보기가 원이었더니 인제 원을 풀었어요' 하고 불과 얼마 아니 되어서 자는 것같이 운명하셨세요. 서방님 진외가댁에서와 아씨 외가댁에서들 오셔서 초종初終을 치르시는 중인데 오늘은 지관地官을 데리고 산에들 가셨세요. 모레쯤 장사를 지내신답디다."

덕순이는 눈물도 나오지 아니하고 답답한 가슴이 메어질 것 같을 뿐이었다. 생각도 없이 병풍을 제치고 관머리에 가서 앉아서 두 손으로 관을 만지며

"일어나오. 고만 일어나오. 내가 여기 왔소."

하는 말이, 관 속에 든 사람을 잠든 사람으로 아는 것 같았다.

안방에는 귀먹쟁이 늙은 할미와 계집아이들만 자는 까닭으로 개짖는 소리가 나고 신발소리가 나는 것을 도무지 몰랐지만, 건넌방에서 자는 덕수의 아내와 상직꾼은 알고도 무서운 생각이 나서 밖을 내다보지 못하였다. 아랫방에 문 여는 소리가 나고 연중 어멈의 이야기 소리가 나는 것을 들은 뒤에야 덕수의 아내가 상직꾼을 내보내보았다. 무서움 타는 상직꾼이 나가고 싶지 않은 것을 억지로 나가더니 무엇을 보고 놀란 사람같이 방으로 뛰어들어왔다. 덕수의 아내가 눈을 동그랗게 뜨고 치어다보고 앉았으니까 상직꾼이 수상스럽게 바짝 가까이 오며

"서방님이오."

하고 바깥을 가리키니 덕수의 아내는 남편이 왔다는 줄로 듣고

"서방님이 오셨어? 왜 아랫방으로 먼저 가셨을까?"

하고 허둥지둥 이부자리를 치우는데, 상직꾼이 우두커니 보다가 한참 만에야 깨우친 듯이 가만히

"작은서방님이 오셨어요."

하고 말하니 덕수의 아내는

"그러면 진작 작은서방님이라고 그러지."

하고 조금 암상스럽게 말하고 치우던 이부자리를 그만두고 벗어 놓았던 치마만 다시 입은 뒤에 아랫방으로 내려왔다. 관머리를 잡고 멍멍하게 앉았는 시동생을 보고 인사 대신에 울음을 내놓으니 엉엉 울기밖에 아니하던 연중 어멈은 덩달아서 곡성을 내었다. 상직꾼이 쫓아내려와서

"아씨, 바깥 행랑에 포교가 와 있어요. 수상하게 알리다. 울음을 그치시오."

하고 말리어 곡성이 막 그치자, 중문을 박차는 소리가 들리었다. 상직꾼이 겁이 나서 벌벌 떨며

"저것 보아요. 포교 아니라구요?"

하고 말하며 덕순의 형수가

"서방님, 어서 피하시오."

하고 연중 어멈이 흉내내듯이

"서방님, 어서 피하시오."

하고 말하여 눈만 두리번거리던 덕순이가 땅이 꺼지게 한숨을

쉬고 벌떡 일어서서 간다 온다 말이 없이 밖으로 나갔다. 상직꾼은

"나는 죽어도 못 나가겠어요."

하고 나가지 아니하고 연중 어멈이 칠팔십 먹은 할미나 다름없이 꼬부랑거리고 나가서 중문 빗장을 따놓았다. 들어온 사람은 포교가 아니요, 덕순의 진외당숙이다. 마침 산에 갔다 돌아와서 안에서 곡성이 나는 것을 듣고 다른 연고가 있는가 하여 들어온 것이었다.


갖바치가 연중이와 같이 앉아 이야기하는 중에 덕순이가 풀기 없이 고개를 숙이고 들어왔다. 갖바치가 자리를 비켜주고 나서

"전에 나에게 보이시던 사주 생각하시오? 붉은 깃발이니 무어니 하던 것 말씀이오."

사주에 아들이 없단다고 걱정스러워하던 이씨의 모양이 덕순의 눈앞에 어른거리며 눈물이 좌르르 흘렀다. 갖바치가

"내가 공연한 말을 했나 보오그려. 그렇지만 가슴이 답답한 때 한번 실컷 우는 것이 좋지요."

하고 말하자, 덕순이는 입술을 내밀고 코를 들이마시며 울기 시작하여 흑흑 느끼기까지 하였다. 갖바치는 참말로 실컷 울라고 내버려두는지 말이 없고 연중이가

"서방님, 웬일이오?"

"서방님 댁에 또 무슨 연고가 있습디까?"

"고만 진정하고 말씀 좀 하시오."

하고 말하며 말리었으나 덕순은 말을 듣는지 마는지 하고 느껴가며 울었다. 밥 두서너 솥 지을 동안이나 착실히 지난 뒤에 덕순의 울음이 그만저만 그치게 되니 갖바치는

"이제 다 우셨소? 속이 좀 시원하오?"

하고 묻고 연중은

"댁에 갔다오며 그렇게 정신없이 우시는 것이 대체 무슨 까닭이오?"

하고 물었다. 덕순이는 가슴이 답답한 줄은 모르겠으나 모든 것이 꿈속 같았다. 초상난 집이라고 빈집 같은 것도 꿈속 같고 연중 어멈의 꼴이 귀신 같은 것도 꿈속 같고 관머리에 앉았을 때 형수가 울던 것도 꿈속 같았다. 그뿐 아니라 옆에 앉았는 갖바치의 얼굴과 마주 앉았는 연중의 얼굴까지 꿈속에 보는 것과 다름이 없었다.

"내가 못된 꿈을 꾸는 게지."

하고 덕순이는 길게 한숨을 쉬었다. 다시 한동안 지난 뒤에 갖바치가 덕순을 보고

"지금 서울서 오래 묵으시는 것이 위태한 일이오."

하고 연중이를 가리키며

"저 사람과 같이 다니시는 것도 위태한 일이니까 각각 어느 시골로 가서 피신하는 것이 좋을 터인데 그럴 만한 데가 있겠소, 없겠소?"

하고 물어서 피신들 할 곳을 공론하게 되었는데, 덕순이는 충주 가서 그 아버지 산소에 다니고 그 뒤에 신명인을 찾아가서 피신할 것을 의논하겠다고 말하고 연중이는 평산平山 사는 생가 외사촌이 사람이 진실하여 의지할 만하다고 말하여, 갓바치는 한참 생각하다가 둘 다 좋겠다고 말하였다.

덕순이는 그 아내 장사의 발인하는 것을 먼빛으로라도 보고 떠날 생각이 있고, 연중이는 그 어머니를 한번 만나고 갈 맘이 있어서 두 사람이 모두 이삼일 동안만 서울서 묵게 하여달라고 말하니 갓바치는 이것을 다 아는 듯이

"인정과 도리를 막으려고는 하지 아니하오. 두 분이 일동일정을 나 하라는 대로 한다면 이삼일쯤 묵어도 좋지만, 그렇지 아니하면 묵으라고 허락하기가 어렵소."

하고 말하여 덕순이와 연중이는 묵을 욕심에 무엇이든지 하라는 대로 하겠다고 말하였다. 그러나 이튿날 갓바치가 잠깐 어디 간 사이에 덕순이와 연중이는 갓바치 몰래 무슨 공론을 하여두었다. 그날 밤에 연중이가 갓바치를 보고

"어제 서방님 갔다오듯이 잠깐 가서 어머니를 보고 오겠습니다."

하고 갓바치 허락 나기를 기다리는데, 갓바치는 말이 없이 무엇을 생각하는 모양이었다. 덕순이가 옆에서

"잠깐 갔다오겠다니 가라고 합시다."

하고 허락하기를 권하니 갓바치가 빙그레 웃고

"어제는 꿈속같이 다니어오셨으니까 오늘 밤에 연중이와 같이 가서 부인의 관 위에 눈물줄기나 흘리고 오실 맘이 있지요?"

하고 물으며 덕순의 얼굴을 들여다보는데, 덕순이는 무슨 음사陰事나 들킨 것같이 가슴이 섬뜩하였으나 아닌보살하고 천연하게

"맘이 있다뿐이겠소? 그러지 않아도 말씀하고 싶던 차요."

하고 말하였다.

"쓸데없는 일이라고 말리고 싶지만 정히 가고 싶거든 가시오 그려."

하는 갓바치의 허락을 들은 뒤에 밤이 들기를 기다리어 덕순과 연중이는 몸을 가뜬하게 차리고 신끈까지 단단히 매고 갓바치의 집을 나섰다. 두 사람이 가는 곳은 덕순의 집이 아니요, 남곤의 집이었다. 두 사람이 남곤의 집 근처에 왔을 때는 밤이 삼경이 지난 뒤라 골목 안이 적적하고 남곤의 집 솟을대문이 굳게 닫히었었다. 두 사람이 줄행랑을 끼고 돌아 담이 있는 곳에 왔다. 담은 뛰어넘기라도 하겠으나 담 안의 지형을 몰라서 뛰지를 못하고 덕순이는 아래서 망을 보고 연중이가 몸을 솟치어 담에 손을 걸치고 다시 한번 몸을 솟치어 담 너머를 넘어다 보니 그곳이 사랑 앞 화초밭머리이었다. 연중이가 담 위에 올라 걸터앉으며 아래에 있는 덕순에게 손짓하여 덕순이도 담 위로 올라왔다. 두 사람이 사뿐사뿐 뛰어내려서 화초밭 뒤에 선 큰 배나무 밑에 몸들을 숨기고 집안 동정을 살펴보니 큰사랑, 아랫사랑, 수청방에 모두 불이 켜 있고 큰사랑만은 아래윗간 덧문이 다 닫히었는데, 사

람들은 잠이 들었던지 여러 방이 모두 괴괴하였다. 두 사람이 화초밭에서 나와서 큰사랑 뒤를 한번 돌아보고 다시 앞으로 돌아와서 사랑마루로 올라왔다. 덕순이가 윗간 덧문을 지그시 잡아당겨 보니 걸린 것이 아니라 스르르 열리었다.

'인제 남곤이는 섬에 든 쥐다.'

하고 생각하며 연중을 돌아보고 한번 씽긋 웃은 뒤에 연중의 앞을 서서 방안으로 들어왔다. 방에는 장지 밖에 한 사람이 누워 자고 장지 안 아랫목에 빈 자리가 깔리었다. 누워 자는 사람은 머리꽁지가 있는 것이 상노아이인 모양이다. 자는 아이를 덕순이가 발끝으로 건드리어 깜짝 놀라 일어나는 것을 보고

"이놈, 꼼짝 마라."

하고 먼저 여기를 지르고<sup>*</sup>

"너의 주인이 어디 갔느냐?"

하고 말을 물었다. 상노아이는 사시나뭇잎같이 떨고 앉았다가 간신히

"마마님 댁."

한마디를 내고는 말문이 막히어 말을 못한다. 덕순이와 연중이가 잠깐 서로 바라보다가 덕순이가 눈짓하며 연중이가 상노아이에게 대어들어 땋은 머리를 앞으로 돌려 제물 재갈을 물리고 방구석에 걸린 수건을 내려 두 팔을 뒤젖혀 동이었다. 연중이가 아이를 동이는 동안에 덕순이는 골방 문까지 열어보았다. 연중이가 동인 아이를 번쩍 안아서 골방 안에 집어다 넣고 문을 닫고

● 여기를 지르다
남의 기세를 꺾다.

고리를 걸었다. 아랫목 머리맡에 걸려 있는 환도가 덕순의 눈에 뜨이며 어떤 생각이 머릿속에 떠올랐다. 덕순이는 곧 벽에 걸린 옷을 내려서 베개에 입혀놓고 환도를 내려서 날을 빼어 높이 들고 두서너 걸음 뒤로 물러섰다가 눈을 부릅뜨고 앞으로 나서며 번개같이 내리쳤다. 옷 입힌 베개에 칼자국이 깊이 났다. 보고 섰던 연중이는 씽긋 웃었다. 덕순이가 환도날을 뽑아서 걸렸던 자리에 다시 걸어놓고 연중이와 같이 돌아서 나오려고 할 때, 수청방에 문 여는 소리가 나더니 성큼성큼 걸어오는 발소리가 들리었다. 두 사람은 불을 불어 끄고 윗간 문 옆에 붙어섰다. 청지기인지 무엇인지 한 사람이 문 앞에 와서

"왜 덧문을 열어놓고 자노?"

말하며 미닫이를 여는데 연중이가 별안간에 앞으로 나서서 발길을 날리어 동가슴을 내질렀다. '아이쿠' 소리와 함께 쿵 하며 마당에 나가떨어졌다. 수청방 문이 열리고 아랫방 문이 열리었다. 설렁˚ 소리가 야단스럽게 났다. 덕순이와 연중이는 화초밭 사이로 뛰어와서 훌훌 담을 뛰어넘었다.

덕순이가 연중이와 같이 공론한 일은 하룻밤에 남곤과 심정을 죽이자는 것이었는데, 남곤에게서 낭패 보고는 다시 의논을 더 하기로 하여 심정의 집엔 가도 아니하였다. 덕순이가 연중이와 함께 남곤의 집에서 나오던 길로 쏜살같이 자기 집 사랑 뒷담께로 왔다. 전날에 뛰엄질을 내기하듯이 슬쩍슬쩍 뛰어넘었다. 사랑 앞마당에 불빛이 환한 것이 어젯밤과는 딴판이라 두 사람이

같이 발자취를 감추고 가만가만히 수청방 옆으로 나와서 기웃이 동정을 살펴보니, 마당 한옆에 초초한 상여를 꾸며놓고 상여 앞 멍석 위에 상두꾼 몇사람이 투전장을 뽑고 있다. 연중이가 덕순의 소매를 지긋거리어 뒷마당 으슥한 곳으로 와서

"여보 서방님, 내일 발인인가 보오. 오늘 밤엔 안팎에 사람들이 있는 모양이니 부질없이 나서지 말고 그대로 갑시다."

하고 권하여 두 사람이 다시 담을 뛰어넘어 혜화문 안으로 돌아왔다. 갓바치가 그때껏 자지 않고 있다가 두 사람을 맞아들여 앉은 뒤에

"두 분이 나를 속이고 부질없는 일을 하여 내일부터는 서울 안이 소란할 모양이오."

하고 말하는데 덕순이가

"무슨 일을 속이고 했단 말씀이오?"

하고 시침을 떼려 하였더니 갓바치가 허허 웃고 나직이

"벼개가 무슨 죄요?"

하고 말하여 덕순이와 연중이는 일시에 깜짝 놀랐다.

"남곤이가 시임대신이오. 대신을 모해謀害하려던 사람이 서울 안에 앉아 배기겠소? 내일 아침 전으로 서울을 떠나야만 무사하겠는데 평산길은 태평하나 충주길이 위태하니 연중이는 새벽 일찍이 떠나게 하고, 피신할 곳을 다시 의논합시다."

귀신같이 알고 있는 갓바치의 하는 말을 덕순이나 연중이가 거역할 생각을 못하였다. 두 사람은 작별할 것이 섭섭하여 지난

이야기, 앞이야기 하는 중에 날이 새기 시작하였다. 누웠던 갖바치가 일어앉으며 곧 연중에게 떠날 준비를 차리라고 말하고 벽장 문을 열고 미리 준비하였던 양식 전대纏帶를 내주었다. 연중이가

"서방님, 그러면 나는 떠나겠소. 죽지 않고 살면 다시 만나보입지요."

하고 일어나서 절을 하니 덕순이도 일어서서

"오냐, 아무쪼록 살아서 다시 만나보자."

하고 눈에 눈물이 글썽글썽하였다. 연중이가 갖바치에게 작별인사를 하기 전에

"한마디 여쭈어볼 말씀이 있습니다. 우리 어머니를 뒷날 만나보게 되겠습니까?"

하고 물어서

"만나보다뿐이겠나. 염려 말고 잘 가게."

하는 말을 듣고는

"인제는 안심하고 가겠습니다."

하고 갖바치에게 절을 하려 하니 갖바치가

"절은 무슨 절."

하고 붙들었다. 연중이를 떠나보낸 뒤에 갖바치가 덕순을 보고

"피신할 만한 곳이 한 군데 있기는 하나 그곳에를 가 있자면 조금 욕스러운 일을 참아야 하겠으니 참을 수 있겠소?"

하고 물으니 덕순이는 두 번 생각도 아니하고

"참으라시면 참지요. 대체 무슨 욕스러운 일인가요?"
하고 말하였다.

"흥인문 밖 이판서가 사람도 무던하고 선영감과 교분도 있는
터이라 그를 보고 말하면 꺼리지 않고 잠시 숨겨줄 것이오. 또
그 집에서 창녕昌寧으로 낙향한다니 거기까지 따라가면 몇해 동
안이라도 안전하게 피신할 수 있을 것이오."

"이판서 어른은 우리의 은인이오. 내가 은인을 원수로 잘못
알고 벼르기까지 한 일이 있었소. 그건 어쨌든지 그런 어른에게
가서 의탁하는 것이 욕스러울 까닭이 무엇이오?"

"그저 의탁이야 욕스러울 것이 없지요만 욕스러운 일을 참아
야 의탁하기가 편할 것이오. 이판서가 삭직당한 뒤에 오는 손은
별로 없지마는 그래도 상하 이목이 번다한 집이니까 그 이목을
피하여야 할 것이 아니겠소? 그런데 이판서의 장인 장모가 함흥
서 단 내외 살다가 작년 가을에 그 장인 먼저 하세下世하고 두어
달 뒤에 그 장모까지 작고하여 이판서 부인이 지금 겹상중인데,
그 부인이 부모의 후사後嗣를 위하여 양자 말을 하던 터이라 욕
스럽지만 부인의 아우 양도령 노릇을 하고 가서 있으면 일없이
이목을 속일 수 있을 것이오."

"그것을 이판서장 내외만은 알아야 하지 않겠소?"

"알아야 하고말고요. 내가 어제 이판서에게 가서 미리 의논해
두었으니까 남들 듣기엔 말이 귀날 리 없지요."

덕순이는 갓바치의 말을 좇아서 이판서 부인의 아우 노릇을

하기로 하여 갖바치와 같이 공론하고 성명을 양을쇠楊乙釗라고
변명變名하였다.


   덕순이가 상투를 풀어 귓머리를 땋은 뒤에 머리꽁지에 흰 오
라기 댕기를 드리고 흰 무명 고의적삼만 입고서 웃옷을 입지 아
니하고 망건 자국을 가리려고 머리를 수건으로 동이고 짚신을
신고 나서니 훌륭한 총각 상제라, 아무리 눈밝은 포교라도 이 총
각이 김사성 댁 둘째 자제로는 알아낼 수 없게 되었다.
   덕순이가 을쇠로 변하여 가지고 갖바치와 같이 홍인문 밖에를
나왔다. 이판서가 두 사람이 왔다는 말을 듣고 곧 방으로 들어오
라 하여 갖바치는 장지 밖에 앉고 덕순이는 갖바치 옆에 섰는데,
덕순의 옷깃이 눈물에 젖을 뿐 아니라 이판서의 눈에도 눈물이
돌았다. 갖바치가 말을 하기 시작하여 이판서와 이런 말 저런 말
하는 중에 이판서의 맏아들 함동이가 들어왔다. 함동이가 갖바
치를 보고 친숙하게 인사하였다. 이판서가 덕순을 가리키며
   "너, 저 사람에게 절해라."
하고 일러서 함동이가 절하려고 할 때, 갖바치가
   "새로 생긴 외삼촌이야."
하고 함동이에게 말하며 덕순의 얼굴을 치어다보았다. 절하고
난 함동이가 두 손을 맞잡고 그 아버지를 향하여
   "진지 여쭈러 나왔습니다."
하고 나온 까닭을 말하니, 이판서는 먹는다 아니 먹는다 말이

없이

　"너의 어머니에게 말하고 안뒤˙ 별당채를 치우라고 해라."

하고 일렀다. 함동이가 안으로 들어간 뒤에 이판서가 갖바치를

보고

　"아침밥을 같이 먹세."

하고 말하는데 갖바치가

　"아닌게아니라 우리도 아침을 먹지 않았습니다. 새벽부터 수

선을 부리다가 그대로 왔습니다."

하고 말한즉 이판서는

　"그러기에 같이 먹자고 말하지 않나."

하고 적이 웃었다.



　별당에 들어와 앉은 뒤에 이판서가 갖바치를 돌아보며

　"아침밥 먹기 전에 남매간 만나보게 하지."

하고 빙그레 웃으니 갖바치는 말이 없이 고개를 끄덕이었다. 이

판서가 부인을 별당으로 오라 하여 그 부인이 아이종 하나만 데

리고 별당에 들어와서 마루에 올라서는데, 갖바치가 눈짓으로

가리켜서 덕순이는 잠깐 주저주저하다가 마루로 나가서 부인을

향하여 공손히 절하였다.

　부인은 맞지 않고 받기가 미안하던지 유표有表하지 않게 슬그

머니 몸을 비키었다. 이리하여 덕순이가 유명한 함흥 봉단이를

누님으로 상면하였다. 나이 삼십오륙세 된 소복 입은 부인이 얼

굴에 복기가 많을 뿐 아니라 태도에 점잖은 것이 드러났다. 부인

의 눈에서 눈물이 떨어졌다. 내다보는 이판서는

　'여편네는 까닭 없는 눈물도 잘 흘린다.'

생각하고 뜰아래에 섰는 아이종은

　'양자로 들어온 동생을 보시고 부모 생각을 하시는 게다.'

생각하였지만 부인은 참말 저러한 동생이나 하나 있었더면 본집이 없어지다시피 되지 아니하였을 것이라고 생각하고 눈물을 흘린 것이었다. 부인이 이면 수습으로 덕순에게 말을 붙이는데, 차마 또렷하게 해라를 하지 못하고 말 뒤가 없이 말하였다. 아침 뒤에 갓바치는 덕순을 뒤에 남겨두고 돌아갔다. 덕순이가 양을 쇠가 되어 이판서 집 별당채에서 거처하게 되었는데, 이판서 말은 대감이라 하고 이판서 부인 말은 누님이라 하고, 이판서 집 하인들에게는 도령 칭호를 받고 이판서의 아들딸에게는 아저씨 소리를 들었다. 이판서는 열네살 먹은 함동이 아래로 여덟살 먹은 딸과 네살 먹은 아들이 있었는데 그 아이들이

　"외삼촌 아저씨."

　"외삼촌 아저씨."

하고 덕순을 따랐다. 덕순이가 태평으로 지내며 성안 소문을 들어보니 며칠 동안 포교들이 벌떼 헤어지듯이 사방에 흩어져서 길거리에 다니는 사람도 죄없이 잡아갈 것같이 무시무시하고 서울 안을 가가호호 적간*하는데, 묻는 것은 김덕순이와 박연중이 두 사람이었다고 하였다. 어느 날은 동부도사가 이판서를 와서 보고

"김식의 아들 김덕순이를 보신 일이 있습니까?"

하고 물으니 이판서는 서슴지 않고

"본 일이 있지."

하고 대답하였다.

"아, 언제 보셨세요?"

"연전까지 보았지. 작년 설에도 아마 내게 세배를 왔었지."

"네, 작년 겨울 이후에는 보시지 못하셨습니다그려."

"볼 수가 있나? 말을 들으니까 덕순이가 나를 원수로 알아서 남정승보다 나를 먼저 처치하겠다고 벼르더라는걸."

"대감을 원수로 알다니 지각없는 자올시다."

"저의 아버지를 잡아 가두고 귀양 보내고 할 때 내가 금부에 있었으니까 내 맘을 알아주지 못 하고 원수로 벼르기도 용혹무괴이지."

도사는 다시 수어하다가 돌아갔다. 저녁때 사람 없는 틈에 이 판서가 덕순을 보고 도사와 수작하던 말을 옮기고 가만히

"네가 내게 와서 있는 것은 꿈에도 모를 것이다."

하고 빙그레 웃었다.


남곤이가 자객이 왔다갔다는 기별을 들었을 때 얼마 동안은 얼굴이 사색이 되고 숨도 크게 쉬지 못하였었다. 밖에 나서기가 무서워서 다른 곳으로 옮기지 못하고 첩의 집에 숨어 엎드려서 밤을 지내는데, 밖에서 바스락 소리만 나도 깜짝 놀라니까 그 첩



● 적간(摘奸)
죄가 있는지 없는지 밝히기 위해 캐어 살핌.

이 보다 딱하여

"여보시오 대감, 아녀자가 부끄럽지 않으시오? 그렇게 질겁을 하시다간 간이 졸아붙으시겠세요."

하고 비웃어 말을 하니, 남곤이가 그래도 첩에게 취조'하게 된 것은 비위에 거슬리어

"방자하게 되지 못한 소리 지껄이지 마라."

하고 뇌까리고

"어찌하다가 내 신세가 이렇게 되었단 말이."

하고 자탄하며 해가 높이 뜬 뒤에도 남곤이는 겁이 남았던지 자기 집 하인과 의정부 하인들을 불러다가 전후를 옹위케 하고 큰 집에를 돌아왔었다. 늙은 청지기에게 전후 사실을 대강 들은 뒤에 골방에 갇히었던 상노를 불러 친히 자객의 말을 물어보니 상노는 곤히 자다가 놀라 일어나 잠결 겁결에 본 일이라서 대답이 똑똑치 못하였다.

"첫째, 사람이 몇이더냐?"

"둘인 것 같았습니다."

"두 놈이 다 칼을 가졌더냐?"

"아마 칼들은 갖지 않았었습니다."

"아마가 무어냐? 똑똑치 못한 놈 같으니. 그래 그 도적놈들이 나이 젊더냐?"

아마라고 말하다가 꾸지람을 받은 상노가 생으로 거짓말을 하였다.

　"한 놈은 몸집이 뚱뚱한데 한 사십 넘어 보이고, 또 한 놈은 하늘파충하게 키가 큰데 한 삼십쯤 되어 보입디다."

　옆에 섰던 청지기가

　"이놈, 어젯밤에 내가 물을 때는 그것도 잘 모르겠다고 하더니."

하고 책을 잡으니 그 상노가

　"지금 가만히 생각해보니까 그런 듯해요."

하고 고개를 숙이었다. 남곤이가 어이가 없어

　"에이놈, 저리 가거라."

하고 상노를 물리치고 마당에 떨어졌던 수청 청지기를 부르려고 하다가 그 청지기가 뒷골이 쪼개져서 집에 나가 누웠다고 하므로 그러면 물을 것 없이 그만두라고 하였다. 자객이 도망하는 것을 본 사람은 한둘이 아니었으나 어둔 밤에 본 것이라 그 말이 다 각각이었다. '흰옷 입은 것이 화초밭으로 뛰어갔다' '검은 그림자가 후원으로 들어갔다', 그중에 심한 말은 관 쓴 것이 번쩍하더니 없어지더라 하고 그것이 도깨비 짓이 아닌지 모르겠다고 하였다. 남곤의 집은 북악 밑이라 후원에 폭포도 있고 바위도 있었다. 자객들이 처음에 북악산 기슭으로 들어와서 바위 뒤 같은데 숨어 있다가 나중에 다시 산기슭으로 도망한 것이라고 생각들 하였었다.

　남곤이가 칼 맞은 베개를 가져오라 하여 베개에 입힌 자리옷이 허리가 잘린 것을 보고 몸에 소름이 끼쳤다. 한동안 말이 없이 앉



● 취조(取嘲) 비웃음을 사다.

았다가 옆에 있던 일가 사람을 돌아보며 어둔 밤에 홍두깨로

"여보게, 내가 소인인가?"

하고 물어서 그 일가 사람이 당황하여 하다가

"글쎄요."

하고 대답한즉 남곤은

"소인, 소인."

하고 입으로 중얼거리다가 손으로 방바닥을 치며 일어섰다.

그날 낮에 남곤이가 심정이를 찾아왔다. 어젯밤 자객의 변을 말하고 김식의 아들 김덕순이와 그 하인 박가가 모두 장사라니까 분명 그놈들의 짓으로 생각한다고 말한즉, 심정이도 역시 그러할 듯하다고 하고

"들으니까 김식의 장사를 충주서 지냈다고 하니 김식의 무덤 근처를 엄밀히 기찰하게 하면 덕순의 종적을 알게 될 것 같소이다."

하고 말하여 일변으로 서울 안에서 가가호호 적간을 하게 하고 또 일변으로 충주에 내왕하는 사람을 기찰하게 하기로 작정하였다. 심정이가 주안 한상을 내오라고 하여 주객이 두서너 잔 술을 마시었을 때, 한 사람이 뜰 앞으로 지나가며 큰 소리로

"두 소인이 마주 앉았구나."

하고 껄껄 웃으니 남곤이가 발끈 화를 내며

"여보 대감, 저게 누구요?"

하고 물었다. 심정이가

"그것이 소인의 아우올시다. 실성한 사람이에요. 가릴 것이
못 됩니다. 소인의 낯을 보아 용서하십시오."

하고 빌다시피 말하니 남곤이가

"실성한 사람이 군자, 소인을 어찌 구별하겠소?"

하고 화가 풀리지 아니하였다.

"구별을 못하기에 대감을 소인이라고 하고 또 저의 형을 소인
이라고 하는 것입니다."

"구별없이 하는 말 같지는 않은데."

하고 남곤이는 쓴 입맛을 다시었다. 대개 남곤이가 자기로도 소
인이거니 생각하지 못하는 것은 아니지만, 남이 소인이라고 지
목하는 것을 들을 때는 화가 나는 것을 걷잡지 못하였다. 구렁이
를 보고 구렁이라고 하면 싫어한다는 격이었다.

# 형제

심정의 아우 심의沈義는 심지가 정직한 것이 그 형의 간교한 것과 다르고 성미가 소탈한 것이 그 형의 악착한 것과 달라서 그 형과 같이 이끗을 밝히지 아니하므로 벼슬은 비록 당하堂下 육품에 지나지 못하였으나 숭품崇品 중신인 그 형으로는 비하여 말할 수가 없도록 인품이 높았다. 그 형의 처심處心과 행사가 올곧지 아니한 것을 볼 때에 눈물을 흘리며 간한 일까지도 없지 않았으나 그 형이 말로는

"오냐, 너의 말이 옳다."

하고 뉘우치는 빛을 보이면서 그 처심과 그 행사는 고치지 아니하여 항상 근심으로 지내더니, 그 형이 남곤과 부동하여 조광조 이하 여러 명사를 모함한 뒤에는 심병心病이 나서 실성한 사람같이 되었다. 심정이가 형제간 우애만은 제법 무던하여 아우의 병

을 고치려고 갖은 애를 다 쓴 까닭에 그의 병이 조금 가라앉았으
나 세상에 낙이 없는 사람같이 입을 벌리고 웃는 일이 없었다.

어느 날 심의가 길가에서 우연히 최수성을 만나서

"원정, 오래간만일세. 언제 서울 오셨나?"

하고 말을 붙이니 최수성이

"나는 누구라고, 사마우司馬牛일세그려."

하고 허허 웃었다.

사마우는 공자의 제자이니 공자를 죽이려던 환퇴桓魋의 아우
이다. 심의가 잘못 알아듣고

"마우라니? 사람이 아니고 마소란 말인가?"

"아니, 자네 형이 환퇴만큼 갸륵하단 말일세."

하고 얼굴을 젖혀들고 한바탕 크게 웃었다. 심의는 무료하였다.

"지금 자네 어디를 가나?"

"우리 숙부 되시는 승지영감을 잠깐 보고 그리고 곧 좋은 친
구 하나를 심방할라네."

"좋은 친구라니 누구?"

"좋은 친구가 있지. 자네 같이 가려나?"

"가자. 그렇지만 자네 숙부에게는 가기 싫어."

"그러면 숙부 문안은 제례除禮하지."

하고 최수성이 심의를 데리고 심방한 좋은 친구는 혜화문 안 갓
바치였다. 심의가 갓바치를 안 뒤로는 거의 매일 찾아다니게 되
어서 얼마 아니 지나는 동안에 서로 정분이 생기었다.

별로 나다니지 아니하던 심의가 날마다 출입하는 것을 그 형이 알고

"요새 어디를 그렇게 다니니?"

하고 물으니 심의는 갖바치에게 다니는 것을 그 형에게 말하고 싶지 아니하던지 거짓말로

"성균관 근처로 소풍 다닙니다."

하고 대답하였다.

"소풍 좋지. 그렇지만 혼자 다니지 말고 아이놈이라도 데리고 다니지."

"아이놈 성가시어요."

"좋을 대로 해라. 그러면 술이나 한 병씩 차고 다니지."

"그건 좋겠지요."

이리하여 심의는 갖바치와 둘이 마주 앉아 술 한 병을 마시는 것으로 낙을 삼게 되었다. 두 사람 사이에 못할 말이 없이 된 뒤에 심의가 자기의 처신할 도리를 물으니 갖바치는 종이쪽지에다가 붓장난하듯이 '광야우야 무재무해狂耶愚耶 無災無害'라는 여덟 글자를 써 보이었다. 미친 것이냐? 어리석은 것이냐? 재가 없고 해가 없다는 뜻이다. 심의는 이윽히 들여다보더니 맘에 깨달음이 있는 것 같았다. 그 뒤로는 심의가 웃기 시작하였다. 그 웃음이 나날이 늘어서 너무 과하도록 많아졌다. 심정이는 그 아우의 웃음 많은 것이 역시 병이라고 생각하여 의약으로 고치려고 하였으나 심의가 약을 먹지 아니하였다. 심의가 그 형을 보고 성

균관 근처에 집을 사서 분거分居하게 하여달라고 말하여 형제 각 거各居하게 되었는데, 심정이는 그 아우가 소풍하기 편한 것을 취하여 동촌東村을 소원하거니 생각하고 갖바치와 가까이 살며 상종하려는 것은 조금도 알지 못하였다. 심의가 동촌으로 이사 온 뒤에 며칠 지나지 아니하여 갖바치가 이삼일 동안 양주 땅에 갔다온다고 하더니 이틀 되던 날 저녁때 찾아와서

"양주 와서 사는 동향 사람의 아내가 난산으로 위경危境이라고 하기에 가보려고 했더니 다른 볼일이 생겨서 가지 못했습니다."

하고 말하니 심의는

"시골 안 갔거든 안 갔다고 기별이나 하지. 나는 이틀 동안 심심해서 선비들 글 짓는 데 차작*해주고 소일했소."

• 차작(借作) 글을 대신 지음.

"기별할 틈도 없었어요."

이 이틀 동안이 덕순이와 연중이가 갖바치에게 와서 묵던 때다. 갖바치가 심의의 얼굴을 바라보며

"나는 서울 재미가 없어서 어느 시골로 가려고 맘을 먹은 지는 오래나 소위 가속家屬이란 것의 모자가 누累가 되어 주춤주춤하였는데, 흥인문 밖 이판서가 창녕으로 낙향하는데 같이 가자고 하니까 시원할 것은 없으나 따라갈까 생각합니다. 동촌으로 이사오시자 시골로 가게 될 모양이니 미리 섭섭합니다."

하고 말하니 심의는

"가기는 어디를 간단 말이오? 못하오. 못 가오."

하고 펄쩍 뛰다시피 하였다.

갓바치의 집 세 식구가 이판서의 돌보아주는 힘으로 호구하는 것은 심의가 이미 아는 사실이라, 갓바치를 이판서 따라가지 못하게 하자면 첫째 시량을 보아주어야 하겠고, 남의 시량까지 보아주자면 우선 형에게 분재分財를 청하여야 하겠다고 심의는 생각하고 곧 갓바치더러

"나 형님 좀 보고 올라오."

하고 가장 급한 일이나 있는 듯이 분주히 형의 집에를 왔더니, 그때 마침 그 형이 남곤이와 같이 술을 먹는 중이라 그대로 돌아서려다가 짓궂이 한번 뜰아래로 지나가며 소인들이라고 형을 휩쓸어 욕을 하고 형의 집에서 나오는데 대문간까지 나오도록 미친 웃음을 그치지 아니하였다. 그 이튿날 첫새벽에 심의가 다시 형을 보러 쫓아온즉 큰사랑은 물론 덧문이 열리지 아니하고 수청방까지 괴괴하였다. 비부쟁이˚가 마당에서 비질을 하다가 비를 놓고

"나으리, 일찍 행차하셨습니다. 대감께서는 아직 기침 않으셨습니다."

하고 다시 빗자루를 잡으려고 하는데 심의가 공연히 한번 허허 웃고서

"비를 나 좀 다오. 내가 한번 비질을 해보겠다."

하고 비를 받아들고 또 한번 허허허 웃었다. 마당에서 한두 번

비질을 하다가 댓돌로 올라오고 댓돌에서 한두 번 비질을 하다가 마루로 올라와서 수청방 앞에 서서 한바탕 늘어지게 웃으니 방안에서 자던 청지기들이 놀라 일어났다. 청지기 한 사람이 문을 열고 나오며

"나으리 오셨습니다그려."

하고 자던 눈을 비비니 심의는 갑자기 웃음을 뚝 그치고

"이놈들, 어젯밤에 노름했구나. 어 죽일 놈들!"

"이놈들, 어젯밤에 계집방에 갔었구나. 어 죽일 놈들."

"이놈들, 어젯밤에 술을 처먹었구나. 어 죽일 놈들."

하고 횡설수설한 뒤에 큰사랑 앞으로 성큼성큼 걸어와서 마루에는 고사하고 덧문에까지 비질을 하니 그 비는 싸리비라 소리가 요란하였다. 심정이가 늦잠이 들어서 곤히 자다가 놀라 깨어

"어떤 놈이 이러느냐?"

하고 불호령하는 소리가 밖에 들리었다. 심의가 비를 들고 서서 큰 소리로 껄껄 웃고서 비를 마당으로 내던지니 이때껏 작은댁 나리의 하는 짓을 보고 있던 비부쟁이가 비를 주워들고 가만히 혼잣말로

"아무래도 미쳤어."

하고 다시 비질을 시작하였다. 심정이가 아우의 웃음소리를 듣고 자리에서 일어앉으며 수청 자던 상노를 시켜 덧문을 열어놓으니 심의가 신을 벗으며 말며 진동한동˚ 방으로 들어와서 곧



● 비부쟁이
계집종의 남편을 낮잡아 이르는 말.
● 진동한동
바쁘거나 급해서
몹시 서두르는 모양.

형의 앞에 엎드려 방성대곡을 하는데 펑펑 쏟아지는 눈물이 거짓 울음 같지 아니하였다. 심정이는 놀란 위에 더 놀랐다. 앞에 가리었던 누비처네를 헤치고 나앉아서 아우를 붙들고

"이애, 왜 이러느냐? 이애 이애, 말을 하여라, 말을 해. 응? 이애."

심의는 울음 반 말 반으로

"여보 형님."

하고 엉엉 울고

"엊그저께 밤 꿈에 아버지와 어머니를 뵈었어요."

하고 또 엉엉 우니 심정이가

"이애, 울지 말고 말을 해라. 그래 아버님과 어머님을 뵈었어? 그래?"

하고 어린아이 달래듯이 말하여 심의는 소매로 눈물을 씻으며 일어앉아서 이야기하였다.

"아버지 어머니가 오셔서 나를 보시고 너의 형은 땅도 사고 종도 사고 자꾸 사는데 너는 아무것도 없이 어떻게 산단 말이냐? 양주 고든골 땅 이십 석 자리와 광주 너더리 땅 오십 석 자리와 왕십리 미나리논 열 마지기와 방아다리 배채밭 사흘가리와 천쇠 어미와 상길이 내외는 너의 형더러 달라고 말을 해라. 영절스럽게* 말씀을 하시더니 어젯밤 꿈에 또 두 분이 같이 오셔서 형더러 말하라니까 왜 말을 아니하느냐고 꾸중하십디다."

하고 울음을 다시 내놓을 것같이 입을 비죽거리니 심정이가

"네가 달래도 줄 터인데 꿈에라도 부모가 말씀하신 것을 주다
뿐이겠느냐. 지금이라도 곧 문서를 써주마."
하고 심의가 말한 대로 종이며 땅을 허급許給한다는 문서를 쓰
고 수결˚을 두어서 아우에게 주었다. 심의가 종 문서와 땅 문서
를 손에 받아들고 일어서서 너푼 절을 하고
　"형님, 더 주무시지요."
하고 방 밖으로 나오며 다시 큰 소리로 껄껄 웃었다. 십여일 지
난 뒤에 심정이가 그 아우의 하는 꼴을 보려고 심의를 대하여
　"엊그제 밤 꿈에 아버님 어머님이 오셔서 너더리 땅과 천쇠 어
미는 봉제사하는˚ 큰아들 네가 가져야 할 것이요, 너의 아우를
줄 것이 아니니 도루 찾으라고 말씀하시더라."
하고 울려는 시늉을 하니 심의는 서슴지 않고
　"봄철 허튼 꿈을 믿을 수가 있습니까?"
하고 껄껄 웃어버리었다.

　이판서 집에서 창녕으로 낙향할 때에 이판서가 갖바치를 보고
　"자네는 어찌하려나? 이번에 같이 가세."
하고 권하는 뜻을 보이었으나 갖바치는
　"나는 오나가나 매일반이지만 가속들의 내두˚ 처지가 서울 있
는 편이 나을 것이라 따라갈 것이 없습니다."
하고 서울에 떨어져 있을 뜻을 말하였다. 이판서 부인이 같이 이
사하자고 우긴 것은 말할 것도 없고 을쇠로 행세하는 덕순이가

● 영절스럽다 꽤 그럴듯하다.
● 수결(手決) 지난날,
자기 성명이나 직함 아래에
도장 대신 쓰던 일정한 자형.
● 봉제사(奉祭祀)하다
조상의 제사를 받들어 모시다.
● 내두(來頭)
지금부터 다가오게 될 앞날.

"나 같은 신세에 갈 데가 없는 것은 고사하고 주인대감 내외분이 정답게 말씀하는 것을 거역하지 못하여 창녕을 따라가겠으니 당신도 같이 가십시다. 구차한 목숨이 살아 있는 동안은 든든히 지내게 같이 가십시다."

하고 사정을 말하였으나 갖바치는

"실상 내가 좀 서울 있으면 남의 아들들을 맡아줄 터이니까 남에게 좋은 일이야."

하고 모호한 말을 하며 서울 있을 뜻을 변개하지 아니하였다. 이판서가 가권家眷을 데리고 떠나는 날 작별 나온 갖바치를 보고

"자네가 이사오고만 싶거든 언제든지 기별하게. 초가 한 삼간 장만해놓고 기다림세."

하고 말한즉 갖바치는

"내가 한번 가오리다. 풍파 많은 환로를 하직하고 백구 좇아 노시는 것을 한번 뵈오러 가오리다."

대답하고 이 사람 저 사람에게 다니며 면면이 작별한 뒤에 다시 이판서에게로 와서

"대감께는 치하致賀로 작별하렵니다. 대감께서 이십오륙년간 지나오신 험한 길이 이로써 끝이 나고 앞으로는 태평한 세월을 보내시게 될 터이니 대감께 이보다 더 치하할 일이 없습니다."

하고 적이 웃으니 이판서는

"그럴까? 참말 그럴까? 오뉴월 화롯불도 쪼이다 나면 섭섭하다'는데……. 그렇지만 자네 말이 옳아 치하받네."

하고 쾌활하게 웃었다.

이판서가 창녕으로 낙향한 뒤 서너 달밖에 아니 된 때에 갖바치가 내려와서 달포를 넘어 묵었다. 달포 동안에 갖바치는 덕순이와 동무하여 남천南川에서 붕어 낚시질도 하고 이판서의 뒤를 따라서 화왕산火王山에서 매 사냥질도 하였다. 화왕산에 갔을 때는 옥천사玉泉寺라는 보잘것없는 절에 헐각˙겸 구경을 들어갔다가 신돈辛旽의 이야기가 났었다.

"신돈의 어미가 이 절 종년이었다네그려."

"신돈이도 처음에는 이 절에서 중노릇을 했겠지요."

"중놈 하나가 오백년 종사宗社를 망하였단 말이 기막힌 일이야."

"나라가 망하려니까 그런 중놈이 나겠지요."

"우禑와 창昌이가 공민왕의 혈속이 아니고 신돈의 아들과 손자라고 신우辛禑니 신창辛昌이니 부르지만 이것은 미덥지 않은 말이야."

"고려 말년 사적은 정도전이 같은 개국공신이 손삽손실˙을 하여 고치어 놓은 것이니 그대로 믿을 수가 있나요."

"그래, 그렇지만 우가 죽을 때 겨드랑 아래 있는 용비늘을 보이어 왕씨王氏 표적을 내었다는 것도 당치 않은 소리야."

"그렇겠지요. 왕씨가 용녀龍女의 자손이란 것부터 당치 않은 소리니까요."

"아조我朝로 말하면 신돈이 같은 중놈이 국정을 탁란濁亂할 리

● 오뉴월 화롯불도 쪼이다 나면 섭섭하다 당장에는 쓸데없거나 대단치 않은 듯한 것도 막상 없으면 아쉽다.
● 헐각(歇脚) 잠시 다리를 쉼.
● 손삽손실 훼손하거나 덧끼우거나 빼버리는 일.

는 없지."

"글쎄요, 이삼십년 후에 곤댓짓하는 중놈이 없으란 법도 없지요."

이판서는 갓바치가 대중없이 허튼 말을 하지 아니하리라고 생각하여

"자네 말이 맞나 두고 보세."
말하고

"이삼십년 후면 우리가 칠팔십 노인이 될 모양이니 볼는지도 모르겠네."
하고 한번 웃고 말았다.

갓바치가 창녕서 떠날 때에 이왕 나선 길이니 경상도 산천이나 구경한다고 남으로 떠내려가서 진주를 구경하고 동래, 울산, 경주로 돌아서 서울을 올라오느라고 길에서 두어 달소수˚를 보내었다. 갓바치가 삼가三嘉 땅에 갔을 때 이황李滉이라는 젊은 선비가 독실히 공부한다는 말을 듣고 일부러 찾아가서 학문을 논난論難한 일이 있었다. 그때 그 선비가 주역을 읽던 중이라 주역으로 말을 묻게 되었다.

"삼역三易이라니 무엇무엇이 삼역이오?"
"연산連山, 귀장歸藏, 주역이 삼역이지요."
"연산, 귀장도 역易인가요?"
"역은 아니지만 주역 까닭에 통틀어 역이라고 하는갑디다."
"읽으시는 주역이 주자朱子의 정본定本인가요?"

"잘 모르나 주자의 정본은 아닙니다."

"그렇소. 영락황제永樂皇帝 때 정자와 주자의 것을 찢어 모아
서 만들어놓은 것이오."

그 선비는 거사 복색한 성명 모를 사람의 학식에 놀라

'이 사람이 혹시 정허암인가.'
생각하고 허암의 말을 물었다.

"정허암을 아시오?"

"네, 알지요."

"허암이 왜 세상에 아니 나오실까요?"

"종상終喪 못한 것이 불효이고 군명君命을 도망한 것이 불충이
라고 세상에 나서지 않는답디다."

● 달소수 한 달이 조금 넘는 동안.

갖바치는 그 선비가 허암으로 아는 것을 속으
로 웃으면서

"나는 가오."
하고 붙잡는 것을 뿌리치고 나섰다.

갖바치가 서울 올라오던 이튿날 심의를 찾아간즉, 상길이가
나와서 하는 말이

"댁 나으리께서 엊그저께 송도를 가셨소."
하여

"어느 날쯤 오실까요?"
하고 갖바치가 물으니 상길이는

"모르지요. 삼사일 후에나 오실까요?"

도리어 묻듯이 말하고

"당신이 시골 가서 하도 오래 아니 오니까 댁 나으리께서는 화를 더럭더럭 내십디다."

하고 그 상전의 고대하던 양을 말하였다. 사실로 심의는 이웃 친구가 일찍 돌아오기를 믿고 기다리다가 서너 달이 지나도록 소식이 없으니까 홧김에 송도 친구 서경덕徐敬德을 찾아간 것이다.

심의가 송도에 도착하던 길로 벼우물골에 있는 서처사徐處士의 집을 찾아갔다. 처사의 아우 형덕馨德이와 숭덕崇德이가 문밖에 나와 맞아들이는데, 형덕이가 그 형이 화담花潭에 가서 있고 집에 있지 아니한 것을 말하니, 심의는

"찾아온 사람이 화담에 있는 바에 화담으로 가야지."

하고 들어가지 아니하고 돌쳐섰다. 숭덕이가 등 뒤에서 손가락질하며

"큰형님이 아니 계시기로 잠깐 들어앉지 못할 것이 무엇인고. 우리는 눈에 사람으로 보이지도 않는 모양인가?"

하고 아니꼬운 생각에 침을 뱉었다.

심의가 화담에 왔을 때는 해가 거의 석양이 다 되었다. 여울 소리가 해진 뒤에 높아질 것을 미리 준비하는지 의외로 낮게 들리고 작은 물고기가 물 위로 뛰어올랐다. 심의가 차츰차츰 걸어서 서처사 초당에 가까이 오며 들으니 초당 안에서 흘러나오는 거문고 소리가 초당 밖의 물소리와 서로 맞아서 물소리와 거문고 소리가 구별할 수 없이 섞일 때가 있었다. 심의가 열어놓은

창문 앞에 와서 방안을 들여다보니 한 여자가 바깥편을 등지고 앉아서 거문고를 타는데, 처사는 눈을 감고 거문고 소리를 듣는 중이었다. 심의가 갑자기

　"여보게, 가구可久!"

하고 부르니 자를 부르는 소리에 처사가 눈을 뜨고 내다보며

　"의지義之, 이거 웬일인가?"

하고 일어 맞았다.

　"산중 풍류가 적막치 아니하구려."

하고 심의가 방으로 들어오니 그 여자는 거문고를 치우고 비켜 앉았다. 심의가 처사와 느런히 앉으며 그 여자를 바라보니 얼굴에는 분을 바르지 아니하고 머리에는 기름을 바르지 아니하고 의복은 검소하게 차리었으나 천연하게 아리땁고 요사치 않게 어여쁜 것이 진세* 사람 같지 아니하였다. 그 여자가 처사를 보고

　● 진세(塵世) 티끌세상. 속세.

　"선생님, 제가 여기 있어도 좋겠습니까?"

하고 묻는데, 그 목소리까지 세상에서 들어보지 못한 선악仙樂 같이 들리었다. 심의가 처사의 대답이 나오기 전에

　"좋다뿐이야."

하고 대답하니 처사도 적이 웃으며

　"손님이 좋다시니 주인이 좋지 않달 길이 없지."

하고

　"이 손님이 대관부大觀賦와 소관부小觀賦를 지으신 심좌랑沈左

郞이시다."
하고 일러주었다. 그 여자가 심의를 향하여 잠깐 머리를 숙이고
　"저는 송도 진이眞伊올시다. 나으리의 대관부, 소관부는 선생
님이 가르쳐주셔서 읽었습니다."
하고 별같이 밝은 눈 속에 봄기운 같은 웃음을 띠니 심의는
　"소철이가 한기를 보고 천하의 대관大觀을 다하였다고 했다
더니, 심의는 진랑眞娘을 보고 천하의 대관을 다한 셈이다."
하고 허허 웃었다.
　"가구! 자네는 전생에 무슨 복을 닦아서 좋은 산수의 주인이
되고 요대瑤臺 선녀의 선생이 된단 말인가."
하고 처사에게 말하면서도 그 눈은 진이의 몸을 떠나지 아니하
여 처사가 웃으며
　"자네가 나를 보러 온 것이 아니라 진랑을 보러 온 것일세그
려."
하고 조롱까지 하였으나 심의는 여전히 진이를 바라보며
　"눈이 저절로 가는 것을 내가 금치 못할 뿐이야."
하고 또다시 허허 웃으니 진이는
　"비아야非我也라 모야某也로다."
하고 깔깔 웃었다. 나중에는 심의가 진이의 옆으로 자리를 옮겨
앉아서 두 손으로 진이의 손을 받들어 들고 정신없이 들여다보
니 진이가 방긋이 웃으며
　"무엇을 그렇게 들여다보시나요?"

하고 물으니 심의는

　"아름답고 어여쁜 것이 땅에서 샘솟듯 살 속에서 솟아나오는 군."

하고 싱글벙글하며 처사를 돌아보는데 처사는 말이 없이 빙그레 웃고 있을 뿐이었다.

　서처사의 초당은 방이 둘뿐이었다. 한 방에는 처사가 손님과 같이 자고 다른 한 방에는 진이가 혼자 자게 되었다. 진이가 화 담 초당에 와서 자는 것은 이날이 처음이 아니었다. 처음에 진이 가 영롱한 수단으로 당대 도승이던 지족선사知足禪師의 도를 깨 뜨리고 같은 수단으로 서처사를 놀리려고 어느 가을 밤에 초당 에 와서 잠을 자는데, 무섭다고 꾀를 피우고 처사 의 방에서 나가지 아니하고, 춥다고 핑계하고 처 사의 이불 속으로 들어가고, 잠을 험히 자는 체하 고 처사의 몸에 팔다리를 드놓기까지 하였으나 처사의 마음은 반석 같아서 마침내 움직이지 아 니하였다. 그 뒤에도 진이가 처사와 한방에서 잔

때가 없지 아니하였으나 항상 처사는 처사대로 자고 진이는 진 이대로 잘 뿐이었다. 이날 밤에 진이가 혼자 자게 되어 다른 방 으로 가더니 다시 처사의 방에를 와서

　"나는 혼자 자기 싫어요. 손님이나 선생님이나 두 분 중에 한 분이 혼자 주무시지요."

하고 방그레 웃으니 처사가 대번에

● 소철(蘇轍)
당송팔대가인
중국 북송 때의 문학자.
신법 제정과 관련해 신법 구상에
참여했으나 이후 한기와 함께
신법에 반대함.
● 한기(韓琦) 중국 북송의 정치가.
당시 왕안석의 신법 제정에
반대하여 관직에서 물러남.

"손님더러 혼자 자랄 수야 있나, 내가 혼자 자지."

하고 말하였다. 심의는 진이와 한방에서 자는 것이 맘에 싫지 아니하나 조금 수줍은 생각이 나서

"이 방에서 셋이 자지 못할까?"

하고 처사를 돌아보니 처사는

"그래도 좋겠지."

하고 손의 말을 거스르지 아니하나 진이는 도리어

"넓은 방 좁게 쓸 것 없지요."

하고 자기의 주장을 보이었다. 그리하여 심의가 진이에게 시험을 받느라고 하룻밤을 곡경˚으로 지내었다. 진이가 다리를 배에 얹어도 심의는 가만히 있었고, 진이가 팔을 목에 감아도 심의는 가만히 있었다. 가만히 있기 어려운 때에 가만히 있자니 곡경이었다.

진이는

'화담의 친구 값이 있구나.'

하고 생각하고, 심의는

'기녀妓女란 할 수 없구나.'

하고 생각하였다. 이튿날 식전에 처사가 심의를 보고

"밤에 잘 잤나?"

하고 인사하니 심의는 고개를 가로 흔들어 잘 못 잤다는 뜻을 보이고

"겉으로 보기는 선녀 같으나 속은 종시 기녀이데."

하고 낙심하는 모양이 선녀가 기녀 된 것을 몹시 섭섭하게 생각하는 것 같았다.

"진이가 저의 맘대로 장난을 치는 것이 눈에 세상이 비어 보이는 까닭이야. 불가佛家의 말로 유희삼매˙라고나 할지, '마등가' 같은 음녀淫女가 아니야. 당돌한 여자이지. 자네도 망석중˙이 되지 않은 것이 무던해."

하고 처사가 말을 그칠 때에 밖에 나갔던 진이가 들어왔다. 진이의 말은 이로써 끝이 나고 심의가

"나는 그동안 좋은 친구를 얻었어. 실상은 친구라느니보담도 스승이라고 하는 것이 마땅한 사람이야."

하고 갓바치의 이야기를 시작하였다.

"사람이 총명하고도 경선치 아니하고, 고상하고도 거만치 아니하고, 있고도 없는 것같이 하고, 차고도 빈 것같이 하는 것이 나는 처음 보는 인물이야."

서처사는 심의의 칭찬이 곧이들리지 아니하는 모양으로

"그런 사람이 다 있어? 그 사람의 성명이 무엇인가?"

하고 물으니 심의는

"성명은 몰라. 갓바치야."

하고 대답하였다.

"성명을 모르는 갓바치?"

● 곡경(曲境)
몹시 힘들고 어려운 처지.
● 유희삼매(遊戲三昧)
부처의 경지에서 노닐며,
그 무엇에도 매이지 아니함.
● 망석중
남이 부추기는 대로
따라 움직이는 사람을
비유적으로 이르는 말.

"그 사람의 성명은 당초에 아는 사람이 없어. 전부터 안다는 최원정도 모르던걸. 그 사람이 정암과도 친하게 지냈던 모양이야."

"정암과 친하게 지냈다면 사람이 무던한 것일세."

"나하고 친하게 지내는 것으로는 무던하다고 생각하지 못하겠나? 사람이 무던뿐이 아니야."

"이다음에 한번 작반하여 놀러오게."

"올는지 모르지. 자네가 한번 서울 와서 만나면 어떻겠나?"

"내가 가도 좋지만 나는 서울 가기가 싫어."

옆에서 수작을 듣고 앉았던 진이는 갓바치에 인물이 있는 것을 희한하게 생각하여 곧 한번 만나보고 싶어서

"선생님은 아니 가신다니 이번에 저와 같이 가십시다."

하고 나서니 심의는 고개를 외치며

"그 사람이 지금은 경상도 가고 서울 없어. 이다음에 한번 박연朴淵 구경가자고 데리고 오지."

하고 말하였다. 심의는 서처사에게서 이삼일 더 묵다가 서울로 올라왔다.

심의가 서울 오던 날, 다저녁때이었지만 갓바치가 시골서 왔단 말을 상길에게서 듣고 곧 찾아가서 만나려고 불불이 가는데 성균관 어귀 큰길에를 나서자 혜화문 안으로부터 내려오는 갓바치를 길가에서 만나게 되었다.

"어디를 가는 길이오?"

"댁에를."

"어떻게 내가 온지를 알고?"

"혹시 오셨을까 하고요."

"나도 찾아가려고 나선 길이오. 여기서는 우리 집이 가까우니 가까운 데로 갑시다."

하고 말하여 심의가 갖바치를 데리고 들어왔다. 갖바치는 영남의 산천 인물을 이야기하는 중에 이황의 공부 독실하던 것까지 말하였고, 심의는 서경덕에게서 진이 만난 것을 이야기한 뒤에 박연폭포가 구경할 만하다는 것까지 말하였다.

이튿날 심의가 그 형을 보러 왔다. 사랑에는 남곤이가 와 앉아서 무슨 일을 의논하는 모양이라 바로 안으로 들어왔더니, 안에는 경빈 박씨의 심부름으로 무수리가 나와 있었다. 심의는 상을 찌푸리지 않을 수 없었다. 얼마 아니 있다가 심정이가 분주히 안으로 들어와서 무수리에게 말을 일러 보낸 뒤에 심의를 보고

"잠깐만 안에 있거라. 사랑 손님도 곧 가실 터이다."

하고 도로 나가려고 하는 것을 심의가 소매를 붙잡고

"잠깐만 계시오. 남정승 대감보다 내가 먼저 갈 터이오."

하고 안마루 구석에 있는 쥐구멍을 가리키며

"형님, 저 구멍으로 좀 나가보시오. 이담날은 나가려고 찾아도 찾기가 어려우리다."

하고 히히 웃으니 심정이는

"이애가."

하고 뒷말이 없이 슬그머니 소매를 뿌리치고, 옆에 있던 계집 하인들은 입을 막고 돌아섰다. 심의는 형의 일을 속으로 근심하며 돌아와서 갖바치를 보고 이야기하니 갖바치가

"백씨 대감이 지금 와서는 당신의 가는 길이 끝이 좋지 못할 줄을 짐작하신대도 돌쳐서기가 어려울 것입니다. 그렇지만 남정승과 구수밀의˚가 잦으시면 잦으니만큼 해를 많이 세상에 끼칠 것이 걱정이지요."

하고 말하였다.

그 뒤에 심정이가 남곤이와 밀의한 결과로 과연 또 큰 옥사를 만들어서 애매히 여러 사람을 살육한 일이 있었다. 삭탈관직을 당한 안당의 집이 옥사의 중심이 되었다. 안당의 서모가 감정이라는 가봉녀˚ 하나가 있어서 이름이 작은쇠라는 송가에게로 시집을 가서 사련祀連이라는 아들을 낳았는데, 사련이가 어미의 반연으로 안당의 집에 드나들며 안당의 아들들과 교유하게 되었었다. 안당의 아들 삼형제가 모두 출중한 중에 그 큰아들이 성질이 강직하여 동네의 친한 친구들과 모여 앉으면 곤이, 정이가 국사를 그르친다고 통탄할 때가 많았었다.

안당의 부인이 작고하여 삼년상이 막 지난 뒤의 일이었다. 안당의 큰아들이 동네 친구들을 청하여 술을 대접하는데 술이 거나하게 취한 김에 팔을 걷어치며 곤이, 정이 같은 놈을 없이하여야 국가를 붙들고 사람을 보전할 수 있다고 통론痛論하니, 그때 옆에 있던 사련이가

"잘 드는 칼 하나만 저를 주십시오. 제가 곧, 정이의 대가리를
외꼭지 도리듯 해놓으리라."

하고 실없는 말을 하며 해해 웃기까지 하였다. 이 사련이가 남
곤, 심정에게로 붙어서 안당의 아들이 대신을 살해할 음모를 꾸
민다고 고변하였는데, 사람의 성명을 적은 서기書記란 것은 안당
의 부인 초종 때 조객록弔客錄과 그 발인 때 역군役軍의 명부名簿
이었다. 남곤, 심정이가 이것을 가지고 옥사를 만들어 안당의 부
자 이하 여러 사람을 죽이었는데, 죽인 사람들 중에는 제주에 안
치되었던 김정이도 들었고 온성에 안치되었던 기준이도 들었다.

사화에 귀양갔던 여덟 사람의 결말을 보면 조광조는 먼저 사
약을 받고, 김식은 망명 중에 자결하고, 김정과
기준은 이 옥사에 같이 사약 받고, 윤자임은 북청
배소에서 분통이 터지어 죽고, 박세희는 강계 배
소에서 병이 나서 죽고, 김구와 박훈 두 사람은
나중에 놓이기까지 하였으나 놓여온 뒤 두 사람이 다 얼마 더 살
지 못하였다. 다른 이야기는 고만두고 이 안당의 아들 옥사에 홍
문관 하인으로 조광조를 구하려던 이학년이도 죽었고, 썩은 배
위태하다고 김식을 깨우치던 최수성이도 죽었다. 죽은 사람들
외에 연좌 입힌 사람이 많았고, 양인 천인 할 것 없이 휩쓸어 귀
양 보낸 사람이 더욱이 많았다. 사련은 여러 사람을 죽이고 귀양
보내게 한 공로로 절충장折衝將 직함을 받고 일생 녹을 타서 먹
게 되었으나 사람 같은 대접은 받지 못하였다.

● 구수밀의(鳩首密議)
여럿이 머리를 맞대고
옳지 못한 일을 비밀리에 의논함.
● 가봉녀(加捧女)
여자가 덤받이로 데리고 온 딸.

남곤, 심정이가 전에 여러 명현名賢을 모함한 것은 판국을 뒤
집어 권세를 잡으려고 꾀한 것이요, 후에 여러 사람을 살해한 것
은 신변의 위험을 없이하려고 꾀한 것이었다. 후에는 권세 잡은
대신과 중신이 고변을 받아가지고 역적모의로 몰아서 조처한 것
이니까 꾀가 용이하였지만, 전에는 조정의 판국을 뒤집느니만큼
용이한 꾀로 될 것이 아니었다. 만일에 궁중 세력이 유리하게 돌
지 못하였다면 남곤, 심정의 백가지 천가지 꾀가 모두 소용이 없
었을 것이었다. 남곤, 심정이가 이것을 잘 알았던 까닭에 심정이
가 척분戚分을 연줄삼아서 경빈을 끌 뿐이 아니라 홍경주같이
어리석은 위인과 손을 맞잡아서 희빈을 끌었던 것이다. 그러나
희빈과 경빈의 힘만으로는 임금까지 끌기가 용이치 못하였을 것
인데, 젊은 왕비 윤씨가 조광조 등을 미워하여 희빈과 경빈을 곁
들어준 까닭에 남곤, 심정이가 마침내 임금을 끌게 된 것이었다.
조광조에게 사약을 내릴 때로 말하더라도 어제같이 죽일 죄가
없다고 잘라 말씀한 임금이 곤전에서 한 밤을 지내고 오늘같이
갑자기 사약을 내리게 되었으니 왕비 윤씨의 임금을 움직이는
힘이 절대하던 것을 미루어 짐작할 수 있는 것이다.

윤씨는 파산부원군坡山府院君 지임之任의 딸이니 중종대왕의
셋째왕비이다. 중종대왕이 정국공신의 억지를 못 당하여 첫째왕
비 신씨를 폐출廢黜하고 숙의淑儀 윤씨를 왕비로 책봉하였는데,
이 윤씨는 파원부원군坡原府院君 여필汝弼의 딸이니 효혜공주와
인종대왕을 탄생한 장경왕후章敬王后이다. 왕후가 장래의 인종

을 탄생하고 산후더침으로 승하한 까닭에 삼년 후에 파산의 딸
이 간택에 뽑히어 셋째왕비가 되었다. 파산의 딸 윤씨는 신씨와
같이 유순하지도 못하고 장경왕후와 같이 유덕하지도 못하나 한
미한 집 딸로서 뒷줄이 없이 간택에 뽑히니만큼 인물이 잘났었
다. 임금에게 고임을 받는다느니보다 임금을 손아귀에 넣으려고
하던 인물이었다. 자색과 총명을 겸비한데다가 임금보다 십사오
년 아래 되는 연치가 있어서 임금의 맘을 용이하게 수중에 모
았었다. 임금이 정사를 마치고 내전에 들어와서 왕비 가까이 앉
았다가 궁인들이 보지 않는 틈에 손이라도 만지려고 하면 손을
감추면서

  "궁인들에게 견모되십니다."

하고 나직이 말씀을 아뢰어서 임금의 손이 무료
하게 들어가도록 하고 궁인들이 모두 물러가고
왕비 혼자 임금을 뫼시게 되면 분결 같은 손이 임

금의 무릎 위에 걸치어 임금의 손이 만지기를 등대하고 있었다.
임금을 성나게 하고 임금을 웃게 하는 것이 왕비의 손에 있었다.
임금은 왕비가 웃기는 대로 웃고 성나게 하는 대로 성내는 것이
일종의 재미가 되어서 내전에서 재미보는 시각을 방해하는 의외
의 일이 있을 때는 미간의 주름이 저절로 잡히었다. 조광조의 축
이 조정에 있을 때는 경연經筵이다 복합이다 면대다 구계다 임금
이 성이 가시더니, 남곤, 심정의 축이 조정에 들어선 뒤에는 경연
은 시늉에 지나지 못하고, 복합은 절종이 되고, 면대나 구계가

있다 하여도 시각을 끌지 아니하여 임금이 내전 재미를 맘대로 볼 수 있게 되었다.

임금이 항상 곤전을 떠나게 되지 아니하므로 경빈, 희빈 같은 빈들은 곤전 옆에 뫼시고 있어 시중이나 들었지 따로 대전을 뫼실 때가 드물었다. 그러나 경빈은 상주 미인으로 이름이 있던 사람이라 나이 들고 자녀를 생산하여 자색이 쇠하였다 하여도 전날 아리땁던 자취가 미목眉目 간에 남아 있어 임금의 어여삐 여김을 받을 만하고, 임금의 자녀 중에 연치로 맏아들인 복성군福城君과 연치로 맏딸인 혜순옹주惠順翁主와 옹주 중에 가장 총명한 혜정옹주惠靜翁主의 소생모인 까닭으로 임금의 대접이 자연히 다른 빈과 달리 후하였다.

왕비가 겉으로는 경빈 대접을 임금보다도 더 후히 하나 속으로 은근히 미워하였다. 왕비가 한 달에 한동안 임금을 가까이 뫼시지 못하게 될 때에는 희빈을 시켜 뫼시게 하고 희빈 역시 일이 있거나 또는 희빈이 괘씸스러울 때는 사람이 요사스럽지 아니한 창빈昌嬪 안씨安氏 같은 궁인을 불러 뫼시게 하였다. 그 덕택이 경빈에게 미치는 것은 일년 일차가 드물었다. 사실로 안씨같이 순직한 후궁은 임금 뫼시게 되는 것을 오로지 왕비의 덕택으로만 알았고, 이 덕택이 임금께는 곧 투기 없는 표가 되어 보이었다.

왕비가 이와같이 임금의 맘을 한손에 쥐다시피 하였지만 세자를 향한 임금의 맘은 어찌하지 못하였다. 세자가 하루에도 몇차례씩 대전께 문안을 드리러 오건만, 동궁에 친림하여 세자의 기거起居 범절을 하순하는 때가 적지 아니하고 문안 때가 조금만 늦으면 세자가 병이나 없지 아니한가 하여 내시를 보내보되 그 내시의 회주˚가 빠르지 못하면 연거푸 다른 내시를 보내는 때가 없지 아니하고, 세자가 혹시 미령靡寧하면 쾌복되기까지 심려를 마지 아니하여 조석 수라가 현저히 평시에서 감減하였다. 왕비는 임금의 귀 너머로 지극한 자애를 흉보듯 변보듯 말하는 때가 없지 아니하였으나 임금의 앞에서는 감히 생심코 발설하지 못하였다.

왕비가 처음 입궁한 때에는 원자가 세살 먹은 어린아기라 그 귀여운 양이 자기의 소생이 아니라고 미워할 수가 없었으나, 원자의 범절이 놀랍게 숙성하여 궁중 상하가 칭송 아니할 이 없을 때 왕비는 은근히 미워하는 맘이 생기기 시작하였고, 원자가 여섯살에 왕세자로 책봉되며부터 다음날 소생 아들은 대군大君밖에 못 되려니 하는 생각에 왕비가 눈엣가시로 보기 시작하였다. 효혜는 공주일 뿐 아니라 일찍이 김안로金安老의 아들 희禧에게로 하가˚하여 그다지 고울 것이 없는 대신 그다지 미울 것도 없었지만, 세자는 하루에도 몇번씩 눈앞에 보이는데 왕비의 미워하는 맘이 점점 더 심하였다. 세자의 체질이 약하건만 왕비의 눈에는 튼튼하게 보이어서 도리어 걱정이었다. 왕비가 이런 맘을 내색하지 아니하려고 애를 썼으므로 임금은 까맣게 몰랐지만, 궁녀 중에 눈치 빠른 사람들은 속으로 짐작하여 왕비 앞에서는 세자를

* 회주(回奏)
임금에게 회답하여 아뢰던 일.
* 하가(下嫁) 지체가 낮은 집으로
시집간다는 뜻으로,
공주나 옹주가 귀족이나 신하에게로
시집감을 이르던 말.

칭송하지 아니하였다. 세자는 성인聖人의 자품이 천생으로 탁월하여 어린 나이에 하는 일을 어른의 일로 보아도 흠잡아 말할 것이 별로 없었던 까닭에 왕비는 밑도끝도없이

　"아이구 깜찍스러워."

하고 말할 때가 종종 있었는데, 이것이 세자를 두고 하는 말인 것은 눈치 빠른 궁녀 외에는 알 사람이 없었다.

　세자가 여덟살에 관례하고 열살에 열한살인 세자빈과 가례嘉禮를 행하였는데, 가례가 순성順成하던 날 임금이 내전에서 동궁으로 물러가는 세자를 가리키며

　"장래에 요순 같은 성군이 될 것이니 동방의 복이다."

하고 칭찬하며 기꺼하였더니 입술을 물고서 듣고만 있던 왕비가 그 뒤로는 세자의 말을 요순이라고 비꼬는 것이 버릇이 되었다. 세자가 열세살 되던 해 봄 탄신날 식전에 어느 궁인 하나가 동궁 해방*에 괴이한 것이 매어달린 것을 보고 말을 전파하여 궁중에서 이곳저곳 수군거리게 되었다. 그것은 불로 태워 죽인 쥐 한 마리였다. 태워 죽인 쥐가 방자*라고 하여도 그것만이면 궁인들끼리 서로 시기하여 한 짓으로도 볼 수 있지만, 쥐 옆에 을해생 건명乙亥生乾命이라고 쓰인 나뭇조각이 매어달렸은즉 궁중에서 을해생 사나이는 세자 한 분뿐이라 세자를 두고 방자한 것임은 의심할 여지가 없었다. 이것이 누가 한 짓일까? 누가 시켜 한 짓일까? 경빈 박씨께 있는 궁인이 전날 밤에 그 근방에 있던 것을 본 사람이 있었다. 본 사람은 곤전에 있는 궁인이었다.

임금이 이것을 알고 세자의 탄신날 저녁때 내전에 형장 기구를 차리고 지목받은 경빈의 궁인을 잡아내어 중장으로 신문하였으나, 사실이 명백히 드러나지 못하였다. 화가 난 임금이 경빈이 부리는 궁인을 모조리 잡아내어 매질하기 시작하였다. 이때 세자가 입시하여

"신이 불초하온 탓으로 이런 일이 났사온즉 신은 말씀을 아뢰기도 황송하오나 의심스러운 죄는 가볍게 다스림이 옛 성인의 뜻이오니 형장을 과히 쓰지 마옵소서."

하고 부왕께 아뢰는데, 부드러운 목소리가 임금의 화를 녹이어서 임금은 곧 형장 기구를 거두게 하였다. 이 일이 명백히 되고 아니 되고 간에 궁중에서 조처措處되고 말 것이 파원부원군 윤여필의 귀에 들어가서 파원이 심정을 찾아보고 궁중 소문을 전한 뒤에

"이런 변이 어디 있소? 이리하다가 세자의 장래가 위태하실 모양이니 대감 같으신 이가 밖에 있어 세자를 극진히 보호하여 드리면 작히나 좋겠소."

하고 눈물을 흘리며 부탁 비슷하게 말하였더니, 심정이는 경빈과 연통이 있으니만큼 경빈의 치의˚받는 것이 자기에게까지 미치지 아니할까 속히 발뺌을 하는 것이 장사라고 생각하고 그날로 예궐하여 임금을 보입고

"윤여필의 말을 듣사온즉 그간 동궁에 저주의 변이 있다 하오

니 이것은 국가의 대변이라 궁중에 덮어두지 마시고 조정에 내어맡기사 죄범罪犯의 정절情節을 명백히 함이 마땅하올 줄로 신은 생각하옵니다.”

하고 아뢴 것이 발단이 되어 일이 궁중에서 조정으로 옮기어 저주옥사가 일어났다. 이 옥사에 경빈의 궁인과 혜정옹주궁 하인이 혹독히 국문을 당하였는데 나뭇조각의 글씨가 옹주의 부마인 당천위唐川尉 홍려洪礪의 필적 같은 점이 있어서 옹주궁 하인이 국문을 당하게 된 것이다. 그리하여 옥사는 경빈이 자기의 소생인 복성군으로 대통大統을 잇게 할 욕심이 있어서 혜순, 혜정 두 옹주와 의논하고 세자를 방자한 것이라고 결정되어 경빈과 복성군은 사약을 받고 두 옹주는 서인이 되고 혜순옹주의 부마 광천위光川尉 김인경金仁慶은 원찬을 당하고 당천위는 장하에 맞아 죽었다. 경빈이 죽은 것을 왕비와 왕비에게 가까운 궁인들 외에는 모두 원통히 여기었으나, 불쌍하다는 말 한마디를 감히 입 밖에 내지를 못하였다.

심정은 경빈이 죽은 뒤에 궁중 소식을 염탐할 연줄이 없어져서 허우룩한˙ 생각이 없지 아니하였으나, 경빈의 연루 입지 아니한 것을 다행으로 여기었다. 저주옥사가 끝난 뒤에 어느 날 심정이가 남곤을 와서 보고 조정 이야기도 하고 궁중 이야기도 하다가 부원군 윤여필이 세자 보호를 부탁하더라고 이야기하고

“우리가 섣불리 동궁을 보호한다고 나서다가는 동궁의 덕을 보기 전에 중전의 미움을 받을 것이 탈이니까 겉으로는 동궁을

떠받들며 속으로 윤원로, 윤원형 형제에게 인정을 사두는 것이
상책이오. 지금 윤씨 형제가 중전의 동기로 조정의 박대를 받아
불평불만이 있는 중이니 이런 때에 덕 보이기는 지이차이할 것
이오."

하고 자기의 꾀 많은 것을 자랑하듯이 웃으면서 남곤의 얼굴을
쳐다보니 전 같으면 눈웃음을 치며

　"글쎄, 그래."

하고 바싹 앞으로 나앉을 남곤이가 얼굴의 힘줄 하나를 까딱 아
니하고 비슷이 앉아서

　"아이구, 성가신 소리 하지 마오."

하고 하품을 하였다. 심정이가 괴상히 생각하여

　"대감, 오늘 심기가 불편하신가요?"

하고 물은즉 남곤이는

　"아니오."

하고 고개를 흔들더니

　"얼마 살 세상이라고 이것저것 맘을 썩힌단 말이오. 나는 만
사가 귀찮소."

하고 또다시 하품을 하였다. 심정이가 재미없이 돌아간 뒤에 남
곤이는 자기 사랑에 와서 있는 일가 사람을 불러올려서

　"자네 내일 적성積城 좀 갔다오게."

하고 이르니 그 일가 사람이

　"왜 적성은이오?"

● 허우룩하다 마음이 텅 빈 것같이
허전하고 서운하다.

하고 묻다가 갑자기 생각이 난 듯이

　"큰댁 영감께 갔다오란 말씀입니까?"

하고 다시 고쳐 물었다. 남곤이는 고개를 끄덕이고 나서

　"우리 형님은 나를 아우로 여기지 않을 뿐 아니라 당초에 사람으로 여기지 않으시니까."

하고 입맛을 다시다가

　"여보게, 자네 생각에 이다음 후세 사람이 나를 어떻게 보겠나? 아무래도 소인이라겠지?"

하고 풀기없이 말하는데, 그 일가 사람이 완곡하게 말한다는 것이

　"그렇지 않기가 어려울 것이오."

하고 대답한즉 남곤이는 또다시 입맛을 다시고 한동안 말이 없이 앉았다가 머리맡 손그릇 위에 놓인 자기의 시문詩文 초한 것을 집어들고 장장이 찢기 시작하였다. 그 일가 사람은 어이없이 여기어 보고만 있다가

　"웬일이십니까?"

하고 물으니 남곤이는

　"욕거리를 남겨둘 것 없지."

하고 곧

　"이리 오너라."

하고 청지기를 불러서 찢어놓은 휴지를 가져다가 불에 넣으라고 일렀다.

　남곤의 일가 사람이 남곤의 편지를 가지고 적성 감파동紺波洞

에 사는 남곤의 형을 찾아갔더니 남곤의 형은 멀쩡한 눈을 가지고 거짓 청맹과니 행세하는 사람이라

　"자네가 가지고 온 편지를 좀 읽어주게."

하고 말하여 그 사람이 편지를 읽어 들리었다. 그 편지 사연은 형제의 천륜이 막히다시피 된 것은 저의 죄라 용서하기를 바란다고 하고, 저의 지은 죄가 머리털을 뽑아 헤아리기 어려울 것을 잘 안다고 중언부언한 것이었다. 남곤의 형이 다 듣고 나더니

　"쉬 죽으려는 게군."

하고 다른 말이 없이 눈물을 좌르르 흘릴 뿐이었다.

　그 사람이 서울로 돌아온 뒤 얼마 되지 아니하여 남곤이가 병이 났다. 병이 나며부터 정신을 잃고 헛소리를 하였다.

　"덕순이가 날 죽이러 왔다."

　"아이구, 칼이 무서워. 칼이 무서워."

하고 소리를 지르고 진땀을 흘리고 난 뒤에는 손을 가지고 무엇을 만지는 시늉을 하였다. 그 헛소리가 하루하루 더 심하여졌다. 내의內醫는 고사하고 어의御醫까지 나와서 여러가지로 약을 썼으나 효험이 없었다. 심정이가 그때 마침 감기 기운이 있어 출입을 못하다가 남곤의 병이 위중하다는 말을 듣고야 비로소 문병을 왔다. 남곤이는 물끄러미 옆에 앉은 심정을 바라보나 알아보는지 몰라보는지 알 수가 없었다.

　"대감, 대감, 심정이 아시겠소? 정지貞之요, 정지."

하고 자기의 이름과 자를 불러가며 알아보느냐고 물어야 남곤이

는 대답이 없더니 홀제

　"저놈 보아라, 저놈 보아라."

하고 고개를 베개 밑으로 넣으려고 애를 쓰며

　"저놈이 정지를 죽이고 날 마저 죽이러 왔구나."

하고 전신을 벌벌 떨더니

　"아이구 골이야."

하고 소리를 지르며 입으로 피를 토하였다. 심정은 등골에 찬물을 붓는 것 같았는데 감기 기운만이 아니었다.

　영의정 남곤이 죽은 뒤에 남곤에게 몰려났던 정광필이 다시 영의정이 되었고, 심정이도 대배大拜하여 우의정이 되었다가 나중에 좌의정에까지 승차되었다. 남곤이가 살아 있을 때에 연성위延城尉 김희의 부친 김안로가 이조판서로 있어 남곤, 심정과 세력을 겨루려다가 세력이 밀리어서 원찬을 당하였었는데, 김안로는 남곤, 심정이만 못지 아니한 간신이라 동궁 보호를 구실삼고 일부 조신과 기맥을 통하여 다시 조정에 들어서게 되었으니, 이것이 남곤이 죽은 지 사오년 후 일이다. 김안로가 조정의 채를 잡은 뒤에 저의 말을 잘 듣는 사람은 벼슬을 돋워주고, 저와 사혐私嫌이 있는 사람은 어느 모로든지 몰아서 귀양 보내거나 죽이거나 하였다. 김안로와 함께 삼흉三凶이라는 허항許沆, 채무택蔡無澤같이 안로에게 사자 어금니 노릇하던 자는 말할 것도 없고 안로에게 붙어서 고관대작을 지낸 자가 수가 없이 많았는데, 도야지로 조명이 난 장순손이도 안로의 집과 이웃하여 살면서 안로의 비위를 맞춘 까닭으로 일인지하요 만인지상이라는 영의정까지 되었다. 정광필은 사복司僕 도제조都提調로 있을 때 안로가 목장 한 곳을 자기가 쓰게 달라는 것을 국가의 땅을 베어줄 수 없다고 거절한 일이 있을 뿐 아니라 안로의 귀양 풀어주려는 의논을 수차 막은 일이 있어서 안로는 함혐*하고 백계로 모함하여 김해로 귀양 보내었다.

정광필과 같이 망중*한 노인 대신도 안로에게 소소한 혐의가 있어 원찬을 당하였으니 안로를 조정에서 몰아낸 한 사람인 심정이가 성할 리가 없다. 김안로는 심정이를 경빈의 저주옥사에 관련이 있었다고 몰아서 강서江西로 귀양을 보내고도 맘에 흡족치 못하여 가죄할 기틀을 엿보고 있던 중에 조정을 훼방한 방서*한 장이 종로 종각에 붙은 일이 있어서 이것을 심정의 아들 심사순沈思順의 소위라고 몰아붙이어 사순과 심정의 집 사람은 고사하고 심정의 집과 상종이 없던 사람까지 엄혹한 형장으로 때려죽이게 하고 심정에게는 사약을 내리게 하였다. 심정이가 후명*을 받을 때에 남향재배하고 나서 약그릇을 들고

"김안로의 원수, 원수의 김안로."

하고 말하며 이를 갈았다. 심정이는 백번 천번 죽어도 마땅한 위인이지만 원통한 죄명으로 죽은 까닭에 세상 사람들이 대개

"천도天道가 무심치 않다."

고 말하는 중에

● 함혐(啣嫌)
싫어하거나 미워하는 마음을 가짐.
● 망중(望重) 명망이 높음.
● 방서(謗書) 남을 비방하는 글.
● 후명(後命)
귀양살이를 보낸 죄인에게
다시 사약을 내리던 일.

“불쌍하게 죽었다.”

고 말하는 사람도 적지 아니하였다.

심의는 심정의 아우인 까닭으로 의금부에 잡혀 갇히었다가 어전御前에서 곤장까지 맞았는데 국문에 대답이 장관이었다.

“심정이는 벌써 죽었습니다. 내가 죽었는데요.”

“신이 형을 죽인 죄인이올시다. 죽어 마땅하외다.”

하고 애고애고 통곡도 하다가

“심정이에게 내 땅을 찾을 것이 있으니 이번에 찾아주십쇼.”

“신의 집에 문권文券이 있소이다.”

하고 허허 웃기도 하였다. 임금이 좌우를 돌아보며

“심의가 실성하였단 말을 들었더니 참말이고나. 내랬다 신이랬다 종이 없고나.”

하고 말씀하니 좌우에 있던 신하가

“실성한 지가 오래옵니다. 평소에도 흔히 횡설수설한다 하옵니다.”

“저의 형이 남곤이와 같이 앉았는 것을 보고 두 소인놈이라고 호령한 일도 있었다고 하옵니다.”

말들을 아뢰었다. 임금이 저의 형을 소인이라고 호령하였다는 것이 우스워서 적이 웃음을 머금고

“실성한 것이 아니면 천치고나. 정의 아우된 것이 죄라면 모르되 다른 죄는 짓지 아니하였을 것이다.”

“형장을 고만두고 끌어 내보내라.”

하고 말씀하여 심의는 곤장을 몇개 맞지도 아니하고 죄를 면하였다. 심의가 어전에서 곤장 맞고 나오는 길로 형의 집에를 와서 보니 사람이 떠나지 아니하던 사랑방들은 모두 빈방이 되었고 안에를 들어온즉 형수와 질부가 한방에 모여서 눈물로 서로 보고 앉았었다. 심의는 인사 한마디 아니하고 대청 구석에 있는 쥐구멍으로 와서 펄썩 주주물러앉아

"쥐구멍은 여기 있는데 우리 형은 어디를 갔나."

하고 방성대곡을 하기 시작하였다. 나중에는 갓 쓴 채로 머리를 쥐구멍에다가 비비면서

"애고 형님, 애고 형님."

하고 한동안 형님을 부르다가 기절한 사람같이 아무 소리가 없이 엎드렸었다. 그 형수와 질부가 방에서 나와서 옆에 서 있는데 심의는 고개를 들고 물끄러미 형수를 치어다보더니

"우리 형님 찾아내오. 안 찾아내면 경치리다."

하고 한참 만에

"아내도 소용없고, 아우도 소용없소. 형님만 불쌍하오."

하고 다시 울음을 울려다가 말고

"죽은 사람이 불쌍할 것 있나? 산 사람이 불쌍하지."

하고 일어서서 말 웃음 웃듯이 입을 하늘로 치어들고 히히 하였다.

두 칼이 어울리기 시작하였다.
치는 칼에 막는 칼이 날에서 불을 내고
들어가는 칼에 쫓아오는 칼이 슴베에서 소리를 냈다.
얼마 동안 두 칼이 왔다갔다 하며
또 어울렸다 하다가 그 사이에서
「이애, 고만 쉬자.」
하는 늙은이의 말이 떨어지며 선생 제자가 서로
갈라서서 이마의 땀을 씻었다.
땀이 든 뒤에 늙은이가
「내 한번 칼춤을 추어보랴?」
하고 짧은 환도를 빼어들고 마당에 나서서 전후좌우로
칼을 놀리는데 서리 같은 칼빛이 백비단 같은 남빛과
서로 얼리어서 흰빛으로 사람을 휩쌌다.
번쩍거리는 흰빛덩이가 이리저리 굴러다니었다.

# 제자

    심의의 집에는 행랑방이 둘이 있는데 한 방에는 상길이 내외가 있고 다른 한 방에는 홀어미 모자가 있었다. 그 홀어미는 아들의 이름이 유복이라 심의의 집에서 유복 어멈이라고 불렀다. 유복 어멈은 본래가 황해도 강령 사람으로 남편이 허무한 죄에 서울로 잡혀오게 되어서 그 뒤를 따라왔다가 남편은 옥에서 죽고 오도가도 못하게 되었을 때에 갖바치의 지시로 심의의 집에 와서 행랑살이를 하게 된 것이다. 유복 어멈의 남편은 농군이었다. 그러나 아잇적에 글방에 다니며 꼬부랑 글자 낱을 배워두었던 까닭에 구실집˙ 수 적은 것쯤은 곧잘 알아보아서 동네에서 대접을 받던 농군이었다. 서울로 잡혀오던 해 여름에 가뭄이 몹시 심하였는데 품꾼 두 사람과 같이 밭벼의 이듬˙을 매다가 새들새들한 벼포기에 정이 떨어져서

"이렇게 가물어서는 올 농사도 다 보았네. 요 몇해지간은 연년이 살년殺年이니 사람이 살 수 있나. 이게 다른 까닭이 아니야. 서울 조재상이 벼슬을 잘 살아서 우순풍조雨順風調하고 국태민안國泰民安하던 것인데, 상감이 소인의 말을 듣고 조재상을 죽인 까닭에 하느님이 역정이 난 것이야. 금년에 각 골 봉물짐이 서울로 올라가는 것을 보지. 조재상이 있으면 될 일인가. 상감 못 만난 덕으로 우리 백성만 못살아."

하고 수다스럽게 지껄이었더니, 그때 품꾼 두 사람 중에 남의 집 머슴으로 품앗이왔던 자가 무슨 큰 수나 날 줄 알고 슬그머니 서울 와서 고변을 하였었다.

　유복 어멈의 남편은 서울로 잡혀와서 마침내 맞아죽고, 그때 품꾼의 한 사람은 고변 아니한 죄로 볼기를 맞고, 큰 수를 바라던 머슴은 고변한 상급으로 무명 세 필을 받았었다. 유복 어멈은 단내외 살다가 남편이 잡혀오니까 전후 불계하고 뒤를 따라왔던 것인데 남편이 옥에서 죽고 보니 사고무친한 서울에서 어찌할지 몰라서 옥문 밖에서 목을 놓고 울고 있을 때 어떤 사람이 가까이 와서

　"울지 말고 죽은 남편 감장*할 도리를 생각하시오."
하고 친절하게 말하여 그 사람과 말을 하게 되었었다. 그 사람은 다른 사람이 아니라 혜화문 안 갓바치였다. 갓바치가 지시하여 심의의 힘을 입어서 죽은 사람을 장사도 지내게 되었고 또 그 집

에 와서 행랑살이도 하게 되었다. 행랑살이를 시작한 뒤 두어 달 만에 유복이를 낳았는데 유복자라고 유복이란 이름을 지었다. 유복이가 대여섯살 되며부터 갖바치에게 다니며 글을 배우게 되었는데, 유복의 글동무가 하나 있었다. 그 아이는 갖바치의 이웃에 사는 이봉학이라는 아이였다. 봉학의 아버지는 이학년이라는 유명한 사람인데, 그 아버지가 비명에 죽게 되며 그 어머니가 놀라 병이 나서 시름시름 앓다가 남편의 졸곡˚도 못 지내고 남편의 뒤를 따르게 되어서 돌도 채 지내지 못한 봉학이가 외조모 손에서 암죽으로 길려나게 되었다. 봉학이가 나이로는 유복이보다 한살 손위지만 몸이 가냘프고 약하여 유복이보다 어려 보이었다. 그러나 눈치가 빠르고 약은 것은 유복이는 고사하고 나이 이십이 가까운 갖바치의 아들 금동金童이보다 못할 것이 없었다.

금동이는 갖바치의 첩의 소생인데 부모와 딴판으로 우락부락한 위인이었다. 갖바치가 엄하게 구는 까닭으로 갖바치가 집에 있는 때는 안방구석에 처박히어 꿈쩍을 못하지만, 갖바치가 어디 출입을 하고 집에 없는 때는 바깥방에 나와서 봉학이와 유복이를 데리고 무식스럽게 장난을 하였다. 꿀밤을 준다고 두 아이 머리를 밤톨같이 부르게 하기는 예사이었다. 이 까닭에 두 아이는 그 선생님인 갖바치가 출입만 하면 성문턱에 올라가서 흙장난을 할망정 방에 들어앉았지 아니하였다.

누가 말하였던지 선생이 이것을 알고 하루는 출입을 하면서 두 아이를 보고

"장난을 하더라도 방에서 해라. 성문턱에 올라가지 마라."

하고 일러서 두 아이가 방에서 바스락장난을 하고 있는데 금동이가 옳다 좋다 하고 나와서 두 아이를 볶기 시작하여 두 아이가 애구 소리를 지를 때 방문이 열리며 선생이 들어섰다. 금동이는 쥐구멍을 찾았다. 선생이 금동이를 앞에 꿇어앉히고 이다음에 또다시 아이들을 귀찮게 하면 눈앞에 두고 보지 않을 터이라고 준절히 일러 내보냈다. 그 뒤에 금동이가 한번 저의 아버지 없는 틈에 아이들 데리고 몹시 장난을 하였더니 그 아버지가 집에 돌아오며 곧 금동이를 불러세우고

"내가 이른 말이 있는데 그동안 잊었단 말이냐? 너는 오늘부터 집에 있지 말고 나가거라."



하고 호령하여 내쫓아서 금동의 어머니가 빌다 빌다 못하고 마침내 유복이 주인의 청으로 간신히 용서를 받게 되었다. 그 뒤로는 금동이가 두 아이를 밉게는 볼망정 머리에 밤톨은 만들지 못하였다.

심의가 원래 갖바치와 상종이 잦아서 하루에도 몇번씩 왔다갔다하던 터에 그 형님의 복제服制를 당한 뒤로는 갖바치의 집에 와서 줄곧 살다시피 하였다. 아이들은 선생님이 두 분 있는 셈이라 심의를 심선생님이라고 부르고, 갖바치를 주인선생님이라고 불렀다. 이때 봉학이와 유복이는 여남은살씩 되었고 금동이는 이십여세의 떠꺼머리총각이었다.

금동이는 양주 백정 임돌이의 딸과 정혼하였다. 금동의 스무

남은살은 과할 것이 없지마는 금동이와 동갑인 색시는 과년한 터이라 혼인이 급하였다. 혼인을 완정하기는 삼사년 전 일이나, 그동안 색시의 어머니 되는 사람이 죽어서 대삼년待三年하느라고 혼인이 늘어졌던 것이다. 색시의 아버지 돌이는 데릴사위로 들어간 사람인데 데릴사위로 근 삼십년 지내는 동안에 장인 장모가 모두 죽고 내외 살림으로 살아오다가 아내가 죽고 보니 늙지 아니한 사람이 홀아비 노릇하기가 어려운 것은 고사하고 집안 살림이 갑자기 주장主掌이 없어져서 혼인 대사를 지내도록 두서를 차리기가 어려운 까닭에 딸의 혼인 전에 헌 여편네 하나를 얻었었다. 그리하여 금동의 어머니가

"사위 사랑 장모라는데 갓 들어온 의붓장모가 무슨 사랑이 있겠느냐."

하고 재미없이 말한 일까지 있었다. 색시의 집에서 혼인을 재촉하여 정한 혼인날이 가까웠다. 신랑의 옷가지까지라도 심의의 집에서 돌보아주었다.

금동이가 관례하여 상투를 쪼진 지 며칠 아니 되어 이야깃거리가 하나 생기었다. 그것은 보쌈에 잡혀간 이야기다. 그때 여편네의 개가改嫁는 막히고 사주팔자는 꼭 믿던 까닭에 대갓집 딸로서 과부 될 팔자라 하면 액때움으로 보쌈을 하였는데, 안여편네들이 주장하여 하지마는 사랑 사나이도 알면서 모른 체하던 것이다. 어느 날 밤에 남부 혜민서惠民署 근처에 화재가 났었다. 금동이가 갓바치 몰래 불구경을 갔다가 돌아오는 길에 구리개`

를 지나오자, 어느 어두운 옆골목에서 건장한 사람 네댓명이 우르르 몰려나와서 금동에게 와락 대어들어 사지를 각각 붙들며

"이놈, 찍소리만 했다 보아라. 당장에 먹줄을 따놓을 게니."

"이놈, 꿈쩍 마라."

"아무 소리 말고 가만히 있으면 수가 생긴다, 이놈."

하고 여러 사람이 으름장을 놓으며 옆골목으로 끌고 들어와서 가죽으로 만든 큰 자루 같은 것에 집어넣었다. 금동이는 물론 자루에 아니 들어가려고 뻗대보았지만 강약이 부동으로 할 수 없이 들어갔다. 소리를 지르려고 하였으나 한 사람이 버선짝 같은 것으로 입을 틀어막아서 숨이 막힐 지경이었다. 여러 사람이 가죽자루 주둥이를 동이어 들것 같은 데 얹고서 무엇으로 덮은 뒤에 메고 일어섰다. 속에 든 금동이는

'귀신 모르는 죽음을 하는 것이다.'



하고 생각하였다. 가기는 자꾸 가나 어디로 가는지 몰랐다. 가는 동안이 오래니만치 여러 십리를 가는 것 같았다. 얼마 동안이 지난 뒤에 들것이 땅에 놓이었다. 금동이는 산인지 강인지를 몰랐다. 옆에 다른 사람이 있는지

"왔소?"

하고 간단히 묻는 말소리가 들리었다. 들것 위에 있는 가죽자루를 두어 사람이 앞뒤로 어깨 위에 엇메는 것 같았다. 또다시 어디로 가는데 내려갔다 꼬불꼬불 돌았다 하는 것이 험한 길로 들어가는 것 같았으나 군데군데 인기척이 들리었다. 다시 한동안

지난 뒤에 가죽자루가 땅에 놓이었다. 자루 주둥이를 끄르고 금동이를 내놓았다. 화려하게 꾸민 방안에 홍촛불이 켜 있고 아랫목에 화려한 금침이 펴 있다. 메고 온 사람들이 자루를 가지고 나간 뒤에 영창문이 열리며 화려한 옷을 입은 여자 두 사람이 꽃같이 꾸민 색시 하나를 부축하고 들어와서 곱게 앉혀놓고 나갔다. 문은 밖으로 닫히었다. 금동이는 눈이 현황하였다. 꿈인지 생신지 의심하였다. 눈앞에 꽃 같은 색시가 그림같이 앉아 있는 것을 보고 차츰차츰 앞으로 나가서 색시의 손을 만져보았다. 쇠기름덩이로 만든 손 같았다. 금동이가 조금조금씩 담이 커지며 색시를 금침 속으로 끌어보았다. 색시는 벙어리같이 말 한마디가 없이 끄는 대로 끌리었다.

　금동이가 잠이 들었다가 몸을 건드리는 바람에 눈을 떠서 보니 같이 누웠던 색시는 간 곳 없이 없어지고 메고 왔던 건장한 사람들이 방안에 들어섰다. 올 때와 달리 금동이의 두 팔을 결박하였다. 그리하고 가죽자루에 넣었다. 금동이는 하는 대로 가만히 있었다. 금동이는 자루 속에서 구리개로 도로 갖다 주려니만 생각하고 있었는데, 동안이 올 때보다 더 오래되는 것 같더니 갖다 놓이는 자리가 땅바닥 같지 아니하였다. 금동이가 가죽자루에서 나와 보니 강물에 떠 있는 배 속이었다. 이것이 웬일인가 하고 누인 채로 누워 있자니까 뱃사공이 배를 강물 한중간으로 저어 나가더니, 여러 사람 중에 한 사람이 금동이를 보고

　"호강한 값을 받아라."

하고 눈짓하며 금동이가 항거할 사이도 없이 여러 사람이 함께
결박한 금동이를 번쩍 들어서 강물에 풍덩 집어넣었다.


　금동이가 초저녁에 나가서 밤중까지 들어오지 아니하니 금동
어머니는 걱정이 되어서 여러번 문간을 내다보기까지 하였다.
안에서 혼자 기다리다 못하여 바깥방에 나와서 방문을 조그만치
열고 들여다보니 심의는 누워 있고 갖바치는 신창을 달고 있다.
　"여보, 나 좀 보시오."
하고 목소리를 알아들을 만치 말을 하였더니 갖바치는
　"왜 그래?"
하고 돌아보지도 아니한다. 심의가 갖바치 내외의 말소리를 듣
고 일어나서 앉으며 갖바치를 보고
　"좀 들어가보지그려."
하고 권하여 갖바치는 그제야 손에 잡았던 일거리를 놓고 돌아
보면서 다시
　"왜 그래?"
하고 물으니 금동 어머니가 문밖에서 말하였다.
　"금동이가 초저녁에 나가더니 이때까지 들어오지 아니하니
무슨 일일까요?"
　"낸들 무슨 일인지 알 수 있나."
　"불구경을 간 모양인데 무슨 일이 있는 것 아닐까요?"
　"불구경에서 난 독毒은 불구경으로 씻어야지."

하고 갖바치가 빙그레 웃으니, 남의 맘 졸이는 것을 생각지 않고 맘 편하게 웃는다고 금동 어머니는 골이 나서 방문을 톡 하고 닫았다.

"아들에게 너무 범연한˚ 것도 병이야."

하고 심의가 옆에서 웃으니 갖바치는

"아들인지 무엇인지."

하고 곧 뒤를 이어서

"아비 소리 듣는 것만은 사실이니까 그만한 책망은 지지요."

하고 적이 다시 웃었다. 문밖에 있던 금동이 어머니 귀에는 갖바치의 말에 뼈가 있는 것같이 들리었다. 갖바치가 고개를 문밖으로 돌리고

"여보, 금동이를 찾아와야 할 터이니까 첫닭 운 뒤에 곧 나와서 나를 좀 깨워주오."

하고 말하였다. 하필 첫닭울이에 찾으러 가려는 것은 무슨 일인가. 금동 어머니는 괴상히 생각하면서 안으로 들어왔다가 과연 닭이 첫홰치며 나가서

"여보 여보."

하고 방문을 두들기니 갖바치가 잠이 얕게 들었던지 곧

"응, 알았어."

하고 대답하고 일어났다. 같이 자던 심의도 잠이 깨어서 따라 일어나니 갖바치가

"주무시지요. 나도 곧 도루 누울 터이오."

하고 말하자 밖에서 듣던 금동 어머니가

　“금동이를 찾으러 가신다더니?”

하고 나무라듯 말하는데 갖바치는 방문을 열고 나와서

　“가기는 어디를 가? 고만두고 안방으로 들어가지.”

하고 딴청을 부리듯이 말하였다.

　“그러면 왜 남 잠도 못 자게 첫닭울이에 깨우라 말아라 하셨단 말이오?”

　“잠을 좀 깨워달라고 했기로 큰 낭패될 것이 무어 있나. 이 사람이 소견도 빽빽하군.”

하고 갖바치는 허허 웃더니 마당 한중간에 나와 서서 서남방을 향하고 입속으로 무어라고 중얼중얼하고 뜨거운 국을 불듯이 후후 불기를 네댓 번 한 뒤에 도로 방으로 들어가며 금동 어머니더러

　● 범연(泛然)하다 데면데면하다.

　“걱정 말고 들어가서 자라구. 금동이는 내일 아침에 찾아올 것이니.”

하고 말하였다. 금동 어머니는 맘에 좀 야속하나 어찌할 수 없었다. 안방으로 들어가서 혼자 고시랑거느라고 밤을 새우다시피 하였다.

　그날 밤에 여러 사람이 금동이를 강물에 집어넣고 돌아간 뒤 금동이는 처음에 물속으로 쑥 들어갔다가 다시 물 위로 불끈 솟았다. 금동이가 팔을 결박당하지 아니하였더라도 헤엄을 치지 못하는 까닭에 살아나올 길이 없는데, 더구나 결박을 당하여 허

우적거리지도 못하니까 꼭 죽을 수밖에 없이 되었다. 그런데 금동이가 물 위에 솟았을 때, 갑자기 바람이 일어나서 물결이 치기 시작하며 금동이가 물결에 밀리어 활 반 바탕가량 떠내려와서 건너편 강가에 부딪치었다. 금동이가 물을 토한 뒤에 가만히 생각하여 본즉 저의 몸이 모랫바닥 위에 와서 엎드러져 있었다. 용을 써서 몸을 뒤채었다. 어떻게 된 셈인지 윗도리만 물 밖에 나와 있고 아랫도리는 아직도 물속에 잠겨 있었다. 다시 죽을힘을 다 들이어 용을 써서 등밀이로 올라왔다. 하늘에 별이 총총한데 희미한 별빛이 비치어서 먼 데 서 있는 나무 형체가 알아볼 만하였고, 먼 곳에서 우는 닭소리가 실낱같이 들리었다.

금동이는 모든 것이 꿈속 같았다. 그러나 추운 생각으로 생시인 것을 알았다. 몸이 얼어 굳을 것같이 추웠다. 이가 딱딱 맞물리었다. 금동이가 추위를 배겨내느라고 애를 쓰는 중에 날이 새게 되었다. 해뜨기 전 낚시질하러 나오던 어부가 모래사장에 누워 있는 금동이를 보고 송장으로 알고 놀랐다가 가까이 와서 산사람인 것을 알고 결박한 것을 끌러주었다.

아침때 금동이가 집으로 돌아왔다. 금동이 어머니는 사설이 적지 않았으나 갓바치는 앞에 와서 절하는 금동이를 보고

"살아 왔구나."

하고 한마디 말한 뒤에는 다른 말이 없었다. 금동이 어머니가 금동의 일장 이야기를 듣고

"근래 보쌈이라든가 무엇이 생겼다더니 네가 거기 걸려들었

던 게구나. 목숨을 부지한 게 천행이다. 바람이 없어 물결이 잔
잔했더면 어찌 될 뻔했나? 생각만 해도 아슬아슬하다."

하고 금동의 옷을 만지며

"옷은 어디서 말려 입었니?"

하고 묻고 금동이가

"어부의 집에 가서 말려 입었소."

하고 대답한즉

"데리고 가서 옷까지 말려 입혔으니 고마운 사람이다."

하고 일어서서 바꾸어 입을 옷을 찾아다가 금동이를 주었다. 금
동이 어머니는 어부의 고마운 것이 못 잊히어서

"어부가 내외 가진 사람이더냐?"

하고 물어본 뒤에 혼수 중에 세목 한 필을 끊어내 내외의 버선을
짓고 버선목을 '보덕報德'이란 글자로 징거서 금동이 시켜 갖다
주게 하였다.

이때 양주 돌이의 집에서는 대사 준비에 분주하였다. 대사에
는 음식이 주장이고 음식에는 고기가 주장인데 관포주의 집이라
서 고기 걱정은 없지마는, 고기도 먹게 만들려니 손이 돌아가야
하고 더구나 신랑 신부의 옷을 새로 짓노라니까 자연히 분주할
밖에 없었다. 동리 여편네로 와서 일하여 주는 사람이 없지 않지
마는 먹새 보탬과 떠드는 보탬이 절반이라 돌이가 안팎으로 드
나들며 입방아를 찧지 않을 수 없었다. 동리 여편네 중에 자살궂
은 사람이 안으로 들어오는 돌이를 보고

"사위를 보다가 나무신 굽이 닳겠네."

하고 조롱하니 돌이는 짚신 신은 발을 내밀어 보이면서

"왜 나무신은? 멀쩡하니 짚신이오."

하고 너털웃음을 웃는데 그 여편네는 지지 아니하려고

"짚신이면 날이 나지라오."

하고 야죽거리었다.

"여보, 밉상부리지 마오."

"내가 밉상을 부리어? 참말로 밉상을 부려볼까?"

"그래 보지. 누가 말리오?"

그 여편네가 돌이의 발을 가리키며

"저 발도 무던히 크지만 신랑의 발은 엄청나게 큰 게야."

하고 부지런히 방으로 들어가 자루같이 큰 진솔버선 한 짝을 가지고 나와서 돌이를 보이며

"이것이 신랑의 버선이라며? 이것이 자루지 버선이오? 소도적놈을 첫사위로 얻어오는 게지."

"여보, 그게 무엇이 크오? 우리 사촌누이의 남편 이판서의 버선을 보았더면 기함하겠구려."

"발이 크다고 판서 하나?"

"만수받이 하고 있을 새가 없소. 내가 지겠소."

하고 돌이는 다시 너털웃음을 웃으며 밖으로 나가더니 얼마 아니 있다가 다시 들어와서

"내가 처음 장가들러 올 때 양주의 이쁜 색시를 훔친다고 양

주 대적이란 말을 들었더니 사위놈이 대를 잇는가."
하고 소도둑 소리에서 생각이 났던 말을 하고
　"제기, 벌써 삼십년이 가까웠어."
하고 턱 아래에 수북이 난 수염을 쓰다듬었다.

　하루 이틀 지나가는 동안에 대삿날이 당도하여 갖바치가 금동이를 데리고 내려와서 대사를 지내었다. 누가 보든지 색시의 인물이 신랑보다 훨씬 나았다. 색시는 얼굴이 이쁘장스럽고도 사람이 만만치 않아 보이었다. 색시는 이름이 이쁜이요, 별명이 섭섭이였다. 그러나 본이름보다도 별명이 쓰이어서 집안에서는 고사하고 동리 사람들까지도 모두 섭섭이라고 불렀다. 그 별명은 색시의 아버지 되는 돌이가 아들을 바라다가 딸을 낳아서 섭섭하다고 우연히 지어 부른 것이 이



내 이름으로 쓰이게 된 것이다. 돌이의 아내는 첫딸을 낳은 뒤에 두서너 번 연거푸 낙태하고 그 뒤에 아들 하나를 낳았는데, 그 아들을 낳은 때에 난산이 되어서 모자가 모두 위태할 뻔하였다가 갖바치의 방문方文을 얻어 약을 먹고 다행히 무사하였다. 그러나 그 뒤에는 다시 생산하지 못하였으므로 이번에 금동이와 혼인한 섭섭이가 단지 남매인데, 그 사내 동생이 섭섭이보다 나이 십여살이 처지었다.

　섭섭이의 사내 동생이 꺽정이니 꺽정이도 섭섭이와 같이 별명이 이름이 된 것이다. 처음의 이름은 놈이었던 것인데, 그때 살아 있던 외조모가 장래의 걱정거리라고

"걱정아, 걱정아."

하고 별명 지어 부르는 것을 섭섭이가 외조모의 흉내를 잘못 내
어 꺽정이라고 되게 붙이기 시작하여 꺽정이가 놈이 대신 이름
이 되고 만 것이다. 꺽정이가 어릴 때부터 사납고 심술스러워서
아래위의 앞니가 갓 났을 때에, 무엇에 골이 나서 우는 것을 그
어머니가

"성가시다, 우지 마라."

하고 꾸짖으며 젖을 물리었더니 꺽정이가 젖을 이로 물어서 젖
꼭지를 자위가 돌도록 상한 일이 있었고, 불과 너덧살 되었을 때
에 그 아버지와 겸상하여 밥을 먹는데 저의 아버지에게만 국그릇
을 놓았더니 꺽정이가 아무 말도 없이 뜨거운 국그릇을 들어서
저의 앞으로 옮겨놓은 일이 있었다. 이와같은 일이 비일비재라

"저것이 장래 크면 무엇이 될라노."

"저것이 커서도 저러면 참말 걱정거리다."

하고 장래를 걱정하는 것이 외조모뿐이 아니었다. 그러나 그 아
버지 돌이만은 아들이 귀여워서

"사내자식이 그래야지, 계집애 같아서야 무엇에 쓴담."

하고 걱정은 고사하고 도리어 칭찬하였다. 그리하여 집안에서
꺽정이를 꺾을 사람이 없어서 어린 꺽정이의 기가 자랄 대로 자
랐었다.

　꺽정이의 나이 칠팔세쯤 된 때에 어느 날 꺽정이의 어머니가
방에 앉아 바느질하다가 옆에 너부죽이 엎드려 발장구치는 꺽정

이를 보고

　"네가 커서 무엇이 될래?"

하고 물은즉 꺽정이가

　"아버지처럼 소 잡지."

하고 선뜻 대답하더니 다시 그 어머니의 얼굴을 치어다보며 장래될 것을 의논하듯이 말하여 그 어머니도 웃으며 말대꾸하였다.

　"목사牧使가 소 잡는 것보담 나을까?"

　"나으면 어떻게 할래?"

　"그러면 목사하지. 목사보담도 나은 것이 있소?"

　"그럼 있고말고. 참판 영감도 있고 판서 대감도 있고 대장도 있고 정승도 있고, 많지."

　"그중 제일 꼭대기가 무어요?"

　"정승이란다."

　"정승 위에는 아무것도 없소?"

　"그 위에 상감이 계실 뿐이다."

　"그러면 상감이란 게 꼭대기이구료. 내가 크거든 상감 할라오."

　"그런 소리 남 들으면 큰일난다."

하고 그 어머니가 임금께 대하여 말씀 한마디만 불공스럽게 하여도 역적으로 몰리어 죽는 것과 백정은 천인인 까닭에 조그마한 벼슬도 못한다는 것을 말하고서

　"네 말대로 소 잡는 게나 잘 배워라."

하고 타이르니

"나 싫소. 사람 잡는 것이나 배우지 소 잡는 건 안 배울라오."
하고 꺽정이의 볼이 부었다. 그 어머니가
"사람 잡는 것을 가르치는 데가 어디 있니?"
하고 웃으니
"없으면 혼자 배우지."
하고 꺽정이는 더 말하기 싫다는 듯이 벌떡 일어나 나갔다. 그때 마침 돌이가 들어와서 꺽정이의 어머니가 남편을 보고 꺽정이의 말을 옮기고 나서
"좀 다잡아 이르시오. 그대로 자랐다간 큰일 내겠소."
하고 말하니 돌이가 고개를 끄덕이고 앉았다가 밖으로 나가서 꺽정이를 불러가지고 들어왔다.
"이애, 내 이야기 좀 들어라."
하고 사촌누이 봉단이가 사람이 잘나서 지금 정경부인이 된 것을 이야기하고 그 뒤에 조상이 최장군을 길러내서 세상에 대접 받았다는 것을 이야기하니 꺽정이는 최장군의 범 잡는 이야기가 재미가 나서
"아버지, 그래."
하고 이야기의 뒤를 재촉하였다. 돌이가 아내를 돌아보고
"그 활을 좀 찾아오우."
하고 말하여 활을 갖다 놓은 뒤에 이 활이 최장군이 쓰던 것인데 집에 전하여 오는 보배라고 말하며 활을 내서 보인즉 꺽정이가 손을 내밀어서 활을 받아들고

“이까짓 게 보배야?”

하고 두 손으로 양끝을 잡아 휘니 꺽정이가 아이라도 힘이 세찰 뿐 아니라 활이 삭았던 까닭에 딱 하고 분질러졌다. 돌이가

“저놈이!”

하고 놀라 소리치고는 어이가 없어서 말을 못하고 앉았더니 꺽정이는 잘한 듯이 웃었다. 돌이가 그 웃는 것을 보고 화가 더 났던지 꺽정이의 팔죽지를 끌고 마당으로 나와서 사매질을 하여 꺽정이 몸에 구렁이를 감아놓았다. 꺽정이는 이를 악물고 매를 맞는데 꺽정이의 어머니는 아들의 장래가 무섭기도 하고 아들의 당장 맞는 것이 애처롭기도 하여서 눈물을 흘리고, 섭섭이는 그 아버지의 팔에 매달려가며 동생 맞는 것을 말리었다. 꺽정이가 속으로는 보배 될 것도 없는 활을 좀 꺾었다고 때리는 그 아버지를 옳지 않게 생각하였으나, 이렇게 몹시 맞은 뒤로 그 아버지 앞에서는 기를 펴고 심술부리는 일이 적었다.

돌이가 동리 글방 선생에게 애걸하다시피 간청하여 꺽정이를 글방에 보내게 되었다. 꺽정이가 처음 글방에 가던 날 돌이가 데리고 가는 길에서까지 다른 아이들과 싸우지 말고 선생님 말을 잘 들으라고 신신당부하였더니 불과 며칠 안에 당부한 보람이 없어지게 되었다. 글방 아이들이 백정의 자식이라고 넘보고 업수이 여기어서 꺽정이를 외톨로 돌리고 같이 놀지 아니하는데 꺽정이가 심술이 났지마는 하루 참고 이틀 참고 하여 며칠을 참

아왔다. 어느 날 선생이 어디 나간 틈에 여러 아이들이 밖에 나와서 장난을 치는데 꺽정이가 혼자 따로 서서 구경하다가 그 글방 아이들 중에서 거수* 노릇하는 열댓살 된 반명*의 아들아이에게로 와서

"이애, 나하고 같이 고누 두자."

하고 짓궂이 걸어보았더니 그 양반 아이가 대번에

"백정놈의 자식이."

하고 욕을 내놓았다. 꺽정이가 두말 아니하고 주먹다짐을 시작하여 싸움이 되었다. 꺽정이가 나이로는 그 아이보다 훨씬 아래지만 기운이 세기는 그 아이 네다섯이 함께 덤벼도 당치 못할 만하던 까닭에 그 아이는 대가리도 얻어맞고 볼퉁이도 쥐어질리었다. 선생이 돌아온 뒤에 다른 아이가 고자질하여 선생이 꺽정이를 불러 세우고

"양반댁 도련님에게 손찌검을 하다니, 너 이놈 매 좀 맞아라."

하고 종아리채를 해오라고 야단을 쳤다. 꺽정이는 선생이 층하하는 것을 아이들이 업신여기는 것보다 더 분하게 생각하여 책을 들어서 선생의 면상에 내던지고

"글을 안 배우면 고만이다."

하고 횡하게 집으로 돌아왔다. 돌이가 이것을 알고 꺽정이를 걱정할 뿐 아니라 꺽정이 대신으로 선생에게 사죄까지 갔었으나 꺽정이가 다시 글방에를 다니지 못하게 되었다.

갖바치가 위요로 와서 꺽정이를 보았다. 열한두살 먹은 아이

가 열대여섯 되었다고 하여도 곧이들릴 만큼 숙성하였다. 살빛이 거무스름한 네모번듯한 얼굴에 가로 찢어진 입도 좋고 날이 우뚝한 코도 좋거니와 시커먼 눈썹 밑에 열기가 흐르는 큼직한 눈이 제일 좋았다. 인물이 그릇답게 생기었다. 갖바치가

"대장감으로 생겼구나."

하고 칭찬하고 빙그레 웃으니 돌이는

"우리네 자식이 잘생기면 무엇하오."

하고 한숨을 지었다. 갖바치가 이삼일 동안 새사돈 집에서 묵었는데, 하룻밤에는 돌이가 갖바치를 보고 꺽정이의 성질이 사나운 것을 걱정하다가

"우리 아버지가 위하고 위하던 조상님을 그 자식이 꺾어버리었소. 우리 아버지가 살아서 보았더면 그 자식을 죽여놓거나 자기가 죽거나 했을 것이오."

하고 말하고

"글이나 좀 가르치면 성질이 고쳐질까 하고 글방에를 보냈더니 백정놈의 자식이라고 하대한다고 반명의 자식과 싸울 뿐 아니라 선생까지 욕을 보이어서 글방에도 다니지 못하게 되었어요. 그래서 될 대로 되라고 가만히 내버려두었는데, 그 자식이 기운이 장사요. 팔구세 때부터 몽근 벼 한 섬을 예사로 드날랐소. 개미가 몸집보다 큰 물건을 물고 가는 것같이 벗섬을 들고 다니었소. 기운이 이런데다가 성질이 불같아서 아이들은 고사하

● 거수(渠首) 우두머리.
● 반명
양반이라고 이를 만한 명색.
● 몽글다
낟알이 까끄라기나
허섭스레기가 붙지 않아 깨끗하다.

고 어른도 섣불리 건드리지를 못하였소. 저의 어머니가 죽을 때 운명하기 전 정신기 있어서까지 성질을 좀 고치라고 중언부언하더니 요 몇해 동안 전보다는 훨씬 나아졌으나 그렇지만 천생이야 어디 가오? 지금도 저의 비위를 틀리는 일만 있으면 물불을 헤아리지 아니하오. 내가 이르는 말이나 저의 누이가 달래는 말을 좀 듣는 것이, 저의 누이까지 가고 보면 더 걱정이오."

하고 한걱정을 삼아 말하였다. 갖바치가 다 듣고 나서

"내가 맡아다 가르쳐볼까?"

하고 실없는 말 비슷하게 말을 하자, 돌이는 들었다 보았다 하고

"그렇게 해주시면 작히나 좋겠소. 그렇지 않아도 청을 하고 싶은 맘이 있던 차요."

하고 기뻐하니 갖바치는 웃으며

"생마 길들이는 값은 무엇인가?"

하고 묻고서 돌이의 대답을 기다리지 않고

"백정 설치˚인가."

하고 허허 웃었다. 하여간 당자의 의향을 물어보아서 정하기로 하고 그날 밤을 지난 뒤에, 이튿날 갖바치가 꺽정이를 보고

"너의 아버지가 너를 내게 맡긴다고 하니 네가 날 따라 서울 가려느냐?"

하고 물으니 꺽정이는 간다 안 간다 말하기 전에

"서울 가서 무어하오?"

하고 도리어 물었다.

“글공부하지.”

“글공부는 싫소. 그렇지만 서울은 갈라오.”

“아무려나. 너 싫은 것은 고만두지. 어려울 것이 무엇 있니.”

하고 갖바치는 웃었다.

갖바치가 금동이를 데리고 서울로 올라올 때 꺽정이도 같이 왔다. 돌이가

“딸년 신부례한˚ 뒤에나 꺽정이를 보내리다.”

하고 말하는 것을 갖바치가

“가만있게. 그것도 저더러 물어보세.”

하고 꺽정이를 불러서 의향을 물어보니 하루라도 일찍이 서울 오고 싶어하는 말이라 돌이를 보고

“제가 일찍이 가고자 하니 이번에 내가 데리고 가겠네.”

하고 말하여 곧 같이 오게 된 것이다. 갖바치가 꺽정이를 집에 데려다 둔 뒤에 지각 없는 어린아이로 보지 않고 점잖게 대접하는 까닭에, 꺽정이는 갖바치를 어려워하면서도 따르게 되었다.

꺽정이는 금동이 모자와 심선생이 맘에 조금 마땅치 못하였으나 봉학이와 유복이 같은 맘에 맞는 동무가 있어서 좋아하였다. 봉학이는 동갑이나 생일이 아래요, 유복이는 한살 아래라 꺽정이가 두 아이의 맏형과 같았다. 봉학이와 유복이가 글을 읽을 때 꺽정이 혼자서 심심하여 글공부를 시작하고 싶은 생각도 없지 않았으나, 동생 같은 두 아이가 소학을 첫권, 둘째권 읽고 있는



• 설치(雪恥) 설욕.
• 신부례(新婦禮)하다
신부가 시집에 와서
처음으로 예식을 올리다.

데 하늘 천 따 지 하는 천자문을 시작하기가 창피하여 말을 내지 아니하였다. 꺽정이가 글을 읽지 아니하는 까닭으로 두 아이까지 차차로 글공부를 싫어하고 달음질, 뛰엄질 같은 장난에만 맘이 팔리게 되었으나 갖바치는 한번 꾸짖지도 아니하고 저희들 하는 대로 내버려두다시피 하였다.

어느 날 세 아이가 안뒤꼍 담 밑에서 공기를 놀리다가 꺽정이가 공기가 작아 재미없다고 말하여 큼직한 돌덩이를 가지고 공기를 놀리기 시작하였다. 꺽정이는 돌덩이를 높이 치뜨리고 왼손으로 선뜻선뜻 받았지만, 봉학이는 치뜨릴 생각조차 못하고 유복이는 간신히 치뜨리기는 하나 두 손을 가지고도 잘 받지 못하였다. 나중에 유복이가 한번 높이서 떨어지는 것을 받아본다고 허리를 굽히고 힘껏 치뜨린다는 것이 돌덩이가 빗나가서 담 너머로 넘어가며 와지끈 소리가 났다. 담 너머 이웃집 장독대의 장독이 깨어진 것이다. 유복이는 얼굴빛이 파래졌다. 꺽정이는

"깨졌으면 고만이지 겁낼 것 없다."

하고 장독 주인이 된 것같이 말하는데 봉학이가

"여기 있지 말고 어서 빨리 밖으로 나가자."

하고 말하여 세 아이가 밖으로 몰려나와서 바깥마당에서 뛰엄질을 하고 있었다. 얼마 동안 아니 되어서 이웃집 주인이 갖바치를 찾아왔다. 그 사람이 방으로 들어간 뒤에 봉학이가 유복이를 보고

"탈방망이가 왔다."

하고 말하니 꺽정이는

　"탈방망이는 무슨 탈방망이."

하고

　"가만있거라. 내 들어가보고 오마."

하고 가서 방문을 여니 갖바치가

　"들어오지 마라."

하고 말하였다. 이웃 주인의 불공스러운 말소리와 주인 선생의 온공스러운 말소리가 한동안 섞이어 나고, 심선생의 말소리가 몇마디 들린 뒤에 이웃집 주인이 나오더니 유복이와 봉학이보다도 꺽정이를 많이 흘겨보며 돌아갔다. 갖바치가 세 아이를 불러서 앞에 나란히 앉히고

　"누가 이웃집 장독을 깼느냐?"

하고 묻는데 말소리는 높지 아니하나 말하는 모양은 전에 없이 엄하게 보이었다. 봉학이는 뱅글뱅글 웃고 유복이는 고개를 숙이고 있는데 꺽정이가

　"선생님, 제가 깼습니다."

하고 똑똑하게 대답하였다.

　"왜 깨었느냐?"

　"공기를 받다가 돌이 빗나갔습니다."

　"힘에 겨운 큰 돌을 가지고 공기를 받다가 남의 장독을 깬 것이 잘한 일이냐?"

　꺽정이는 고개 숙이고 한참 말이 없다가

“힘에 넘치는 공기는 다시 받지 않겠습니다.”

하고 대답하였다. 꺽정이가 선생의 묻는 말에 대답하는 동안에 봉학이는 여전히 뱅글뱅글하고 유복이는 줄곧 고개를 숙이었다. 갖바치가 세 아이를 나가서 놀라고 밖으로 내보낸 뒤에 심의가

“꺽정이가 깬 것을 숨기지 않는 것이 사내다워.”

하고 말하니 갖바치는

“꺽정이가 제가 깬 것도 아닌 모양이오.”

하고 웃었다.

“그러면 어느 놈이 깨었을까?”

“고개를 들지 못하던 유복인 게지요.”

“꺽정이가 유복이 죄를 가로맡는 모양이군.”

“그런 모양이지요.”

“대체 이웃 사람의 말로 보면 돌덩이가 물박같이 크더라니 엄청나지. 그런 것을 가지고 공기를 받다니.”

“세 놈이 모두 힘에 겨운 공기를 받을 감들이오.”

하고 갖바치는 잠깐 미간에 주름을 잡았다.

꺽정이가 글공부는 아니할망정 배우는 것과 익히는 것이 없지 아니하였으니, 배우기는 대개 주인 선생의 이야기를 듣는 데서 배우고 익히기는 주장 두 동무와 장난하는 데서 익히었다. 갖바치가 밤저녁이면 여러가지 이야기를 들리어주는데 꺽정이가 제일 재미있어하기는 옛날 명장의 싸움 싸우던 이야기였고, 꺽정이가 두 동무와 갖은 장난을 다 하는데 셋이 다같이 좋아하기는

높이 뛰고 널리 뛰고 하는 뛰엄질이었다. 껏정이가 낮이면 두 동무와 장난하고 밤이면 갖바치에게 이야기를 듣는 외에 별일이 없이 한 해를 보내었다.

　이듬해 봄에 금동이 어머니의 재촉으로 섭섭이를 신부례하여 왔다. 금동이는 사람이 별미쩍고* 무식스러우나 아내만은 부모보다도 더 각별히 위하여서 별 탈이 없었지만, 금동이 어머니가 며느리에게 까다로워서 섭섭이의 시집살이가 고되었다. 처음에는 섭섭이가 무무하다*고 잔소리쯤 하던 것이 날이 갈수록 차차 심하게 되어서

　"반찬 한 가지 똑똑히 맨들지 못하고 옷 한 가지 반반히 꿰매지 못하니 나이 이십여살 되도록 배운 것이 무엇이냐?"

　"며느리를 얻어온 게 아니라 상전을 얻어왔다."

하고 소리가 커지기 시작하였고, 정히 심하게 되면서는 섭섭이가 웃으면

　"미쳤니? 시시거리게."

하고 꾸짖고 섭섭이가 골을 내면

　"주둥이를 뽀르퉁하고 다니면 누가 겁을 내니?"

하고 야단치고 또 섭섭이가 조금 말대답이나 할 때에는

　"백정의 딸자식이라 할 수 없다."

하고 근본 하자까지 하여 섭섭이는 남모르게 눈물줄기를 좋이 흘리었다. 금동이는 저의 어머니가 아내를 구박하는 것이 맘에

좋지 아니하여 저의 어머니가 야단치는 것을 보게 되면

“어머니, 고만두시오.”

하고 말리기도 하였지만

“잔뼈가 굵어지니까 계집밖에 모르느냐?”

이와같은 말에 우박을 맞을 뿐이었다. 금동이가 섭섭이가 쓰는 건넌방에 들어가는 것을 금동 어머니가 밉게 보아서 자고 나가는 이튿날이면 금동이에게는 까닭없이 화를 내고 섭섭이를 공연히 들볶았다. 이런 날 섭섭이가 혹시 무엇을 묻게 되면

“너는 잘 아는 것이 한 가지뿐이냐?”

하고 사람이 괴란스럽게까지 말하였다. 이 까닭에 금동이가 방에 들어오는 것을 섭섭이는 반갑게 알지 아니하지만, 금동이는 화받이하는 것을 대사로 여기지 아니하고 쇠귀신같이 줄기차게 들어왔다. 나중에는 그 어머니가

“나무 흔한 시골도 아니고 백사지 땅 서울에서 군불나무를 대기도 힘이 키인다.”

하고 건넌방을 폐하고 안방 한방을 쓰게 하여 금동이는 낭패 보았으나 섭섭이는 맘에 송구스러운 것이 덜하여서 다행으로 여기었다.

섭섭이는 꺽정이의 얼굴을 하루 한두 번씩 못 보지 않지마는 조용히 이야기할 틈이 적을 뿐이 아니라 성질 사나운 동생이 혹시 괴악을 부릴까 무서워서 고된 시집살이를 이야기로는 고사하고 내색으로도 알리지 아니하려고 속으로 애를 썼다. 그러나 한

집에 있는 까닭으로 꺽정이가 자연히 알게 되었다. 하루는 섭섭이가 저녁밥을 지을 때 꺽정이가 부엌 뒤로 돌아와서

"누님."

하고 불러놓고는 첫마디에

"시골집으로 가시오."

하고 말하니 섭섭이는

"그건 무슨 소리냐? 왜 가라니?"

하고 물었다.

"이놈의 집에서 구박받고 있을 것 없지 않소."

"이애, 지각없이 지껄이지 마라."

"그래 누님, 아니 갈라오?"

"가긴 어딜 간단 말이냐?"

"누님이 안 간다면 그년을 죽여 없애기라도 해야지."

섭섭이는 부지깽이를 내던지고 뛰어나와서 동생을 붙들고 갖은 말을 다하여 달래고

"내가 견디기 어려운 일이 있을 때 너더러 말을 하마. 그 전에는 아무 소리도 말고 가만있거라."

하고 말하여 꺽정이가

"아무리나 하오."

하고 돌아서 나가려고 할 즈음에 금동이가 저의 어머니 몰래 아내에게 말마디 해보는 재미로 가만히 부엌 뒤로 오다가 꺽정이와 마주쳤다. 꺽정이가

'대체 저 못난 자식 때문에 우리 누님이 고생하는 게렷다.'

하고 생각하며 별안간에 나는 골을 걷잡지 못하여 금동이의 뺨을 한번 보기좋게 후려쳤다. 금동이는 영문도 모르는 뺨을 맞고

"이 자식, 미쳤나!"

하고 침을 배알고

"이 자식, 나가거라!"

"나가지 말래도 나갈 테여."

하고 꺽정이가 나간 뒤에 섭섭이게로 와서 동생을 시켜 뺨 때리게 하였다고 당치 않게 시비하니, 섭섭이는 가엾단 말 한마디 아니하고

"요량 없는 소리 작작 하오."

하고 핀둥이를 주었다.

꺽정이가 누이의 고생을 안 뒤에는 실상 죄없는 금동이를 밉게 볼 뿐이 아니라 갓바치에게도 전과 같이 따르지 아니하였다. 금동 어머니가 시어미 노릇 못되게 하는 것을 갓바치가 전혀 모를 리 없을 것인즉 알면서도 짐짓 그대로 내버려두는 것이니, 이것이 곧 시아비 노릇을 잘못하는 것이라고 생각하였다.

어느 날 밤에 심의는 자기 집에 가고 갓바치와 꺽정이가 단둘이 앉아 있었는데 갓바치가 장감將鑑이란 책을 펴서 놓고 새겨 이야기하여 가르쳐주다가 꺽정이의 얼굴에 딴생각하는 빛이 있는 것을 보고

"고만 듣기가 싫으냐?"

하고 물은즉 꺽정이는

　“아니요.”

하고 고개를 흔들고

　“안에서 무슨 말소리가 나는 것 같아서요.”

하고 맘이 갈린 까닭을 말하였다. 갖바치가 책을 덮고

　“사람 있는 데 말소리 나기가 예사이지.”

하고 빙그레 웃으면서

　“꺽정아, 너의 누이 고생하는 것이 맘에 걱정이냐?”

하고 다정하게 물으니 꺽정이는 속으로

　‘저것 보아. 번히 알고도 모른 체한 것 아닌가.’

하고 생각하며

　“당신이라구 걱정도 아니하겠소?”

하고 불쾌히 대답하였다. 갖바치는 다시 빙그레 웃고

　“시집살이란 본래 그만 고생은 하는 것이다.”

하고 이르고 뒤를 이어서

　“너의 누이 시집살이가 동안이 오래지 아니할 게니 걱정 마라.”

하고 따로 짐작하는 일이 있는 것같이 말한 뒤에

　“책 이야기나 더 듣지 아니하려느냐? 이 책을 다 들려준 뒤에
는 이 책보다 더 좋은 육도삼략°을 차례로 이야기하여 들려주
마.”

하고 말하였다. 그 다정한 어조가 사람의 뼛속에 사무칠 것 같아
서 꺽정이는 불쾌하던 생각이 사라 없어지고 침착히 책 이야기

● 육도삼략(六韜三略)
중국의 오래된 병서.

를 들었다.

그해 초가을에 금동 어머니가 토사병으로 급작스럽게 죽었다. 그 초종이 간단하였다. 승새 굵은 북포北布로 수의를 짓고 닷푼 널로 관을 짜서 송연松煙을 칠하고 택일도 아니하고 입관성복入棺成服하던 이튿날, 두방망이 상여로 수구문水口門 밖 북망산에 장사하였다. 초상난 뒤 열흘이 채 못 되어서 안마루 한구석에 있는 상청喪廳 명색과 건정으로 지내는 조석 상식上食 외에는 초상난 집 같지 아니하였다. 갖바치는 한번도 눈물을 흘린 일이 없었으니 말할 것도 없고, 금동이가 오직 하나 서러워할 사람인데 그 미련한 위인이 아내가 안방 차지하게 된 것만 다행으로 여기는지 저의 어머니 죽은 것을 서러워하지 아니하였다.

갖바치 집의 안살림이 섭섭이의 소임이 된 뒤로는 꺽정이는 한걱정이 없어져서 맘이 편하였다. 꺽정이가 안방에 드나들며 갖바치의 심부름을 하게 되었다. 꺽정이가 원식구 같고 갖바치는 도리어 손님 같았다. 꺽정이가 안방에 있을 때는 봉학이와 유복이도 안방으로 들어왔다. 처음에 봉학이와 유복이는 섭섭이를 아주머니라고 불렀는데, 어느 날 꺽정이가 두 아이를 보고

"이애들, 우리 결의형제하자."

하고 발론하여 세 아이가 형제의를 맺으며 두 아이도 꺽정이를 따라서 누님이라고 부르게 되었다.

금동이는 세 아이가 안방에 와서 등쌀 놓는 것을 성가시게 여기어서 안방에 있다가도 세 아이들의 기척이 나면

"저것들 또 들어온다."

하고 상을 찡그리고 일어서 나가는 때가 많았다. 꺽정이가 매부라고 부르는 것은 싫어도 대답하지만 봉학이나 유복이가

"여보 매부!"

하고 부르면

"경칠 자식, 매부는 무슨 매부냐?"

하고 볼멘소리를 하는 까닭에 두 아이는 그것이 우스워서 부르지 아니하여 좋을 때도

"매부, 매부."

하고 불렀다.

금동이가 그 전만 같으면 그들 머리에 꿀밤 개나 솟쳐줄 것이지만, 그들이 열두서너살씩 먹은 아이랄 뿐이지 억세기가 어른 볼 쥐어지를 만하여 호락호락하게 꿀밤을 받지 않게 되었고, 더욱이 장사 꺽정이가 뒤에 있는 까닭에 금동이는 손댈 생의를 못하고 입으로만

"오라질 자식, 고랑 찰 자식."

하고 욕할 뿐이었다. 꺽정이는 이것을 알고 두 아이를 부추기는 때가 많았다. 하루는 세 아이가 안방에를 들어오며 금동이가 나가려고 일어서니 꺽정이가

"매부, 나가지 말고 거기 앉으시오."

하고 붙잡아 앉히었다. 꺽정이가 두 아이와 같이 북새*를 놓고 놀다가

“너희들 매부하고 팔씨름해보아라.”

하고 말을 내어 두 아이가 매부 매부 하고 조르다시피 하여 금동이와 팔씨름을 하게 되었는데, 봉학이는 대번에 졌지만 유복이는 한참을 맞섰었다. 꺽정이가

“매부 세구려. 나하고 한번 해봅시다.”

하고 대어드니 금동이가

“너는 싫다.”

하고 자빠졌다.

봉학이와 유복이가 금동이의 골을 질렀다. 유복이가

“꺽정이 언니는 못 당할 것 같지?”

하고 입을 비쭉하고 봉학이는

“꺽정이 언니가 세다고 해도 아이는 아이지요. 매부가 못 대어들고 자빠져서야 남부끄럽지 아니하오?”

하고 깔깔 웃었다. 아니나 다를까 금동이가 골이 났다. 꺽정이를 보고

“어디 한번 해보자.”

하고 팔을 내미는데 꺽정이는 웃으면서

“회목 잡아주리다.”

하고 금동이의 손목을 쥐려고 하였다.

“주제넘은 소리 마라.”

“두 팔 걸어도 아니 될 터인데 회목잡이를 주제넘다고? 어디 해봅시다.”

꺽정이가 힘도 들이지 않고 넘기었다. 금동이는 힘쓰기 전에 넘기었다고 탈을 잡고 고쳐 하여보았으나 별수없이 지고 왼팔 씨름도 하여보았으나 역시 할 수 없이 지고 나서

"참말로 세다."

하고 나앉으니 꺽정이가

"그것 보시오, 회목 잡아도 좋지 않을까. 내가 힘만 쓴다면 회목 잡은 외에 왼팔을 더 걸어도 매부에게는 질 것 같지 않소."

하고 웃으니

"흰소리 마라. 설마 그러기야 하랴."

"흰소리가 아니지요."

"어디 해보자."

하고 금동이가 다시 덤비어 바른손목을 잡힌 위에 왼손까지 더 걸었다. 꺽정이의 팔뚝은 쇠막대 세운 것 같았다. 금동이가 얼굴에 핏대를 올리며 넘기려고 힘을 써도 넘어가지 아니하였다. 나중에 금동이가

"못 이기겠다."

항복하고 나앉는 것을 봉학이와 유복이는 저희들이 항복받은 이나 다름없이 좋아하였다.

세 아이가 형이니 동생이니 하기 전에도 맘이 맞아 잘 지내던 것이 형제를 맺은 뒤로는 의가 자별하여 서로 말다툼 한번 아니 할 뿐 아니라 봉학이나 유복이가 혹시 다른 아이들과 싸움을 주고받다가 형세가 몰릴 때에는 꺽정이가 반드시 역성하러 나서게

되고, 두 아이는 꺽정이 같은 역성꾼이 뒤에 있는 것을 든든하게 생각하여 같은 아이들은 고사하고 여간 어른까지도 무서워하지 아니하였다. 그리하여 조석 먹을 때와 잠잘 때 외에는 세 아이가 잠시를 서로 떨어지지 아니하였는데, 그중에 봉학이가 몇달 동안 갈려 지내지 않을 수 없게 된 일이 있었다. 봉학이의 외조모가 속앓이 본병이 있어 친한 중이 있는 것을 연줄삼아 서문 밖 진관 津寬으로 복약服藥하러 나가는 데 봉학이를 데리고 가게 되었다. 불과 몇달 동안이 아니지마는 세 아이는 각기 다 섭섭하였다.

봉학이가 진관 가서 있는 동안 꺽정이가 유복이를 데리고 하루돌이로 찾아나갔다. 그 덕에 섭섭이의 안방이 조용하여져서 금동이는 이외에 더 다행이 없이 생각하였다. 절에 와서 있는 봉학이는 동무와 떨어져서 심심하였다. 꺽정이와 유복이가 자주 놀러나와서 같이 놀 때뿐이지 놀다 들어가면 더욱 심심한 것을 못견디어하였다. 심심한 끝에 싸리나무로 활을 만들고 빼앙대˙로 살을 만들어 활장난을 시작한 것이 하루하루 재미가 들기 시작하여 며칠 뒤에는 밥 먹을 것을 잊고 활을 쏘게 되었다. 나중에는 한두 칸 앞에 나무쪽 과녁을 세우고 맞히기 시작하여 맞는데서 재미가 더 생기었다. 봉학이가 꺽정이를 보고

"언니, 활이 재미납디다."

하고 빼앙대 살로 나무쪽 과녁을 맞히어 보이니 꺽정이는

"한량 아우가 생겼구나."

하고 웃고 유복이는

"그러면 나는 한량 언니라고 할까?"

하고 따라 웃었다. 봉학이는

"태조대왕이 활 잘 쏘았다고 선생님이 이야기하신 일이 있지 않소? 태조대왕의 핏줄을 받은 내가 태조대왕만큼 활을 쏘고야 말 터이니까 언니 두고 보시오."

"그래, 활을 잘 쏘아서 둘째 태조대왕이 되어보렴."

"그러면 우리는 한량 언니의 신하가 되게."

하고 세 아이가 다같이 웃었다. 봉학이는 참으로 활에 열성이었다. 중이 조석 예불할 때 뒤에 가 서서

"부처님, 제가 태조대왕같이 활을 잘 쏘게 하여줍소서."

하고 가만히 빌기까지 하였다. 열성이란 것이 무서웠다. 봉학이의 활재주가 나날이 늘어서 활장난 시작한 지 한 달 안에 굵은 싸리나무 활에 끝을 깎은 싸리나무 살로 참새를 쏘아 맞힌 일이 있었다. 봉학이가 외조모와 같이 절에서 겨울을 나고 이듬해 봄에 문안으로 들어오게 되었는데, 그때는 봉학이의 활솜씨가 처음에 장난으로 보고 웃던 꺽정이까지 칭찬할 만큼 되었다.

봉학이가 전과 같이 셋 동무로 섭슬려다니지마는 꺽정이와 유복이가 뛰엄질 같은 장난을 할 때, 봉학이는 그 틈에 끼이지 않고 혼자 따로 서서 활을 쏘았다. 유복이가 심사˚가 나면

"한량은 사정射亭으로 가시오."

하고 비꼬아 말하는 일도 있었으나 이런 때는 꺽정이가

"조롱 말고 가만두어라."

하고 유복이를 눌러서 그리 못하게 하였다. 그러나 꺽정이도 가다가는 혹시 웃으면서

"우리 한량, 활을 잘은 쏜다."

하고 조롱 반 칭찬할 때가 없지 않았다. 그리하여 한량이 봉학이의 별명이 되어서 꺽정이와 유복이는 고사하고 다른 사람의 입에서라도 한량이란 말이 나오면 봉학이도 저의 말을 하거니 하고 무심결에 돌아보게 되었다.

봉학이가 원래 손이 재고 눈이 빠른데다가 천생 타고난 궁재弓才가 보이어서 장난감 활일망정 쏘는 살이 겨냥에 틀리는 법이 없었다. 봉학이는 여러가지 활에 여러가지 살을 만들어 가졌다. 뽕나무 활에 조릿대 살도 있고, 앵두나무 활에 수숫대 살도 있고, 또 댓가지 활에 새꿰기˙ 살도 있었다. 그중에 댓가지 활은 대쪽을 깎아서 활 모양을 만든 것이니 작기가 장뼘 한 뼘이 될락 말락하였다. 봉학이는 새꿰기 살에 바늘촉을 박아서 파리를 쏘아 잡는 까닭에 이 활을 파리활이라고 이름지었다. 봉학이가 파리활로 앉은 파리를 쏘아서 백발백중 맞힐 뿐이 아니라 복치˙로만 쏘는 것을 재미적게 여기어 일부러 파리를 쫓아 날리고 날치로 쏘기를 공부하여 얼마 뒤에는 나는 파리를 놓치지 않게 되었다. 조그만 날개에 힘이 많은 것을 자랑하듯이 날개치는 무당파리가 살을 맞아 떨어지게 되니 몸집이 큰 쉬파리는 천생이 과녁감이었다.

봉학이의 파리 사냥이 동리에서 다 알도록 유명하여졌다. 갖바치가 심의와 공론하고 남촌에서 명수로 치는 궁장弓匠에게 부탁하여 자그마하고 이쁘장스러운 숙각궁熟角弓을 만들려고 엿돈쭝 유엽전*을 극상으로 구하여 이쁜 전통箭筒에 넣고 활 소용에 당한 제구를 갖추갖추 장만하여 세 아이의 눈에 뜨이지 않게 벽장 안에 넣어둔 뒤에 어느 날 낮에 갖바치가

"오늘 우리 파적*으로 한량의 시재試才를 보입시다."

말하고 봉학이를 불러서 파리를 쏘이었다. 심선생과 주인선생이 아랫목에 나란히 앉아 있고, 꺽정이 형과 유복이 아우가 윗목에 느런히 서 있다. 봉학이가 그 중간에 들어서서 재주를 다하여 보이었다. 처음에 서너 마리는 벽에 앉은 채로 꿰어 박아놓고, 그다음에 너덧 마리는 일변 날리며 일변 쏘아 떨어뜨리고, 나중에 두어 마리는 일시에 날리고 연발延發로 쏘아 맞히었다. 앉은 파리를 쏘아 꿸 때부터 '허허' 하고 짧게 감탄하던 심선생이 날치에다 연발까지 하는 것을 보고

"저것 보아, 저것 보아."

하다가 나중에

"귀신같은 재주다!"

하고 칭찬하며 갖바치를 돌아보니 갖바치는

"태조대왕 같은 명궁이 되겠다."

하고 웃고 봉학이에게

● 새꽤기
갈대, 띠, 억새, 짚 따위의
껍질을 벗긴 줄기.
● 복치
엎드리거나 앉아 있는
사냥감을 쏘는 일.
● 유엽전(柳葉箭)
살촉이 버들잎처럼 생긴 화살.
● 파적(破寂)
심심풀이.

“심선생님께서 좋은 상급을 주실 터이다.”

말하며 벽장문을 열고 활과 전통과 다른 제구를 모두 내놓았다. 심선생이 낱낱이 집어서 봉학이를 주니 봉학이는 좋아서 싱글벙글하며 절하고 받은 뒤에 팔찌를 매고 각지角指를 끼고 살수건은 고사하고 노루발〔獐足〕까지 달려 있는 전통을 메고, 그리하고 활을 들고 방에서 나와서 겅중거리며 집으로 돌아갔다.

얼마 뒤에 봉학이의 외조모가 봉학이를 데리고 와서 심의와 갖바치를 보고 외손자를 그와같이 사랑하여 주니 감사하다고 인사하고

“이놈이 돌날 돌상에서 활을 맨 처음에 쥐더니, 지금 보면 활로 입신할 것 같소이다.”

말하고 또

“저의 아버지가 뼈는 근본이 있던 사람이고 죽기도 의리로 죽었으니까, 이놈이 다음날 속신˚하여 호방으로 출세하면 만호萬戶, 첨사僉使쯤이야 얻어 하겠습지요.”

말하며 좋아하였다. 봉학이가 정말 활을 얻은 뒤에는 궁방弓房에 가서 궁장이와 친하여 활 먹이는 것도 보고 시위 누이는 것도 보고, 또 활을 점화하여 버릇 고치는 것도 보아서 혼자서 활을 다루게 되고, 사정에 가서 한량과 친하여 하삼지下三指로 줌통 쥐는 법도 배우고 상삼지上三指로 시위 그웃는 법도 배우고 각지 손 떼는 법도 배우고, 또 비정비팔非丁非八에 흉허복실胸虛腹實로서는 법을 배워서 궁체弓體를 얌전히 가지게 되었다. 아기 한량

의 색시활을 메고 다니는 것이 동소문 안의 명물이 되었다. 봉학이가 사실로 명무名武에 지나가는 재주를 가졌지마는, 사정에 가서 활쏠 잡이가 못 되는 까닭에 삼선평에 나가서 먼장질˚을 하거나 그렇지 아니하면 성균관 뒷산에 올라가서 새 사냥을 하였다. 새 사냥할 때에는 꺽정이와 유복이도 반드시 따라다니며 구경하였다.

어느 날 봉학이가 활을 메고 동소문 밖으로 나가려고 하는데 유복이가 뒷산으로 새 잡으러 가자고 붙잡으니

"새가 있어야지 잡지."

하고 봉학이가 뒷산으로 가지 아니하려는 것을 꺽정이가

"없거나 있거나 가보자꾸나."

하고 우기어서 세 동무가 성균관 뒷산에를 올라 왔다. 그윽한 곳에 있는 성한 나무숲에 새들이 없을 리 없지마는, 아기 한량 활 그림자에 놀란 새들이 높이 날아 멀리 피하고 아기 한량이 흥풀이하라고 남아 있지 아니하였다. 아기 한량까지 세 아이가 숲속으로 이리저리 헤매는 동안에 산비둘기나 콩새 같은 큰 것은 고사하고 솔새나 굴뚝새같이 작은 것도 한 마리 만나지 못하고 흥이 없이 도로 내려오는 길에 봉학이가 가죽나무 가지에 뒤로 앉은 까치를 보고 한번 시위를 당겼다. 그 까치는 꽁지 밑에 살을 맞고 푸드득하고 날아서 옆가지 위에 있는 숲속으로 들어갔다. 살대는 까치집 밖으로 내다보이나 까치가 나오지 아니하니 그 살 한 대는 잃어버리지 않을 수 없이 되었다.

● 속신(贖身) 속량.
● 먼장질 먼발치로 총이나 활 따위를 쏘는 일.

봉학이가 살이 아까워서

"저것을 어찌하나?"

하고 걱정하니 유복이가

"가만있소."

하고 잔돌을 주워가지고 와서 팔매를 치기 시작하였다. 팔매가 까치집에 맞기도 하였지만, 꽁지 밑에 박힌 살을 주둥이로 뽑아보려고도 못하고 죽은 듯이 엎드려 있는 까치가 곁팔매를 겁내서 나올 까닭이 없었다. 봉학이가 팔매질이 소용없는 것을 보고 활과 전통을 유복이에게 맡기고 나무에를 올라가려고 하니 꺽정이가 나무 밑으로 와서 나무의 위아래를 눈으로 재어보며

"가만있거라."

하고 봉학이를 올라가지 못하게 한 뒤에 나무를 두 손으로 흔들었다. 그 가죽나무가 크기는 얼마 되지 아니하여 밑동이 두 손으로 싸서 쥘 만하였다. 나무가 흔들흔들하였다. 그러나 까치는 종시 나오지 아니하였다. 봉학이가

"언니, 소용없소."

하고 말하니, 저의 하는 일이 소용없다는 데 꺽정이가 골이 나서 저고리를 벗어부치고 나무를 뽑으려고 대어들었다. 유복이가 이것을 보고

"땅에 박힌 생나무가 그렇게 쉽게 뽑히오? 언니, 소용없는 짓 마오."

하고 웃으니, 저의 하려는 일이 소용없다는 데 꺽정이가 골이 더

올랐다.

　"가만있거라, 어디 보자."

하고 꺽정이는 허리를 구부려서 밑동을 아래로 끼어안고 힘을
썼다. 한두 차례 힘쓰는데 나무가 우쭉우쭉하여 뽑힐 것 같았다.
봉학이가 유복이에게서 활과 전통을 찾아서 전통은 메고 활은
살을 먹여 들었다. 꺽정이가 눈을 부릅뜨고 이를 악물고 한번 응
소리를 크게 질렀다. 그리하고 허리를 폈다. 가죽나무가 뽑혀 넘
어지며 까치가 날았다. 간신히 목숨만 붙어 있던 까치가 미처 멀
리 날지 못하여 살 한 대가 대가리를 꿰어뚫어서 허무하게 떨어
졌다. 꺽정이는 저고리를 집어서 안섶으로 얼굴의 땀을 씻고서

　"인제도 소용없니?"

하고 두 아이를 돌아보았다. 두 아이 눈에는 꺽정이가 사람같아
보이지 아니하였다.

　유복이는 봉학이가 두 선생에게 상급을 받을 때 재주가 부러
웠고, 꺽정이가 뒷산에서 생나무를 뽑을 때 힘이 부러웠다. 힘은
부럽지만 천생이라 할 수 없고 재주는 한 가지 배워보려고 생각
하였다. 그러나 활만은 배워야 봉학이만 못할 것이라고 생각하여

　'무슨 재주를 배워볼까?'

하고 혼자서 궁리하였다. 그리하여 유복이는 댓가지로 창을 만
들어가지고 수법도 모르면서 두르기며 찌르기며 던지기를 공부
하였다. 유복이가 사람이 의뭉한 까닭에 낮이면 선생의 집에 와
서 전과 같이 장난하고, 밤에만 집에 가서 창쓰기를 공부하는데

저녁때 조금 일찍이 돌아가는 것 외에 꺽정이는 고사하고 약은 봉학이도 눈치채지 못할 만큼 몰래몰래 공부하였다. 유복이는 창을 어지간히 쓰게 된 뒤에 의형들을 놀래줄 작정이었다. 심선생의 집 앞마당이 넓기는 넓지만, 긴 창을 내두르기 어려울 때가 많고 유복 어머니가 글공부 아니하고 장난공부 한다고 대창을 분지르기까지 한 까닭으로 유복이는 그 어머니 몰래 조그만큼씩 한 대창들을 만들어두고 꾀꾀로 틈을 타서 물건에 던져 맞히기를 공부하였다. 하루 이틀 지나는 동안에 차차로 손이 익숙하여 처음에 가까운 거리에 큰 물건이나 맞히던 것이 거리가 조금씩 멀어지고 물건이 조금씩 작아져도 능히 맞히게 되어서 두서너 간 밖에 있는 참새를 노릴 만큼 되었다. 그러나 참새는 잡지 못하고 털만 뽑아놓을 때가 많아서 제일로 귀신같은 한량 형에게 재주라고 보이기가 부끄러웠다. 그러한데 유복이가 던지는 것이 버릇이 되어서 아무것도 아니 가진 맨손을 가지고도 던지는 시늉을 내는 것이 봉학이 눈에 뜨이어서

"너 왜 손짓을 그렇게 하니?"

하고 괴상히 여기는 때도 한두 번이 아니었지만, 그럴 때마다 유복이는

"어깨가 아파서 그러오."

하고 천연덕스럽게 대답하여 대창 던지는 공부를 숨기었다.

　유복이가 창 던지는 공부를 동무들에게까지는 숨기었지만, 그 어머니는 속일래야 속일 수 없었다. 처음에는 그 어머니 눈에 들

킬 때마다 사설을 듣고 또 야단을 맞았다. 그러나 그 어머니가 무어라고 사설을 하거나 또는 어떻게 야단을 치거나 말거나 유복이는 꾸준히 창을 던졌다. 한번은 그 어머니가 유복이를 붙들고

"하라는 글은 아니하고 말라는 장난만 하니 어찌할 셈이냐? 너의 나이도 인제는 셈들 때가 되지 않았느냐? 너 하나를 바라고 사는 어미 생각을 좀 하려무나."

하고 사정을 하다가 유복이의 입에서 시원한 대답이 떨어지지 아니하여서

"네가 어미 생각을 아니한다면 나는 오늘이라도 죽는다."

하고 발악하다시피 말하였다. 고개를 숙이고 앉아 듣기만 하던 유복이가

"어머니, 왜 그러오? 내가 아버지의 원수를 갚자면 칼도 쓸 줄 알고 창도 쓸 줄 알아야 할 것 아니오? 소학, 대학을 가지고 원수를 갚을 수 있소, 어머니?"

하고 고개를 들고 어머니의 얼굴을 바라보니 그 어머니의 눈에는 눈물이 돌았다.

"네가 그게 잘못 생각이다. 네가 글 잘 읽어가지고 이담에 강령원님이 되어 가면 그까짓 원수는 하루아침에 갚을 수 있지만 네가 창질을 잘한다고 창으로 원수를 갚을 터이냐?"

"글 잘 읽으면 강령원님 해 가오? 그러면 우리 선생님은 황해 감사도 해 갔게."

"너의 선생님은 백정이니까 벼슬을 못했지."

"상놈의 자식은 백정보다 낫답디까? 어머니, 알지 못하거든 가만히 계시오. 별수없어요. 아버지 원수를 갚으려면 꺽정이같이 힘이 장사거나 그렇지 않으면 봉학이의 활재주 같은 재주가 있어야지. 내가 댓가지 창으로 원수놈의 대가리를 꿰어놓을 날이 있으니 어머니 두고 보시오."

유복 어머니는 유복이가 생각을 고쳐먹도록 말을 하다 하다 지쳐서 그만두었다. 유복 어머니가 그 아들의 장래를 걱정스럽게 여기지마는 그 뒤로는 장난공부 한다고 유복이를 사설하거나 야단치거나 하지 아니하였다. 그뿐이 아니라 달밤에 유복이가 혼자 마당에 나와서 '쉬, 쉬' 하고 소리를 질러가며 대창을 던질 때 뒤에 따라나와서 웃으며 구경하고 유복이의 던지는 창이 겨냥하는 과녁에 벗어나가지 아니하고 꼭꼭 들어가 맞는 것을 보고는

"신통하게는 맞는다."

하고 칭찬까지 하게 되었다. 유복 어머니의 칭찬이 안으로 들어가서 심의의 입을 거치어 갓바치의 집으로 굴러왔다. 꺽정이가 이것을 듣고

"재주를 배우면 드러내놓고 배우지 숨길 것이 무엇이냐?"

하고 유복이를 나무라니 유복이는 못된 일을 하다가 별안간 남에게 들킨 사람과 같이 얼굴이 붉어지며

"끝끝내 숨기려고 한 것도 아니오. 한번 언니들을 놀래보려고 했더니 고만 틀렸소."

하고 발명하였다.

"어림없는 것 같으니, 네가 하늘의 별을 따기로 놀라기는 누가 놀라겠니? 대체 댓가지 창을 가지고 얼마나 잘 던지나 내 앞에서 한번 해보아라."

"아직 언니에게 보일 만큼 되지 못했으니 조금 더 참으시오."

"네가 참으란다고 보고 싶은 것을 참는단 말이냐? 오늘 한번 해보아라."

유복이는 꺽정이의 말을 어기지 못하여 저의 집에 가서 댓가지 창들을 가져왔다. 두어 간 밖에 세운 손바닥만 한 나무쪽에 댓가지 창 다섯 개를 내리꽂아 보이었다. 꺽정이가

"용하다."

한마디 칭찬하고 바로 갖바치에게로 가서

"선생님, 유복이도 한번 시재 보이십시오."

하고 말하니 갖바치는 웃으며 고개를 끄덕이었다. 이튿날 갖바치의 집 안마당에서 여러 사람들 보는 데서 유복이가 댓가지 창을 던지게 되었는데, 갖바치와 심의는 바깥방에 앉아서 문을 열고 내다보고 꺽정이와 봉학이 외에 금동이까지 유복이 좌우에 둘러서고 섭섭이는 안마루 끝에 서서 바라보았다. 유복이 입에서 쉿쉿 소리가 나며 댓가지 창들이 빨랫줄같이 건너편으로 건너가서 담에 붙은 나무쪽 과녁에 들어가 박히었다. 맛없는 금동이가 유복이를 툭 치며

"가는 창을 만들어가지고 봉학이처럼 파리나 잡아라."

하고 말하니 유복이는

"지금 하나 잡아보리까? 매부 상투에 한 마리가 붙었소그려."
하고 별안간에 훳 소리를 하며 댓가지 창 하나를 던지어서 금동이의 상투를 가로 꿰었다. 가까이서 던진 것이 빗나갈 까닭이 없었다. 이것을 보고 봉학이는 손뼉을 치고 꺽정이와 심의는 허허 소리를 내고, 섭섭이는 입을 막고 갖바치까지 빙그레하였다. 금동이가 내다보는 갖바치를 꺼리어서 맘대로 골을 부리지 못하나마 유복이에게 목자를 부라리며 상투에 꽂힌 댓가지 창을 뽑아서 분질러버리었다.

심의가 봉학이는 상급을 주고 유복이는 아니 줄 수 없다고 대장장이를 시켜서 조그만 제물자루창 다섯 개를 치어서 상급으로 유복이를 주었다. 그것이 명색만 창이지 크기는 손 작은 사람의 집게뼘 한 뼘쯤밖에 아니 되고 모양은 조그만 댓잎에 굵은 줄기가 붙은 것 같았다. 그리하여 유복이는 댓잎이라고 이름을 짓고 봉학이는 뼘창이라고 이름을 지었는데, 봉학이가 지은 이름이 여럿에게 쓰이게 되었다. 그 뒤에 어느 날 꺽정이 남매가 조용히 안방에 앉아서 이야기하는 중에 섭섭이가

"너도 무슨 재주든지 재주 한 가지 배우려무나. 봉학이의 활은 고사하고 유복이 뼘창 잘 쓰는 것도 보기 부럽더라."
하고 동생의 눈치를 보니 꺽정이는 탐탁하게 듣지 않고

"부럽거든 배우구려."
하고 문동답서로 대답하였다.

"내야 여편네 사람이 그런 것을 배워서 무어하겠니. 너나 배우란 말이지. 너 같은 장사가 신통한 재주까지 배워두면 좀 좋겠니?"

"언짢을 것은 없겠지요."

"그애야, 언짢을 것만 없어? 배워두면 이담에 잘 써먹게 될지 누가 아니?"

"잘 써먹지 못할 것 내가 아는걸. 그리고 쓸데가 있으면 봉학이나 유복이 같은 놈 불러다 쓰지 걱정이오?"

"무엇이든지 남의 손을 빌리는 것이 내가 하는 것만 하냐?"

"누나 말대로 하면 옷도 내 손으로 지어 입어야지, 누나 손을 빌려서는 못쓰겠구려."

"그렇게 할 말이 아니야. 도적질도 하지는 않을망정 알아두란다고 무엇이든지 배워두면 좋지, 언짢을 것이 무어 있니?"

"글쎄 언짢을 건 없다니까 그러오."

"그러면 무엇이든지 배워야지."

"차차 배우지요."

"내가 사내 같으면 너더러 배우라기 전에 내가 나가서 배우겠다만."

"여편네는 배워두면 어떻소?"

"그럼 여편네가 활이나 창 같은 것을 배워두어서 무엇에 쓰니?"

"쓰기는 무엇에 써요, 그저 배워두는 것이지."

"여편네가 벼슬하는 나라 같으면 나도 배워두다뿐이야."

"누나가 쓴다 못 쓴다 하는 것이 벼슬을 두고 하는 말이라면 누나의 여편네나 나의 사나이가 못 쓰기는 일반이오."

"신령님이 인물을 점지할 때는 장래에 반드시 쓰일 곳이 있을 것인데, 너 같은 큰 인물을 왜 우리네 백정의 집으로 점지하셨을까?"

"신령님이란 다 무엇이오? 그런 것이 있는지 없는지는 모르지만 있다고 해도 내가 그따위 것의 점지를 받아서 태어났을 리 만무하오."

남매의 문답이 그칠 줄을 모를 때에 금동이가 밖에서 뛰어들어오며 꺽정이를 보고

"너 여기 있구나. 나는 봉학이하고 새 잡으러 간 줄로 알았지. 어서 나가보아라."

하고 미처 나가보라는 까닭을 말하지 못하여 꺽정이는

"왜 나가라오?"

하고 까닭을 묻는데 순하지 아니한 어조가 듣기에 시비하려는 사람의 말 같기도 하였다. 금동이가 대번에 골을 내며

"나가기 싫거든 고만두려무나."

하고 변덕스럽게 고개를 흔드니 꺽정이가 웃으면서

"고만두지. 낭패될 일 없소."

하고 앉은 자리에서 일어나지 아니하였다. 금동이가 골이 조금 풀리며 섭섭이를 향하여

"장인님이 오셨어. 격정이 어디 갔느냐고 물으시기에 새 잡으러 갔는가 보다고 말씀했지."

하고 격정이더러 나가보라던 까닭을 말하자 격정이는

"매부 똑똑하오. 버선 수눅은 바꾸어 신지 않겠소."

하고 벌떡 일어나 나갔다.

"자식이 고분고분치도 못하다."

"그애 고분고분치도 못한 것 격정 말고 당신이 좀 변변하게 구시오."

하고 섭섭이도 일어나서 방을 쓸어놓으려고 비를 찾았다. 얼마 아니 있다가 격정이 부자가 같이 들어왔다. 섭섭이가 그 아버지를 이따금 보지만 아버지의 얼굴을 보는 것이 반갑지 않을 리 없었다. 방에 들어앉은 뒤에

"아버지, 이번에 어째 오셨소?"

하고 섭섭이가 정답게 물으니, 그 아버지는 턱으로 금동이를 가리키며

"저애 아버지하고 좀 의논할 일이 있어서."

하고 의논할 일이 무엇인 것은 말하지 아니하였다.

돌이가 이번에 서울 온 것은 아들딸도 보려니와 데리고 사는 여편네가 태중에 학질로 죽을 지경이 되어서 약을 물으러 온 것이었다. 그날 밤에 두 사돈이 병 이야기, 약 이야기를 하고 앉았는 중에 심의가 어디를 갔다가 돌아와서 중전이 지금 태중이라는 소문을 전하였다. 갖바치가

"임금 한 분이 탄생하시려는 게지."

하고 적이 웃으니 심의는

"중전이 생남을 합신대도 동궁이 계옵신데 임금은 무슨 임금, 한껏해야 대군이지."

하고 허허 웃고 돌이는

"우리 집에도 이번에 무슨 군이나 나려는지."

하고 너털웃음을 웃었다.

그 뒤에 돌이의 여편네가 병에 부대끼다 못하여 여덟 달에 사내 아이 하나를 지어 낳았다. 어린아이는 조막만 한 것이 간신히 사람의 모양만 가졌을 뿐이지 손톱 발톱도 번변히 생기지 못하였다. 꺽정이는 동생 하나가 생겼다는 소식을 듣고 집으로 내려왔다. 갓난아이를 보고 동기가 귀엽다느니보다 인생이 불쌍하였다. 아버지는 고사하고 아이의 어머니까지 며칠 못 살고 죽을 것으로 셈을 치고 죽으라고 내버려두다시피 하는 까닭에 더욱이 불쌍하였다. 꺽정이는 아이가 울면 젖을 먹이라고 재촉에 재촉을 더할 때가 많을 뿐 아니라 곰살궂지 못한 손으로 조심하여 샅 깃을 바꾸어줄 때도 적지 아니하였다. 꺽정이가 서울은 집 같고 집은 객지 같아서 서울로 가고 싶은 생각이 많지마는 어린 동생을 아이 어머니에게만 맡겨두면 참말로 죽일 것 같아서 완구히 살 것을 보고 가려고 며칠 동안 집을 떠나지 못하였다. 아이가 꼴보다 병은 없어서 몇달 지나는 동안에 손톱 발톱도 생기고 살 점도 붙어서 비로소 사람의 아이같이 반반하여지니 아이 어머니

는 울기가 무섭게 젖을 물리고 아버지도

"인제는 사람 같다. 형이 애쓴 보람이 있다."

하고 들여다보게 되었다.

꺽정이가 내일모레면 서울로 간다고 작정하였을 때 그 아버지의 심부름으로 어물도가魚物都家에를 갔더니 어떤 손 하나를 중간에 앉히고 여러 사람이 둘러서서 이야기들을 듣고 있었다. 꺽정이도 무슨 이야기인가 하고 뒤에 가서 들었다. 그 손이 이야기한다.

"그래 구슬원에서 잤더면 아무 일도 없을 것을 공연히 객기로 나섰소그려. 해가 다 저물어갈 때 그 외딴 주막에를 오지 않았겠소? 과연 늙은이 하나가 삼태기를 겯고 앉았습디다. 그래서 그 늙은이를 보고 이 근처에 칼 잘 쓰는 이가 있다는데 그가 어디 사는지 아시오? 당신더러 물어보면 알리라고 말하는 사람이 있습디다 하고 물은즉, 그 늙은이가 대번에 '나는 모릅니다' 하고 고개를 설레설레 흔들더니 한참 있다가 '칼 잘 쓰는 사람은 찾아 무어하실라오' 하고 묻는 것이 다소간 묘맥苗脈이 있어 보이기에 검술을 배울 욕심으로 찾아왔노라고 바로 말했지요. 그랬더니 그 늙은이가 웃으면서 '이 앞 숲속에서 가끔 화적이 납니다. 아마 그 화적이 칼을 잘 쓰는갑디다. 그렇지만 화적을 만나면 물건 빼앗기고 잘못하면 목숨까지 빼앗기기나 하지 검술 배울 수가 있겠소? 생각 마시오' 하고 말립디다. 그 화적이 어디 사는 사람이냐고 물으니까, '그걸 알 수가 있소? 화적 사는 곳을 알면 관가에 가서 고발하고 상을 탔겠소' 하고 대답합디다. 화적 난다는 숲이 거기서 얼마나 되고 또 화적이 흔히 어느 때 나느냐고 자세히 물어가지고 늙은이 주막에서 오리나 착실히 되는 숲속에를 오지 않았겠소? 그때 해 저문 지가 한참 된 때라 어두운데다가 숲속이라 옆의 사람도 알아보지 못할 만큼 캄캄하였소. 화적이 인기척을 들으면 나오려니 하고 일부러 큰기침을 해가면서 차츰차츰 걸어나오는데 숲을 거의 다 나와서 뒤에서 새가 날아오는 것 같은 기척이 나며 별안간에 '칼 받아라' 소리가 납디다그려. 나는 무망결 주저물러앉았지요. 간신히 정신을 가다듬어가지고 '칼을 배우러 왔습니다' 한마디 말했더니, 깔깔 웃는 소리가 들리는데, 그 웃음소리가 올빼미의 우는 소리 같습디다. 웃음소리가 끝난 뒤에는 아무 기척이 없습디다그려. 그날 밤에 숲에서 한 오리 떨어져 있는 동네에 와서 자는데, 그 동네 사람들의 말이 어둔 뒤에 그 숲을 지나오다니 목숨이 붙어 온 것이 천행이라고 말합디다그려. 나중에 아니까 갓이 모자가 없어지고 상투까지 잘리었습디다. '칼 받아라' 할 때 머리 위가 선뜻하더니 그때 그렇게 된 모양인데 나는 까맣게 몰랐었소. 이것 보오."
하고 갓을 벗고 솔잎상투를 보이면서

　"인제 겨우 당줄'을 동여맬 만큼 되었소. 그래 내가 검술을 배우려다가 혼만 나본 일이 있소."
하고 이야기를 마치었다. 꺽정이는 검술 이야기에 귀가 뜨이어서 앞으로 나서서 그 손에게

"구슬원이 어디 땅인가요?"

하고 물은즉 그 손은 꺽정이를 치어다보더니

"부평 땅이다. 그것은 왜 묻니? 네가 나처럼 혼이 나보고 싶으냐?"

하고 껄껄 웃었다. 꺽정이가 심부름 왔던 일을 다 마치고 집으로 돌아오는 길에

'그 손의 이야기대로 보면 외딴 주막의 늙은이가 수상한 사람이다. 내가 한번 찾아가보겠다.'

하고 생각하였다.

꺽정이는 떠나려던 날 집을 나서 서울로 오지 않고 부평 구슬원을 찾아갔다. 꺽정이가 초행이라 물어가며 길을 걸었다. 서울을 비켜놓고 한강 하류를 건너 김포 땅에서 남으로 내려오는데 구슬원 길을 물어 나오기는 양주서 떠나던 이튿날이었다. 무인지경 숲속길에를 들어섰다. 숲이 크거나 길지는 아니하지만 나무가 빽빽이 들어선 까닭에 대낮에도 길이 어둠침침하였다.

'이 숲이 그 손의 상투 잘린 곳이구나.'

하고 꺽정이는 생각하며 그 숲을 지나 나와 곧은 길로 한 오리를 와서 본즉 과연 외딴 주막이 하나 있다. 삼간초가가 까치집같이 엉성한데, 넓지 못한 앞마당에 늙은이 하나가 맷방석'을 틀고 앉았다.

'이 늙은이가 수상한 늙은이구나.'

하고 꺽정이가 속으로 생각하며 늙은이의 앞으로 나가서

"다리가 아프니 좀 쉬어 갑시다."

하고 말을 붙이었다. 그 늙은이가 한번 흘긋 치어다보더니 고개를 돌이켜서 턱으로 봉당을 가리키며

"저기 앉아 쉬어 가게."

하고 손에 잡은 일거리를 놓지 않는 것이 일에 재미를 붙인 모양이다. 꺽정이가 봉당 위에 올라앉아서 늙은이의 뒷모양을 바라보며 생각하였다.

'머리에 검은 털 하나 없는 늙은이가 눈의 열기는 어찌 그리 매서울까. 이 늙은이가 확실히 수상하지.'

꺽정이가 늙은이와 말을 하고 싶으나 말거리가 없어서

"구슬원이 여기서 먼가요?"

하고 물어볼 것도 없는 말을 물었더니 늙은이는

"멀지 않아."

간단하게 대답하고 돌아다보지도 아니하였다. 꺽정이가

"물어볼 말씀이 있소."

하고 말을 붙이니 늙은이가

"무어?"

하고 돌아보는데

"검술 배우려고 왔다가 이 앞 숲속에서 상투만 잘리고 간 사람이 있소?"

"나는 몰라. 듣지도 못했어."

하고 늙은이는 일 방해하는 것이 재미없다는 듯이 현저히 불쾌한 내색으로 고개를 흔들고 손에 잡은 일을 계속하였다. 꺽정이가

  '이 늙은이 보아라. 얼마나 재미있게 일을 하나 보자.'
하고 속으로 생각하며 봉당 위에까지 뻗치어 올라온 맷방석 날을 두서넛 함께 집어 매듭을 지은 뒤에 봉당 중간에 선 기둥을 들어 매듭이 들어갈 만한 틈을 내고 그 매듭을 틈에 끼워놓았다. 늙은이가 맷방석 테를 들어올리다가 뒤에 걸리는 것을 알고 아이가 손으로 붙잡았나 의심하고 돌아다보는데, 꺽정이는 두 손으로 턱을 괴고 먼 산을 바라보고 있었다. 늙은이가 날을 잡아당기다가 기둥 밑에 끼인 것을 알았다. 늙은이가 일어나서 몸에 붙은 검부적을 떨고 봉당 위로 올라왔다. 한번 기웃이 기둥 밑을 들여다보고 다시 물끄러미 꺽정이를 바라다보았다. 아무리 초가집의 약한 기둥이라도 한손으로 기둥을 들고 한손으로 물건을 끼우자면 여간 장사로는 되지 못할 일이니 아직 몇살 되어 보이지 아니하는 아이가 이런 일을 할 수 있을까? 맷방석 날이 저절로 기둥 밑에 들어가 끼였을 리도 없고 대낮에 도깨비가 장난쳤을 리도 없고 본즉 아이의 짓인 것은 틀림이 없다.

  늙은이는 한참 생각하고 섰다가 꺽정이 옆으로 와서 붙어앉으며
  "이애?"
하고 부르니 이때껏 시침을 떼고 앉았던 꺽정이가

“네.”

하고 대답하며 돌아보았다.

“너 어디 사니?”

“양주 사오.”

“양주? 너의 아버지가 관푸주하니?”

“그렇소. 어떻게 아오?”

늙은이가 꺽정이의 어깨를 툭 치며

“참말 장사다. 내가 너의 장사란 말을 듣고 한번 보러 가려고 했더니 잘 만났다. 지금 어디 가는 길이냐?”

“어디 가는 길이 아니라 여기까지 왔소.”

늙은이는 이 말을 듣고 빙그레 웃더니

“네가 상투 잘린 사람의 이야기를 듣고 상투 자른 사람을 찾아온 모양이냐?”

“그렇소.”

“그 사람은 찾아 무엇하니? 힘겨룸해보려니?”

“아니오. 그 사람에게 검술을 배워보려고 왔소.”

“다른 사람 같으면 일러줄 수가 없지만 너니까 내가 일러주마. 내가 그 사람을 안다. 내게서 며칠만 묵으면 자연히 그 사람을 만나보게 될 것이다.”

하고 늙은이는 연하여 싱글싱글 웃었다. 꺽정이 만난 것을 진정으로 반가워하는 모양이었다.

“이애, 맷방석 날을 꺼내놓아라. 치워버리게.”

껵정이가 한번 웃고 나서 한손으로 기둥을 들고 한손으로 매듭을 잡아당겨 눌리었던 기둥 밑에서 떼어놓았다. 보고 있던 늙은이는

"하늘이 내신 장사다."
하고 칭찬을 마지 아니하였다.

그 늙은이는 홀아비의 혼자 살림으로 조그만 퉁노구*에 밥이나 죽이나 끓여서 소금찬으로 먹고 지내는 터이었다. 길 가던 사람이 혹시 날이 저물어서 자고 가게 되면 자기네 행중 양식을 자기네 손으로 끓여먹게 하는데, 퉁노구를 빌려주고 나무를 줄 뿐이지 막무가내로 다른 청하는 것은 받지 아니하였다. 손이 양식을 가지지 아니하여 굶어 자게 된다고 쌀 한 보시기 떠주는 법이 없었다. 늙은이가 껵정이를 귀엽게 여기어서 없던 법을 개시하여 자기 양식으로 대접하는데, 장사라 양도 클 것이라고 퉁노구에 가득히 밥을 지어 많이 먹으라고 권하기까지 하였다.

저녁을 먹은 뒤에 늙은이가 껵정이의 집 일도 물어보고 껵정이의 공부도 물어보고 하는 중에 갖바치의 말이 나니

"내가 평산 박연중에게서 갖바치의 말을 들은 일이 있다. 연중이란 사람은 입에 침이 없이 칭찬하더라."
하고 늙은이는 껵정이더러

"너 그래 그에게 무얼 배웠니? 글 배웠니?"
하고 물으니 껵정이가

“병서兵書를 배웠소. 내가 글을 못하니까 이야기로 배웠소.”

하고 대답하였다.

“병서를 이야기로 배워? 그래 잘 알겠디?”

“대강이야 알지요.”

“어려운 병서를 이야기로 가르치는 사람도 용하지만 이야기
만 듣고 아는 너는 더욱 용하다.”

하고 늙은이는 꺽정이를 칭찬하였다. 밤이 들어 바깥이 캄캄한
데 늙은이가 꺽정이를 보고

“너 먼저 자거라. 내 어디 좀 다녀오마.”

말하고 나가더니 보리밥 한 솥 짓기가 지나도록 돌아오지 아니
하였다. 꺽정이가 잠이 혼곤히 들었다가 무슨 소리에 놀라 깨었
다. 방문 앞에서 사람의 말소리가 난다. 늙은이의 쨍쨍한 소리와
다른 사나이의 무뚝뚝한 소리가 섞이어 들린다.

“내일 혼자 들여놓으시겠습니까?”

하고 묻는 것은 다른 사나이의 목소리요,

“염려 말게.”

하고 대답하는 것은 늙은이의 목소리다. 나중에 쨍쨍한 소리가

“수고했네, 잘 가게.”

하고 인사하니 무뚝뚝한 소리가 대답한다. 그 대답이 끝난 뒤에
방문이 열리며 늙은이가 들어서니 꺽정이는 일어앉았다.

“이때껏 자지 않았니?”

“아니오. 자다가 지금 깨었소.”

“곤할 터인데 아니되었다. 다시 자거라.”

하고 늙은이는 꺽정이 옆에 와서 앉으며

“양식도 달리거니와 너를 맨밥 먹이기 답답해서 양식하고 반찬하고 얻어왔다.”

“내일 아침에 고기반찬해서 한밥 잘 먹자. 첫닭이 울었다. 어서 자자.”

하고 늙은이는 목침을 베고 눕기가 무섭게 코를 골기 시작하였다. 꺽정이가 속으로

“이 밤중에 어디 가서 얻어왔을까? 훔치어 온 것이 아닐까?”

하고 별 생각을 다 하다가 다시 잠이 들었다.

이튿날 이른 식전에 꺽정이가 일어나서 보니 늙은이는 먼저 일어났었다. 늙은이가 방에서 나오는 꺽정이를 보고

“이애, 저것을 윗방에 좀 들여놓아라.”

하고 봉당에 놓인 멱대기˚를 가리키니 꺽정이는

“그러지요.”

하고 쉽사리 멱대기를 들여놓았다. 쌀 열 말을 한 말 무게같이 드는 것을 보고 늙은이는

“이담에는 쌀을 얻으러 갈 제 너하고 같이 가야겠다. 어젯밤에 짊어지고 오는 사람이 하도 낑낑대서 속이 터질 뻔했다.”

하고 웃었다. 이날 식전부터 꺽정이가 늙은이의 시중을 들기 시작하여 차차로 밥도 꺽정이가 짓고 집안도 꺽정이가 치우게 되

● 멱대기
곡식을 담는 데 쓰는 그릇으로, 짚으로 날을 촘촘히 결어서 만든다.

었다. 그리하여 꺽정이가 늙은이에게 귀여움을 받으며 며칠을
지내었다. 그동안에 늙은이는 다른 이야기를 많이 하면서도 검
술 이야기만은 입밖에도 내지 아니하였다.

꺽정이가 어느 날

"만나게 된다든 사람을 언제나 만나겠습니까?"

하고 물으니 늙은이는

"참, 검술하는 사람을 만나게 해주마고 했지. 대체 검술은 배
워 무엇하니?"

하고 말하는 것이 딴청을 부리는 것 같았다.

"그저 배워두었으면 좋으려니 생각할 뿐이지, 무엇하려는 작
정은 없소."

"작정 없이는 배울 수 없을라. 그 사람이 잘 가르쳐주지 않을
걸."

"가르쳐주거나 아니 가르쳐주거나 사람을 만나보아야지요."

"만나보기는 쉽다. 오늘 저녁에는 만나게 하마."

하고 늙은이는 꺽정이를 보고 빙글빙글 웃었다.

저녁밥이 끝난 뒤에 늙은이가

"검술하는 사람을 만나러 나가자."

하고 꺽정이를 데리고 집 뒤로 돌아와서

"여기 잠깐 섰거라."

하고 꺽정이를 뒷마당에 세워두고 다시 앞으로 나갔다. 이때는
초생이라 반달이 서천西天에 걸리어 있었다. 희미한 달빛 아래

꺽정이가 한참 동안 이리저리 거니는데 홀제 뒤에서 머리꽁지를
지근지근 잡아당기는 것이 있었다.

'이것이 무엇일까?'

하고 생각하며 한참을 가만히 내버려두었다가 번개같이 돌쳐서
서 손으로 꽉 잡으려고 하니 눈앞에서 어른하는 새까만 물건이
새같이 날아서 몇 간 밖으로 물러갔다.

'이것이 무엇인가?'

하고 바라보니 아래위에 검은옷을 입고 머리에 검은 수건을 쓴
사람이 손에 막대를 잡고 섰다. 꺽정이가 앞으로 나가며 자세히
얼굴을 바라보니 그 사람이 다른 사람이 아니요, 곧 주인 늙은
이다.

"내가 검술을 아는 사람이다."

그 목소리는 평시같이 쨍쨍하지 아니하고 독 속에서 울려나오
는 것 같았다.

"내 생각에도 그런 듯합디다."

하고 꺽정이가 가까이 가려고 한즉 늙은이는 뒤로 더 물러서며

"네가 나를 한번 붙들어보아라."

하고 말하여 꺽정이가 늙은이를 붙들려고 손을 벌리고 쫓아다니
는데, 늙은이는 이리 피하고 저리 피하여 붙들릴 것 같으며 붙들
리지 아니하였다. 꺽정이가

"못 붙들겠소."

하고 우뚝 서니

"그것 보아라. 늙은 사람이 천하장사에게 붙들리지 않는 것도 검술이다."

하고 늙은이는 웃으며 막대를 내던지었다.

"인제 나를 붙들어보시오."

"너야 몇걸음 안에 붙들지."

"못 붙들면 어떻게 하실라오?"

"어떻게 하긴 무얼 어떻게 한단 말이냐?"

"못 붙들면 검술을 가르쳐주실라오?"

"아따, 그래라. 그 대신 붙들리면 어떻게 하려느냐?"

"무엇이든지 말씀하면 말씀대로 하지요."

"좋다. 그리 하자."

"자, 붙드시오."

하고 꺽정이가 달음질을 치기 시작하였는데 참말로 몇걸음 나가기 전에 늙은이의 손이 등에 와서 닿았다. 꺽정이가 용을 써서 몸을 공중으로 솟치어 피하니

"어 장사다. 그렇지만 내 손에 붙들리고 말 것이니 보아라."

하고 늙은이는 날아다니는 새와 같이 가볍게 몸을 놀리어서 꺽정이가 이리 피하면 이리 앞을 막고 저리 피하면 저리 앞을 막았다. 꺽정이가

'이렇게 몰리다가는 참말 붙들리겠다.'

하고 생각하며 뛰엄질을 시작하였다. 처음에는 넓이로 뛰어 앞을 막는 늙은이의 너머로 몇 간씩 뛰어나가다가 그래도 늙은이

에게 몰리니까 나중에는 높이로 뛰었다. 힘껏 용을 써서 한번에 집을 뛰어넘었다. 늙은이가 지붕 위로 뛰어올라와서 앞마당에 섰는 꺽정이를 내려다보며

　"장사라 할 수 없다. 못 붙들겠다."

하고 앞마당에 사뿐 내려서서 꺽정이의 손을 잡고

　"내가 한 나이나 젊었을 때 같으면 너의 뛰엄질도 못 당할 내가 아니지만 인제는 늙었다."

하고 한숨을 내쉬었다.

　"인제 내기는 어떻게 하실라오?"

　"시행하지. 자, 고만 방으로 들어가자."

하고 늙은이가 꺽정이를 데리고 방으로 들어와서 옷을 바꾸어 입고 앉은 뒤에 꺽정이더러

　"이리 와서 앉아라."

하고 말하여 앞에 가까이 앉히고서

　"너에게 검술을 가르치기 전에 몇가지 다짐받을 일이 있다."

하고 점잖게 말하였다.

　"검술하는 사람은 죄없는 목숨을 해치는 법이 없다. 네가 할 수 있겠느냐?"

　"탐관오리 같은 것도 죄없는 사람일까요?"

　"죄없는 탐관오리가 어디 있을꼬?"

　"그럼, 할 수 있지요."

　"여색을 탐하여 칼을 빼는 법이 없으니 네가 할 수 있겠느냐?"

“할 수 있지요.”

“악한 재물을 빼앗아 착한 사람을 주는 외에는 재물 까닭으로 칼을 빼는 법이 없으니 네가 할 수 있겠느냐?”

“할 수 있지요.”

“검술하는 사람은 까닭없는 미움과 쓸데없는 객기로 칼을 쓰지 않는 법이니 네가 할 수 있겠느냐?”

“이 세상에는 미운 것들이 많은걸요.”

“악한 것을 미워함은 곧 착한 일이라, 그 미움은 금하는 것이 아니로되 까닭없는 미움으로 인명을 살해함은 천벌을 면치 못할 일이다.”

“아무쪼록 천벌을 받지 않도록 하지요.”

“네가 지금 말한 것이 장래에 틀림없을 것을 다짐 둘 수 있겠느냐?”

“다짐 둘 수 있지요.”

이러한 문답이 있은 뒤에 늙은이는 꺽정이의 맹세를 받고 제자로 정할 것을 허락하였다.

늙은이가 나무칼 두 자루를 만들어서 한 자루는 자기가 쥐고 또 한 자루는 꺽정이를 쥐이고 칼 쓰는 법을 가르치었다. 쥐는 법과 겨누는 법과 치는 법과 찌르는 법과 그외의 모든 법을 입으로 일러주고 손으로 바로잡아주었다. 처음 얼마 동안은 낮에는 주막 늙은이 노릇을 하고 밤에만 검술 선생질을 하던 것이 제자의 수단이 나날이 달라가는 데 재미를 붙이어서 낮에라도 앞길에 행인이 그칠·때는 앞마당에 앉아서 삼태기를 겯거나 맷방석을 틀거나 하지 않고 뒷마당으로 들어와서 제자와 같이 나무칼을 잡게 되었다. 한 달 두 달 지나는 동안에 꺽정이가 검술 배우기 시작한 뒤 거연히˙ 일년 세월이 지나갔다. 그동안에 꺽정이는 나무칼을 여러번 새로 만들었다.

어느 날 달 밝은 밤에 선생 제자가 각각 나무칼을 들고 악 소리를 질러가며 치고받고 하다가 쉬는 동안에 꺽정이가 우연히 선생 늙은이에게

"참말 칼이면 재미가 더 있을걸요."

하고 말하였더니 늙은이가

"너만하면 참말 칼 가지고도 할 만하니 어디 한번 해보자."



하고 방으로 들어가서 깊이 간수하였던 환도 세 자루를 한꺼번에 꺼내가지고 나왔다. 짧은 환도 한 자루는 제쳐놓고 긴 환도 두 자루를 집을 벗기어서 꺽정이를 보이며

"둘 중에 어느 것이든지 너의 맘대로 골라잡아라."

하고 말하여 꺽정이가 고른 뒤에 나머지를 자기가 쥐고 먼저 마당 중간에 나서서

"자, 이리 나오너라."

하고 꺽정이를 불렀다.

"칼끝에는 사정이 없으니 조심해라."

"염려 마셔요."

두 칼이 어울리기 시작하였다. 치는 칼에 막는 칼이 날에서 불을 내고 들어가는 칼에 쫓아오는 칼이 슴베*에서 소리를 냈다. 얼마 동안 두 칼이 왔다갔다하며 또 어울렸다 풀렸다 하다가 그 사이에서

"이애, 고만 쉬자."

하는 늙은이의 말이 떨어지며 선생 제자가 서로 갈라서서 이마의 땀을 씻었다. 땀이 든 뒤에 늙은이가

"내 한번 칼춤을 추어보랴?"

하고 짧은 환도를 빼어들고 마당에 나서서 전후좌우로 칼을 놀리는데 서리 같은 칼빛이 백비단 같은 남빛과 서로 얼리어서 흰빛으로 사람을 휩쌌다. 번쩍거리는 흰빛덩이가 이리저리 굴러다니었다.

꺽정이가 보다가 신명이 나서

"선생님, 나도 한번 해봅시다."

하고 소리를 치니 선생 늙은이가 흰빛을 거두고 나서며

"너는 긴 칼을 가지고 한번 추어보려무나."

하고 말하여 꺽정이가 긴 칼을 들고 나서서 춤을 추었다. 칼이 길 뿐이 아니라 손이 선생같이 재게 놀지 못하여 흰빛이 연連하지 못하고 토막토막 떨어져서 중간에 선 사람을 감추지 못하였다.

"이애, 신신치 않다. 고만두고 이리 오너라."

하고 늙은이가 꺽정이를 불러다 옆에 앉히고 손에 쥐었던 짧은 칼을 보이며

"이 칼은 내가 목숨같이 아끼는 칼이다. 이십칠팔년 전 난리에 내가 출전하였다가 진중에서 얻은 것이다. 너 오기 전에는 내가 울적하면 이 칼을 가지고 지금같이 칼춤이나 한번씩 추어야 속이 시원하던 것인데, 너 온 뒤로는 너 가르치는 데 재미를 붙여서 칼춤 한번 추지 않고 지내왔다."

말하고 칼날을 집에 꽂으려고 하니 꺽정이가

　"어디 한번 써봅시다."

하고 청하였다. 늙은이가

　"무엇에다 써볼까?"

하고 한참 생각하더니 짚단을 집어오라고 말하여 꺽정이가 집어 온 뒤에 짚 한 묶음을 아래위를 묶어서 세우고

　"중간을 한번 베어보아라."

하고 꺽정이에게 칼을 주니 꺽정이가 받아들고 몇걸음 밖에서 뛰어들어오며 한번 가로 쳤다. 짚 묶음은 칼을 맞지 않은 것과 같이 그대로 서 있었다. 선생 늙은이가 이것을 보고 빙그레 웃으며 짚 묶음 앞에 와서 발길로 툭 차니 아래위 묶은 것이 두 동강이 되어 땅에 쓰러졌다.

　"칼도 잘 먹지만 칼질도 제법이다."

하고 칭찬할 제

　"무엇이 제법이오?"

하고 말끝을 채며 마당 한구석에 들어서는 사람이 있었다. 늙은이가

● 슴베 칼, 괭이, 호미 따위의 자루 속에 들어박히는 뾰족하고 긴 부분.

"그게 누구냐?"

하고 호령기 있게 물으며 그 사람을 바라보더니

"나는 누구라고. 자네 웬일인가?"

하고 일어서서 마주 나가다가 돌쳐서서

"꺽정아, 칼들을 가지고 먼저 방으로 들어가거라."

하고 말하여 꺽정이가 방에 들어와서 한참 된 뒤에 늙은이가 혼자 들어오더니 분분히 검은옷을 찾아내서 짧은 칼과 같이 싸서 손에 들고 꺽정이더러

"내가 어디를 좀 갔다올 터이니 집을 잘 지키고 있거라. 늦어도 사오일 안에 돌아오마."

하고 총총히 나가는데 꺽정이는 '웬 사람이 무슨 일에 선생을 청해가나' 하고 의심하며

"안녕히 다녀오시오."

하고 인사하였다.

사오일 된 다음 늙은이가 과연 닷새 만에 돌아왔다. 그동안 어디 갔다온 것은 늙은이가 말하지도 아니하고 꺽정이가 묻지도 아니하였다. 그 뒤 어느 날 밤에 비가 주룩주룩 내리어서 꺽정이가 거의 밤마다 나가는 뒷마당에를 나가지 못하고 방안에서 늙은이와 마주 앉았는데, 늙은이가 옛이야기를 하나 들려준다고 말하고 자기의 내력을 이야기하였다.

늙은이는 본래 서울 사람으로 외소군관外所軍官을 다니었는데, 삼포왜변이 났을 때 방어사 황형黃衡의 부하로 출전하여 제포대

전露浦大戰에까지 참예하였었다. 그때 선봉부대는 녹각목*으로 진전陣前을 막아 산 위의 적병이 짓쳐내려오지 못하게 하고 석전군石戰軍을 시켜서 돌팔매를 치게 하는 것이 장령*이었는데, 그는 공을 탐하는 마음에 장령을 돌보지 않고 단신으로 녹각목 밖에 나서서 가까이 내려오는 적병들을 쫓아가며 목을 베었다. 성정이 포악한 황방어사가 이것을 알고 장령을 어긴 죄목으로 진전에서 처참하라고 영을 내리었다. 그러나 그가 다행히 죽을 수를 면하느라고 이때 마침 산 위의 적진이 깨어지며 무수한 적병이 개미떼같이 헤어져 바닷가로 도망하니 이것을 뒤쫓기가 급하여 영을 미처 시행할 사이가 없었다. 그는 이 틈을 타서 도망하여 어느 촌가에 들어가서 군복을 벗어버리고 전걸식하여 서울로 올라왔다. 그 뒤로는 그가 성명을 내놓지 못하고 구차히 숨어 지내는데 이웃에 간특한 사람이 있어서 군관으로 도망한 눈치를 알고 포청에 밀고하여 포교 손에 잡히게 될 뻔하였다. 그는 잠시 피신하였다가 그 이웃 사람을 죽이어 분을 풀고 시골로 도망하여 몇해 동안 이곳저곳 돌아다니던 중에 평산 땅에서 인품 좋은 주인을 만나 머슴 노릇을 하며 숨어 지내게 되었다. 여러 해를 있게 되어 주인 머슴 할 것 없이 자기 집같이 알고 지내게 되었다.

어느 해 서울 사람 하나가 그 동리에 사는 이성사촌을 찾아와서 그 집에서 묵었는데, 그가 이 서울 사람과 자주 상종하여 나중에는 형제같이 친하게 되었다. 그 서울 사람이 평산 오던 이듬해에 칙사勅使가 나왔다 가며 우리나라 계집아이들을 뽑아다가 오랑캐를 준다는 소문이 나서 서울 시골 할 것 없이 딸을 둔 사람들이 부랴부랴 딸을 치우는데, 그 서울 사람이 그때 나이 불과 이십여세라 근동近洞 사람 중에 그가 아내 없이 지내는 것을 안 사람이 밤중에 딸을 업어다가 맡기다시피 하였다. 서울 사람은 장가들려는 맘이 있는 것도 아니지만 밉지 않은 계집아이가 아내로 생기니까 싫다는 말을 하지 아니하여 내외가 되었는데, 혼인 소동이 간정된˚ 뒤에 그 색시가 사촌의 아내에게서 남편 되는 사람이 무슨 죄를 짓고 숨어다닌다는 말을 듣고 친정 아비에게 말하였다. 친정 아비가 이 말을 듣고 관가에 고하여 서울 사람이 관가로 잡혀들어갔다.

그 서울 사람은 박연중이란 사람인데, 당시 영의정을 죽이려던 사람이라 평산부사가 이것을 알고 서울로 압송할 거조를 차리었다. 그는 형제같이 친하던 사람이 죽을 땅에 들어간 것을 불쌍히 여기어서 칼 하나를 몸에 지니고 밤중에 읍에 들어가 옥사장이를 찾아가서 칼로 겨누며 위협하여 옥사장이 시켜 옥문을 열고 연중이를 빼앗아가지고 도망하였다. 연중이도 몸이 날쌘 사람이라 장독만 없었다면 그 밤중에 멀리 도망할 수 있었을 것이지만, 연중이가 장독으로 걸음을 걷지 못하는 까닭에 성황산성城隍山城 근처 으슥한 숲속에 숨어서 이틀 밤을 지내고 사흘 되는 날 간신히 자모산성慈母山城 근처로 옮겨와서 산속에서 다시 이삼일을 지내었다. 그리하는 동안에 연중이도 몸을 기동하게 되었는데, 두 사람이 갈 곳을 지정한 것도 없이 나서서 산으로 산으로 숨어나가다가 운달산雲達山 근처에서 모르고 적굴에 들어간 것이 연분이 되어서 그가 화적의 두목이 되어가지고 연중이와 같이 운달산에서 일이년 동안을 지내었다.

그 뒤에 그는 그 두목을 연중이에게 물려주고 세상에 나와서 다시 얼마 동안 떠돌아다니다가 부평 계양산桂陽山 적굴에서 다시 화적의 괴수 노릇을 하였다. 화적 노릇하기가 종시 맘에 불쾌하여 늙은 것을 핑계하고 적굴에서 나와서 주막 늙은이 노릇한 것이 육십이 지난 뒤의 일이라 인제 오륙년밖에 되지 아니하였다. 그러나 그전 연분이 있어서 운달산 사람과 계양산 사람이 연신은 그치지 아니하는데, 격정이 가 처음 오던 밤에 쌀, 고기를 보내줄 뿐이 아니라 그 뒤로 양식을 대다시피 하는 것이 계양산 사람이다. 일전에 계양산에 급한 일이 있어서 늙은이에게 청병請兵을 오니까 늙은이는 모른 체할 수 없어 잠시 갔다온 것이었다.

계양산은 부평 읍내서 엎드러지면 코가 닿을 만큼 가까운 곳에 있는 읍의 진산鎭山이니, 이 산 안에 명화적明火賊이 당을 짓고 있는 것은 말하자면 명화적이 부평부사府使와 이웃하여 지내는 셈이었다. 도호부사都護府使로 진무영장鎭撫營將을 겸한 부평부사가 비위를 눅게 가지어 이웃 대접을 예禮에 맞도록 하여야 망정이지 혹시 성깔을 부리어 큰소리를 지를 양이면 계양산에서

울려나가는 소리가 동헌 대들보를 흔들었다.

그때 부평부사가 나이 젊은 탓으로 동헌에 들어앉았기가 갑갑하여 고려 이상국李相國의 놀던 자취를 찾아 계양산 명월사明月寺에를 올라가려고 하니 이방이 부사 앞에 나아가서

"계양에는 만일사萬日寺가 좋다 하옵니다. 안전께옵서 행차합시기도 편하옵고 바다 경치를 내다봅시기도 좋사옵고 또 절도 명월보다 훨씬 낫습니다. 명월사는 높이 있다뿐이옵지 산이 가리어 바다도 잘 보이지 아니하옵니다."

하고 명월을 흠잡아 말하였으나 부사는 공연한 고집으로

"구경은 가는 길이 좀 어려워야 좋으니라."

하고 명월에 가려는 것을 변하지 아니하니, 이방이 기어코 말릴 생각으로

"말씀을 아뢰옵기도 황송하오나 명월은 화적당의 출입이 잦은 곳이라 불의의 봉변을 하옵실까 두렵소이다."

하고 말하였다. 부사가 화적에게 봉변할 것을 헤아리지 않고 명월에 올라가도록 구경에 팔리지 아니하여 구경가려는 것을 중지하니 이방은 속으로

'그러면 그렇지, 내 말에 고집을 세울 수가 있으랴.'

하고 생각하였다. 부사가 구경 못 가서 흥심이 꺾인 까닭으로 분이 나서 좌우 병방을 불러들이어

"계양산 안에 명화적의 소굴이 있다는구나. 이것을 모른 체하고 내버려두는 것은 관가에 수치가 될 뿐이 아니라 죄없는 백성

에게 큰 해를 끼치는 것이니 너희들이 장교와 건장한 군노를 데리고 나가서 그 소굴을 찾아 괴수를 잡도록 하여라."

하고 분부하니 병방들이 속으로는

　'이 양반이 화적의 소굴이 있는 것을 인제 알았나?'

　'장교, 군노 따위를 데리고 화적의 괴수를 잡느니 하늘의 별을 따기가 쉬울걸.'

하고 생각들 하면서도 녜녜 대답하고 물러나왔었다.

　장교들이 칼을 차고 군노들이 활을 메기 전에 소문이 벌써 계양산 사람의 귀에 들어갔다. 병방들이 도망질치기 쉬운 대낮에 군노들을 앞세우고 적굴로 들어올 제, 적굴이 멀지 아니한 곳에서 화적 두 사람이 마주 나오는 것을 보았다. 그 두 사람은 다같이 몸에 가뜬한 검은옷을 입고 머리에 긴 검은 수건을 두르고 손에 긴 칼을 들었는데, 한 사람은 얼굴을 다 내놓고 다른 한 사람은 머리에 두르다 남은 수건으로 얼굴을 싸고 눈만 내놓았다. 얼굴을 내놓은 사람이

　"이놈들 뒤어지고 싶거든 각기 제 손으로 목을 따 뒤어지지, 남의 칼을 더럽힐 생각 마라."

하고 호통을 질러서 앞을 선 군노가 발을 멈추고 뒤를 돌아보니 병방 한 사람이

　"더 나가지 말고 여기서 활을 쏘아라."

하고 영을 내리었다. 방패도 아니 가진 검은옷 두 사람에게 대고 여럿이 활을 쏘니 한 살이라도 맞을 듯하건마는 한 사람은 옆에

있는 나무 뒤로 숨어서 살이 맞지 않고 다른 한 사람은 숨지도
아니하고 가까이 가는 살을 칼끝으로 받아 떨어뜨리어 이편에서
화살만 허비하게 되었다. 활질이 끝나자마자 얼굴 내놓은 검은
옷이

"이놈들 활 잘 쏜다. 인제 우리 칼맛 좀 보아라."
하고 호통치는데, 병방 두 사람부터

"이애들, 이거 아니 되겠다."
하고 뒤를 빼기 시작하니 장교나 군노는 말할 것도 없다. 병방
이하 삼사십명 사람이 일제히 뒷걸음을 치기 시작하였다. 얼굴
가린 검은옷이 나는 새같이 쫓아내려오니 뒷걸음을 앞걸음으로
돌이켜가지고 도망질들을 하는데 삼사십명 사람의 머리 위에 칼
빛이 번쩍번쩍하였다. 병방들이 멀리 도망하여 나온 뒤에 간신
히 정신을 진정하여 사람의 수효를 점고하니 다행히 죽거나 상
한 사람은 한 사람도 없으나, 머리에 들쓴 벙거지가 모두 꼭지가
없어졌다. 이것이 검은옷의 칼에 떨어진 것을 알고 간들이 서늘
하였다. 병방 이하 여러 사람이 관가에 들어와서 접전 전말을 아
뢰고 꼭지 없는 벙거지를 바치니 부사가 얼굴빛이 새파랗게 질
리며

"부평부사는 고만 하직이다."
하고 혼잣말하였다.

부평부사가 계양산 사람을 어찌하지 못하여 한걱정을 하고 지
내는 중에 향교마을에 사는 농군 하나가 적굴의 잔심부름하는

244

것을 염탐하여 알고 든손˙ 잡아들이어 화적의 동류로 다스리며
물어보았다.

"화적 괴수놈이 칼을 잘 쓴다더냐?"
하고 동헌 방안에 앉아 묻는 부사의 말을 계상 계하에 구부리고
섰는 관속들이 차례로 받아내리어 농군이 듣게 되고

"괴수놈이 칼 잘 쓴단 말은 듣지 못하였습니다."
하고 장틀 위에 매여 있는 농군이 대답하는 것을 관속들이 받아
내릴 때 차례를 거꾸로 하여 받아올리어서 부사가 듣게 된다.

"검술을 잘 못하고야 삼사십명 사람의 벙거지 꼭지를 어떻게
잠시간에 도릴 수가 있단 말이야?"

"그건 모르올시다."

말이 오르락내리락하는 중에

"되우 쳐라."

"되우 치랍신다."

"녜이."

큰 소리와 긴대답이 연하여 나며 한 어깨를 벗어 맨 사령이 곤
장을 들고 몇걸음 밖에서 껑충 뛰어들며 허리를 직신하니 벼락치
는 소리가 나며 죽는 소리가 농군의 입에서 나왔다. 한동안 뒤에

"바루 아뢰어라."

"바루 아뢰랍신다."

곤장 바람에 혼이 난 농군이 간신히 정신을 차리고

"검술 말씀이오니까? 구슬원 근처 외딴 주막 늙은이가 검술

이 세상에 드물다고 화적이 칭찬하는 것은 들은 일이 있소이다."
하고 아뢰어서 부사가 듣고 잠깐 동안 생각하더니 농군을 옥에
내려 가두게 하고 관속들을 모두 퇴출시킨 뒤에 이방과 병방을
따로 조용히 불러세우고

"주막 주인놈이 검술로 화적에게 칭찬을 받는다면 그놈도 화
적의 동류인 것은 분명하니 그 주막 주인놈을 잡아들여라. 그런
데 그놈이 검술을 잘한다니 섣불리 서둘지 말고 장교와 군노 이
십명을 잘 단속하여 두었다가 밤중에 나가서 잡도록 하여라."
하고 이르니 이방, 병방이 녜녜 하고 물러나갔다.

이때 외딴 주막에는 앞마당에서 늙은이가 맷방석의 휘갑을 치
고 뒷마당에서 꺽정이가 나무칼로 칼춤을 추고 있었다. 늙은이
의 일이 끝난 뒤에 해가 거의 저녁때가 다 되어서 늙은이가 꺽정
이를 데리고 저녁밥을 짓는 중에 얼굴 험상스러운 사람이 하나
찾아왔다. 늙은이가 이 사람이 오는 것을 보자

"자네 왜 왔나?"
하고 몰풍스럽게 물으니 그 사람은 가쁜 숨을 돌려가지고

"빨리 다녀오라는 말씀이 있어서 숨이 턱에 닿게 줄달음을 쳐
왔습니다."
하고 휘황스럽게 대답하였다.

"무슨 급한 일이 있나?"

"네."
하고 그 사람이 꺽정이 듣는 것을 꺼리는 눈치로 말하기를 주저

하니

"염려 말고 아무 말이라도 하게."

하고 늙은이가 말을 재촉하였다.

"벙거지 꼭지 도리신 것이 탄로가 났답니다. 그래 오늘 밤중에 장교, 군노 이십명이 이리 나온답니다. 아까 이방에게서 급한 기별이 왔겠지요."

하고 한번 싱긋 웃고 다시 말을 이어

"그래 대장께서 주막은 치우시고 곧 오시라고 말씀합디다."

하고 말하니 늙은이가 꺽정이를 가리키며

"저애하고 나하고 둘이 있으면 이십명은 고사하고 이백명이 온대도 겁이 없네."

하고 빙그레 웃고 다시

"인제 여기 주막은 지니고 있지 못할 모양이니까 오늘 밤으로 치워버리고 갈 터일세. 자네 먼저 가서 말씀하게."

하고 말하여 곧 그 사람을 돌려보냈다. 꺽정이가

"그 사람이 계양산에서 왔나요?"

하고 물으니 늙은이가 고개를 끄덕이고

"얼른 저녁을 먹어치우자."

하고 밥을 퍼가지고 방으로 들어왔다. 선생 제자 두 사람이 마주 앉아 밥을 먹으며 선생 늙은이가 먼저 말하였다.

"일년 넘어 같이 지내다가 섭섭하지만 인제는 작별할 수밖에 없다."

"계양산에 가서 길래° 계실 터인가요?"

"가서 보아야 알겠지만 아마 평산 박연중이게로 갈까 보다."

"계양산까지 뫼시고 갔다가 나는 서울로 가지요."

"그럴 것 없다. 너는 그런 데 발을 들여놓을 것이 없다. 저녁 먹은 뒤에 너 먼저 떠나가거라. 나중에 나는 집을 불질러버리고 계양으로 갈 터이다."

"장교들 나오는 것을 보고 가시지요."

"글쎄, 혼들을 좀 내 보낼까?"

"나도 구경하고 가겠어요."

선생 늙은이가 꺽정이를 보고

"칼을 좀 써보고 싶으냐?"

하고 빙그레 웃었다.

저녁밥이 끝난 뒤에 늙은이는 요긴하고 가벼운 물건만을 수습하여 조그맣게 짐을 쌌다. 짧은 환도, 긴 환도 두 자루는 싸지 않고 내어놓았는데, 늙은이가 짧은 환도의 날을 뽑아들고 처음으로 보는 것같이 위아래를 치보고 내리보고 하다가 날을 누이어 꺽정이에게 보이며

"철색鐵色을 보아라. 철중쟁쟁°이라니 이런 것이 쟁쟁한 철이다. 그리하고 칼끝을 보아라. 명공名工의 비범한 솜씨가 아니면 저와 같이 쏙 빠지게 될 수 없는 법이다. 내가 제포 진중에서 얻은 뒤로 삼십년이 가까웠으나 날카롭게 드는 맛에는 언제든지 새삼스럽게 반하지 아니할 수 없다."

하고 칼 칭찬이 굉장하였다.

꺽정이는 써보지 못한 칼이라 드는 맛도 모르거니와 칼 보는 묘리에 서툴러서 칼끝을 보고 명공의 솜씨인지 용공˙의 솜씨인지 분간할 줄을 모르는 까닭에 다만 서리 같은 칼날의 쇠 좋은 것만 들여다보다가 어구魚口 가까이 글자 박힌 것을 보았다.

"무슨 글자가 박혔습니다."

"긴 장자, 빛 광자, 장광長光이란 글자다. 아마 이 칼을 치어낸 왜인의 이름인가 보더라."

하고 늙은이는 날을 집에 꽂아 어루만지며

"그래서 내가 이 칼 이름을 장광도라고 지었다. 이것을 정표로 너에게 줄 터이니 나로 여겨두고 보고 쓰게 될 때는 처음 맹세를 어기지 마라."

하고 칼을 들어 꺽정이를 주는데, 선선히 주는 늙은이는 칼을 임자 찾아 전하는 것같이 생각하나 오히려 얼굴에 슬픈 빛 나타나고 공손히 받는 꺽정이는 선생이 목숨같이 아끼는 것을 주거니 생각하여 자연히 눈에 눈물이 고이었다.

그날 밤, 닭울때에 수교首校 한 명이 장교와 군노 이십명을 영솔하고 나와서 외딴 주막을 들이쳤다. 앞잡이가 방문을 열고 보니 방안이 비었었다.

"벌써 어느 틈에 김이 새었군. 감쪽같이 도망한 모양인데."

하고 앞잡이가 돌아섰다. 검술하는 늙은이가 도망한 줄 알고 비

● 길래 오래도록 길게.
● 철중쟁쟁(鐵中錚錚)
여러 쇠붙이 가운데서도 유난히 맑게 쟁그랑거리는 소리가 남.
● 용공(庸工)
재주나 기술이 변변하지 못한 장인.

로소 맘을 놓고 이십명이 앞뒤로 갈려서 건정으로 수색하는 중에 별안간에 어디서

"이놈들, 맘대로 남의 집을 뒤장질˚하느냐?"

하고 호령하는 소리가 나며 검은옷 입은 사람이 손에 긴 칼을 쥐고 앞마당에 나타났다

"여기 있다!"

하고 수교가 소리를 질렀다.

"지금 소리지른 놈이 누구냐? 내 칼 받아라."

하고 검은옷이 나는 듯이 달려들어 칼등으로 어깨를 내리치니 수교는

"아이쿠머니!"

하고 근두박질을 쳐서 어느 구석으로 들어갔다. 검은옷의 칼이 여기서 번쩍, 저기서 번쩍 하며 여기서도 아이쿠 소리요, 저기서도 아이쿠 소리다. 창잡이는 대중없이 창을 내지르고 칼잡이는 정신없이 칼을 휘두르다가 번쩍번쩍하는 칼빛이 눈앞에 닥치면 아이쿠 아이쿠 하고 머리들을 싸쥐었다. 앞마당에 있던 사람이 이와같이 우박을 맞을 때 뒷마당에 돌아갔던 사람은 벼락을 맞았다. 아이쿠 소리도 변변히 못 지르고 이 구석에 엎드러지고 저 구석에 자빠졌다. 앞마당에서는 과히 상한 사람이 없었지만 뒷마당에는 어깨 떨어지고 이마 쪼개진 사람이 많았다.

앞뒤 마당에 화톳불이 밝아졌다. 상한 사람들까지도 목숨 붙은 것만 다행으로 여기며 간신히 서로 붙들고 도망하였는데, 부

엌 구석에 쌓아놓은 잎나무 더미 속에 한 사람이 남아 있었다. 매에 쫓긴 꿩과 같이 머리만 처박고 있었다. 이것이 검은옷에게 들키어서

"나뭇더미 속에 있는 놈, 이리 나오너라!"

하는 호령을 듣고 벌벌 떨며 기어나와서 검은옷 앞에 꿇어 엎드렸다.

"수교놈이구나. 다른 놈들은 목숨을 붙이어 보냈지만 네 목만은 용서치 않겠다."

얼이 빠지다시피 된 수교가 용서한다는 말로 잘못 듣고

"감지덕지하외다."

하고 고개를 정신없이 구부리니 환도날에 묻은 피를 불에 비춰가며 씻고 섰던 아이가 검은옷 앞으로 나서며

● 뒨장질 사람이나 짐승, 물건 따위를 뒤져내는 일.

"선생님, 죽인다는데 감사하다는 놈 죽여 무엇하시오. 쫓아버립시다."

하고 말하였다. 검은옷이 고개를 끄덕이며 아이가 쫓아와서 엎드려 있는 사람을 두 손으로 끌어안으려는 것같이 안아 일으키어 서너 간 밖에 가서 떨어지도록 동댕이쳤다. 수교는 다행히 죽거나 병신이 되거나 하지 않느라고 풀이 무성한 풀밭에 떨어져서 한동안 기절하였을 뿐이었다. 수교가 정신이 들었을 때 눈앞이 대낮같이 환하였다.

"날이 밝았나?"

하고 의심할 사이도 없이 눈에 불빛이 비치고 코에 내가 맡아졌
다. 외딴 주막 삼간집이 한참 타는 중이었다. 수교가 멀찍이 기
어나와서 길가에 누워 밤을 지내고 이튿날 아침에 찾아나온 관
속들과 같이 불탄 자리만 돌아보고 들어갔다.

　꺽정이가 집에서 떠난 뒤에 양주서는 서울을 갔거니 생각하고
서울서는 양주에 있거니 여기어서 찾지도 아니하였다가 서울에
오지 않고 양주에 있지 아니한 것을 서로 알게 되며 처음 얼마
동안은 꺽정이의 소식을 알려고 서울, 양주 양편에서 한 달에 몇
번씩 사람이 왔다갔다하였다. 양주의 돌이와 서울의 섭섭이가
상심하는 것은 말할 것도 없고 평소에 범범하던 심선생까지도
궁금히 생각하여 가끔 꺽정이의 일을 말하는데 아들같이 귀여워
하던 갖바치만은 별로 걱정하는 빛이 없었다. 꺽정이의 간 곳을
몰라 성화하는 돌이를 보고는
　"성화할 것이 없네. 어디를 갔든지 간 사람이니 오기도 하겠
지."
하고 모호하게 말하기가 일쑤였다. 봉학이와 유복이가 어른 몰
래 공론하고 꺽정이를 찾아나서려고 하였더니 갖바치가 먼저 눈
치를 알았던지 두 아이를 불러놓고
　"꺽정이가 너희들 모르게 재주를 배우러 간 모양이다. 지금
찾아가야 만나지 못할 것이요, 만나야 같이 오지 못할 것이니 당
초에 찾아갈 생각을 하지 마라."

하고 일러서 두 아이가 찾아나서려던 것을 파의하였다. 섭섭이는 꺽정이가 재주 배우러 갔으리란 말을 듣고

'공연히 재주 배우라고 사살을 하였더니, 동생의 결기에 맘을 먹은 것이 있던 게다. 동생을 재주 배우라고 내쫓다시피 하였으니, 나더러 배우라던 동생의 말을 생각하여 나도 한 가지 재주를 배워야겠다.'

하고 속으로 혼잣말하였다.

아무도 보지 않는 틈에 부지깽이나 혹은 식칼을 들고 날뛰어 보기도 하였으나 재주답지도 못한 짓을 하다가 남의 눈에 뜨이기나 하면 웃음바탕만 되려니 생각하여 한두 번에 그만두고, 싸릿대 활이나 댓가지 창은 남몰래 만들 수도 있었으나 남은 고사하고 유복이나 봉학이에게 들키는 날은 창피를 보려니 생각하여 시작도 아니하고 그만두었다. 이와같이 재주를 고르다 못한 끝에 무엇이든지 익히면 재주가 되려니 생각하고 콩알을 입에 넣고 입 힘으로 부는 것을 익히었다. 처음에는 가까이 떨어지던 것이 차차로 멀리 가고 처음에는 대중없이 가던 것이 차차 대중에 맞게 가도록 되었다. 재주가 늘어가는 데 재미를 붙이어서 섭섭이가 일년 넘어 콩을 불었다. 이것을 다른 사람은 조금도 알지 못하였지만 금동이만은 곧 알게 되어서 처음에 보고는

"별짓 다 하네. 입이 궁겁거든 손가락이나 빨지."

하고 흉보기까지 하였으나 남에게 말 말라는 아내의 말을 굳게 지키어 저 혼자만 알고 있었다뿐이지 봉학이와 유복이에게도 말

하지 아니하였다. 섭섭이가 입 안에 콩을 넣고 입을 뾰족하고 있을 때 금동이는 한참 재미를 부리느라고

"무얼 먹겠다고 주둥이가 뾰족한구."

하고 빈정거리다가 섭섭이 입에서 콩알 하나가 튀어나오며 금동이가

"아이쿠, 따가워라."

하고 소리를 지르고 입술을 비비었다. 봉학이와 유복이가 금동이의 입술이 부어오른 것을 보고 봉학이는

"매부, 입술이 왜 부었소?"

하고 묻고 유복이는

"벌에 쏘인 게구려?"

하고 물었더니 금동이가

"벌이 다 무어냐, 콩알을 맞았다."

하고 골난 김에 아내의 콩알 부는 것을 설파하여 봉학이와 유복이는 일년이 넘은 뒤에 비로소 섭섭이의 재주를 알게 되었다.

돌이가 병이 나서 대단히 중하다는 기별이 있었다.

갓바치가 유복 어멈에게 집을 맡기고 금동이 내외를 데리고 양주를 내려왔다. 돌이의 병이 화병이라 갓바치의 약으로 대세는 돌렸으나 졸연히 낫기가 어려웠다. 갓바치가 말벗도 없고 소일거리도 없어서 심심하게 지내는 것이 보기에 딱하여 섭섭이가 서울로 갈 것을 말하니 갓바치는

"가면 내나 가지, 너까지 갈 것이 없다."

하고 말하였다.

"서울 가셔서 식사를 어떻게 하시나요?"

"식사는 걱정할 것 없다. 유복이에게 얻어먹어도 좋고 심선생님 댁에 부치어먹어도 좋지. 그러나 나도 하루 이틀 더 묵어가겠다. 혹시 꺽정이가 오기나 하면 만나보고 갈까 한다."

"일년 반이 지나도록 소식 없던 아이가 그렇게 오겠습니까?"

"오래 소식이 없었다고 오지 말란 법이 있느냐? 어쩐지 수이 올 것같이 맘이 키이는구나. 일이일간 기다려보아서 아니 오거든 서울로 가겠다."

하고 갓바치는 빙그레 웃었다. 이튿날 저녁때 갓바치가 문밖에 나서서 거니는데 꺽정이가 돌아왔다. 꺽정이가 등에 걸머졌던 거적 한 닢을 벗어놓고 갓바치 앞에 와서 절하고 일어서서

"선생님이 웬일이십니까?"

하고 물으니

"너는 웬일이냐?"

하고 웃고서

"어서 집으로 들어가자."

하고 갓바치가 꺽정이의 손을 끌고 들어왔다.

돌이의 집 안방에 집안 식구가 모여 앉았다. 돌이는

"이 자식, 어디를 가려거든 말이나 하고 가지, 그런 법이 어디 있나? 망한 자식 같으니."

하고 오래간만에 돌아온 아들을 금시에 내쫓을 것같이 골을 내

더니 아랫목에 일어앉아서 아들의 얼굴을 바라보느라고 병까지 잊은 것 같고 갖바치는 돌이의 옆에 가까이 앉아서 빙그레 웃고, 섭섭이는 문 맞은편 동생 옆에 붙어앉아서 동생의 입은 옷을 만져보고, 또 돌이의 여편네는 어린아이 젖을 물리고 문앞에 앉아서 아이의 얼굴을 건너편으로 내밀며

"언니, 인제 오셨습니까? 그동안 저는 어떻게 기다렸는지 모릅니다."

하고 어린아이 대신 말하고 웃었다. 꺽정이는 여러 사람을 돌려보는 중에 병든 아버지의 야윈 얼굴과 어린 동생의 가냘픈 몸을 자주 바라보고, 여러 사람의 눈은 모두 꺽정이에게로 모이었다.

"대체 어디 가서 그렇게 오래 있었어?"

하고 먼저 묻는 것은 돌이의 여편네이었고

"무슨 재주 배워가지고 왔니?"

하고 뒤따라 묻는 것은 섭섭이였다. 꺽정이는 먼저 묻는 사람의 말을 접어놓고

"재주는 무슨 재주요?"

하고 뒤에 묻는 누이의 말에 대답하며 싱글싱글 웃었다.

"그래 그동안 어디 가 있었니?"

하고 돌이가 여편네의 묻던 말을 다시 물으니

"부평 땅에 가서 있었소."

하고 꺽정이의 대답은 간단하였다.

"뉘게 가 있고 무엇을 했어? 이야기 좀 해라."

하고 섭섭이가 독촉한 뒤에 꺽정이가 검술 배운 것을 대강대강
이야기하는데, 외딴 주막을 암자라고 말하고 늙은이를 도승이라
고 말하고 외딴 주막 불지르고 도망한 것을 암자에 화재가 나서
도승이 정처없이 떠나니까 검술을 다 배우지 못하고 돌아오게
되었다고 말하였다. 아무 말이 없이 듣고 있던 갖바치가
　"도승이 검은옷을 입더냐, 흰옷을 입더냐?"
하고 대중할 수 없는 말을 물으니 꺽정이는 물끄러미 갖바치의
얼굴을 바라보며
　"예사 중들이 입는 옷을 입지요."
하고 꾸민 말에 보태어 말하였다.
　"너 가지고 온 거적 속에는 무엇이 들었니?"
　"도승이 정표로 준 것이오."
　"어디 좀 구경하자."
　꺽정이가 갖바치의 말을 듣고 거적 속에 싸서 넣었던 장광도
를 꺼내어왔다. 갖바치가 받아들고
　"왜도倭刀로구나. 중에게 왜도가 어디서 났을까?"
하고 말하며 칼날을 뽑아보더니
　"칼 좋다! 장광? 이름 있는 칼인가 보다."
하고 다시 집에 꽂아서 꺽정이를 주었다.
　꺽정이가 돌아온 뒤에 갖바치는 이삼일을 더 묵다가 먼저 서
울로 올라오고 다시 십여일이 지나서 돌이가 완구히 기동한 뒤
에 꺽정이와 섭섭이 내외가 함께 서울로 올라왔다. 꺽정이가 안

방에 퍼더버리고 앉았는데, 섭섭이 내외와 봉학이와 유복이가 옆에 둘러앉아 있었다. 그동안 쌓인 이야기가 많았다. 이 사람이 이 이야기를 하고 저 사람이 저 이야기를 하던 끝에 봉학이가

  "언니가 얼마나 검술을 배웠는지 모르지만 누구의 콩알은 못 당하리다."

하고 말하자 섭섭이가 곧 봉학이의 등줄기를 툭 치며

  "누이라면서 그렇게 조롱하는 법이 어디 있니?"

하고 암상스럽게 말하였다. 영문을 모르는 꺽정이가

  "콩알이 무어냐?"

하고 물으니 유복이가 싱글싱글하며

  "매부더러 물어보오. 입술에……."

하고 말하는 중에 금동이가

  "이 자식이."

하고 떠다밀어서 유복이가 쓰러지니 섭섭이가 이것을 보고

  "아이고, 잘코사니야."

하고 방그레 웃었다. 이때 마침 바깥방에서 꺽정이를 부르는 소리가 들리었다. 안으로 난 문을 열고 내다보던 갖바치가 안마루에 나서는 꺽정이를 보고

  "좀 나오너라. 심선생님이 오셨다."

하고 말하였다. 꺽정이가 바깥방으로 나와서 심선생에게 절하고 앉으니 심선생이

  "너의 선생님께 대강 말은 들었다만 천하장사가 무쌍無雙한

검객이 되었다지?”

하고 허허 웃고서

　“그러나 백정의 아들이 탈이다.”

하고 갓바치를 돌아보며 다시 허허 웃으니

　“꺽정이에게도 탈이지만 세상에도 좋을 것은 없으리다.”

하고 갓바치는 얼굴을 찡그리며 웃었다.

● 잘코사니
고소하게 여겨지는 일.
주로 미운 사람이
불행을 당한 경우에 하는 말이다.

# 분산

봉학이와 유복이가 바깥방으로 나왔다. 갖바치가

"거기 들어앉아라. 꺽정이도 왔고 하니 너희들에게 이를 말이 있다."

하고 전과 같이 세 동무로 몰려다니며 장난치지 말라고 일렀다.

"지금 열육칠세씩 된 너희들이 함께 뭉쳐다니며 활을 쏜다, 뺨창을 던진다, 또는 칼을 휘두른다 하면 남이 장난으로 보지 않고 역모한다고 고변할는지 누가 아니? 고변을 당하는 날은 여간 큰일이 아니다."

하고 갖바치가 말한 뒤에 심의가 그 뒤를 이어서

"큰일이고말고. 만일 고변을 만나면 역적 괴수는 여기 있다."

하고 갖바치를 가리키며 허허 웃다가 그치고

"너희들은 모를라만 병자년에 동몽옥童蒙獄이란 옥사가 있었다. 이 옥사가 다른 것이 아니라 여남은살씩 먹은 아이들이 남산에 올라가서 웃옷을 벗어서 기旗라고 만들고 나뭇가지를 꺾어서 병장기라고 들고서 장난으로 습진˚하는 것을 역적모의라고 고변한 놈이 있어서 입에 젖내나는 아이들을 항쇄족쇄˚로 금부에 잡아가두고 나라에서 추심推審까지 하게 된 일이다. 여러 아이들 중에 남촌 명가名家의 아들 손자가 많이 섞이었는데, 그중에도 더욱이 정의정의 손자 옥수玉壽 같은 귀동자가 끼어 있어서 일이 쉽사리 변백辨白되었지만 잘못되었더라면 철없는 아이들이 훌륭하게 역적이 될 뻔하였다. 세상 인심이 살얼음판이다. 조심들 해라."

하고 갓바치를 가리키며

"환갑 지난 늙은이를 금부 귀신 만들어줄라."

하고 다시 허허 웃었다.

그 뒤 어느 날 꺽정이가 두 동무와 같이 훈련원에 기사˚ 쏘는 구경을 갔었다. 구경꾼이 둘러섰는 중에 세 아이가 뒷전에 섰다가 잘 보이지 아니하여 앞으로 나서려고 틈을 벌리었다. 앞에 섰던 사람이

"이거 왜 이러느냐?"

하고 돌아보는 것을 꺽정이가 제잡담하고 그 사람을 잡아제치고 봉학이와 유복이를 데리고 앞으로 나섰다. 그 사람이 분하였다.

"이놈의 애녀석이!"

하고 꺽정이의 머리를 끄들렀다. 꺽정이가 그 사람의 손을 쥐고

● 습진(習陣) 예전에,
진법을 연습하던 일.
● 항쇄족쇄(項鎖足鎖)
지난날 죄수의 목에 씌우던 칼과
발에 채우던 쇠사슬이나 차꼬를
아울러 이르는 말.
● 기사(騎射)
말을 타고 달리면서 활을 쏨.

261

돌아서서 한번 떠다밀었더니 그 사람은 고사하고 그 사람 뒤에 겹겹이 섰던 구경꾼이 장기튀김으로 자빠졌다. 가까이 있던 사람들은

"쌈났다!"

하고 소리지르며 모여들고, 멀리 있던 사람들은

"여편네가 아이 났다!"

하고 외치며 쫓아왔다. 꺽정이가 두 동무더러

"구경 고만두고 가자."

하고 여러 사람의 틈을 헤치고 나와서 동소문 안으로 돌아오는데 뒤밟는 포교가 따라오는 것을 알지 못하였다. 그날 저녁때 포교들이 갖바치의 집을 에워싸고 들어와서 꺽정이를 잡아가는데, 꺽정이가 항거하려고 하는 것을 갖바치가

"이애, 지각없이 굴지 마라. 죄없는 바에야 잡혀가더라도 곧 나오게 될 것이다."

하고 일러서 못하게 하고 꺽정이가 붙들려 나갈 때에 뒤를 따라나오며

"온순한 것이 제일이다. 명심해라."

하고 다시 일렀다. 꺽정이가 잡힌 뒤에 봉학이와 유복이도 잡히었다. 세 아이가 함께 포청으로 가게 되었다. 그날 밤에 심의가 갖바치를 보고 세 아이의 일을 걱정하니 갖바치가

"걱정이오. 가만히 내버려두면 그 불똥이 우리에게까지 튀어올 모양이오."

하고 말하였다.

"청길을 찾아 청질이나 해보지."

"좋은 청길이 생각나시오?"

"글쎄."

하고 심의는 고개를 한참 비틀고 앉았더니

"형조판서 윤임의 집에 드나드는 화초장이와 친하니 그 사람을 놓고 윤임에게 청해볼까?"

"그만한 길이면 될 것 같소."

"나 혼자 가기는 싫으니 둘이 동행해보지."

"아무리나 합시다."

하고 갖바치가 대답한 뒤에 심의가 곧 가자고 말하여 두 사람은 그날 밤에 화초장이 집을 찾아갔다. 화초장이가 윤판서를 보고 말하는 동안이 있고, 또 윤판서가 포청에 기별하는 동안이 있어서 꺽정이와 두 동무아이는 오륙일 동안 포청에서 고초를 받지 않을 수 없었다.

훈련원에서 자빠지던 구경꾼 틈에 포도청 부장의 외삼촌이 끼었었다. 부장의 외삼촌이 시골 한량으로 활순이나 쏘아본 사람이라 부장 생질을 데리고 서서

"기사란 것이 과녁을 뒤로 돌아보며 쏘아야지 앞으로 나가며 쏘면 좀처럼 맞지 않는 것이야."

하고 기사 쏘는 법도 아는 체하고

"과거 보일 때는 이십 보에 사중四中을 해야 뽑는다니까 어렵

지그려. 사중이 어디 쉬운가."

하고 과거의 어려운 것도 탄식하던 중에 앞에 섰던 사람이 넘어
지며 따라서 뒤로 자빠지게 되어서 갓을 부수고 옷을 짓밟히고
일시 졸경卒更을 단단히 치렀었다.

그 부장은 외삼촌이 의외에 봉변한 것을 분하게 생각하여 껍
정이와 봉학이와 유복이를 잡아온 뒤에 포도군사들과 통을 짜고
아이도적으로 몰아서 포도청 북간北間에 가두게 하였다. 세 아
이가 하나는 천하장사요, 하나는 활을 잘 쏘고, 또 하나는 창을
잘 쓴다는 것을 염탐하여 들은 뒤에 그 부장은 세 아이를 각각
잡아들이어 문초를 받았다. 첫번 차례에 유복이가 걸리었다.

"너 이놈! 창을 쓴다니 창 배운 뜻은 무엇이냐?"

"아버지 원수 갚을랍니다."

"아비 원수? 무슨 원수냐?"

"남의 무고에 원통한 죽음을 했습니다."

"무고? 무고라면 구경 죽기는 나랏법에 죽은 것이로구나. 무
고인지 모르겠다만, 나랏법에 죽은 네 아비의 원수를 갚는다는
것은 역적질할 생각이란 말이냐?"

"역적질이란 것은 무엇인지도 알지 못합니다."

"이놈, 잔소리 마라! 어린 놈이 그런 생각을 가질 때는 가르친
사람이 있겠구나. 가르친 사람이 누구인가 대어라."

"무엇을 누가 가르쳤단 말씀입니까? 아버지가 원통하게 죽은
것은 어머니가 가르쳐준 것이고 뺌창 던지는 것은 선생 없이 나

혼자 배운 것입니다."

"어린 놈이 겁없이 대답하는 것이 역적질이라도 족히 할 놈이
다."

고지식한 유복이는 작은 곤장이나마 십여 도를 맞고 끌려들어
가고 다음 차례에 봉학이가 끌려나왔다.

"너 이놈! 역적질할 생각으로 활을 배웠지?"

"활을 잘 배우면 선달先達이 되어가지고 나중에 부장이 되고
위장衛將이 된다고는 말합디다만, 역적이 된다는 말은 듣지 못
했습니다."

"너는 원수가 없느냐?"

"원수는 무슨 원수예요? 외할머니가 항상 말이 가난이 원수
라고 하니까 가난을 저의 원수라고나 말할까요."

약은 봉학이는 대답을 약게 하여 포도군사에게 볼퉁이는 쥐어
박혔지만, 곤장은 맞지 아니하고 들어가고 맨 끝 차례에 꺽정이
가 나왔다.

"너 이놈! 힘이 세다고 역적질할 생각을 가졌다지?"

"역적질이오? 할 생각 있지요."

"이놈 보아, 죽일 놈 같으니!"

"내가 남 죽일 생각을 하니까 남도 나 죽일 생각을 하겠지요."

"이놈, 네가 봉학이와 유복이를 꾀어서 활을 가르치고 창을
가르쳤구나?"

"저희들이 좋아서 배운 것이지 내가 꼬인 것은 아니오."

"이놈, 네가 역적질을 할 작정이면 봉학이 활과 유복이 창을 써먹을 생각이 있겠구나?"

"그럴는지 모르지요."

"역적질할 것을 누가 가르치더냐?"

"가르치다니? 내가 남을 가르칠 작정이오."

"어느 때쯤 일을 내려고 했느냐?"

"일을 내기 좋은 때 내려고 했지요."

"누구를 추대할 생각이 있었더냐?"

"추대가 무어요?"

"임금으로 세우려는 것 말이다."

"임금을 없이하려는 사람이 다시 세운단 말이오?"

"임금 노릇할 사람은 작정이 없었단 말이냐?"

"임금이 소용들 있다면 나는 못할까요."

부장, 군사 할 것 없이 꺽정이의 무식한 말에 놀라지 아니할 수 없었다. 꺽정이를 칼을 씌우고 차꼬를 채우고 하여 다시 내려 가두고, 문초 받은 것을 포장에게 올리었다. 포장이 일변 세 아이를 역적 죄인으로 몰아서 남간南間으로 옮기어 가두고, 일변 위에 주달奏達하려고 할 때에 윤판서의 청편지가 왔다. 판서도 판서 나름이지 치자면 윤판서는 임금의 처남이라 그 청편지를 모른 체할 수가 없었다. 포장이 세 아이의 문초 받은 것을 가지고 윤판서를 가 보고

"역적질할 생각이 있었다고 승복까지 한 것을 어떻게 하오리

까?"

하고 물으니 윤판서가

"어린 놈들이 역적질이란 다 무어야? 그까짓 것들을 역적이라고 떠들어야 봉훈封勳을 할 터인가. 무어 후일 징계하기 위해서 맷개나 때려 내쫓는 것이 좋지."

하고 말하였다. 포장이

'역모라고 떠들기는 일이 우스울 뿐 아니라 윤판서 말을 들어두는 것이 장랫길이 좋겠다.'

하고 생각하여 포청으로 돌아와서 세 아이를 잡아내어 중곤重棍을 쳐서 내쫓았다.


꺽정이가 죄없이 고초를 받게 되며 공연한 구설까지 듣게 되었다. 몸져누운 봉학이 외조모와 징징 울고 다니는 유복이 어머니가 모두 꺽정이를 탓하고 원망하였다. 애가 타는 중에 심정이 사나워하던 섭섭이가 꺽정이 나오는 것을 보고 하염없는 눈물을 흘리며 첫새

"봉학이와 유복이도 나왔겠지?"

하고 물었다. 꺽정이가 안방 아랫목에 편히 누운 뒤에 섭섭이가 앞에 와서 앉았다.

"네가 고초받을 것을 생각하고 뼈가 아픈 중에 남의 구설이 듣기 싫어서 속이 상해 죽을 뻔했다."

"구설은 무슨 구설이오?"

“봉학이 할머니하며 유복이 어머니가 네 원망을 여간 했다더냐.”

“나 원망할 것이 무어 있소?”

“모두가 너 때문이라고.”

“오죽 못생겨야 남을 원망하겠소. 고만두오.”
하고 꺽정이는 누이의 이야기를 막더니 한참 있다가

“바른 대로 말이지, 이번에 선생님이 항거를 말라고 당부하신 까닭에 많이 참기도 하였지만 봉학이 유복이가 없고 나 혼자만 같으면 벌써 활개쳐가며 도망했어. 차꼬니 칼이니 그까짓 것 소용 있소? 그러나 그것들을 둘씩이나 달고서는 포청을 벗어져나온대도 사대문 밖을 나가기 전에 다시 잡힐 것 같습디다. 그래서 끝까지 가서 어떻게든지 할 작정으로 까짓것 참고 있었소.”
하고 이야기하니 섭섭이가

“그러니 내가 봉학이나 유복이를 원망해야 할 것 아니야?”
하고 웃어서 꺽정이도 따라 웃었다. 그 뒤에 봉학이 외조모는 봉학이를 갖바치의 집에도 가지 못하게 금하고, 유복이 어머니는 유복이에게 꺽정이를 따라다니지 말라고 일렀다. 그러나 두 아이는 듣지 아니하고 갖바치의 집에 와서 꺽정이와 같이 붙어다니었다. 봉학이 외조모가 봉학이를 놓고 으르기도 하고 달래기도 하고 나중에는

“할미의 말을 말같이 듣지 아니하니 애써 기른 보람이 없다. 내가 죽어 보지 않으면 고만이다.”

하고 사설을 섞어 야단까지 쳤지만, 봉학이는 꾀꾀로 틈을 타서 껵정이를 찾아왔다. 봉학이 외조모에게는 이것이 한껵정이었다. 닭의 새끼가 아닌 바에 발목을 잡아맬 수도 없고, 생각다 못하여 멀리 떨어져 살 작정으로 동촌 구석에서 서문 밖 무악재 밑으로 집을 이사하였다. 그러나 이것도 허사이었다. 인제는 자주 쫓아 다니지 못하려니 생각한 것도 며칠 동안에 지나지 못하였다. 모화관慕華館 한량들 활 쏘는 것을 구경간다고 하던 봉학이가 혜화문 안에 와서 있는 것도 보았고, 또 봉학이의 뒤를 밟아가다가 껵정이와 유복이가 중간에 장맞이˙하는 것도 보았다.

그리하여 봉학이 외조모가 얼마 동안은 속으로는 딴생각을 먹으면서 겉으로 모른 체하고 내버려두었다. 친한 진관津寬 중의 전장이 교하交河 낙하원洛河院 근처에 있는 것을 알고 그 전장을 의지삼아 이사할 작정으로 봉학이 외조모가 졸라서 마침내 그 중의 허락을 얻었다. 봉학이가 다시 교하로 이사하게 되는 것을 알고 저는 아니 가겠다고 말하다가 외조모와 사이에 일장풍파만 일으키고, 구경은 외조모를 따라가게 되어서 떠나던 날 식전에 혜화문 안에 와서 면면이 하직하고 나가는데 뒤따라나오는 껵정이와 유복이를 보고

"언니, 들어가시오."

"유복아, 들어가거라."

하고 눈물을 뿌리면서 두 손으로 껵정이와 유복이의 손을 갈라 잡고 껵정이를 향하여

● 장맞이 길목에 지켜 서서 사람을 만나려고 기다리는 일.

"우리가 이담에 우리 집을 가지고 살 때 되거든 한곳에 모여서 떠나지 말고 삽시다."

하고 작별하였다. 봉학이가 떠나간 뒤 한 달이 채 못 되어서 유복 어머니도 아들을 데리고 시골로 내려가게 되었다. 시골은 고향인 강령이 아니요, 배천白川이었다. 유복 어머니는 원수 같은 고향에를 가기 싫어서 서울서 행랑살이를 하고 지내던 중인데, 고향에 살던 형님의 남편이 배천 땅으로 이사를 나와서 그 형님을 의지하고 내려가게 된 것이었다.

꺽정이가 봉학이와 유복이를 차례로 떠나보낸 뒤에는 짝 잃은 기러기가 되었다. 서울 있기가 재미없으면 양주로 가고, 양주 있기가 재미없으면 서울로 왔다. 이럭저럭 한 반년 지난 뒤에 서울서 다시 맘에 맞는 사람 하나를 만나게 되어서 양주에 별로 가지 않고 서울에 많이 있게 되었다.

꺽정이의 비위에 맞는 사람이 누구였을까. 그 사람은 별다른 사람이 아니라 김덕순이었다. 김덕순이가 본래 탈속脫俗한 사람이 환란을 겪은 뒤로 더욱이 속이 서그러져서 양반의 티가 조금도 없었다. 갖바치의 집에서 꺽정이를 만나던 날 첫인사가

"촌수를 따지면 내가 너의 아재비다."

하고 그 뒤에

"우리 누님이 가끔 너의 말씀을 하며 상면하고 싶다고 하시더라. 언제든지 한번 나하고 같이 창녕을 가자."

하고 말하는 품이 참말 족척간에 말하는 것과 같았다. 첫째는 덕

순이가 훌륭한 양반 사람으로 양반의 티를 부리지 아니하고, 그 다음에는 덕순이가 고리삭은 글 이야기를 좋아하지 아니하고, 또 그다음에는 덕순이가 힘꼴을 쓰는 까닭에 힘겨룸을 할 만하여 가지가지 모두 꺽정이의 비위에 맞았던 것이다. 그때 꺽정이의 나이 덕순이보다 배나 넘어 아래지만, 외자로 해라를 받는 외에는 동무 쉽직하게 대접하며 덕순이와 서로 상종하였다.

덕순이가 십이삼년 동안은 창녕 이판서의 집에서 그 부인의 동생으로 지내고, 남곤이가 죽고 심정이까지 죽은 뒤에는 그 아버지의 묘하(墓下)인 충주 땅에 와서 형님 덕수와 같이 그 어머니를 봉양하고 지내되, 오히려 성명을 숨기던 사람이 갑자기 서울로 올라와서 본성명을 내놓고 지내게 된 사정을 명백히 알게 하려니 자연히 조정의 전후 형편을 이야기하여야 하겠고, 조정 이야기에는 궁중 형편까지 겸하여 이야기할 것이 있으므로 중간 이야기가 조금 장황하다.

김안로가 풍덕에서 귀양살이할 때는 사화 중 인물의 죄없는 것을 주장하던 자가 조정에 들어와서 정권을 잡은 뒤로는 그 주장을 입 밖에 내지 아니할 뿐이 아니라, 조정에서 일어나는 공론까지 친근한 대신을 시켜 꺾어버리게 하였다. 김안로가 영수가 되고 허항, 채무택이 같은 인물이 동류가 되어 일국의 정치를 좌우하던 판이라, 안로가 하기 싫으면 그만이라 두 번 말하는 사람도 별로 없었다. 안로의 비위를 거스르는 사람이라면 어느 모로든지 옥사에 걸리어서 죽거나 귀양가는 것을 면치 못하였다. 안로가 권을 잡은 뒤로 오륙년 동안에 해마다 몇번씩 옥사가 일어나서 왕실 지친으로부터 여염 남자까지 죽고 귀양간 사람이 얼마인지 알 수 없었다.

중전의 형이 되는 윤원로 윤원형 형제가 동궁이 저희들의 생질이 아닌 까닭으로 동궁에 대하여 항상 불리한 생각을 품던 터에 중전이 경원대군慶源大君을 탄생한 뒤로는 더욱이 대군을 장래 임금으로 받들 생각이 있어서 동궁의 외삼촌 되는 윤임과는 장차 맞서게 될 조짐이 있었다. 윤원로가 그 아우 원형과 의논하고 세력 좋은 김안로를 저희 편으로 끌려고 원로의 딸을 안로의 손자에게로 통혼하였더니 안로는 동궁을 보호한다고 떠들고 나선 사람일 뿐 아니라 당시 형조판서 윤임과 사이가 좋은 터이라 두말 아니하고 그 혼인을 거절하였다.

김안로는 그때 벼슬이 좌의정이라 조만한 일이 아니면 별로 출입을 아니하는 터인데, 윤판서를 보고 윤가의 통혼 거절한 것을 이야기하려고 윤판서를 찾아왔다. 그때 장의동壯義洞 윤판서는 마을에서 나와서 화초 잘 기르는 장원서掌苑署 사령 박수경朴守敬과 화초장이 홍인서洪麟瑞를 데리고 화초를 가꾸다가 대신이 왔다는 선통을 듣고 바삐 의관을 정제하고 나와서 공손히 맞아들이었다. 좌정한 뒤에 김정승이

"요사이 동궁 제절˚이 어떠하시답디까?"

하고 물으니 윤판서가

"어제 문후하였습니다. 제절은 별로 못지 않으십디다."
하고 대답하고 나서
"그러지 않아도 대감께 말씀하고 싶은 일이 있었습니다."
하고 자리를 가까이 옮겨앉았다.

"망상스러운 윤원로 형제가 동궁을 천치라고 훼방한다는 말은 많이 들었지요만, 요사이는 동궁의 수한이 단축하시라고 사람을 보내서 산천기도를 한답니다. 그것이 원로 형제의 짓이면 오히려도 모르겠으나, 내전에서 시키시는 일이라니 이런 변이 어디 있겠습니까? 이 일을 어찌하면 좋단 말씀이오니까?"

김정승이 이 말을 듣더니 그 대답은 접어놓고

"원로가 저의 딸을 집의 큰손자놈과 혼인하자고 통혼하데그려, 깜냥없는 것이."
하고 말한 뒤에 단정히 앉았던 자리를 움직이어 입을 윤판서의 귀에 가까이 대고

"여희*가 있고는 신생申生이 살기 어려울 것 아니오? 대감, 생각해보시오."
하고 다시 단정하게 물러앉았다.

"그러니 어떻게 합니까?"
하고 재우쳐 묻는 것은 주인 윤판서이고

"폐위."
하고 간단히 대답하는 것은 김의정이다.

"어렵지 않습니까?"

“될 수 있지요.”

“글쎄요.”

하고 윤판서가 고개를 비트니, 김의정이 나직나직하나 힘지어 들리는 말소리로

“될 수 있다뿐이오. 조정에서 들고 일어설 만한 실덕失德만 잡아내면 어려울 것도 없소. 신씨를 폐출할 때 상감이 고집 세우시지 못하던 것을 생각해보시오그려.”

하고 한동안 말을 그치었다가 잠깐 빙그레 웃고서

“중전이 맹랑한 양반이야. 나를 끌어보려고 은근히 애를 쓰겠지. 자기 소생 따님 중에 제일 똑똑하다는 경현공주敬顯公主를 내 작은자식에게 하가하려고 형제가 나가서 한집 며느리 되는 것이 좋지 않겠느냐고까지 말씀하더라지. 나는 못 들은 체해버렸소. 중전이 소료가 틀려서 속상했을 것이오. 이번에 윤원로가 큰자식과 사돈하잔다는 것을 내가 못한다고 막았으니까 이것도 중전은 재미없이 생각할 것이오. 이와같이 중전 편에서 내게 붙는 것을 내가 차버리다시피 하는 것은 다름이 아니라 우리 동방의 성군이 되실 동궁을 조금이라도 저버리지 아니하려는 까닭이오. 사실로 지금 조정에 진심으로 동궁을 보호하려는 사람이 대감하고 나밖에 또 누가 있소? 우리 두 사람이 죽을힘을 다해서라도 동궁께 일이 없도록 보호하여 나갑시다.”

하고 나직이 한숨을 지었다. 윤판서는 김의정의 말을 듣고 일변으로 갸륵하게 생각하며, 일변으로 감사하게 생각하였다.

김의정이 돌아간 뒤에 윤판서가 한참 동안 혼자 앉아서 무엇을 생각하다가 갑갑증이 나던지 화초밭으로 나와서 국화분을 돌아보며

"곁가지를 다 쳤구나. 수경이와 인서는 다 갔느냐?"

하고 옆에 따라나온 상노를 보고 물으니 그 상노가

"간다 말씀 못 들었습니다. 하인청에 나가보겠습니다."

하고 밖으로 나가서 얼마 아니 있다가 두 사람과 같이 들어왔다.

"아니들 갔구나."

화초장이 홍인서가 앞으로 나서며

"오늘 대감께 특별히 청할 말씀이 있는데요."

하고 허허 웃으니 윤판서가 인서를 돌아보며 말하였다.

"무슨 청? 요전과 같이 포청에 갇힌 사람 빼놓아달라는 청인가?"

"요전은 철없는 아이들의 장난을 포청에서 중대한 죄범같이 다루는 것이 일이 우습기에 소인이 대감께 와서 말씀을 사뢸 뿐이었습지요, 청이 무슨 청입니까?"

"저 자식 보아. 포장에게 편지해달라던 사람은 누구인고?"

"하여튼지 그것이 소인에게는 긴청緊請이 아니었습니다. 그러하온데 이번은 소인에게 긴한 일이올시다."

"무슨 긴한 일인가? 어디 들어보자. 말해라."

"말씀합지요. 다른 청이 아니오라 소인이 홀아비 살림에 멀미가 났습니다. 대감께서 장가 좀 들여주십시오."

이렇게 청하는 홍인서는 윤판서 집 계집종 중에 눈에 드는 사람이 있었던 것이다. 윤판서가 호반의 풍도風度로 허허허 너털웃음을 웃으며 말하였다.

"어렵지 않은 청이다. 장가를 어떻게 들여줄까? 색시장가를 들여줄까? 기생장가를 들여줄까?"

"색시고 기생이고 할 것 없이 댁 종 하나만 주시면 원이 없겠습니다."

"그것은 더욱 쉽다. 내 집안에 있는 아이종 어른종 할 것 없이 모두 불러낼 것이니 네 맘대로 그중에서 하나를 골라보아라."

하고 상노를 보고

"너 마님께 들어가서 아이종들과 서방 없는 어른종들을 모두 불러 내보내시라고 말씀해라. 내외 긴 것 외에 하나라도 빠지고 안 나오는 년이 있으면 물볼기다."

하고 다시 허허 웃고 말이 없이 섰는 박수경이를 돌아보며 말을 붙였다.

"너는 생각이 없니? 너도 하나 골라보지."

"싫소이다. 있는 것도 주체궂어 못살겠소이다."

"첩으로 하나 골라보아라. 먹을 것은 내가 대어주지."

"첩도 싫소이다. 그 속에서 자식새끼가 나면 댁의 씨종이나 늘려드리게요."

이때 안에서 어른종 아이종이 떼를 지어 몰려나왔다. 넓은 사랑마당이 그들먹하도록 수가 많았다. 키 크고 몸이 가냘픈 것도 있고, 키 짧고 몸이 뚱뚱한 것도 있으며, 수줍어 고개를 들지 못하는 계집아이도 있고, 멋있게 몸을 놀리는 낫살 먹은 계집도 있었다. 윤판서가 상노를 바라보고

"인제 다들 나왔느냐?"
묻고 나서 홍인서를 돌아보며

"어디 골라보아라."
하고 말하여 인서가 이리 기웃 저리 기웃 하다가 손을 들어 한 사람을 가리켰다.

홍인서가 고른 계집은 나이 근 삼십한 어른종인데 대가의 맏며느리와 같이 복성스러웠다. 전갈 잘하기로 불리는 계집이라 각 집에 전갈 다니느라고 드나들 때 인서의 눈에 뜨이어서 복성스러운 얼굴이 맘에 들었던 것이었다. 윤판서가 인서를 보고

"우리 집 전갈꾼을 뽑아가려느냐?"
하고 웃으니 인서는

"황송합니다."
하고 웃었다. 이때 하인 하나가 밖에서 들어와서 상노를 불러가지고 무어라고 말하는데 윤판서가

"무어냐?"
하고 물으니 상노가 주인대감의 앞으로 가까이 나와서

"임동지林同知가 밖에 오셨답니다."
하고 하인의 말을 옮기었다. 윤판서가 계집 하인들을 안으로 들여보내고 홍인서에게

"혼인이 급하거든 불복일°로 성혼하자."

말하고 박수경이를 향하여

"인서 혼인날 술 먹으러 오너라."

말하고 그다음에야 상노를 보고

"임동지를 들어오래라."

하고 말하며 사랑으로 올라갔다. 임동지는 윤판서와 한 동리에 사는 임준林畯이란 사람인데, 윤판서 집에 종종 오는 터이라 대접받는 손님이 아니었다. 윤판서가 비슷이 앉아서

"어서 오시오."

하고 거만하게 말하니 임동지는 장지 밖에 와서 꿇어앉으며

"날 사이 문안 어떻사오니까?"

하고 공손히 인사하였다.

"참, 내가 물어볼 말이 있어. 자제가 임백령林百齡이와 친하다지?"

"같은 홍당지°들이니까 면분은 있겠습지요만, 상종은 없는갑디다."

"자제 같은 인물이 임백령 문하에 다닐 리가 없는데 누가 그러더군. 그런데 자제가 내게는 영 아니 와."

"자식이라도 어떻게 만만치 않은지 모릅니다. 자주 와서 문후하라고 이릅니다만, 조관 명색으로 대관 문하에 자주 드나드는 것이 좋지 못한 일이라고 말합니다그려."

"자제의 기개가 놀랍다는 말은 들었지. 자네 같은 사람이 무

서워. 내가 조그만큼이라도 조정에 득죄나 하면 영감하고 친하다고 용서할 리 없을 것이야."

"모릅지요. 그럴 만한 일이 있다면 대감께까지 범하려고 할는지. 저의 아비라도 용서할 것 같지 않아 보이니까요. 입이 너무 발라 걱정입니다."

"영감은 임백령에게 더러 가시오?"

"일년 일차 세배를 갈 뿐입니다."

"영감께 말이지, 내가 첩을 얻을 때 임백령이가 해괴망측한 짓을 하더니 지금도 그 맘을 끊지 못하는 모양이야. 가끔 내 첩에게 먹을 것도 보내고 한다지. 계집이 어디 그렇게 호락호락한가. 하인이 문에 들어서지도 못하게 쫓아버리고 하니 저만 망신이지."

하고 윤판서가 우스꽝스럽다는 듯이 코웃음을 웃었다.



윤판서의 첩은 당대 일색으로 유명한 평양 기생 옥매향玉梅香이니, 처음에 옥매향이 하나 놓고 윤임, 임백령 두 사람이 서로 내 것을 만들려고 사단을 부리었는데, 옥매향이는 윤판서의 세력 좋은 것과 임참판의 다정한 것 중 어느 것을 골라잡을지 몰라하다가 구경 세력 좋은 데로 쏠리어서 윤판서의 첩으로 들어앉았으나, 종시 임참판의 다정한 것을 잊지 못하여 임참판과 연신을 끊지 않고 윤판서가 공고로 집에 나오지 못하는 것을 미리 알게 되면 심복인 계집 하인 모린毛麟이를 보내서

279

임참판을 맞아오는 일까지 있었다.

　임참판이 도포에 갓만 쓰는 선비 모양을 차리거나 소매 없는 옷에 패랭이를 쓰는 천인 복색을 차리거나 하고 남의 눈에 뜨이지 않도록 밤중 새벽으로 드나들지마는, 말이 모린이 입에서 나오지 않는다 하여도 소문이 나기 쉬운 일이라 임백령이가 옥매향의 집 뒷문 출입을 한다는 말이 한 입 거쳐 두 입 건너 자연히 아는 사람이 많아진 터이다. 임동지도 이 소문을 들은 사람인 까닭에 윤판서의 말을 듣고

　'모르는 것이 부처님이다.'

하고 속으로 생각하면서

　"임백령의 행사가 괴악해요."

하고 얼쑹덜쑹하게 대답하였다. 윤판서는 그 대답의 뜻을 다 알아듣지도 못하면서

　"괴악하고말고."

하고 임동지의 말에 비위가 맞는 모양으로 말하고 조금 동안을 떠어서

　"내가 저를 미워하려니 생각하고 윤원형이와 상종하면서 나를 해낼 공론을 한다지. 내가 그만 일로 저를 미워할 사람도 아니지만, 저희들이 공론한다고 쉽사리 넘어백힐 사람도 아니야."

하고 나중에

　"영감, 그렇지 않소?"

하고 임동지의 얼굴을 들여다보았다. 임동지는

“그렇습지요.”

하고 맞장구를 치고 말머리를 고치어서

“여보십시오, 대감. 실상 생각하면 소실이라고 다 그럴 리는 없지요만, 소실은 아무래도 정실과 달라서 모든 일에 믿음성이 적습디다.”

하고 말하자 윤판서는

“암, 다르지.”

하고 협협하게˚ 대답하며 임동지의 말은 별로 새겨듣지도 아니하는 모양이었다.

며칠 뒤 저녁때 윤임이가 김안로를 찾아왔더니 허항과 채무택이가 먼저 와서 자리에 있었다. 각기 인사를 마친 뒤에 주인 손 네 사람이 조정 이야기를 시작하여 이 이야기 저 이야기 하는 중에 젊은 조신의 인물 이야기가 나서 윤임이는 임동지의 아들 임형수林亨秀가 인물이 잘났다고 칭찬하고, 채무택이는 송희규宋希奎란 사람이 인물은 맹랑한 모양이나 외모가 잔열하다˚고 비웃어 말하고, 김안로는 유희춘柳希春이란 사람이 총명도 있고 성질도 온순하나 사람이 정갈치 못하다고 폄하여 말하였다. 허항이가 김안로의 말 뒤를 따라서

“유희춘의 정갈치 못한 것은 말도 마십시오. 먼지가 켜로 앉은 갓을 쓰고 때천지가 된 옷을 입고 출입하는 꼴이라니, 더러워 볼 수가 없을 지경이지요.”

하고 깔깔 웃으니 채무택이도 또 뒤를 이어서

"그 친구의 웃옷에는 언제든지 이가 슬슬 기어다닌답디다그려."

하고 껄껄 웃었다. 윤임이가

"그런 사람은 말할 것이 없지만 주인대감은 정갈하신 것이 너무 심하시어."

하고 허항과 채무택이를 돌아보니 허항이는

"그러시다고도 할 수 있지요. 입으시는 옷에 금이 한번만 나면 벗으실 때까지 꼭 고 금뿐이니까요."

하고 김안로의 눈치를 살피고 채무택이는

"면대해서 말씀 여쭙기는 좀 황송하지만, 옥골선풍玉骨仙風으로 단정하게 앉으신 것이 재상보다도 신선 같으십니다."

하고 역시 김안로의 기색을 엿보았다. 김안로가 잠깐 눈살을 찌푸리며

"쓸데없는 소리들 고만두시오."

하고 윤임이를 가리키며

"내가 이 대감과 조용히 의논할 말씀이 있으니 자리들을 좀 피하여 주시오."

하고 말하여 허항과 채무택이는 다같이 무료하여 하면서

"물러가겠습니다."

"저녁 후에 다시 오겠습니다."

하고 두 사람이 함께 일어섰다. 그 뒤에 김안로가 윤임의 앉은

자리를 가까이 옮기게 하고

"전날 말씀하던 일을 집에 와서 생각해보았소. 동궁이 촉수[*]하시라고 산천기도를 시킨다는 것이 벌써 종사에 대한 큰 죄악이라 구태여 다른 실덕을 물을 것이 없지 않겠소? 산천기도 다니는 것들을 붙잡기만 하면 그들의 입에서 원로 형제의 말이 나올 것이고, 원로 형제가 잡혀들기만 하면 그 일은 여반장[*]이 아니겠소? 그래서 기도 다니는 것들을 기찰하여 잡으라고 비밀히 포청에 일러두었소. 하나라도 붙잡히기만 하면 그날로 곧 일을 버르집을 작정이니 대감도 그리 알아두시오."

윤임이는 이 말을 듣고 아무 대답이 없이 고개만 끄덕이었다. 그럭저럭하는 동안에 해가 저물었다. 윤임이가 일후에 다시 올 것을 말하고 일어서려 하니 김안로가

"별로 일이 없으시거든 내게서 저녁을 자시고 이야기나 더 합시다."

하고 만류하였다. 윤임이가

"오늘 밤에 조그마한 일이 있습니다."

하고 웃으니 감안로는 그 웃는 것을 보고 괴상히 생각하여

"무슨 일이오?"

하고 묻는데 윤임이가 빙글빙글하면서

"종년 하나 시집을 보내는데 오늘 밤에 봉채[*]를 받습니다."

하고 대답하니



• 촉수(促壽)
죽기를 재촉하다시피 하여
수명이 짧아짐.
• 여반장(如反掌)
손바닥을 뒤집는 것 같다는 뜻으로,
일이 매우 쉬움을 이르는 말.
• 봉채(封采)
혼인 전에
신랑 집에서 신부 집으로
채단과 예장을 보내는 일.

"대감은 별일을 다 총찰하는구려."

하고 김안로도 역시 웃었다.

그날이 윤판서의 집 종이 홍인서의 봉채를 받는 날이었다. 윤판서가 모든 절차를 차려주어서 법제法制로 혼인을 지내게 되었던 것이다. 함진아비가 지고 온 함을 윤판서가 손수 열었다. 이것이 남의 집 종으로는 꿈에도 받아보지 못할 호강이었다. 그날 밤 봉채뿐이 아니라 이튿날 초례까지도 남의 집 종의 혼인 같지 아니하였다. 첫째는 윤판서가 홍인서를 사랑하는 까닭이지마는, 태반이 윤판서의 실없는 장난이었다. 홍인서 내외가 초례를 마치고 윤판서 앞에 와서 인사 문안을 드리니, 윤판서가 인서의 아내를 보고

"너는 오늘부터 댁에 드난˚할 것 없이 너의 남편을 따라가서 유자생녀有子生女하고 잘살아라."

하고 그다음에 인서를 보고

"인제는 네가 내 집 사위야."

하고 빙글빙글 웃었다. 인서의 아내는 고개를 숙이고 있을 뿐이고 인서는

"황송합니다."

하고 허리를 굽실굽실하였다. 윤판서는 인서의 혼인잔치를 선비 집 자녀의 혼인잔치보다 낫게 차리고 문객들 이외에 동리에 사는 임동지 같은 친구까지 청하여 대접하였다.

그리하여 그날 윤판서의 집에는 큰사랑, 작은사랑, 수청방, 하

인청 할 것 없이 모두 술상이 벌어지게 되었다.

윤판서가 임동지 이외에 몇사람을 데리고 술상 앞에서 고담준론高談峻論을 시작하여 그칠 줄을 모를 때에, 마침 형조좌랑 정희등鄭希登이 공사公事로 와서 보기를 청하였다. 정좌랑은 성질이 강직하여 허물 있는 사람을 면박주기 잘하고, 아무리 귀인이라도 위인이 부정하면 사람 같지도 않게 보는 까닭으로 누구나 다 꺼리던 사람이다. 그가 전에 상처하였을 때, 김안로가 사위를 삼고자 하여 통혼하였더니 통혼하러 간 사람을 보고 말하기를

"일평생 다시 장가를 들지 아니할지언정 김씨의 집 사위 노릇은 아니하겠다."

하고 두 번 말 못하게 거절한 것이 김안로의 미움을 사게 되어 삼사이랑三司吏郎의 좋은 벼슬을 다니지 못하고 공조, 형조의 낭관郎官 부스러기로 돌게 된 것이었다. 윤판서가 정좌랑이 보잔다는 말을 듣고 눈살을 찌푸리며

"술이 취해서 잠이 들었다고 말해라."

하고 하인에게 일러 내보냈더니 얼마 아니 있다가 그 하인이 다시 들어오며, 그 뒤에 정좌랑이 따라왔다. 정좌랑이 사랑 일각문에 들어서는 것을 보고 윤판서는 어찌할 줄 몰라하다가 할 수 없이 아랫목에 드러누워서 잠이 든 체하였다. 정좌랑이 방에 들어서서 좋지 않은 기색으로 잠깐 아랫목을 내려다보더니 선뜻 술상 앞으로 와서 상을 들어 그 자리에 메어쳤다. 놋그릇 소리가 요란하였다. 윤판서가 놀라 일어나며

"이것이 웬일이야?"

하고 말하는데 어성이 높지 않을 수 없었다. 정좌랑이

"대감이 척완중신˚으로 국사를 위하여 주소동동할˚ 처지인데, 처지 불구하고 술잔 잡수시노라고 마을에 나오시지 않는 것이 대감 생각에는 옳으신 일입니까? 그러고 아까 일각문에 들어설 때 언뜻 본즉 앉으셨던 대감이 갑자기 누우시는 모양이니, 공사로 보이러 온 요속˚을 보지 않으시려고 거짓말하시는 것이 대감 생각에는 실체失體가 아닙니까?"

윤판서는 술에 취하고 무안에 취하여 얼굴이 주홍빛이 되었다. 흐르는 술과 흩어진 안주를 청지기가 치운 뒤에 정좌랑이 꿇어앉아서 간단히 공사를 말하고 총총히 일어서려고 하니, 윤판서가 무안한 것을 풀려고

"내게 술이 있으니 한잔 자시고 가시오."

하고 만류하였다. 정좌랑이 윤판서의 만류하는 말은 들은 체 만체하고

"오늘 작죄作罪가 적지 않으니 다음날 사과하겠습니다."

하고 일어서 나가니 윤판서는 다시 또 무안하였다. 윤판서가 무안 본 끝에 화가 나서 술을 다시 내오라고 하여 양에 겨운 술을 먹고 전후 부축하고 소실의 집에를 왔다.

옥매향이가 취한 윤판서를 맞아들이어 누인 뒤에 일변 관망을 벗기고 대님, 허리띠를 풀고, 일변 하인을 불러 새앙차˚를 달이게 하였다. 윤판서가 개개 풀린 눈으로 옥매향의 얼굴을 들여다

보는데, 옥매향이가

"처음 보시는 사람 같습니까?"

하고 방그레 웃으니, 윤판서가 옥매향의 손목을 잡으며

"참말 이쁘다."

하고 옥매향의 손목을 놓지 않고 혼곤히 잠이 들었다. 옥매향이
는 윤판서가 잠을 깰까 하여 손목을 잡힌 채로 옆에 붙어앉았더
니, 윤판서가 갑자기 한두 번 욕지기를 하고 번고°하기 시작하
여 옥매향의 치마 앞이 흥건하게 되었다. 옥매향이가 치마를 갈
아입고 양치물과 새앙차를 아이종 들리고 들어왔을 때 윤판서는
다시 잠이 들기 시작하였다.

"잠드셨세요? 양치질하시고 새앙차 좀 잡수시
지요."

윤판서가 옥매향의 시중으로 간신히 머리를 들
고 시늉으로 양치질하고 새앙차를 마시었다.

"웬 술을 그렇게 많이 잡수셨세요."

"무어 어째?"

"술을 많이 잡수셨단 말이에요. 동궁마마께옵서 술은 먹되 과
히 먹지 말라고 하교하셔서 많이 안 잡숫는다더니……."

"동궁이 어떠시어? 앞으로는 걱정 없으시다. 중전이 며칠 안
가."

"중전이 며칠 안 가시다니요?"

"김정승이."

"김정승이 어떻게 하셔요?"

"어, 어."

"네? 네?"

옥매향이는 윤판서의 취담을 다 들어보려고 몸까지 흔들어보았으나, 윤판서는 흔드는 손을 뿌리치고 코를 골기 시작하였다.

수일이 지난 뒤의 일이었다. 윤판서가 어명을 받들고 새로 천봉˚한 고양 희릉禧陵에 봉심˚을 나갔다가 하룻밤을 자고 오게 되었다. 그날 밤에 옥매향의 집에는 앞대문과 안중문이 첩첩이 닫히고 아이종들은 모두 아랫방에서 잠이 들었는데, 모린이는 혼자 분합마루에서 주안상을 차리었다. 일마 뒤에 옥매향이 방 안에는 뒷문으로 출입하는 손님이 방 주인과 느런히 앉아서 술잔을 주고받고 하였다.

"나는 더 못 먹어요."

"이것 한 잔만."

하고 사나이가 술잔을 들어 입가에 대어주었다.

"못 먹겠어요. 정말이에요."

"한 모금이라도 마시어야지 내 손이 부끄럽지 않지야."

옥매향이가 맛보듯이 조금조금 마시어 한잔 술을 거의 반이나 마신 뒤에 사나이가

"아따, 고만."

하고 술잔을 떼어가며

"나머지는 내가 먹지."

하고 소리가 나도록 잔을 빨아 말리었다. 옥매향이가

"청실홍실 늘였나요?"

하고 방그레 웃는데 얼굴에 술기운이 올라서 홍도화 한 가지가 봄비에 젖은 것 같았다. 사나이가

"나도 술을 고만 먹을 터이다."

하고 말하여 술상을 치운 뒤에, 옥매향이가 일전에 주정받이한 것을 이야기하다가 말끝에 윤판서의 취담을 이야기하였다. 사나이가 정신 나는 말을 들은 듯이

"그래? 김정승이 어떻게 한다고?"

하고 뒤를 채쳐 물으니

"고만이야."

하고 옥매향이가 해해 웃었다.

"무슨 밀의密議가 있는 것이군."

"그걸 알 수 있나요?"

"취중에 진정발이라니 까닭없는 취담이 아니야."

"공연한 이야기를 했구려."

"공연은 왜 공연이야."

이튿날 첫새벽에 옥매향의 집에서 나가는 사나이는 임백령이었다. 임백령이가 윤원형을 와서 보고 옥매향에게서 들은 말을 옮길 때에, 추측한 생각을 보태어서 윤임이와 김안로가 동궁 보호를 자탁˚하고 중전의 죄목을 잡아서 폐위하려고 계획한다고 말하고, 윤원형이가 자기 친족들이 모인 자리에서 임백령의 말



● 천봉(遷奉) 천거하여 받듦.
● 봉심(奉審)
임금의 명으로
능이나 묘를 보살피던 일.
● 자탁(藉託)
다른 구실을 내세워 핑계를 댐.

을 가지고 공론할 때에 윤임이와 김안로가 동궁을 위하여 중전을 종사의 죄인으로 몰아서 폐위하도록 하려는 계획을 세우고 기회를 엿보는 중인데 불일간 발단發端이 될는지 모른다고 말하고, 중전의 지친으로 참판 벼슬을 다니는 윤안인尹安仁이가 내전에 승후承候하러 들어가서 친족들의 공론한 말을 중전께 말씀할 때에 중전이 정신을 차리지 아니하면 일문一門이 멸망을 당한다고 공동하여, 그날 저녁에 중전이 대전 앞에서 울며불며 하소연을 하였다. 임금이 중전의 하소연을 듣는 즉시로 윤판서를 패초˙하여 편전에서 인견하고 첫마디 말씀에

"경卿이 중전을 폐하려고 꾀한다지?"

하고 노기 있는 음성으로 하문하니, 윤판서는 황겁한 모양으로

"그럴 법이 어데 있사오리까?"

하고 국궁하였다.

"불 안 땐 굴뚝에 내 날 리 있을까? 나는 들으니 경이 김안로와 같이 발의한 일이 있다는걸."

"안로가 동궁 보호를 칭탁하고 애매한 옥사를 일으킨 일이 없지 않사온즉 이러한 부언浮言이 안로로 인하여 나는 줄로 신은 생각하옵니다."

"안로, 방자한 것이 목숨이 몇인고."

하고 임금은 진노하여 김안로의 목을 당장에 베어들이라고 전교를 내리고 싶었으나, 권세 잡은 재상을 함부로 처치할 수 없는 것을 생각하고 윤판서를 향하여

"내가 경은 믿는 터이나 안로는 괘씸하니 처치할 도리를 생각
하라."
하고 말씀한 뒤에 윤판서를 물러나가게 하였는데, 윤판서의 등
골에 찬땀이 찼었다.
　임금이 중전의 말을 좇아서 김안로를 도모하라고 어필御筆로
적어서 비밀히 윤안인에게 내리었다. 윤안인이 밀지를 받은 뒤
에 시임 대사헌 양연梁淵을 누차 찾아다니다가 손이 없는 틈에
침방 안에서 만나서 조용히 어필 밀지를 보이고 김안로 도모할
일을 부탁하니 양연의 말이
　"이것이 여간 중대한 일이 아니오. 잘못하다가는 신명을 보전
치 못할 일이오."
하고 고개를 비틀었다.
　"그 대신에 일이 성공하는 날은 부귀공명이 소
원대로 될 것 아니겠소."
　"어디 해봅시다. 그러나 급히 하려다가는 탈이
날 것이니 서서히 생각해서 합시다."
　"위에서 하루라도 급하기를 바라시는데요."
　"가만히 계시오. 될 수 있소. 사오일 후에 김안로가 작은아들
혼인을 지낸다니, 그날 안로의 당이 몰려가서 없는 틈에 양사兩
司가 합계˚하도록 일을 주선해봅시다."
하고 양연이는 윤안인과 서로 밀약을 한 후 흩어졌다.

김안로의 집 혼인날이다. 식전부터 안손님 바깥손님이 모여들기 시작하여 점심때에는 넓으나 넓은 집의 방방이 사람이 가득하였다. 큰사랑 마루 앞에 마루와 느런히 부계浮階를 매고 안로가 모대°하고 나앉아서 금관자 옥관자 손님을 한자리에 모았었다. 잔칫상이 벌어져서 술을 권커니 잣거니 하는 중에 김안로가 도야지머리 장정승을 돌아보며

"궐내에서 이때까지 선온°이 내리시지 아니하니 무슨 일일까요?"

하고 물으니 장정승은 그 괴상한 면상을 앞으로 내밀며

"아니 내리실 리 있소? 곧 내리시겠지."

하고 대답하였다. 이날 이때까지는 김안로의 집 조그만 생일잔치에도 궐내에서 어주御酒가 나오던 터이라, 안로가 선온이 더딘 것을 괴상히 생각할 만하였다. 안로가 술 한잔을 마시고 안주를 집으려 할 때에 난데없는 솔개 한 마리가 쏜살같이 내려와서 안로 머리 위의 사모紗帽를 움키다가 좌중에서

"이놈!"

"휘여!"

하고 소리들을 지르니까 솔개는 공중으로 날아가고 사모는 자리 위에 떨어졌다. 괴상한 일이다, 상서롭지 못한 일이다, 좌중에서 수군수군하는데 채무택이가 일어서서 사모를 집어 안로를 주니 안로는 정신 빠진 사람같이 사모를 받아 옆에 놓았다. 허항이가 이것을 보고

"왜 쓰시지 않고 놓으십니까?"
하고 말한 뒤에야 다시 집어 쓰게 되었다.

이날 양연이는 대사간과 의논하고 양사 간관을 중학° 안에 모
아놓고

"논핵論劾할 사람이 있소."
하고 미리 준비하였던 계초啓草를 내보이니, 간관들 중에는 뒤
가 좋지 못할까 의심하는 사람이 없지 않았다. 양연이가

"여러분, 염려 마시오. 내가 뜻을 받은 곳이 있소."
하고 안로와 그 당류를 논핵하는 합계를 위에 올리었더니, 위아
래에서 미리 짜놓은 일이라 합계 한번에 안로와 그 당류를 각각
배소를 정하여 귀양 보내되 당일로 압송하라는
처분을 묻게 되었다.

궐내가 수선수선하였다. 선전관이 금위군사를
영솔하고 나가서 안로의 집을 둘러싸고 들어갔
다. 잔칫집이 불끈 뒤집혔다. 하인들도 도망하고
문객들도 도망하고 손님들도 도망하였다. 도망하
다 붙잡히는 사람들은 꼭뒤를 잡히고 발길에 차
이었다. 안팎에서 곡성이 일어났다. 안로는 넋을
잃고 앉았고 허항, 채무택이는 쥐구멍을 찾았다. 도야지머리는
대신의 체모가 있는 터이라 선전관을 불러 앞에 세우고

"내 이름도 은명° 중에 들었는가?"
하고 물으니 선전관이

* 모대(帽帶)
정복을 입을 때 쓰던
사모와 각띠를 아울러 이르는 말.
* 선온(宣醞)
왕조 때, 임금이 신하에게
술을 내리던 일. 또는 그 술.
* 중학(中學)
조선시대에 둔 사학의 하나.
지금의 서울 중학동에 두었다.
* 은명(恩命)
임금이 내리는 명령 가운데
관리를 임명하거나
죄를 용서하는 따위의 은혜로운 명령.

"대감 함자는 없소이다."

하고 대답하였다. 도야지머리가 그제는 군사를 시켜 장정승 댁 하인을 부르라고 하여 탈것을 대령하라 한 뒤에 안로를 돌아보고

"나는 가오."

하고 일어서 나갔다. 허항이가 이것을 보고 본을 떠서 허참판 댁 하인을 불러달라고 군사에게 일렀더니 옆에 있던 선전관이

"허항이 아니냐? 잔소리 말고 가만히 있거라."

하고 호령하여 허항이가 움찔하고 목을 움츠러들였다. 안로가 잡히어 나올 때에 혼인하려던 작은아들을 돌아보며

"오늘 이후에야 누가 내 집과 혼인을 하겠느냐? 너를 일찍이 성취시키지 못한 것이 한이다."

하고 눈물을 머금었다.

김안로와 허항과 채무택 등이 귀양길을 떠난 뒤에 위에서 선정전宣政殿에 전좌殿座하고 대신 이하 여러 조신에게 입시를 명하니, 그 조신들 중에는 병조참판 윤안인과 도승지 임백령과 기사관記事官 임형수와 형조판서 윤임 등이 앞서거니 뒤서거니 하였다.

"원임原任 영의정 정광필이 오늘날 화근이 될 것을 짐작하고 안로를 물리치려다가 도리어 죄를 입었으니 가여운 일이라 즉일 방면放免하고, 이외에 안로로 인하여 귀양가서 있는 사람을 모두 방송하게 하라."

위에서 말씀이 있은 뒤에 병조참판 윤안인과 도승지 임백령이

함께 앞으로 나와서 안로 등의 죄가 중하여 사사賜死함이 마땅하다고 아뢰니, 위에서 대신 외 여러 신하에게 하문하여 다른 의견이 없는 것을 보고

"안로를 차마 중죄로 다스릴 맘이 없으나 물론˙의 돌아가는 바를 어기기 어려우니 사약하라."

하고 전교를 내리었다. 며칠 뒤에 또 대계臺啓가 나서 허항과 채무택도 사약을 받게 되고, 당류 중에 가장 가벼운 자가 파직을 당하게 되었다. 임금은 대신 이하 여러 조신의 청을 좇아서 김안로 등이 복법˙한 것을 종묘에 고하고, 제신의 진하˙를 받은 뒤에 양연, 윤안인 등의 벼슬 자품을 돋우게 하였다.

양연이가 김안로를 몰아낸 뒤에 그 공로로 잠시 세력이 좋았으나, 그 집의 하인이 주인을 자세하고 이웃 과부를 겁탈하다가 법관法官에게 발각된 까닭에 양연이는 가장家長이 치가治家 잘못한 죄목으로 조정에서 쫓겨났다. 그 뒤로는 물망 있는 사람들이 차차로 조정에 등용되어서 유관柳灌, 권발權撥, 이언적李彦迪, 유인숙柳仁淑 같은 인물이 재열宰列에 벌여서고, 사화에 섭슬려 찬배를 당하였던 사람이 많이 풀리었는데, 이때에 파릉군도 방면되고 숭선부정도 복직되었다.

● 물론(物論)
여러 사람의 논의나 세상의 평판.
● 복법(伏法) 형벌을 받아 죽음.
● 진하(陳賀)
여러 신하들이 보태는 말.

김덕순이가 죄없는 몸이 되어 본성명을 드러내고 서울 와서 있게 된 것이 조정이 이와같이 변한 까닭이다. 김식의 가택과 가

산은 화를 당할 때 국고國庫에 몰수되었던 까닭으로 덕순이가 처음에 서울 와서는 아내 없는 처가에 부쳐 있었고, 그 뒤에 여러 사람의 도움을 받아서 새로 서울집을 장만하고 가족이 단취 하게 되었는데, 덕순의 형님 덕수가 집에 앉아 선생질을 시작하여 아이들의 강미 로 어머니를 봉양하고 가속들을 접제 하였다. 덕수는 내외 가진 터이라 자녀를 낳기 시작하였고, 그 아버지의 얼굴을 잘 알지 못하는 덕무도 나이 벌써 이십여세라 혼처를 택하여 성취하였다. 덕순의 재취는 집안에서 누가 권하지 않는 사람이 없고 숭선부정의 집에서까지 권하건만 덕순이가 왼고개를 치고 듣지 아니하여, 하루는 그 어머니가 조용히 덕순이를 불러 앉히고 고집하는 뜻을 물었다.

"별 뜻은 없습니다만, 다시 장가들 생각이 없어요."

"그래 아직 나이 있는 처지에 홀아비로 늙을 터이란 말이냐?"

"홀아비는 어떻니까."

"늙은 어미를 생각하더라도 아예 그렇게 고집하지 마라."

"어머니께서 며느리가 없으신 터 같으면 나도 생각을 달리하겠습니다만, 지금 큰며느리 작은며느리를 거느리고 계시지 않습니까? 나는 나대로 내버려두십시오."

"어느 손가락을 물면 아프지 않겠느냐? 다 각각이지. 인제 나는 너의 장가드는 것만 보면 지금 죽어도 원이 없겠다."

덕순이는 고개를 숙이고 대답이 없었다. 그 어머니가 이것을 보고

"어미의 원을 풀어줄 생각이 없느냐?"

하고 다그쳐 물었다.

"어머니가 그렇게까지 생각하신다면 장가를 들어도 좋습니다만 중심에 맺힌 한이 있어 다시는 내외 재미를 보고 살기가 어려울 것 같습니다."

"중심에 맺힌 한이란 걸 알겠다. 한도 될 만하지. 그렇지만 사나이도 수절하느냐?"

"죽기 전에 한번 다시 보기만 했어도 한이 덜 되었을 것이에요. 지금도 붉은 명정이 눈앞에 어른거리면 맘이 저린지 아픈지를 모릅니다."

하고 손등으로 눈에 어리는 눈물을 씻었다. 그 어머니가 둘째며느리 죽을 때 광경을 맏며느리에게 들어서 아는 터이라 덕순의 눈물이 비회悲懷를 자아내어서 얼마 동안 모자가 마주 앉아 눈물을 흘리다가 덕순이가

"어머니, 고만두시오."

하고 위로하여 비회를 조금 진정한 뒤에, 그 어머니가 옆에 놓였던 노란 명주수건을 집어서 진물진물한 눈귀를 씻으며

"장가 다시 들고 안 드는 것은 네 요량대로 해라."

하고 한번 길게 한숨을 쉬었다. 그 어머니가 불쌍한 죽은 며느리를 생각하다가 생각이 그 유모자乳母子에게 미치어서

"연중이의 소식은 이내 못 들었느냐?"

하고 물으니

"평산으로 여러번 알아보았지요만, 자세히 모르겠어요. 무슨 다른 일로 관가에 붙잡혔다가 박연중이란 성명이 사출˙나서 서울로 압송하게 되었는데, 그때 누가 옥에서 빼가지고 도망을 했다나요? 하여튼지 죽지는 않은 모양인데 소식을 알 수가 있어야지요."

"그애 어미는 자식의 얼굴도 못 보고 죽었으니 그것도 불쌍하지 아니하냐?"

하고 그 어머니가 다시 눈물을 머금는 것을 보고 덕순이는

"어머니, 그런 이야기는 고만두십시다. 내가 내일 용인을 좀 갈까 합니다."

하고 말을 돌리었다.

"용인은 왜?"

"조정암 자제를 좀 찾아보려고 합니다."

"용이나 정이가 다 어른이 되었겠다. 용이가 집의 덕무와 동갑인가 한살 더 먹었나? 그러니까 지금은 이십이 넘었겠다."

"정이는 죽었단 말이 있세요."

"이애야, 정이가 죽다니 그게 무슨 소리냐?"

"전하는 말이니까 가보면 적실한지 아니한지 알겠지요."

"가보아라. 너의 아버지가 조참판과 지내던 정분을 생각하기로 사생존망死生存亡을 모르고 지낼 처지냐."

하고 그 어머니는 옛일을 돌이켜 생각하고 언짢아하였다.

김덕순이가 용인을 갔다올 때 조용이와 같이 왔다. 그때 용이는 성관成冠한 사람이지만, 덕순의 대부인이 자질과 같이 여기어 안으로 불러들여서 정이 죽은 인사도 말하고 지내는 형편도 물어보았다. 용이가 며칠 묵는 동안에 하루는 덕순이가 용이를 보고

"여보게, 자네가 찾아가볼 사람이 하나 있네."

하고 말하니 용이는

"누구입니까?"

하고 물었다.

"선장先丈과 자별히 지내던 사람이야."

"노인 어른이겠습니다그려."



"노인이야. 나하고 같이 보러 가세."

용이가 속으로 생각하기를 자기 아버지의 친구 노인이면 덕순이에게도 존장尊丈일 터인데 어찌하여 말을 홀하게 할까 괴상한 일이다 하고, 재차

"누구입니까?"

하고 물었다.

"선장이 자주 상종하시던 갖바치가 있어. 그 사람을 보러 가잔 말일세."

"갖바치라니요? 가죽신쟁이 말씀이오? 선친이 그런 자와 상종하셨을 리가 있나요."

"상종하실 뿐인가. 그 사람의 집에 가서 흔히 주무시기까지

하셨느니."

"저는 불행히 늦게 나서 선친의 일이라도 친히 뵈온 것이 없는 까닭에 남의 말을 듣고 아는 것밖에 없습니다만, 선친께서 일언일동—言—動이 다 후생後生의 본이 될 만하시던 것은 저의 집안에서만 하는 말이 아니겠습지요."

"그게야 누가 모르나."

"그러면 갖바치와 상종하셨을 리 없지요."

"당신이 상종하신 것을 자네가 상종하셨을 리 없다면 되나?"

"저는 그런 말을 듣지 못했습니다."

"갖바치와 상종하셨다는 것이 당신께 수치 될 일이 아니니."

"그래 사대부가 백정놈의 집에 가서 자는 것이 수치가 아니란 말입니까? 어찌하시는 말입니까?"

"자네가 그 사람을 보지 못한 까닭에 저런 말을 하는 것이지, 그 사람이 예사 백정이 아니야."

"예사 백정이 아니라도 갖바치라면 가죽 다루는 백정이지요."

"백정이라도 나는 선생님으로 아는 터일세."

"선생님으로 아시거나 말거나 그 선생님이 선친과 자별히 지냈다고 거짓말씀이나 마십시오."

"거짓말이라니? 자네하고는 말 못하겠네, 고만두게."

하고 나중에는 덕순이도 증을 냈지마는, 용이는 자기 아버지를 욕보인 것같이 속으로 대단히 분하게 생각하였다.

그날 밤 초저녁이다. 글 배우는 아이들이 각기 집으로 돌아가고 수선한 덕수의 사랑이 조용하여진 때다. 덕수와 덕순 형제가 덕무와 용이를 데리고 앉아서 옛이야기를 하는 중에, 갓바치와 심의가 작반하여 찾아왔다. 두 사람을 맞아들이는데 덕순은 말할 것도 없고 덕수도 대접이 깍듯하였다. 용이 외에 여러 사람이 각기 인사를 마치고 자리에 앉았다. 주인 삼형제를 따라서 섰다 앉았다 하는 용이를 갓바치가 유심히 보더니 손가락을 들어 용이를 가리키며

"저 사람이 누구야?"

하고 덕순을 돌아보는데, 덕순이가 대답을 더디하여 덕수가

"정암 자제이에요."

하고 대신 대답하였다.

"그러면 용인가? 돌 전에 본 사람이 저렇게 컸단 말이지."

하고 그다음에 용이를 바라보며

"나는 선장의 욕된 친구 갓바치야."

하고 말하는데, 홍안백발紅顔白髮에 외모도 틀지게 보이거니와 반말로 그치는 말소리가 위엄있게 들리었다. 용이는 다른 생각할 사이가 없이 일어나서 절하였다.

갓바치는

"절은 무슨 절."

하고 빙그레 웃으면서 앉은 채로 조금 허리만 굽실하였다. 옆에서 보던 덕순이가 싱글싱글 웃으면서 용이를 바라보니, 용이는 무안 본 사람같이 얼굴이 붉었다. 갓바치가 심의를 가리키며 용

이를 향하여

"이 양반은 대관재 심선생인데 그 형님과는 팔팔결* 다른 양반이야. 이 주인 삼형제도 혐의없이 좋게 지내는 터이니 절하고 인사하지."

하고 말을 일러서 용이는 그가 누구의 아우인지도 채 모르고, 또 한번 무릎을 굽히었다. 심의가 용이를 보고 하는 말이

"내가 남곤, 심정이 하는 심정의 아우야. 그리고 효직이는 우리 선생님이야. 인제 알겠지?"

하고 미친 사람같이 웃었다.

덕순이가 다시 서울 와서 살게 된 뒤로 전날 선생 갓바치 외에 젊은 친구 꺽정이가 새로 생기어 갓바치나 꺽정이의 얼굴을 하루만 못 보고 지나도 궁금히 생각할 만큼 가까이 상종하므로 혜화문 안에 있는 갓바치의 집을 남의 집같이 여기지 아니하더니, 갓바치가 금동이 내외를 양주로 보내서 살게 하고 자기는 팔도 강산을 떠돌아다니겠다고 작정하니 혜화문 안 집은 주인이 갈리지 않을 수 없이 되었다. 심의도 누차 갓바치에게 집을 없애지 말라고 말하였지만 덕순이가 지성으로 말리었다.

"내가 서울 와서 살게 되자 선생이 서울을 떠난다는 것이 일변 생각하면 야속한 일이 아니오?"

"내가 올해에 서울을 떠날 것은 이십년 전에 작정하여 둔 일인즉 지금 갑자기 변할 수가 없소."

"어디를 가실 터이기에 그렇게 오래전부터 작정하셨단 말이

오?”

“우리 선생님을 만나러 갈 터이오.”

“선생님에게 가서 다시 서울 오지 않을 터이란 말씀이오?”

“아니오, 또 오지요.”

“그러면 집까지 없애실 것 없지 않소.”

“아니, 오더라도 서울 와서 살지는 않을 터이오.”

“이때까지 살던 서울이 아니오? 갑자기 그렇게 작정하실 것이 무어 있소?”

“늙은것이 금동이 내외에게 얻어먹고 들어앉았으면 무엇하오?”

“무엇하는 건 아니지만 육십 넘은 노인이 사방으로 떠돌아다니는 것보담은 주는 밥 먹고 앉았는 것이 낫지 않소.”

● 팔팔결
엄청나게 어긋나는 일이나 모양.

갖바치는 고개를 외로 흔들고 말에 대답하지 아니하였다. 덕순이가 말리어 되지 않을 것을 본 뒤에

“그러면 이 집을 나를 주오. 우리 집이 작기도 하려니와 이 집을 내가 지니고 있으면 서울 와서 묵으시기 좋을 것 아니겠소?”

“그것은 좋지요. 그러나 혼자 살림을 어떻게 하시려 하오?”

“어머니께 말씀하고 아우 내외를 이 집으로 분가시키고 부치어 있을 수도 있지요.”

“그것 좋소. 그렇게 합시다.”

하고 갖바치가 덕순이의 말대로 작정한 뒤에 서울 살림을 하루

303

라도 속히 거두어치우려고 경영하였다.

금동이 내외가 살림을 떠싣고 양주로 내려갈 때 꺽정이도 따라가게 되었다. 갖바치가 꺽정이를 보고

"나도 앞으로 한 달 내외간에 서울을 떠날 터이다. 네가 양주 가서 갑갑하게 들어앉았느니 날 따라서 훨훨 쏘다니면 좋지 않겠느냐?"

하고 말하니 꺽정이는 선뜻

"그러지요."

하고 대답하였다.

꺽정이가 양주 집에 가서 한 보름 동안 묵다가 올라와서 보니 갖바치 방에 심선생 외에 낯모르는 사람이 하나 앉았는데, 그 사람이 갖바치를 보고 말할 때 형님이라고 불렀다. 꺽정이가 잠깐 그 방에 앉았다가 나와서 덕순이를 찾아왔다.

"선생님 집으로 이사한다더니 어째 아니했소?"

"차차 하게 될 터이지. 그런데 지금 선생과 새로 온 사주쟁이는 심선생 집에서 식사를 하지만, 널랑은 내게서 먹어라."

"그건 아무리나 합시다. 설마 사람 사는 곳에 굶게야 되겠소. 그런데 지금 선생님에게 낯모르는 사람이 하나 있더니 그게 사주쟁이오?"

"유명한 사주쟁이 김륜이란 사람이다. 이번에 선생과 동행하려고 왔다더라."

"별놈의 동행을 다 데리고 갈 모양일세. 나는 고만두어야겠

군."

하고 꺽정이가

"이따 만납시다."

하고 일어서니 덕순이가

"선생에게 가거든 나하고 같이 가자."

하고 말하여 꺽정이는 덕순이와 같이 갖바치에게로 돌아왔다.

꺽정이가 갖바치를 보고 밑도 끝도 없이

"선생님, 나는 이번에 아니 가겠소."

하고 말하니 갖바치가 꺽정이의 얼굴을 치어다보며 말이 없었

다. 한동안 있다가 갖바치가 심의, 김덕순, 김륜 세 사람을 방에

남겨 두고 꺽정이를 데리고 빈 안방으로 올라와서

"꺽정아, 왜 이번에 아니 간다느냐?"

하고 물으니 꺽정이는

"그까짓 알지도 못하는 사주쟁이하고 누가 동행을 하겠소?"

하고 불쾌하게 말하였다. 갖바치가 이 말을 듣고

"그런 듯하더라."

하고 허허 웃고 나서, 묘향산에 갔을 때 김륜이와 같이 한 선생

아래서 공부하던 것을 말하고 선생이 올해에 강서 구룡산서 만

나자는 약속이 있어서 이십년 전에 동행 맞춘 것을 말한 뒤에

"가기 싫거든 고만두어라만, 중간까지라도 같이 가면 반가운

사람도 만나보고 좋을 것이다."

하고 말하여 꺽정이는 지수굿하고* 앉아서 대답이 없었다.

김륜이란 사람이 꺽정이에게는 첫눈에 들지 아니하였다. 나이도 먹을 만큼 먹어 보이는 사람이 할깃할깃 남의 눈치를 보는 것과 우습지 않은 말에 하하 웃는 것과 얄미운 얼굴을 잠시 가만두지 아니하고 되반들거리는 것이 모두 사람 같지 않게 보이었다. 꺽정이가 김륜이 사주쟁이란 말을 듣고서는 그 작인作人이 천생 잡술꾼밖에 될 것이 없다고 생각하였다. 꺽정이가 동행하여 길 나서기 싫다고 말하다가 갖바치의 달래는 말에 수그러져서 갖바치의 뒤를 따라 바깥방에를 나와 보니 김륜이가 덕순이를 대하여 경력을 자랑삼아 이야기하는 중이었다.

"소격서 안에 사람의 사태가 났었지요. 소격서에서 사주 보는 사람이라면 지금도 알 사람이 없지 않으리다. 본래가 번잡한 걸 좋아하지 않는 성미에……."
하고 말하다가
"이 형님은 잘 아시지요."
하고 갖바치의 눈치를 보고
"밤낮 사람에게 시달리니까 나중에는 정말로 성가시고 귀찮아 못살겠습디다. 그래서 신경광 신판사란 사람이 광주廣州로 낙향한다기에 같이 가기로 했지요. 서울서 떠날 때는 도망하듯 했소그려. 광주 간 뒤에 신판사의 중신으로 그곳 반명의 딸에게 장가를 들었지요."
"그래 그때까지 총각이었더란 말이오?"
하고 덕순이가 이야기에 쐐기를 쳐서

“총각은 아니었지만……”

하고 우물쭈물하는데 이야기하던 홍이 갑자기 꺾이는 모양이었다. 이야기 뒤가 싱거워졌다.

“광주 있기도 하고 고향에 가기도 하고 또 구경 다니기도 하고, 그럭저럭 지금 나이 오십객이니 그동안 경력이야 이루 다 말할 수가 없지요.”

꺽정이가 인사도 하기 전이건만 경력 많다는 말이 비위에 잘 맞지 아니하여

“사주 보는 경력이지요?”

하고 말을 물으니, 김륜이는 대답을 아니하고 무례하게 말 묻는 총각이 누구냐고 묻는 듯이 갖바치를 돌아다보았다. 갖바치가 이것은 본체만체하고

“우리 내일모레쯤은 길을 떠나볼까?”

하고 떠날 날짜를 공론하니 김륜이가

“어느 날 떠나든지 구월 초하룻날 구룡산만 대어가게 합시다.”

하고 말하고

“구월 초하룻날은 미리 약언한 날인가?”

심의가 묻는 말에

“녜, 그렇습니다.”

대답하고 무엇이 우스운지 하하 웃었다. 심의가

“그러면 아직도 앞으로 달포가 넘어 남았으니 그렇게 일찍 떠

나 무엇하나?"

하고 갓바치를 돌아보며

"나는 자네를 떠나보낼 일이 큰 걱정일세. 하루라도 더 같이 지내보세."

하고 잠깐 동안 있다가

"그럴 것 없이 송도 가서 놀다 가려나? 서경덕이도 찾고 박연도 구경하고."

심의의 말이 그치자마자 김륜이가

"좋지요. 나도 이때까지 박연을 구경하지 못했습니다."

하고 갓바치를 앞질러 대답하였다. 갓바치가 덕순이를 바라보며

"송도 구경 아니 가시려오?"

하고 같이 가자는 뜻을 보이니 덕순이가

"어머니께 말씀하고 가보지요. 나는 이왕이면 평산까지 가서 연중이의 소식을 좀 알아보겠소."

하고 말하였다. 그리하여 다섯 사람이 같이 길을 떠나기로 작정되었다.

나귀 한 마리에 길양식과 소주병을 실어서 아이에게 고삐 잡혀 앞세우고 어른 네 사람과 총각 한 사람이 뒤를 따라 송도길을 향하였다. 길에서 심의는 갓바치와 같이 가며 이야기하는데, 김륜이가 그 사이에 끼고 덕순이는 꺽정이와 붙어가며 이야기하였다. 두 사람은 앞서가는 사람의 걸음이 갑갑하여 길 가며 이야기할 때보다 앉아 이야기할 때가 많았다. 이삼십리쯤 앞서 갔으려

니 하고 한참만 욱걸으면 또다시 앞선 사람의 느린 걸음을 보고 갑갑증이 나게 되었다. 두 사람이 길을 걸어가는 것이 뛰어가느니나 다름없었다. 가령 내를 만날 때에 길에 다른 행인이 있으면 다리로 건너가지만 행인이 없으면 훌훌 뛰어 건넜다. 덕순이도 서울서 송도쯤은 당일에도 다닐 만하고 더욱이 꺽정이는 칠월 해에 한번 다니기만 할 사람이 아니니 갑갑할 만도 하였다. 서울서 떠나던 이튿날 저녁때 일행이 송도에 들어와서 곧 벼우물골 서처사 집을 찾아갔다.

서처사 삼형제가 서울 손님을 데리고 송도 고적을 구경 나섰다. 일행이 관덕정觀德亭과 선죽교善竹橋를 돌아보고 자하동紫霞洞에를 들어와서 이리저리 다니는 중에 시내 있는 편에서 맑은 노랫소리가 들려왔다.


중화당中和堂 태평잔치
자취조차 아득하니
만년환萬年歡 옛날 곡조
아는 사람 못 보도다
자하동 시냇물 소리
시름 알어 우는가


서처사가 노래 한 곡조를 다 듣고 나서 빙그레 웃으며
"우리를 앞질러 온 게로군."

하고 심의를 돌아보니, 심의는 알아듣고

"바늘 가는 데 실 가듯이 가구에게는 진이가 따라다니네그려."

하고 허허 웃었다.

서처사가 여러 사람의 앞을 서서 노랫소리 나던 곳을 찾아오니 시냇가 잔디밭에 정한 자리 몇 닢을 연폭連幅하여 깔아놓고 진이가 일행을 기다리고 있었다. 여러 사람이 각기 자리 위에 앉게 되었는데, 덕순이와 꺽정이는 자리에 앉지 않고 조금 동안 떨어진 풀밭 위에 붙어앉았다.

"저 계집이 유명한 황진이란 기생이구나."

"나이는 먹었어도 아직 곱습니다."

"절대미인이란 칭찬을 받던 기생이다."

"기생이라도 옷 호사는 아니했습니다그려."

"지금은 고사하고 한참 불릴 때도 의복은 물어멈같이 차리고 다녔다더라."

이와같이 한편에서 진이를 공론할 때 서형덕, 서숭덕 형제가 진이에게 무엇을 조르는 모양이 보이더니 참벌의 날개치는 소리와 같은 노랫소리가 나기 시작하여 그 노래를 듣느라고 공론이 그치었다.


부소산扶蘇山 푸른 남기

예와 이제 다르려니

진봉산進鳳山 진달래꽃

가을 손님 뵈올소냐

아이야 송소주松燒酒 드려라.

진일장취盡日長醉하리라.


"명창이다."

"곡조는 몰라도 소리가 듣기 좋구먼요."

"네가 시조맛을 알겠니?"

"시조거나 말거나 이쁜 계집의 고운 목소리면 고만 제일이지요."

이와같은 공론을 다시 시작하였을 때, 서형덕이가 두 사람을 돌아보며 오라고 손짓하였다. 진이가 가지고 온 술과 안주를 두 상으로 차리어서 서경덕과 심의와 갖바치와 김륜이가 한 상을 차지하고, 서형덕과 서숭덕과 김덕순과 꺽정이가 다른 한 상을 차지하였다. 진이가 양편 상으로 왕래하며 술을 권하나 흔히 노축에게 가서 오래 앉아 있으므로 서숭덕이가

"우리는 술 권하는 사람이 없어도 좋은가?"

하고 진이가 데리고 온 계집아이를 돌아보며

"꿩 대신 닭이란다. 너 이리 와서 술을 쳐라."

하고 그 계집아이의 손목을 붙잡아 끌어서 자리에 앉히는데, 그 자리는 서숭덕과 꺽정이의 틈이었다. 꺽정이가 거북살스럽게 앉은 계집아이의 얼굴을 자세히 들여다보니 살결이 희고 눈 속이 맑고 코가 단정하고 입매가 예쁘장스러워서 넉넉히 미인 소리를

들을 만한 인물이었다. 꺽정이가 연해 돌아보며 말을 물었다.

"몇 살이냐?"

"열네살입니다."

"이름이 무어냐?"

"금단입니다."

"부모가 있니?"

"아버지만 계셔요."

나중에 꺽정이가

"편히 앉아라."

하고 금단이를 가까이 끌어가니 서숭덕이가 이것을 보고

"계집아이 하나를 얻어왔더니 총각놈이 독차지하네그려."

하고 웃어서 좌중이 다같이 웃었다. 술들이 취하였다. 술 뒤에 점심밥이 있었건만 꺽정이 외에는 밥을 많이 먹는 사람이 없었다. 서형덕, 서숭덕 형제가 술이 취한 김에 요술을 할 것이니 구경하라고 떠들었다. 진이가 그 형제를 돌아보며

"전우치田禹治에게 배운 재주를 내놓으실 터이오?"

하고 방그레 웃으니 형덕이가

"뉘게 배운 재주든지 구경이나 하라구."

하고 물 만 밥 한술을 입에 넣었다가 공중을 향하여 뿜으니 흰 나비들이 펄펄 날았다. 여러 사람들이 "저것 보아", "저것 보게" 하고 놀라자마자, 갖바치가 슬그머니 손가락을 튀기더니 나비로 보이던 것이 종이쪽이 되어 떨어졌다. 서형덕이는 '이것 웬일인

가' 하고 놀랐다. 숭덕이가

　"형님, 가만히 계시오. 내가 한번 해보리다."

하고

　"목판 밑에서 까치 나가는 것 보시오!"

외치고 목판을 아무것도 없는 자리 위에 엎어놓고 왼손 무명지

로 부작 쓰는 체하고

　"까치 날아간다."

하고 목판을 드니 까치 같은 것도 없다. 숭덕이는

　"이게 웬일인가?"

하고 놀라고 여러 사람은 웃는 중에 서경덕과 갓바치가 앉은 뒤

에서 까치가 날아 나갔다. 요술꾼들이 낭패를 보고 머리를 긁었

다. 여러 사람들이 패패이 웃고 떠드는 중에 서경덕은 갓바치와

서로 재미있게 이야기하는데, 진이가 속으로

　'심선생이 칭찬하던 갓바치가 참말 범인이 아니구나.'

하고 생각하며 그 옆에 가까이 앉아서 정신놓고 이야기를 들었다.

　진이가 갓바치를 보고

　"송도서 며칠이나 묵으시려나요?"

물으니 갓바치가

　"일간 떠날 터이어."

대답하고 심의를 돌아보며

　"오늘 저녁에 망월대望月臺에서 달을 보고 내일은 박연을 갑시

다."

심의가 대답하기 전에 진이가

"나도 갈까요?"

하고 물어서 서처사가

"좋지."

하고 대답하였다.

이때 젊은 축은 각기 숨은 재주를 다 내놓아서 법석을 벌이었다. 서형덕은 나무꾼의 노래를 흉내내고 서숭덕은 금단의 손을 잡고 춤을 추고 김덕순은 긴 활개를 펼치고 남무男舞 한바탕을 법제로 추었다. 노축에 섞이어 앉았던 김륜이가 어느 틈에 자리를 옮겨와서 거북춤을 춘다고 팔을 짚고 엎드려서 목을 오므렸다 내밀었다 하며 궁둥이를 치어들었다 내려놓았다 하여 여러 사람의 웃음을 자아내어 젊은 사람들이 돌아서서 손뼉을 칠 뿐 아니라 노축까지도 이야기를 그치고 입들을 벌리었다.

진이가 일어서서 구경하다가 꺽정이가 무릎에 팔을 감고 쭈그리고 앉았는 것을 바라보고서 꺽정이에게로 와서 말을 붙이었다.

"왜 혼자 따로 앉았어? 우스운 거북춤을 보지 않고."

"거북춤인지 두꺼비춤인지 병신이 지랄하는 것 같소."

"총각은 무슨 춤을 출 줄 아오?"

"사나이가 추면 추고 말면 말지, 거북춤을 추겠소? 칼춤을 추지."

"칼춤 좋지, 한번 추어보오."

하고 진이가 여러 사람을 향하여 서서

"이번에는 총각의 칼춤이 나옵니다."

하고 외치었다. "어디?" 하는 사람도 있고 "좋지" 하는 사람도 있어 여러 사람이 칼춤을 보려고 돌아섰다. 꺽정이가 앉은 채 조금도 움직이지 아니하니 서숭덕이는

"쭈그리고 앉은 것이 칼춤이란 말이."

하고 혀를 차고 서형덕이는

"황씨의 딸이 우리를 속였구나."

하고 웃었다. 금단이가 살그머니 꺽정이의 옆으로 와서 나직나직한 목소리로

"참말로 출 줄 아시오? 한번 추어보시오그려."

하고 칼춤을 재촉하니 꺽정이가

"칼 없이 칼춤을 어떻게 추나."

하고 일어서서 이리저리 돌아보다가 지게꾼의 작대기가 풀밭에 놓인 것을 보고 그 작대기를 들고 와서

"칼춤 대신에 작대기춤을 추리다."

하고 외치니 진이가

"작대기춤 좋지그려. 목판 장단이나 쳐줄까."

하고 서숭덕이가 요술한다던 운두 높은 목판을 앞에 갖다 엎어놓았다. 꺽정이의 작대기가 휘휘 돌기 시작하며 진이의 목판에서 또드락딱 소리가 났다. 도는 작대기에 맞추어서 목판 소리가 차차로 잦아지다가 휘휘 돌던 작대기가 번개같이 돌게 되어 작대기가 작대기로 보이지 아니하고 수없이 많은 검은 뱀이 꺽정

이의 전후좌우를 휩싸고 도는 것같이 보이었다. 또드락딱 소리
는 그치는 줄 모르게 그치었다. 꺽정이가 한번 허허 웃고 작대기
를 던지고 앉은 뒤에 금단이가 땀 씻으라고 수건을 주니 서숭덕
이가 이것을 눈여겨보고
　“금단이는 총각놈의 차지가 되었구나.”
하고 말하여 여러 사람이 웃는 중에 꺽정이는
　“나는 차지할 생각 없으니 염려 마시오.”
하고 일어서서 다른 곳으로 가버렸다. 진이가 남은 술을 권하여
노소동락老少同樂으로 한 순배를 같이 한 뒤에 갖바치가
　“해도 저물어가고 하니 차차 돌아가도록 합시다.”
하고 말하니 심의가
　“그리하지. 고만 일어서세.”
하고 서경덕을 돌아보았다. 서처사가 먼저 지팡이를 짚고 나서
고 여러 사람이 차차로 일어서는데, 진이도 지게꾼 불러서 뒷거
둠새를 맡기고 뒤를 따라나섰다. 덕순이가
　“꺽정이가 어디를 갔을까?”
하고 이리저리 향하여
　“꺽정아, 꺽정아.”
불러보아도 대답 소리가 없었다. 나중에 서처사까지
　“어데를 갔을꼬?”
하고 두 아우를 돌아보며
　“좀 찾아보아라.”

하고 말하여 서형덕과 서승덕이가 찾아나서려고 할 때, 김륜이
가 어느 틈에 단서를 짚어보고

"재전부재후在前不在後요, 앞으로 나갑시다."
아는 체하고 말하였다. 여러 사람이 자하동 어귀에를 나왔을 때
꺽정이를 만났다. 덕순이가

"그동안 어디를 갔다왔니?"
하고 물으니

"뒷산 꼭대기에를 올라가보고 왔소. 사당집 하나밖에 아무것
도 없습디다."

꺽정이의 대답하는 말을 듣고 서처사부터
"그동안에 송악산에를 올라갔더란 말이냐?"
하고 놀라고 진이는

"아이구, 그동안에. 거짓말 같애."
하고 자그마한 붉은 혀까지 내둘렀다.

송도 주인이 서울 손님을 데리고 박연을 구경하고 돌아온 뒤
에 서울서 동행한 다섯 사람 중에 심의 한 사람은 송도에서 떨어
지고 나머지 네 사람이 길을 떠나는데, 나귀는 길양식을 싣고 가
다가 덕순이가 서울로 돌아올 때 끌든지 타든지 하기로 하여 사
람과 짐승 다섯 일행이 서관대로를 좇아 나가서 송도서 떠나던
이튿날 아침에 평산읍에를 들어왔다. 객줏집에 들어서 나귀는
보리를 먹이고 사람은 밥을 지어 먹는데 객주지기가 돌아보러
왔다가 그중에 노인인 갓바치를 보고 말을 물었다.

“어디서들 오십니까?”

“서울서 왔소.”

“어디들을 가십니까?”

“평안도를 가는 길이오.”

“오늘 곧 떠나실 터이지요?”

“아니, 찾아볼 사람이 있으니까 며칠 동안 유련하게 될는지 모르겠소.”

“찾아보실 사람이 누구인가요?”

“누구래서 모를 사람이오.”

“네.”

하고 객주지기가 시원치 않은 모양으로 대답하면서 여러 사람의 얼굴을 차례로 들여다보고 나가니 갓바치가 여러 사람을 돌아보며

“우리네 행색이 수상해 보이는 게로군.”

하고 말하였다.

갓바치와 김덕순이가 박연중 찾을 것을 공론하는 중에 장교 두 사람이 객주지기를 앞세우고 들어와서 첫째로 갓바치를 붙들고 서울 사는 곳과 평안도 가는 일과 그외에 여러가지 말을 꼬치꼬치 캐어묻다가 서울서 떠난 날짜를 물어보고

“아무리 노인의 행보라도 서울서 나흘 더 걸릴 것이 없는 길인데 그동안 어디서 지체하셨소?”

하고 물어서 서화담과 같이 박연 구경 갔었단 말을 듣고 비로소

의심이 놓이는 듯이

"송도 서처사의 친구십니다그려."

하고 말하였다. 덕순이가

"무슨 수상한 일이 있소?"

하고 물으니 장교들이

"네."

하고 대답할 뿐이었다. 장교들이 간 뒤에 객주지기가 미안하게
여기는 모양으로 이야기하였다.

"요사이 우리 평산서는 화적 까닭에 야단났습니다. 속룡산束
聾山도 화적굴이고 멸악산滅惡山도 화적굴이고 그외에 도적굴이
부지기수랍니다. 그중에 제일 강성한 멸악산패가 각처 여러 패
를 모아가지고 읍내를 들이친다는 소문이 있어서 행인 기찰이
심합니다."

꺽정이가 내달아서

"여보, 운달산에는 화적이 없소?"

하고 물으니

"운달산에 있던 패가 멸악산으로 옮겨갔다네."

하고 대답하고 꺽정이가

"멸악산 화적 괴수의 성이 박가랍디까?"

하고 물으니

"괴수는 늙은이래. 성은 모르지."

하고 대답하였다. 객주지기가 나간 뒤에 꺽정이가 덕순이를 보고

"박연중인가를 찾아보려면 멸악산을 갑시다."

하고 말하니 덕순이가

"너도 점을 치느냐?"

하고 웃는데

"점보담도 더 영하게 맞을 게니 내 말을 믿고 갑시다."

하고 말하였다.

멸악산은 평산읍에서 육십리라 다저녁때에 갓바치 일행이 도달하였다. 오는 길로 적굴을 찾을 수도 없고 또 어떻게 무모하게 적굴에 들어갈 묘리도 없어서 절을 찾아가서 자기로 하고 산속으로 들어오는 중에 한 모퉁이를 지날 때 산 위에서

"이놈들, 게 섰거라!"

하는 호통소리가 나며 머리를 질끈질끈 동인 축이 십여명 쫓아 내려왔다. 십여명 중에 수두로 보이는 자가 일행의 앞으로 나서 총각과 말을 접하였다.

"너희들 어디를 가느냐?"

"절에를 간다."

"이놈, 총각놈이 말버릇하고. 목이 가려우냐?"

"가려우면 긁어주려느냐?"

"오냐, 이놈. 긁어주마."

하고 그자가 칼을 빼어들고 꺽정에게 달려들며 여러 놈이 함께 아우성을 치고 내달았다. 꺽정이가 번개같이 몸을 솟치어

"에따, 이것까지 가지고 가거라."

하고 꺽정이가 쳐들었던 자를 앞으로 내던지니 깩 소리 한마디
에 그자는 사지가 늘어졌다. 여러 놈 중에 한 놈이 산 위로 올라
가서 아래를 내려다보며
　“이놈아, 이따 보자. 우리 대장이 오장*의 원수를 안 갚을 줄
아느냐? 풋기운 가진 네놈이 살 줄 아느냐?”
하고 소리를 지르는데 꺽정이가
　“이놈, 게 있거라!”
하고 맞소리를 지르니 그놈이 ‘오금아 날 살려라’ 하고 산을 넘
어 도망하였다.
　덕순이가 꺽정이를 붙들고
　“이애, 야단나지 않았니? 화적떼가 물컥 쏟아
져 나오면 어떡할 셈이냐? 섣불리 숨거나 도망

질을 치다가 붙잡히면 사나이자식이 망신까지 할 모양이고, 어
찌하면 좋단 말이야? 화적떼에 박연중이나 있으면 불행중 다행
이지만 그렇지 아니하면 맨주먹 가진 우리들이 몰사죽음했지 별
수 없겠다.”
말하고 다시 갖바치를 돌아보며
　“이 일을 어떻게 하면 좋겠소?”
하고 물으니 갖바치가 아무 일 없는 때와 같이 웃으며
　“장사가 둘씩이나 있는데 무슨 걱정이겠소. 그러나 이곳은 산
위에서 내리밀기가 좋아서 우리에게 불리하니 우리가 뒤로 물러
나가서 좋은 자리를 잡고 기다립시다.”

하고 말하여 일행이 돌아서 나오는데, 맨 뒤에 서서 나오는 꺽정이는 오장이란 자가 내던진 칼을 집어들고 나왔다. 산골 시냇가에 있는 편편한 자리에 와서 갖바치가 걸음을 멈추고 앞선 김륜이를 가리키며

"우리 두 사람은 누가 될 뿐이라 조금 멀찍이 떨어져 있을 것이니 두 장사가 이쯤서 화적을 대적해보게."

하고 앞으로 더 나가니 꺽정이가 덕순을 보고

"내가 도적 괴수를 처치하는 동안에 아랫도리놈들이 선생님께로 달려들는지 모르니 당신이 뒤를 따라가서 선생님을 보호하시오."

하고 말하였다.

"너 혼자 외롭지?"

"염려 마시오."

"가만있거라. 몽둥이 하나 맨들어가지고."

"내 맨들어주리라."

하고 꺽정이가 시냇가에 섰는 나무에서 굵은 가지 하나를 무질러 내려서 알맞은 몽둥이를 만들어주니 덕순이는 이것을 받아들고 갖바치의 뒤를 쫓아갔다. 꺽정이가 짚신 들메를 단단히 하고 허리끈을 졸라매고 머리를 고쳐 동이고 손에 칼을 쥐고 산속길을 향하여 앉아서 도적들이 나오기를 기다렸다. 이때 산 위에는 달이 벌써 올라왔고 시냇가에는 밤안개가 끼었었다. 도적떼가 산속길로 몰려나오기 시작하였다. 창끝과 칼날이 달빛에 비치어

서 번쩍번쩍하였다. 꺽정이가 칼을 들고 길을 막아나섰다.

"이놈들, 어디를 가느냐?"

하고 큰소리를 치니

"여기 있다."

소리가 나며 "아!" 하고 아우성이 일어났다.

"괴수 나서거라!"

도적들 중에서 군관 모양같이 상모 달린 벙거지를 쓰고 비단 군복을 입은 키대 큰 사람이 큰 칼을 들고 앞줄로 나섰다.

"이놈, 네가 내 부하를 죽였느냐?"

"그랬다. 그러니 어쩔 테냐?"

"어째? 이놈, 어서 바삐 목을 바쳐라."

"네놈의 녹난 칼에 내 목을 바쳐? 너 혼자는 고만두고 네 졸개들까지 나온 대로 다 덤벼라. 겁낼 나 아니다."

하고 꺽정이가 껄껄 웃으니 그 괴수가

"무엇이 어째? 내가 혼자서 네놈을 처치 못하면 사나이가 아니다."

하고 부하들에게 물러서서 나서지 말라고 하고 편편한 자리로 나와서

"이놈, 이리 오너라!"

하고 호통을 쳤다. 꺽정이가 칼을 비껴 들고 마주 서서

"제법이다. 네 성명이 무어냐?"

하고 물으니

"성명은 알아 무어하게? 어서 바삐 목을 늘여서 칼 받아라."

"네가 박연중이만 같으면 사정을 좀 두려고 물었다."

"이놈아, 잔소리 마라."

하고 괴수가 악 소리를 지르며 칼로 치기 시작하여 꺽정이도 마주 악 소리를 질렀다. 싸움이 벌어졌다. 두 사람이 범같이 날뛰며 두 칼이 어우러졌다 풀렸다 하였다. 칼 쓰는 솜씨가 비등하였다. 그 괴수가 날쌔게 몸을 뒤로 피하여 서서

"조금 참아라. 네 성명이 무엇이냐?"

하고 물으니 꺽정이가

"성명은 알아 무엇하게. 네가 죽든지 내가 살든지 싸워보자."

하고 쫓아와서 대들었다. 또다시 싸움이 어우러졌다. 적수의 칼이라 오고가는 것이 서로 상하가 없었다. 승부 없이 한동안이 지났다. 나중에 꺽정이가 허기가 나서 허리끈이 느즈러지며 괴수에게 몰리기 시작하였다. 괴수가 별안간에 으악 소리를 되게 지르며 칼을 높이 들고 내리쳤다. 뒤에서 보던 졸개들이

'총각놈의 머리가 두 쪽이 나거니.'

하고 생각할 뿐 아니라 괴수 역시 그리 생각하였던 것이, 총각이 머리 위에 내리치는 칼을 선뜻 칼로 가로막았다. 꺽정이의 가진 칼이 원래 변변치 못한 것이라 칼이 슴베 밑이 부러져서 땅에 떨어졌다.

꺽정이가 칼자루를 내던지고 시냇가로 도망하니 괴수가

"도망하면 어디를 갈 테냐?"

하고 껄껄 웃었다. 뒤에 섰던 졸도卒徒 중에서 두목 하나가 앞으로 나와서

　"대장님과 그만큼 겨루는 것이 제법이올시다."
하고 말하니

　"제법뿐이 아니다. 맹랑치 않은 검객이다. 그런데 그놈의 칼 쓰는 법이 나와 같으니 괴상한 일이다. 어디 잡아다 놓고 물어보자."
하고 괴수는 졸도들을 거느리고 도망한 총각을 뒤쫓았다.

　꺽정이가 시냇가에 와서 물을 움켜 마시고 허리끈을 다시 졸라매었다. 칼 잘 쓰는 괴수가 앞장을 서서 도적의 떼를 몰고 풍우같이 쫓아오니 일이 위급한 것은 차치하고 도적에게 쫓기는 것이 분하여서, 꺽정이는 평생 힘을 다 써서 옆에 선 굵은 나무 한 주를 뽑아서 두 손으로 들고 오는 도적을 보고 내둘렀다. 괴수부터 기가 막히어 물러서니 졸도들이 놀라서 뒤를 빼는 것은 말할 것도 없다. 꺽정이가 차차로 나오며 휘휘 내두르다가 위로 치어들고

　"이놈들아, 구경이냐?"
하고 괴수 섰는 곳을 눈 겨누어 내리치니 괴수는 날쌔게 뒤로 뛰어 피하였거니와 괴수 옆에 가까이 섰던 졸도들은 미처 피하지 못하고 한번에 네다섯이 나무 밑에 쓰러졌다. 도적들이 겁을 먹고 슬금슬금 뒤로 나갔다. 꺽정이가 나무를 들고 가로 쓸며 나오고 세로 치며 나오니 나무에 맞은 자는 쓰러지고 나무에 맞지 아

니한 자는 맞을까 보아 도망하였다. 가지에 옷 찢기고 도망하는
자도 있고 잎새에 눈 찔리고 도망하는 자도 있었다. 물 밀리듯
하는 형세를 괴수도 금치 못하였다. 도적들이 산속길 편으로 도
망하여 간 뒤에 꺽정이가 들었던 나무를 내던지고 숨을 돌리는
데 덕순이가 몽둥이를 끌고 찾아왔다.

　"꺽정아, 어떻게 되었니?"

　"왜 왔소?"

　"네가 궁금해서."

　"거기는 도적놈이 없소?"

　"개미새끼도 못 보았다."

　"통나무에 혼이 나서 도적놈들이 내빼기는 했지마는 저기 가
서 뭉치어 섰는 것이 무슨 공론들을 하는 모양이니 아직은 맘을
놓을 수가 없소."

　덕순이가 도적들이 뭉치어 선 곳을 바라보고 나서

　"통나무라니?"

하고 묻다가 꺽정이가 가리키는 나무를 보고

　"이거 생나무를 뽑았구나. 네 힘이 그거 무슨 힘이냐?"

하고 혀를 빼어물고 고개를 설레설레 흔들었다. 꺽정이는 한번
싱긋 웃고 앞으로 나가서 넘어지고 자빠지고 한 도적들에게로
돌아다니며 그자들이 가졌던 창과 칼 중에서 쓸 만한 칼 두 자루
를 골라가지고 왔다. 덕순이와 칼을 나눠 가진 뒤에 꺽정이가

　"인제는 허기가 걱정이오."

하고 말하니 덕순이가

　"참말로 잊었구나. 흰무리*를 줄라고 가지고 왔다."

하고 품에서 흰무리 덩이를 내어주었다.

　"이게 웬 거요?"

　"송도 서처사 집에서 먹으라고 내온 것을 김륜이가 길에서 먹
는다고 싸가지고 왔더란다."

　"사주쟁이도 쓸데가 있구려."

하고 꺽정이는 시내에 가서 물을 움켜 마시며 흰무리 한 덩이를
게눈 감추듯이 먹고 나서

　"인제는 되었소. 우리들이 쫓아가서 저놈들을 아주 해쳐버립
시다."

하고 말하여 두 사람이 몸단속을 고쳐하고 도적

들이 뭉치어 있는 곳으로 달려갔다. 도적의 괴수가 두 사람이 쫓
아오는 것을 보고 마주 나오니

　"한 놈이 두 놈이 되었구나."

하고 허허 웃고

　"이놈들, 게 서서 내 말을 들어라. 내가 네놈을 사로잡고 싶은
생각이 있어서 활을 쓰지 아니했더니 이렇게 거센 체하면 활을
쏠 터이다."

하고 호통을 질렀다. 괴수의 목소리가 덕순의 귀에 익어 들리었다.

　"활? 겁 안 난다."

하고 앞으로 내달으려는 꺽정이를 덕순이가

● 흰무리 멥쌀가루를<br>켜가 없게 안쳐서 쪄낸 시루떡.

327

"잠깐만 참아라."

하고 붙잡고 앞으로 나서서 괴수를 바라보니 달빛이 밝지마는
섰는 동안이 떨어진 까닭에 얼굴 전형을 분명히 알 수 없었다.

"연중이 아니오?"

하고 큰 소리를 질러 물으니 괴수가 잠깐 고개를 기울이는 듯하
다가

"말 묻는 사람은 누구요?"

하고 큰 소리로 맞질렀다.

"김덕순이오."

하고 외치듯 하는 말이 덕순의 입에서 떨어지며 괴수는 쥐었던
칼을 내던지고 한달음에 뛰어와서 덕순의 앞에 꿇어앉으면서

"연중입니다."

하고 고개를 숙이니 덕순이도 칼을 내던지고 그 자리에 주주물
러앉았다. 연중이와 덕순이가 손을 마주 잡고 한동안 말이 없이
눈물들을 흘리었다.

꺽정이가 옆에서 보고 섰다가

"고만들 일어나오."

하고 말한즉 연중이가 먼저 입을 열어

"서방님, 저 총각이 누구요?"

하고 물어서 덕순이가

"임꺽정이란 총각이야."

하고 대답하니

"양주 임꺽정이오? 내괴 칼 쓰는 법이 다르더라."

하고 연줍이가 꺽정이를 치어다보며

"자네가 천하장사란 것을 말로만 들었더니 인제 눈으로 보았
네."

하고 말하였다.

"우리 선생님을 만나보았소?"

"자네 선생님이 우리 형님이야. 지금 내게 계시지. 요새도 심
심하면 자네 말씀일세."

"선생님이 여기 계시단 말이지. 그러면 어서 들어갑시다."

하고 꺽정이가 재촉하니 연줍이가 덕순이를 부축하여 일으켰다.
덕순이가 꺽정이를 보고

"선생님 한 분은 여기 내버리고 갈 터이냐? 오시라고 해야지."

하고 말하여 꺽정이가

"어서 가서 뫼시고 옵시다."

하고 덕순이와 같이 가려고 하는데 연줍이가

"그 선생님은 누구요?"

하고 물어 혜화문 안 갖바치란 말을 듣고 반색하며

"나도 같이 갑시다. 그러나 잠깐만 기다리시오."

하고 작은 두목 하나를 손짓하여 불러서 죽은 자와 상한 자를 모
두 치워가지고 들어가게 하고 졸도 중에서 십여인만 데리고 남
아 있으라고 분부한 뒤에, 세 사람이 같이 산기슭 솔밭 속에 떨
어져 있는 갖바치에게로 오게 되었다.

　연중이가 갓바치와 반갑게 인사하고 김륜이와도 수어 인사를
마친 뒤에 꺽정이가 산속으로 들어가기를 재촉하여 말하니, 갓
바치가 연중이를 보고
　"자네 있는 곳이 여기서 멀지나 아니한가?"
하고 물어서 십리 넘는다는 대답을 듣고
　"지금 우리들은 모두 시장한 터이니 가까운 절이 있으면 절로
가세."
하고 말하여 연중이가
　"그것도 좋지요. 여기서 남방사南方寺가 가까우니 그리로 가
서 저녁들을 잡숫게 하지요."
하고 일변 갓바치의 뜻을 좇으며
　"우리 형님도 그리 나오시라고 함세."
하고 일변 꺽정이의 급한 맘을 위로하였다.
　연중이가 작은 두목에게 말을 일러 들여보내고 나머지 졸도를
거느리고 손님 일행과 같이 남방사에를 들어오니, 대장님이 행
차하셨다고 절이 발끈 뒤집히다시피 야단이었다. 멸악산에 있는
이 절 저 절 중들이 모두 박연중이를 호랑이같이 무서워하고 상
감같이 알고 위하는 터이라, 남방사 중들이 노문˚ 없는 행차에
수각이 황망하여˚ 하는 것은 당연한 일이었다. 큰방을 치우고
연중이가 손님들과 같이 들어앉았다. 손님 일행 다섯 중에 하나
는 물론 마구간으로 들어갔다. 칼과 창이 번쩍거릴 때 죽지 않고
살아난 것이 마구간 대접에 족한 줄을 모르고 '보리를 드려라',

'콩을 드려라' 하는 듯이 앞발로 마판을 연해 긁고 있었다. 중들이 갑자기 다담상을 차리느라고 분주한 중에 한 중이

　"이이구, 노선생님까지 오시네."

하고 말하여 여러 중이 문에 들어오는 늙은이에게로 마주 나가서 일제히 문안을 드리었다. 그 늙은이는 중들이 문안하는 것을 본체만체하고 절 마당으로 들어오며

　"꺽정이 어디 있느냐?"

하고 소리를 치니 큰방에 있던 꺽정이가 한걸음에 뛰어나와 마당에서 절을 하고 늙은이를 부축하고 큰방으로 들어왔다.

　그날 밤은 여러 사람이 다함께 남방사에서 자게 되었는데, 늙은이와 꺽정이 사이에도 이야기가 많았거니와 덕순이와 연중이의 이야기는 닭울때까지 그칠 줄을 몰랐다.

　이튿날 연중이 있는 적굴로 들어왔다. 적굴이라고 토굴 같은 것이 아니었다. 고래등 같은 기와집이 산골짜기에 가득하였다. 갓바치와 김륜이는 이삼일 동안 융숭한 대접을 받은 뒤에 강서길을 떠나고, 덕순이와 꺽정이는 연중이와 같이 산 밖까지 나와서 갓바치를 전송하고 다시 들어와서 며칠 동안 더 묵었다. 그동안에 덕순이는 연중이를 보고 세상으로 나가서 같이 살자고 누누이 말하였다. 연중이가 아무 말이 없이 듣고 앉았다가 나중에는

　"세상에 나가 사는 것은 생각만 해도 진저리가 나오. 나를 죽

은 사람으로만 치시오."

이와같은 대답으로 거절하여 덕순이는 연중의 손을 잡고 뜨거운 눈물까지 흘리었으나, 진정에서 솟아나는 눈물로도 연중의 맘을 변개시키지 못하였다.

며칠 뒤에 덕순이는 간곡하게 붙잡는 연중이를 떨치고, 꺽정이는 다시 볼지말지하다고 눈물 뿌리는 검술 선생을 하직하고 동행하여 멸악산을 떠나 나왔다.

두 사람이 나귀를 앞세우고 서울로 올라오는 길에 덕순이가 연중이를 인정없다고 원망하니, 꺽정이는

"세상에 나와서 남의 집 하인질 하느니 산속에서 왕 노릇하려고 아니하겠소? 인정을 말하는 당신이 대중없는 사람이오."

하고 덕순을 핀잔주었다.

꺽정이가 천왕동이와 같이 뒤에 떨어져 들어오며

「곰을 검둥이라면 호랑이는 무어라고 하고 사슴은 무어라고 하니?」

하고 물은즉 천왕동이가

「호랑이는 얼룩이도 있고 바둑이도 있고,
뿔 있는 사슴은 뿌다귀라고 부른다.
우리 죽은 아비가 지은 이름이다.」

하고 곧 뒤를 이어

「우리 같이 가거든 얼룩이나 하나 잡자.」

하고 웃으니 꺽정이는

「얼룩이라니 칡범 말이구나.」

하고 천왕동이와 같이 웃었다.

# 출가

갖바치와 김륜이는 평산서 떠난 뒤에 도중에 일이 없이 강서 구룡산에 도달하여 선생을 찾아 만났는데, 삼십년 만에 다시 만나는 터이라 선생 제자의 서로 반가워함은 이루 말할 수 없었다.

어느 날 조용한 때, 선생 제자 세 사람이 마주 앉아서 이야기하는 중에 김륜이가

"선생님이 세상에서 숨으시기 전에 한림 벼슬을 다니신 일이 있습니까?"

하고 물은즉, 선생은 눈을 스르르 감고 그렇다 그렇지 않다 말이 없었다. 김륜이가 무료하여 갖바치를 돌아보며

"형님도 아시지만 신판사가 적어놓은 책에 정한림이란 이의 사주가 선생님 사주와 똑같습디다."

하고 말 붙이는 것을 갖바치도 빙그레 웃고 대꾸를 하지 아니하

니 김륜이가 더욱이 무료하여 얼마 동안 잠자코 앉았다가

　"갑갑하니 바람이나 쏘이러 나갑시다."

하고 갖바치를 이끌고 나가려고 하였으나 갖바치는

　"나는 나가고 싶은 생각이 없네."

하고 따라나가지 아니하였다. 김륜이가 밖으로 나간 뒤에 갖바치가

　"선생님, 두 권 책을 이번에 도루 가지고 왔습니다."

하고 허리에 찼던 전대를 끄르고 그 속에서 『부주비전』과 『망단기결』 두 권을 내어서 선생 앞에 갖다 놓았다.

　"책을 남에게 보인 일은 없겠지?"

　"주야로 만나던 사람도 책이 있는 줄까지 모릅니다."

　"너는 모르는 것 없이 다 알겠지?"

　"대강 다 압니다. 아는 것이 도리어 걱정되는 때가 많습니다. 세상에 어려운 일이 한두 가지 아니겠습지요만, 아는 것을 모르는 체하기보다 더 어려운 일이 없을 것 같습디다."

　선생이 갖바치의 말을 듣고 고개를 끄덕이더니

　"너같이 조심하는 사람이 아니면 전치 못할 책이다. 함부루 뒤에 남길 책이 못 되니 내 눈앞에서 불살라버려라."

하고 곧 뒤를 이어서

　"륜이가 돌아오기 전에 앞뜰에 나가서 태워라."

하고 일러서 갖바치가 책을 태우고 재를 치우기 전 김륜이가 들어왔다.

"무엇을 태우셨소?"

"선생님이 휴지책을 태우라고 하셔서."

"무슨 책입디까?"

"부주비전이란 책이데."

김륜이가

"여보, 그 책을 왜 아깝게."

하고 반동강 말을 하면서 시비하려는 사람같이 바싹 갖바치 앞으로 대어들었다.

"아깝지만 선생님이 태우시라는 걸 어떻게 한단 말인가?"

하고 갖바치가 나무라는 눈치로 치어다보니 김륜이는

"형님, 고지식도 하오. 한번 보기라도 하고 태우지요."

하고 다 탄 재를 들여다보며 곧 울 것같이 상을 찡그리었다.

"방안으로 들어가세."

"네."

김륜이가 갖바치의 뒤를 따라 들어와서 한구석에 앉은 뒤에

"『삼원명경』 백여 권이 지금 네게 몇 권 남아 있느냐?"

하고 선생이 노기 있이 말하니, 김륜이가 앞으로 나와 꿇어앉았다.

"친한 사람들이 보고 가져오겠다는 것을 인정에 차마 못한다기 어려워서 빌려주었더니 구경 돌려보내지 아니하여 낙길˙이 되었습니다."

"내가 남에게 빌려주라고 말한 일이 없지야?"

"잘못되었습니다. 이번에 나가면 저저이˙ 찾아다 두겠습니다."

"찾아? 지금 없어진 것이 벌써 십여 권이고 네가 찾지 못할 만큼 깊이 들어간 것이 대개 이십여 권이다. 삼원명경쯤을 잘 보존 못하는 네가 그 이상의 책을 바라는 것은 분수에 넘치는 일이다."

하고 선생이 준절히 말하여 김륜이는 부끄러운 생각에 한참 동안 고개를 바로 들지 못하였다. 선생은 조는 듯이 눈을 내리감고 앉았다가 홀제 눈을 들어 두 제자를 바라보며

"이리 가까이들 와 앉아라."

하고 이르고 그다음에

"명일 오시에는 내가 이 세상을 떠날 터이다. 신후사身後事는 부탁할 것이 없으나 화장에 소도바˙도 성가신 일이니 배토장培土葬으로 관 쓰지 말고 묻고, 봉분도 만들지 말고 평토平土를 쳐라. 고인총상古人塚上 금인경今人耕이라니 가랫밥˙ 보탬도 좋지그려."

하고 허허 웃었다. 아무 병도 없는 선생이 그 이튿날 오시에 과연 자는 사람과 같이 운명하니 갖바치는 김륜을 데리고 일을 주장하여 선생의 이른 말대로 초종을 지내고 며칠 지난 뒤에 구룡산을 떠나는데, 김륜은 광주 가서 볼일이 있다고 서울길로 올라가고 갖바치는

"기위 이곳까지 왔으니 묘향을 한번 둘러보고 가겠네."

● 낙길 '낙질'의 변한 말. 여러 권으로 한 질을 이루는 책에서 빠진 책이 있음.
● 저저이 있는 사실대로 낱낱이 모두.
● 소도바 후세에 봉양하기 위하여 묘 뒤에 세우는 꼭대기가 탑 모양으로 된 긴 널판.
● 가랫밥 가래로 떠낸 흙의 덩이.

하고 영변길로 내려갔다.

　갖바치가 묘향에 들어가서 머리 깎고 중이 되었다. 갖바치가 서울서 떠날 때에 금동이 내외를 양주로 보내고 혜화문 안 집을 김덕순에게 주고 손 털고 나선 것이 중이 될 맘을 속으로 작정하였던 것이다. 전에 갖바치가 선생의 심부름을 다니는 중에 면분이 두터웠던 수월당 노장중은 그동안에 벌써 죽었고, 그때 상좌가 수월당 주장중이 되었다. 그 주장중이 갖바치의 이야기를 듣고서 아잇적에 보던 사람인 것을 깨닫고 남달리 대접하여 갖바치는 수월당에서 중이 되었다.

　갖바치가 묘향산에 간 소식은 김륜이가 광주 가는 길에 덕순을 찾아보고 말하여 양주서도 곧 알았으나, 그 뒤에는 소식이 막히어서 섭섭이와 꺽정이가 궁금히 생각할 때가 많았다. 이듬해 늦은 봄에 묘향산 보현사 중 하나가 금강산을 가는 길에 덕순을 찾아 들어와서 편지 한 장을 전하고 갔다. 그 편지 겉봉에

　'한양 혜화문 내 이석사전치李碩士轉致 임꺽정개견林巨正開見.'

이라고 쓰인 것이 갖바치의 필적이었다. 덕순이가 중간에서 편지를 뜯어보니 안부 이외에 별말이라고는 묘향산 구경 오라는 말뿐이고 연월일 아래에는 병해瓶亥라고 쓰이어 있었다. 덕순이가 꺽정이를 불러올리어 편지 사연을 말하여 들리었더니 꺽정이는

　"선생님이 오라는데 묘향산 구경이나 가야겠군."

하고 불일간 길을 떠날 것같이 서둘렀다.

“언제쯤 갈라니?”

“곧 가지 무어.”

“너의 집에 말도 아니하고?”

“말하고 가지요.”

“그러면 집에 가서 말하고 오너라. 나하고 동행하자.”

꺽정이가 집으로 내려와서 묘향산 갈 일을 말하니, 꺽정이 아버지가 첫마디에

“안 된다.”

하고 막았다.

“왜요?”

“그런 일이 있어. 가려거든 두어 달 후에 가거라.”

“그런 일이 무슨 일이오?”

“지금 너의 혼인 말이 작정되어 가니 어른이 된 뒤에 구경을 나가거라.”

“어른이오? 나는 싫소. 갓도 못 쓰는 어른보다 총각이 좋아요.”

“이 자식, 그러면 총각으로 늙을 테냐?”

“총각으로 늙어도 좋지요.”

“망한 자식 같으니.”

“남이 들기 싫다는 장가를 억지로 들이려고 하면 내가 묘향산에 가서 다시 아니 올 터이오.”

“중이 될 테냐? 이 자식.”

“중이 되든지 무엇이 되든지.”

꺽정이는 부자간에 말다툼하고 이튿날 서울로 올라왔다. 혜화문 안 덕순에게를 와서 보니 덕순도 없고 덕순의 아우 덕무도 없다. 집 지키는 할머니를 불러서 물어보니 그 할머니 말이

“큰댁에들 가셨소.”

하고 가르쳐서 덕수의 집에를 찾아왔다. 안에 있는 덕순을 불러내어 길 떠날 일을 말하니, 덕순이는

“지금 우리 어머니가 갑자기 병환이 나셔서 어젯밤도 새우다시피 하였다. 구경이 다 무어냐.”

하고 동행 못할 사정을 말하였다.

“그러면 나 혼자 가겠소.”

“그래라. 내가 동행하려다 못한 이야기나 하여라.”

꺽정이가 작별하고 돌아서 나갈 때에 덕순이가 꺽정이를 다시 불러가지고 묘향산에 가서 갖바치를 찾을 때 수월당 병해대사로 찾으라고 일러주었다.

꺽정이가 평산부터는 초행길이라 길을 묻느라고 자연 조금씩 지체가 되어서 서울서 떠난 지 나흘 되던 날 아침에 묘향산에를 들어왔다. 보현사 큰절에 와서 수월당을 묻고 수월당에 와서 병해대사를 물으니 머리 깎은 갖바치 선생이 어느 방에서 나오며

“너 오느냐?”

하고 꺽정이를 반갑게 맞아들이었다. 꺽정이가 양주 집안 이야기와 서울 덕순의 집 이야기를 대강 말하고 난 뒤에 대사가

"너 올 때 심선생을 못 뵈었니?"

하고 물으니 꺽정이는

"안 뵈었소. 안녕하시겠지요."

하고 말하였다.

"너더러 오라기는 다름 아니다. 내가 백두산에를 들어가볼 생각이 있으니, 너 나하고 같이 가지 아니하려니?"

"아무데라도 같이 가십시다. 그러나 백두산은 함경도 땅에서 들어가지 아니하나요?"

"이곳에서 함경도 땅을 지나서 백두산에를 들어갈 수도 있겠지."

"아무렇게든지 가십시다."

하고 꺽정이는 별말 아니하고 선생과 같이 백두산 구경을 가기로 작정하였다.

늙은 중과 건장한 총각이 작반하여 길을 나섰다. 희천熙川, 강계江界를 지나 후창厚昌으로 나와서 강물을 끼고 올라오며 갈파진乫坡鎭, 혜산진惠山鎭을 거치어서 영변서 떠난 뒤 달포 지난 때에 백두산 지경을 접어들었다. 그동안에도 인가 없는 곳을 누차 지나왔지만, 앞으로는 산 상봉까지 이백리 길이 내쳐 무인지경이라 총각은 짊어진 바랑 속에 감자를 말이 넘게 얻어 넣었다. 범이 내닫거나 곰이 덤비거나 또는 무지한 되놈이 달려들거나 총각은 조금도 겁낼 사람이 아니로되, 생후에 처음 보는 크나큰 수림樹林에는 놀라지 않을 수 없었다. 도끼 소리를 들어보지 못한 나무가 배게 들어서서 하늘이 잘 보이지 아니하였다. 하늘을 찌를 듯이 꼿꼿이 선 것도 나무요, 다리 놓이듯이 썩어 자빠진 것도 나무라, 가고 가고 쉬지 않고 가도 전후좌우에 보이느니 나무뿐이었다. 말하자면 나무바다를 헤엄쳐 나가는 셈이었다. 만일에 방향을 잃고 헤매게 된다면 십년 이십년에도 벗어져 나갈 수가 없을 것 같았다. 총각이 중의 뒤에 따라오며

"이놈의 숲이 끝이 없네요."

하고 말하니

"참말 굉장한 수림이다."

하고 앞선 중이 대답하였다.

"어디가 북쪽인지 어디가 남쪽인지 아주 대중할 수가 없어요."

"염려 마라, 방향은 잃지 않을 게니. 이것 보아라, 여기 사람 다닌 자취가 있다."

하고 이끼 위에 박힌 발자국을 가리키며 중은 총각을 돌아보았다. 중과 총각이 수림 속으로 얼마를 걸었던지 나무 없는 넓은 터전에 나오게 되었다. 그 터전 중간에 당집이 있다.

"그만해도 시원하구먼요. 저기 무슨 당집이 있네요."

"당집이다. 거기 가서 쉬어 가자."

두 사람이 당집 앞으로 가까이 와서 보니 여편네 한 사람이 당집 안에 꿇어앉아 있다. 두 손바닥을 맞대고 손 위에 앞이마를 얹고 입속으로 중얼중얼하는 것이 무슨 축원을 드리는 모양이다. 총각의 큰기침에 여편네가 깜짝 놀라 돌아다보며

“아구머니나.”

하고 소리를 지르더니

“놀라지 마십시오.”

하고 부드럽게 말하는 늙은 중을 이윽히 바라보다가 일어나서 당집 밖으로 나왔다.

그 여편네는 머리가 희끗희끗한 나이 오십 넘어 보이는 사람인데, 쪼그라지고 바스라진 그 얼굴에도 전날 곱던 전형이 보이었다. 여편네가 다시 한번 중의 모양을 훑어보고 또 그다음에 총각의 얼굴을 치어다보았다. 머리에 굴갓을 쓰고 목에 염주를 걸고 몸에 먹장삼을 입고 두 손으로 지팡이를 짚고 섰는 늙은 중은 안에 품은 도덕이 외모에 나타나고, 사람도 넣을 만한 큰 바랑을 짊어지고 굵직한 몽둥이를 들고 섰는 총각의 얼굴은 사납게 생겨 보이나 흉한 사람 같지 아니하였다. 여편네가 놀란 맘이 가라앉는 듯이 늙은 중과 말을 하기 시작하였다.

“이곳을 어째 왔소?”

“백두산을 올라가는 길이외다.”

“대사님, 어느 절에서 왔소? 천봉산天鳳山 자복사資福寺요?”

“아니올시다. 묘향산에서 왔소이다.”

“묘향산이 어디인가요?”

“평안도 영변이올시다.”

“평안도요? 아이구, 멀고 먼 하관에서 오셨습니다.”

하고 여편네가 잠깐 무엇을 생각하는 모양이더니

　　"우리 집이 여기서 가까우니 가서 쉬어 가시지요."

하고 말하였다. 뒤에 섰던 총각이 앞으로 나서며

　　"대체 여기가 어디인가요?"

하고 물으니

　　"허항령虛項嶺이어. 사십리 허항령 고개를 말도 못 듣고 왔는가? 이 당집은 천왕님을 위하는 천왕당이고."

하고 여편네가 대답하였다.

　　중과 총각이 여편네의 뒤를 따라서 천왕당 옆으로 수림 속을 뚫고 오릿길을 넘어 나와보니 통나무로 지은 삼간집이 보이었다. 여편네가 들어오라는 대로 집안에를 들어서서 한번 둘러보니 나무벽을 털가죽으로 도배한 것같이 산짐승의 털가죽이 사방 벽에 매어달렸다. 호랑이 가죽, 곰 가죽, 사슴 가죽, 가지각색 짐승의 가죽이었다. 산짐승에게서 나는 노린내가 코를 거슬리었다. 손들이 주인의 뒤를 좇아 방안에 들어앉은 뒤에 총각이 산짐승의 털가죽을 가리키며 말을 묻기 시작하였다.

　　"이것들을 어떻게 잡으셨소?"

　　"아이들이 잡아온 것이지, 내가 어떻게 잡아."

　　"아이들이라니요?"

　　"딸 하나, 아들 하나 남매가 있어."

　　"지금은 어디들 갔나요?"

　　"남매 같이 사냥 간다고 나갔으니까 해질 때에나 돌아올 터이지."

"어째 이런 사람 살지 않는 곳에 와서 사시나요?"

하고 물은즉

"이야기하자면 사연이 길어."

하고 여편네는 한숨을 쉬고

"대강 이야기하리까?"

하고 늙은 중을 돌아보았다.

그 여편네는 갑산甲山 관비로서 관노 한 사람과 정이 들어 죽자 사자 할 지경에, 그때 새로 도임한 갑산부사가 여편네의 인물을 탐내어서 억지로 수청을 들이려고 하는 까닭에 두 남녀가 공론하고 모야무지*에 도망하여 운총雲寵내 근처 산골에 와서 초막을 짓고 살려다가 관가에 염문廉問이 들어가서 잡히게 되었더니, 다행히 선통하여 주는 사람이 있어서 또다시 도망하여 무인지경 이곳으로 들어

● 모야무지(某也無知)
이슥한 밤에 하는 일이라서
보고 듣는 사람이 없거나
알 사람이 없음.

와서 두 내외가 근 삼십년 같이 살다가 사나이는 사년 전에 죽고 지금 홀어머니가 아들딸 남매만 데리고 지내는 중인데 천왕당에 발원하고 낳은 아들 천왕동天王童이는 나이가 열여섯이고, 그 누이 운총이는 나이가 스물셋이었다. 처음에는 여편네가 호젓하고 무서울 뿐이 아니라 갖은 고생에 못살 것 같아서 사나이가 사냥 나가고 집에 없을 때면 어린아이같이 목을 놓고 울기까지 하더니, 삼십년 세월을 살아오는 동안에 고생에도 익어서 구태여 인간처로 나갈 맘이 없지마는 아들딸을 성취시키자면 막부득이 나가야 하겠고, 나가자니 남편의 무덤을 내버리고 가기도 어려워

서 맘에 주저하고 있는 중이었다. 아들은 아직 성취가 급할 것이 없으나 스물 넘은 딸이 목전에 걱정이었다. 여편네가 내력과 신세를 이야기하는 끝에

"딸이라고 해야 사나이자식처럼 놓아 길러서 인간처에 가더라도 데려갈 사람이 있을는지 모르겠습니다."

하고 중에게 말을 하며 간간이 총각의 얼굴을 유심히 보는 것 같았다.

"상좌는 어째서 머리를 깎지 않았습니까?"

"상좌가 아니외다. 노승이 속인으로 있을 때 가르치던 제자올시다."

"총각은 그러면 중이 아니군."

하고 여편네의 말 묻는 눈치가 중이 아닌 것을 다행하게 아는 것 같은데, 총각은 눈치를 아는지 모르는지 웃으면서 고개를 끄덕이었다. 여편네가 총각의 일을 캐어묻기 시작하였다.

"총각은 고향이 어디여?"

"경기도 양주요."

"성은 무어고 이름은 무어요?"

"성은 임가고 이름은 꺽정이오."

"나이는 몇 살이오?"

"갓 스물이오."

"우리 운총이보다 세살 아래일세."

키가 사천왕 같고 얼굴이 숯검정 같고 손이 북두갈고리 같은

과년한 계집아이가 말승냥이같이 뛰어다니는 모양이 꺽정이의 눈앞에 떠올랐다. 꺽정이가 싱긋싱긋 웃으면서

"나를 사위 삼으실라오?"

하고 장난조로 물었더니 운총 어머니는 진정의 말로

"총각 같은 사위를 얻으면 한이 없지."

하고 대답하여 꺽정이는 말을 달리 돌리었다.

"산짐승 고기만 먹고 사시오?"

"지금은 집 뒤에 화전을 일어서 감자도 묻고 강냉이도 심고 할 뿐 아니라 짐승 가죽으로 곡식 바꾸어 오기도 하지."

"옷감은 어떻게 하오?"

"옷감도 바꾸어 오지."

"어디 가서 바꾸어 오나요?"

"혜산진으로도 가고 갑산읍으로도 가고 대중이 없어. 우리 천왕동이는 걸음이 사슴같이 빨라서 회령읍도 삼사일이면 다녀오니까 물건 바꾸어 오기가 전같이 힘들지 아니해."

하고 운총 어머니가

"손님들이 시장할 터인데 이야기에 팔려서……."

하고 웃고 일어서서 정지 앞으로 가더니 감자와 강냉이를 쪄서 솔소반에 담아가지고 와서 손님들에게 권하였다.

"선생님, 얼른 점심 요기하고 몇십리 더 가다 잡시다."

"글쎄."

"가다니? 오늘은 우리게서 묵어야지. 그리고 산에 올라가는

길을 천왕동이가 잘 아니 길도 배워가지고 가는 것이 좋지 않
아?"

"주인께는 폐가 되지만, 그렇게 하는 것이 좋겠다."

선생의 말에

"아무리나 하십시다."

대답하는 꺽정이는 천왕동이 남매가 어떻게들 생겼나 한번 보고
갈 생각이 없지 아니하였다. 주인 손 세 사람이 감자를 벗기고
강냉이를 긁는 중에

"엄마야, 우리 온다."

하고 말소리가 들리니 그 어머니가

"저것들이 오늘은 일찍 오네."

하고 밖을 내다보다가

"아이구, 큰 사냥 했구나."

하고 말하였다. 밖에서 쿵 소리, 덜컥 소리가 나더니 두 아이가
우르르 뛰어들어왔다. 한 아이는

"낯모를 인간들이 어디서 왔나?"

하고 손님들의 얼굴을 면괴스럽게 보고 섰다. 한 아이는

"배가 고프다."

하고 손님들 앞에 있는 감자와 강냉이를 두 손으로 움키어 갔다.
섰던 아이가 이것을 보고

"나 좀 다구."

하고 빼앗으려고 하니 움키어 들고 있는 아이는

"저기 또 있다."

하고 주지 아니하려고 하는데 그 어머니가

"손님이 있으니 조용히들 앉아라."

하고 두 아이를 붙잡아 앉히다시피 하였다.

두 아이는 복색이 같고 얼굴이 비슷하여 어느 아이가 운총인지, 또 어느 아이가 천왕동인지 처음 보는 사람은 얼른 분간하기 어려웠다. 그러나 자세히 보면 한 아이가 눈찌와 입매에 계집아이의 티가 보이었다. 이 아이가 운총이다. 꺽정이가 보기 전에 사천왕 같고 숯검정 같고 또 북두갈고리 같으리라고 생각한 것은 하나 맞지 않고 모조리 틀리었다. 천왕동이가 숙성하여 열팔구세 된 아이와 같이 보이나, 이십여세 된 운총이의 키가 천왕동이보다 조금 살아 보일 뿐이고 남매가 모두 외탁하여 얼굴 전형이 동글납작하게 이쁘장스럽고, 얼굴빛은 볕에 그을어서 희지 못할 뿐이지 검지 아니하고, 손은 마디가 굵어서 험하기는 하나 보기에 밉지 아니하였다. 속이 맑은 눈에는 생기가 뚝뚝 떴고 납족한 입은 닫힌 것이 야무져 보이었다. 꺽정이가

"감자 주랴?"

하고 몇개를 집어서 운총에게 던져주니

"누가 저더러 달라든가."

하고 운총이는 고개를 돌리고 감자를 집지 아니하였다. 옆에 퍼더버리고 앉았던 천왕동이가

"싫거든 나나 먹자."

하고 감자들을 집어다 다리 샅에 넣고 껍질도 변변히 벗기지 않고 아귀아귀 먹는데, 운총이가 욕심이 나는 모양으로 동생이 먹는 것을 보고 있다가

"엄마, 나 배고파."

하고 어린아이 응석하듯이 말하니 그 어머니가

"오냐, 감자 쪄주마."

하고 일어서며 대사를 돌아보고

"이십여세나 된 것이 저 모양이니 누가 데려가겠습니까?"

하고 웃어서 대사가

"남매가 꼭 형제 같습니다."

하고 말하니 천왕동이는

"형제 같다네. 우리가 형제 아닌가?"

하고 말하고 운총이는

"모르고 말하는 거다."

하고 말하며 서로 킬킬거리었다.

천왕동이는 고사하고 운총이도 곧 꺽정이와 사귀어서 서로 말을 하게 되었다.

"너희들 오늘 무엇 잡았니?"

"큰 검둥이를 잡았다. 동생이 쫓고 내가 찔렀다."

"검둥이가 무어냐?"

"나가 볼래?"

하고 천왕동이가 꺽정이의 손을 잡고 일어서니 운총이가

“나도.”

하고 따라 일어섰다. 껙정이가 끌리어나와서 대가리 찔러 잡은

시커먼 곰을 보고 대가리에 피 묻은 곳을 가리키며

“무엇으로 찔러 잡았니?”

하고 물으니 운총이가

“이것으로 찔렀다.”

하고 옆에 세웠던 창을 들어 보이었다.

“너도 짐승을 잡아보았니?”

하고 운총이가 묻는 말에 껙정이가

“잡아보지 못했다.”

하고 대답하였더니

“사나이 인간이 짐승도 못 잡아보았나?”

“사나이라고 다 짐승 잡을 줄 아나?”

하고 누이 동생이 비웃어 말하므로 껙정이가

“한번 나하고 같이 사냥을 가보려니?”

하고 말하니 운총이는

“짐승을 잡을 줄 모른다며 가서 무어하나.”

하고 여전히 비웃어 말하고 천왕동이는

“잡나 못 잡나 가보아야지. 오늘 밤 자고 같이 가자.”

하고 껙정이의 등을 치며 웃었다. 이때 운총 어머니가 방에서

“운총아, 감자 먹어라.”

하고 불러서 운총이는 한달음에 뛰어들어가고 껙정이가 천왕동

이와 같이 뒤에 떨어져 들어오며

　"곰을 검둥이라면 호랑이는 무어라고 하고 사슴은 무어라고 하니?"

하고 물은즉 천왕동이가

　"호랑이는 얼룩이도 있고 바둑이도 있고, 뿔 있는 사슴은 뿌다귀라고 부른다. 우리 죽은 아비가 지은 이름이다."

하고 곧 뒤를 이어

　"우리 같이 가거든 얼룩이나 하나 잡자."

하고 웃으니 꺽정이는

　"얼룩이라니 칡범 말이구나."

하고 천왕동이와 같이 웃었다. 꺽정이가 천왕동이의 옆에 붙어 앉으며

　"너의 집에 칼 있니?"

하고 물으니 감자를 먹고 앉았던 운총이가

　'이것 말이냐?'

하고 묻는 듯이 옆에 있던 조그만 참칼을 들어 보이는데, 꺽정이가 아니라고 고개를 외친즉 천왕동이가

　"무슨 칼?"

하고 되물었다.

　"긴 칼, 환도 말이다."

　"아비 가졌던 긴 칼이 있어."

　"내가 찾을까?"

하고 천왕동이가 일어서려는 것을 그 어머니가

　“수선 떨지 마라.”

하고 나무라서 주저앉혔다.

　천왕동이가 백두산 상봉까지 데리고 가서 구경시켜 줄 터이니 하루는 사냥하고 놀다가 가라고 붙들어서, 대사는 운총 어머니와 같이 집에 있고 꺽정이는 천왕동이 남매와 같이 사냥을 나가게 되었다. 아침 요기들을 단단히 한 뒤에 셋이 동무지어 나가는데, 천왕동이는 창을 들고 앞장을 서고 꺽정이는 환도를 차고 중간에 들고 운총이는 창을 엇메고 뒤를 따랐다. 얼마 동안 숲속을 뚫고 나와서 칠성七星늪을 지나 산골로 들어섰다. 짐승의 발자국을 살피며 등성이로 골짜기로 올라갔다 내려갔다 하는 중에 바람 지나가는 결에 천왕동이가 코를 들이마시며 냄새를 맡더니

　“얼룩이가 가까이 있다.”

하고 바람 오던 편으로 얼마 아니 가서 우뚝 서며 뒤를 돌아보고 손짓하여 뒤에 오던 꺽정이와 운총이가 함께 앞으로 나섰다. 천왕동이가 말이 없이 건너편 등성이 끝을 가리키니 운총이는 대번에 알아보고

　“바둑이다.”

하고 말하는데, 꺽정이는 선뜻 보이지 아니하여 천왕동이의 손가락 가던 곳을 대중삼아 자세히 바라본 뒤에야 조그만큼씩한 떡갈나무 무더기 밑에 얼룩얼룩한 물건이 있는 것을 보았다. 표범이다.

이편에서 세 사람이 목 잡을 공론들을 하는 중에 저편의 표범이 사람들을 보았던지 누웠다 일어서서 몸을 훌훌 털고 앞뒷발을 버티고 허리를 잘록하게 들어가도록 기지개를 켜고, 그리하고 어슬렁어슬렁 등성이를 타고 내려간다. 천왕동이 남매가 이것을 보고 풍우같이 등성이 아랫길로 뛰어내려가니 꺽정이도 뒤를 쫓아가려다가 어찌 생각하고 표범 누웠던 등성이 끝으로 뛰어왔다. 천왕동이 남매가 어느 틈에 표범 내려가는 길을 막질러 가지고 좌우로 갈라서 올라온다. 표범은 내려가던 걸음을 멈추고 서서 으르렁 소리를 내더니 사람이 차차 가까이들 오는 것을 보고 성이 나서 색색거리고 곧 사람에게 덮칠 것같이 앞몸을 솟치더니 번쩍거리는 창날을 덮쳐서 이롭지 못할 줄로 알았던지 휙 돌쳐서며 등성이 위로 올라닥쳤다. 꺽정이가 칼날을 뽑아들고 내려다보고 섰다가 바람같이 올라오는 범의 앞을 막으며 번개같이 칼로 내리쳤다. 표범은 목덜미를 맞고 그 자리에 거꾸러졌다. 표범의 뒤를 쫓아오던 남매가 이것을 보고 우뚝우뚝 서더니 천왕동이는 거꾸러진 표범 앞으로 나가서 몸뚱이와 떨어질 뻔한 대가리를 창끝으로 건드리며

"단번 칼질에 무섭다."

하고 혀를 내두르고 운총이는

"저 털가죽은 좁쌀 한 말밖에 못 바꾸겠다."

하고 가죽이 많이 상한 것을 말하였다. 꺽정이가 빙그레 웃으며 칼날을 집에 꽂았다.

표범 한 마리 잡은 뒤에는 다시 짐승을 만나지 못하였다. 해가 점심때가 겨운 뒤에 요깃거리로 가지고 왔던 찐감자를 나눠먹고 차차 내려오는 길에 칠성늪에를 와서 늪가에서 물 먹고 섰는 사슴 한 마리를 만났다. 운총이가 꺽정이를 돌아보며

"뿌다귀는 앞이 무섭다. 갈 데 없이 몰리어 사람에게 대드는 뿌다귀는 얼룩이보다 더 무서운 거다. 우습게 보고 앞으로 가지 마라."

하고 정답게 일러주었다. 천왕동이 남매와 꺽정이가 멀리 돌아서 사슴이 도망갈 길을 삼면으로 막고 들어오며 악 소리를 지르니 놀란 사슴이 도망하려고 돌쳐섰다. 이편을 보아도 사람이고 저편을 보아도 사람이라 사람의 틈으로 도망하려고 내닫다가 서슬 있는 창날이 앞을 막는 바람에 다시 늪가로 뛰어갔다. 사람들이 차차로 동안을 좁히어 들어온다. 사슴은 위험이 가까운 것을 알고 살려달라는 듯이 '매' 소리를 질렀다. 동안이 어지간히 가까워진 뒤에 중간줄에 섰던 꺽정이가 별안간에 나는 새같이 사슴에게 뛰어들어가니 사슴은 겁결에 뒤로 돌쳐서며 궁둥이를 솟치어 모두발질하였다. 사슴의 앞은 늪이라 사슴이 다시 돌쳐섰다. 뿔로 뜨려고 대가리를 숙이었다. 꺽정이가 대어들며 발길로 한번 아래서부터 거두니 사슴은 턱을 차이고 대가리를 치어들었다. 꺽정이가 날쌔게 두 손으로 두 뿔의 대 밑동을 움켜쥐었다. 사슴은 뒷다리를 버티고 앞으로 내밀려고도 하고 대가리를 내흔들려고도 하였다. 그러나 꼼짝 못하였다. 꺽정이의 두 팔뚝에 힘

줄이 불끈 솟았다. 사슴은 앞발로 늪가의 모래를 파헤칠 뿐이었다. 꺽정이가 뛰어갈 때 이편에 섰던 운총이는 깜짝 놀랐었다. 사슴의 무서운 것을 일껏 일러주기까지 하였는데 철모르고 뛰어가는 줄로 알았었다. 창을 들고 한달음에 쫓아왔다. 저편에 섰던 천왕동이도 달음질하여 들어왔다. 꺽정이가 사슴의 뿔을 움켜쥔 뒤라 남매가 다같이 어이없어하며 보고 섰다. 나중에 꺽정이가 사슴을 끌고 뒷걸음을 치기 시작하였다. 사슴은 앞발을 놀리던 기운까지 없어진 모양이었다. 눈을 끔적끔적하며 끌려나왔다. 꺽정이가 천왕동이를 돌아보며 사족을 묶으라고 말하고 사슴을 가로 쓰러뜨리니 천왕동이가 가지고 다니는 숙마바로 사슴의 앞뒤 다리를 친친 동이었다. 사슴이 움직이지 못하게 된 것을 보고 꺽정이가 뿔을 놓았다. 운총이는 자기 옷소매로 꺽정이 이마의 땀을 씻어주었다. 대가리가 흔들거리는 표범은 앞뒤 다리를 묶고 장대를 꿰어 천왕동이 남매가 앞뒤에서 메고 이따금 발버둥이치는 사슴은 꺽정이가 뒷발을 잡아 거꾸로 둘러메고 다저녁때 돌아들 왔다.

　운총이가 그날 사냥갔다 돌아오며부터 꺽정이의 옆을 잠시 떠나려고 하지 아니하였다. 저녁은 운총 어머니가 손님 대접한다고 귀한 조밥을 지었는데, 운총이가 큰 밥그릇을 골라서 꺽정이 앞에 놓아주고 희한한 귀물貴物 깨를 갖다가 꺽정이 소금에 섞어주었다. 꺽정이는 운총의 부니는˙ 것이 맘에 싫지 아니하나 뜻이 있는 듯이 웃는 운총 어머니도 보기 부끄럽고 본체만체하는 선생도 보기 부끄러워서 지수굿하고 앉았는데, 운총이는 남이 부끄러워하는 것도 모르고 부닐고 싶은 대로 부닐었다. 천왕동이는 운총이와 같이 부닐지만 아니할 뿐이지 꺽정이게 따르는 맘은 운총에게 지지 아니하였다.

저녁밥이 끝난 뒤에 천왕동이가 그 어머니를 보고 정지 건너편 방에 가서 꺽정이와 같이 자겠다고 말하여, 그 어머니는 미처 대답도 하기 전에 운총이가

"나도 가서 꺽정이하고 잘 테다."

하고 나서는 것을 어머니가

"너희 둘이 가면 좁아 못 잔다."

하고 말리니 천왕동이는

"그래, 좁지 않게 나만 잘 테다."

하고 운총이는

"너는 엄마하고 같이 자. 내가 갈 테니."

하고 내가 가랴 네가 가랴 남매 서로 다투기 시작하였다.

"사내는 사내하고 자고 여인은 여인하고 자야 한다."

"같이 자면 자는 게지, 사내는 무어 말라비틀어진 거냐."

"그래도 끼리끼리가 있지 없어?"

"사내고 여인이고 가를라면 사내하고 여인하고 같이 자야 한다. 여기서 엄마가 아비하고 같이 잘 때 저기서는 너하고 나하고 같이 잤지."

"너희들은 갖은 새소리를 다 지저귄다."

하고 어머니가 나무라니 천왕동이가 한참 잠자코 있다가

"그러면 이렇게 하자. 대사를 엄마하고 같이 자라고 하고 너하고 나하고 둘이 같이 가자."

하고 말하여 운총이가

"그거 좋다."

하고 손뼉을 치는데 어머니가

"종없이 지껄이지 마라. 손님들만 가서 주무시게 해야 한다."

하고 걱정할 뿐 아니라 꺽정이가 자기 선생 이외 다른 사람과 같이 자지 않겠다고 말하여 남매가 모두 수그러져서 전날 밤과 같이 손님 두 사람만 정지 건너편 방에 가서 자게 되었다. 꺽정이가 자리에 누운 뒤에 남매의 요절한 말다툼을 돌쳐 생각하고 껄껄거리니, 대사는

"아무 사심없이 자란 것이 귀하다."

하고 도리어 칭찬하였다.

"저대로 두면 저것들 남매간에 자식이 생기지 않을까요?"

"그럴는지도 모르지. 천지개벽한 뒤 사람이 처음 생겼을 때는 남녀만 알았지, 모자니 남매니 구별하지 못했을 것이다."

사제 두 사람은 이런 이야기를 하다가 곧 잠이 들었는데 삼모자 방에서는 밤이 들도록 말소리가 그치지 아니하였다. 운총이와 천왕동이가 번갈아가며 사냥할 때 광경을 이야기하고 꺽정이를 칭찬한 뒤에는 그 어머니가

"노인 대사는 하루 종일 뫼시고 말씀해보니 참말 도승이더라.

내가 젊었을 때 우리 고을 천봉산 자복사에도 가서 보았지만, 손
님 대사 같은 도승은 못 보았다. 그래서 너의 아버지 젯날 경經을
읽어줍시사고 청해서 허락까지 맡았다. 도승의 인도를 받는 것
이 죽은 사람에게는 큰 복이다. 껏정이가 도승의 제자니 그렇지
범연하겠니?"

하고 연해 대사를 도승이라고 칭찬하였다. 도승이란 말을 모르
는 운총이는

　"도승이 무엇인가?"

하고 물어서 어머니가

　"도승이란 것은 장차 부처님이 될 중이다."

　"부처님은?"

　"부처님은 천왕당의 천왕성제天王聖帝와 같은

영검한 거야."

하고 대답하고 아비 젯날을 모르는 천왕동이는

　"젯날이 언제인가?"

하고 물어서 어머니가

　"열흘 남았다. 아홉 밤만 자면 된다."

　"오늘 밤까지?"

　"아니, 오늘 밤 말고 말이다."

하고 대답하였다. 그 뒤에는 천왕동이가 백두산 길 가르쳐줄 이
야기가 나서

　"늙은 대사하고 같이 갔다올라면 두 밤은 자야 할라."

하고 운총이가 말하니 천왕동이가

　"가다가 갑갑하거든 나 혼자 오지 무어."

하고 말하는 것을 어머니가

　"아서라. 잘 뫼시고 갔다오너라."

하고 당부하여 말하였다.

　이튿날 식전에 대사와 꺽정이가 천왕동이로 길라잡이를 삼고 등산길을 떠나는데, 운총이가 꺽정이의 흩중의적삼을 보고

　"상봉은 겨울같이 치웁다."

하고 깨우쳐서 꺽정이가 걸머진 양식 바랑 위에는 세 사람이 나눠 쓸 만큼 털가죽 예닐곱 장을 묶어 얹었었다.

　천왕동이는 산짐승이나 다름없이 자라난 까닭으로 다리 힘이 좋을 뿐 아니라 천생으로 걸음이 재어서 겨울 해에도 하루에 사백여리 길까지 다니는 터이고, 병해대사는 근력이 아무리 젊은 사람과 같아도 환갑 넘은 노인이라 자연히 걸음이 느린 터이니 걸음이 왕청되게 틀리어서 동행하기 어려웠다. 꺽정이는 대사와 동행하기에 미립˙이 나다시피 되었건만 그래도 갑갑할 때가 없지 아니하거든, 길들지 아니한 생마 같은 천왕동이가 갑갑증을 참느라면 조만히 애를 삭일 것은 보지 않아도 알 일이다. 천왕동이는 곱길을 걸었다. 뒤에 오려니 하고 앞서가다가 뒤에서 오지 아니하면 돌쳐와서 만나고 다시 앞서 걸어갔다. 칠성늪 가까이 와서 천왕동이가 애를 삭이다 못하여

　"늪만 구경하고 도루 가자."

하고 대사와 꺽정이를 돌아보니, 대사는 말이 없고 꺽정이가 웃
으면서

"쮜, 앞서 가지 말고 나하고 같이 찬찬히 선생님의 뒤를 따라
가자꾸나."
하고 말하였다.

늪가에 와서 한차례 쉰 다음에 길라잡이 천왕동이도 꺽정이와
같이 뒤로 서고 대사가 앞을 섰다. 얼마 아니 가서 천왕동이는
군소리하기 시작하고 한동안 뒤에는 사풍˙난 것같이 요두전목˙
의 갖은 짓을 다 하였다. 꺽정이가 보기에 우습기도 하고 가엾기
도 하여

"선생님, 천왕동이 미치겠습니다."
하고 말하니 대사는 돌아보며 웃었다.
"너는 도루 집으로 가거라."
"같이 도루 갈 테야?"
"우리는 상봉까지 갔다 갈 테다."
"싫어, 그러면 나도 갈 테야."
대사와 천왕동이의 문답을 듣고 있던 꺽정이가
"혼자 도루 가지 않는 것만은 무던하다."
하고 천왕동이를 추어주고
"이애, 네가 선생님을 업고 가자."
하고 말하여 천왕동이는
"그래 볼까?"

하고 대사 앞에 와서 등을 돌려대니 대사는 싫단 말 아니하고 업히었다. 천왕동이가 처음에는 상봉까지 단참에 갈 것같이 내닫더니 불과 얼마 가지 못하여서 낑낑거리기 시작하고 나중에는

"아이구, 못 가겠다."

하고 대사를 내려놓았다. 꺽정이가 이것을 보고 웃으면서

"그러면 내가 선생님을 업을 터이니 너는 짐을 져라."

하고 말하여 천왕동이는 감자 바랑과 가죽을 지고 앞을 서고 꺽정이는 대사를 업고 뒤를 따랐다. 꺽정이가 뒤떨어지기는 하지만 천왕동이를 곱길 걸리게까지 떨어지지 아니하였다. 길이 훨씬 빨라졌다.

"얼른 이렇게 했더면 길을 많이 갔겠다."

하고 천왕동이는 좋아하였다. 이래저래 지체가 많이 되었건만, 그래도 백릿길을 넘어 걸어서 무룩하게 생긴 무투리봉에까지 와서 밤을 지내고, 이튿날 아침에 나무 없는 돌바닥을 지나서 백두산 상봉에를 올라왔다. 바람은 지동치듯 불고 운무雲霧는 바다같았다. 세 사람은 짐승의 털가죽을 두르고 서로 의지하고 앉았다가 운무가 터진 뒤에 오색이 찬란하게 비치는 천왕못가에까지 내려가서 보고 회정回程하게 되었다.

그날 해진 뒤에 일행이 돌아왔다. 운총 어머니가

"어디까지 갔다오셨습니까?"

하고 대사에게 물으니 대사는

"상봉에까지 갔다옵니다."

하고 대답하였다.

"우리 천왕동이는 하루 해에도 다니기를 예사로 합니다만, 노인의 걸음으로 어찌 이렇게 속히 다녀오셨습니까? 아무리 속히 오신다 하여도 길에서 두서너 밤은 지나시려니 생각하였습니다."

천왕동이가 그 어머니 말끝에

"두서너 밤이 무어야? 대사 걸음 같으면 네 밤은 자야 갔다왔을 거야."

하고 내달으니 그 어머니가

"그러면 무투리봉쯤 갔다온 게구나."

하고 자기 짐작대로

"무투리봉이 상봉이 아닙니다."

하고 다시 대사를 돌아보았다.

"천왕못 물에 손까지 넣어보았습니다."

거짓말할 리 없는 대사의 말을 의심하는 듯이 운총이가

"상봉에 참말 간 거냐, 안 간 거냐?"

하고 물으니 천왕동이가

"그럼 갔지, 안 갔어?"

하고 껑정이를 가리키며

"이가 대사를 업고 갔다왔어."

하고 말하여 운총이 모녀가 일행이 속히 다녀온 까닭을 알고 운총 어머니는

"험한 산길에 어떻게 노인을 업고 갔다왔나?"

하고 꺽정이의 얼굴을 다시 한번 치어다보고, 운총이는

"너니까."

하고 꺽정이를 보고 상글상글하였다.

운총 어머니는 죽은 남편을 묻던 날부터 매일 한번씩 천왕당 근처에 있는 무덤에 갔다가 그 길로 천왕당에 가서 당집 안팎을 정하게 쓸어놓고 왔었다. 운총 어머니가 처음에는 자기 훗길 닦을 생각으로 시작한 것이 생각이 자녀에게까지 번져나가서 당집을 쓸어놓고는 천왕성제 앞에 나아가서 세 번 절하고 절 한번에 축원 한 가지씩 올리게 되었으니, 첫째 절은 죽어 저생에 가서 남편을 다시 만나게 하여달라는 것이요, 둘째 절은 천왕동이 수명장수하게 하여달라는 것이요, 또 셋째 절은 사위를 잘 보게 하여달라는 것이었다. 사년 동안에 병이 나서 며칠 빠진 외에는 비가 오나 바람이 부나 하루를 거르지 아니하였었다. 운총이와 천왕동이도 천왕당에 가는 것만 알지 무슨 축원하는지를 모르는 터인데, 의외에 손님 대사가 알아서 운총 어머니를 놀라게 하였었다. 대사가 오던 이튿날, 운총이 남매가 꺽정이와 같이 사냥을 나간 뒤에 운총 어머니가 대사를 보고 사위 얻을 것을 걱정하고 또 꺽정이의 인물을 칭찬하였더니 대사가

"정성이 한데 가겠습니까."

하고 말하는 것을 못 알아듣는 체하고

"정성이라니요?"

하고 말한즉

"천왕당에 가서 축원하시는 것이 정성이 아닙니까?"

하고 알고 말하는 데는 기일 수가 없었다. 이리하여 운총 어머니

는 대사를 도승으로 알고

"꺽정이를 사위 삼게 되겠습니까?"

하고 물어보았더니 대사는 웃으면서

"천왕이 지시하셨다면 어련하리까."

하고 대답하였다. 그 뒤에 운총 어머니는 천왕당에 가서 천왕화

상天王畫像 앞에 절할 때

"꺽정이 같은 사윗감을 지시하여 주셔서 감축합니다."

하고 지레 사례까지 한 일이 있었다.

운총 아버지 젯날 대사가 경 읽어주기로 한 까닭에 대사와 꺽

정이는 칠팔일 동안 더 묵게 되었는데, 그 묵게 된 것을 운총이

남매가 좋아할 뿐 아니라 꺽정이 역시 해롭지 않게 생각하였다.

꺽정이는 운총이와 단둘이 놀러다니고 싶은 생각까지 있었지만,

그림자같이 붙어다니는 천왕동이가 있는 까닭으로 둘이만 만나

게 되지 못하다가 천왕동이가 짐승의 털가죽을 가지고 젯날 소

용될 물품을 바꾸러 가게 되어 비로소 틈을 얻게 되었다. 그날

천왕동이가 길을 떠난 뒤에 운총 어머니가 운총이를 데리고 천

왕당에를 나가는데, 꺽정이가 그 뒤를 쫓아나갔다. 운총 어머니

가 할 일을 마치고 돌아갈 때 운총이가

"엄마, 먼저 가. 우리는 놀다 갈게."

하고 말하니 그 어머니는

"오냐, 조금만 놀다 오너라."

하고 혼자 숲속으로 들어갔다.

꺽정이와 운총이가 천왕당 뜰 위에 와서 나란히 어깨를 겯고 앉았다. 꺽정이는 무슨 말을 먼저 물어볼까 생각하였다.

"운총아."

하고 불러놓고 한참 말이 없으니 운총이는 말을 재촉하는 듯이 꺽정이의 얼굴을 치어다보았다.

"너 나하고 같이 가서 살려냐?"

"엄마하고 천왕동이는 어떻게 하구?"

"다같이 가지."

"엄마더러 물어보자."

"장가들고 시집가는 것 너 아니?"

하고 묻고, 꺽정이는 운총의 대답을 기다리다가 대답이 없는 것을 보고 한번 웃었다.

"모르니? 사내가 여인 얻는 것을 장가든다고 하고 여인이 사내 얻어가는 것을 시집간다고 한다. 너 내게로 시집오려냐?"

"시집가면 무엇하니?"

하고 묻는 것이 땅파기다. 꺽정이는 또 웃었다.

"아들도 낳고 딸도 낳지. 너의 엄마가 너의 아비에게 시집을 온 까닭에 너를 낳고 천왕동이도 난 것이다."

"천왕동이 같은 아들 하나 나볼까. 그래, 내가 시집갈 테다."

하고 운총이는 어서 시집가게 하라고 졸랐다. 꺽정이가 운총이를 안아 무릎 위에 올려앉히고 젖가슴에 손을 얹어보니, 어린아이같이 철이 나지 아니한 운총이지만 나이가 있어서 젖가슴이 생길 뿐이 아니라 꼭지까지 제법 생겼었다.

"이것이 시집가는 게냐?"

꺽정이는 또다시 한번 웃었다.

"엄마가 천왕동이를 날 때 아비하고 천왕당에 와서 축원했다. 내가 보았다. 거짓말 아니다. 우리도 천왕당에 들어가서 축원하자."

하고 졸라서 꺽정이가 졸리다 못하여 당집 안으로 끌리어 들어왔다. 운총이가 꿇어앉으며 꺽정이까지 꿇어앉히었다. 운총이는

"오늘 꺽정이에게 시집갔으니 천왕동이 같은 아들을 낳아지이다."

하고 말한 뒤에 입속으로 중얼중얼하는 꺽정이를 돌아보며 목소리를 크게 하라고 말하였다. 꺽정이가 당집 안에 들어올 때 반은 장난으로 생각하여 되는 대로 중얼거리다가 홀제 엄숙한 생각이 나서

"꺽정이는 운총이를 아내로 정합니다."

하고 고개를 숙이었다. 운총이가 아들을 말하라고 또 한번 졸라서

"아들도 일찍 낳기를 바랍니다."

하고 꺽정이는 조금도 웃지 않고 아들까지 축원하였다.

꺽정이가 운총이와 함께 천왕당에서 나와서 운총의 손을 잡고

새삼스럽게 운총의 얼굴을 들여다보니 맑은 눈 속에 박혀 있는 이쁘장스러운 눈동자에 천왕의 모양이 비치어 보이는 것 같았다. 이와같이 사랑스럽고도 거룩한 눈동자는 온세상을 다 뒤져야 또다시 보기 어려우리라고 꺽정이는 생각하였다.

"무어를 들여다보니?"

"아니다."

"아니가 무어야, 들여다보면서."

"아내가 이뻐서."

"내가 아내야? 너는 무어냐?"

"너는 내 아내고 나는 네 남편이지."

"남편? 그럼 남편도 이쁘다."

하고 운총이는 하하 웃었다.

"아가야."

하고 꺽정이가 웃으면서 운총이를 번쩍 안고 숲속으로 들어갔다.

운총이가 꺽정이와 같이 집으로 돌아오니 그 어머니는 대사와 마주 앉아 이야기하는 중이었다. 운총이는 어머니 옆에 붙어앉고 꺽정이는 선생에게 가까이 앉았다. 운총 어머니가

"조금 놀다 오랬더니 왜 그렇게 오래되었니?"

하고 운총이를 돌아보니, 운총이가 서슴지도 않고 대번에

"엄마, 나는 시집갔다."

하고 대답하였다.

"시집을 가다니?"

“저애한테로.”

하고 꺽정이를 가리키니, 꺽정이가 말 말라는 뜻으로 고개를 흔들어 보이었으나 운총이는 상글상글 웃으면서 말하였다.

“우리들이 천왕당에 들어가서 아들 낳게 해달라고 축원했다.”

운총 어머니는 비록 맘으로 바라던 일이지만 하도 어이없어 말이 없고, 대사는 귀엽게 여기는 눈으로 운총을 바라보며 빙그레 웃고, 꺽정이는 얼굴이 뜨거웠다.

“엄마, 그러고 숲속에 와서……”

하고 운총이의 말이 떨어지자, 꺽정이의 뜨겁던 얼굴은 일시에 모닥불을 들어붓는 것같이 화끈하는 모양이었다. 그대로 자리에 앉아 있지 못하고 밖으로 나가려고 하는데, 운총 어머니가

“내가 할 말이 있으니 거기 좀 앉아 있어.”

하고 말하여 꺽정이는 다시 주주물러앉아서 고개를 숙이었다. 운총이는 여전히 상글상글하면서

“숲속에 와서 나무에 올라가기 내기했다. 꺽정이도 곧잘 올라가겠지.”

하고 말하여 꺽정이는 비로소 안심이 되는 모양으로 운총이를 보고 눈을 흘기었다. 운총 어머니가

“이애의 종없는 말로는 알 수가 없으니 자세히 이야기 좀 해.”

하고 꺽정이를 바라보니, 꺽정이는 한참 동안 말이 없이 방바닥만 내려다보고 앉았다가 고개를 들고 말하였다.

“운총이를 아내로 정했습니다.”

“정하기만 하면 어떻게 하나?”

“어떻게 하다니요?”

“대사를 지내야지. 대사는 어떻게 할 테야?”

“대사는 다시 지낼 것 없지요. 천왕 앞에서 굳게 약속했으니까요.”

“그래도.”

하고 다시 무슨 말을 하려는 운총 어머니를 대사가

“여보시오.”

하고 불러가지고

“초례는 훌륭하게 지낸 셈입니다그려. 지금부터 꺽정이를 사위라고만 하시면 고만입니다.”

하고 웃으니 운총 어머니도 따라서 웃고 말았다. 운총 어머니가

“우리 새사위가 시장하겠군.”

하고 정지에 가서 쪄놓았던 감자를 가지고 오니 운총이가

“나도 좀 주어.”

하고 말하는데

“남의 총각하고 같이 먹던 아이가 남편하고는 같이 못 먹나? 같이 가 먹어라.”

하고 운총 어머니가 웃어서 꺽정이도 웃으면서

“이리 와.”

하고 운총이를 가까이 오라고 불렀다.

“이번에 운총이는 어떻게 할 터인가? 데리고 갈 터인가?”

“이번에는 데리고 갈 수 없지요.”
하고 꺽정이가 대사를 돌아보니 대사는
“이번에는 갈 수 없습니다.”
하고 운총 어머니를 바라보며 잘라 말하였다.
“그러면 어떻게 합니까?”
“뒤에 보내십시오그려.”
“천리 타관에 어떻게 보냅니까?”
“길이 좀 멀더라도 보내시기에 걱정될 것은 없습니다. 양주 임꺽정이를 찾아가라고 보내시면 고만 아닙니까? 또 천왕동이 걸음 같으면 천리라야 이틀 길밖에 더 되지 아니하니 서로 소식 전하기도 걱정 없지 않습니까?”
“글쎄요.”
운총 어머니가 대사와 말하는 동안에 운총이는 꺽정이와 같이 감자를 먹으면서 꺽정이의 옆구리를 찌르기도 하고 꺽정이의 턱을 치받치기도 하였다. 꺽정이가 말라고 눈짓하니 운총이는 꺽정이의 얼굴을 들여다보며 말하였다.
“우리 아까 다 말했지? 엄마하고 다같이 간다고.”
젯날이 되었다. 아침 뒤에 운총 어머니가 방안을 정하게 치우고 벽 밑으로 신위神位를 앉히고 과일접시 늘어놓은 솔소반을 신위 앞에 놓고 향로, 향합 대신으로 불 담은 놋탕기와 향 담은 나무종지를 소반 아래에 놓고 그 앞에는 대사의 경 읽을 자리를 만들어놓았다. 대사가 자리에 나앉아서 향을 피우고 불경을 외기 시작하니, 운총 어머니는 천왕동이를 데리고 앞에 꿇어 엎드리고 꺽정이와 운총이는 그 뒤에 꿇어 엎드렸다. 대사가 불경에는 익지 못한 터이라 처음에는 정법계진언淨法界眞言 육자대명왕주六字大明王呪 준제진언 같은 것을 외고, 그다음에 행중에 가지고 왔던 금강반야바라경金剛般若波羅經을 펴놓고 내리 읽었다. 젯날 승재僧齋에는 얼토당토 아니한 경이지만, 점잖은 대사가 정성스럽게 읽는 까닭으로 모르는 운총 어머니 생각에 경 읽는 소리가 곧 지하에까지 들릴 것 같고 또 승재공덕僧齋功德으로 운총 아버지가 보살의 지시를 받아서 곧 인도환생하게 될 것 같았다.

운총 어머니의 눈물을 자아내는 대사의 경소리가 천왕동이의 갑갑증을 쑤셔냈다. 조금 읽고 말았으면 좋겠는 것을 자꾸 읽으며, 빨리 읽어치웠으면 좋겠는 것을 느리게 읽으니 갑갑증이 난 것이다. 천왕동이 생각에는 대사의 경소리가 그의 걸음보다 더 갑갑한 것 같았다. 대사의 앞에 펴놓은 금강경 책장이 한 장 두 장 넘어가는 동안에 천왕동이는 갑갑증이 쇠어서 속이 상하였다. 뒤에 꿇어앉은 꺽정이와 운총이는 처음에는 서로 흘깃흘깃 돌아보며 소리없이 웃다가 나중에는 꺽정이가 눈 한짝을 찡긋하면 운총이는 입술을 비쭉 내밀고, 또 꺽정이가 흉상스럽게 코를 들이마시면 운총이는 혀를 홰홰 내둘렀다. 이와같이 둘이 번갈아가며 눈짓, 콧짓, 입짓 갖은 짓을 다 하노라니 웃음을 잘 집는 꺽정이도 웃음이 터질 뻔하였는데, 운총의 입에서 낄낄 소리가 나지 않을 수 없었다. 속상해하는 천왕동이가 뒤에서 나오는 낄

낄 소리를 듣고 속이 일층 더 상하여 메어붙이는 막소리로

"웃지 마라. 무엇이 우스우냐?"

하고 나무라니, 그 어머니가 머리를 뒤로 돌이키고 눈을 흘기면서

"이십 넘은 것이 천왕동이 지각만도 못하단 말이냐!"

하고 운총이를 꾸짖었다. 동생의 나무람과 어머니의 꾸지람을 함께 받은 운총이가 애성이˙ 나서 눈물을 흘리는데, 껵정이가 두 손의 손가락으로 눈 아래를 내리훑어 보이니 운총이는 입술을 물고 외면하였다. 대사가 경 읽던 것을 한동안 쉬게 되어 꿇어 엎드렸던 사람들이 모두 일어앉았다. 대사가 경을 다시 시작하기 전에 운총 어머니를 보고

"저애들은 맘대로 나가 놀라고 하시지요."

하고 권하여 운총이 남매와 껵정이가 나중 경 읽을 때는 꿇어 엎드리는 것을 면하였다. 젯날 낮에는 종일 경을 읽고 밤에는 메˙ 한 그릇과 채소 몇가지로 제를 지내는데, 껵정이는 운총이 남매와 같이 꾸벅꾸벅 절하고 운총 어머니는 일장을 섧게 울었다. 젯날 새벽 운총 어머니의 꿈에 운총 아버지가 와서 경 읽어준 것을 치사하고 새사위가 참사參祀한 것을 기뻐하여, 이튿날 식전에 운총 어머니는 꿈 이야기를 하면서 좋아하였다.

젯날이 지난 뒤에도 대사와 껵정이는 이삼일 더 묵었다. 껵정이는 떠날 생각이 적은 것을 대사가

"인제 고만 떠나보자."

하고 재촉하여 내일이면 떠나기로 작정이 되었는데, 운총이는 같이 가게 아니한다고 꺽정이에게 골이 나서 변변히 말을 하지 아니하였다. 꺽정이가 달랠 뿐이 아니라 그 어머니까지 달래도 운총이는 골이 풀리지 아니하여

"나는 이다음에 아니 갈 테야. 맘대로 해."

하고 꺽정이를 노려보고 있었다. 이튿날 식전에 운총 어머니와 천왕동이는 천왕당까지 전송하는데, 운총이는 방안에서 내다보지도 아니하였다. 꺽정이는 맘에 섭섭하였다. 천왕당에 와서 가는 사람과 보내는 사람이 마주 서서 인사들 하는 중에 꺽정이가 숲속길을 돌아보다가 사람의 그림자가 어른거리는 것을 보고 한달음에 쫓아왔다. 운총이다. 운총이가 꺽정이의 쫓아오는 것을 보고 와락 덤비어 목에 매달리며

"나하고 같이 가."

하고 눈물을 흘리니 꺽정이가

"나중에 엄마하고 천왕동이하고 같이 오너라. 내가 곧 고향으로 갈 것 같으면 데리고 가지만 선생님과 같이 여기저기 들러 갈 터이니까 여럿이 같이 갈 수야 있니? 이다음에 반갑게 만나자."

운총이가 머리를 꺽정이의 가슴에 대고 말을 듣고 있다가

"잘 가."

하고 목에 감겼던 손을 놓으며 돌아서더니 별안간 뛰어가는데 몇번 꼬꾸라질 뻔하는 것이 꺽정이의 눈에 보이었다.

병해대사와 꺽정이가 허항령에서 혜산진으로 나와서 갑산, 북청北靑을 지나 함흥에 와서 오륙일 두류逗留하고 다시 영흥永興을 지나 덕원德源에 와서 회양淮陽으로 작로하지 아니하고 동해변으로 내려오며 통천通川 총석정叢石亭과 고성高城 삼일포三日浦를 구경하고 금강산에를 들어왔다. 금강은 명산이라 곳곳이 경개景慨 절승絶勝하여 처음 오는 사람의 눈을 놀래었다. 대사는 나이 이십 시절에 내외금강을 한번 다 돌아본 까닭으로 큰절이나 암자에서 노독을 쉬고 꺽정이가 혼자서 구경 다닐 때가 많았다. 은선대隱仙臺, 칠보대七寶臺를 구경하고 안무재를 넘어서 마하암摩訶菴에 와서 묵을 때, 꺽정이가 비로봉毘盧峰에를 올라가려고 대사에게 말하니, 대사는 전에 올라가본 곳이라

"비로봉 절정에 올라가보면 금강 일만이천봉이 모두 눈아래 굽어보이고 망망한 동해가 눈앞에 내다보이느니라. 한번 시원하지. 그러나 나는 고만두겠다. 나는 수미암須彌菴으로 갈 터이니 그리 오너라."

하고 말하였다. 꺽정이가 지로승˚도 없이 혼자 길을 찾아나서서 돌서더릿길˚을 접어들었을 때, 앞서가는 중 하나를 보았다. 꺽정이가 말동무가 없어 심심하던 터이라 걸음을 조금 재게 걸어서 앞선 중을 쫓아왔다.

"대사, 어느 절에 있소?"

하고 말을 붙이니, 그 중은 꺽정이의 모양을 위아래로 훑어보고 나서

● 지로승(指路僧)
산속에서 길을 인도하여 주는 중.
● 돌서더릿길
돌이 많이 깔린 길.

"먼 곳에서 왔네."

하고 대답이 장히 완만스러웠다.

"먼 곳은 이름도 없소?"

"이름이 없을 리가 있나. 내가 내처 말을 못했지. 전라도 임피臨陂서 왔어."

"참말 멀리 왔구려."

"멀리 오지 않고야 먼 곳에서 왔달 리가 없지. 총각은 어디서 왔나?"

"나는 마하연摩訶衍서 왔소."

"마하연이 고향은 아니겠지?"

"고향은 경기도 양주요."

"총각도 반천릿길이나 왔네그려."

"반천리? 평안도 묘향산에 갔다가 함경도 백두산을 들어가보고 지금 나오는 길이니까 삼천리도 넘어 왔을 것이오."

꺽정이의 말에 그 중은 놀라는 듯이

"무어하러 그렇게 멀리 다니나?"

하고 물었다.

"우리 선생님과 산천구경 다니오."

"선생님이란 이는 어디 계신가?"

"지금 마하연에 계시오."

이와같이 서로 말을 주고받고 하여 십릿길이나 올라왔다. 비로봉 등성마루에 올라섰다. 이편은 비스듬하나 저편은 천장만장의 절벽이다. 등성마루를 타고 얼마 동안 더 나가서 수삼십명이 앉을 만한 평평한 곳에 왔다. 이곳이 비로봉의 절정이다. 하늘에서 내리지르는 바람을 쏘이면서 두 사람이 같이 전후좌우를 돌아보다가 꺽정이가 선생의 말을 생각하고

　"한번 시원하구나."

하고 소리 높여 말하니, 그 중은 바다 내다보던 눈을 돌이키어 천봉만학千峰萬壑을 내려다보며

　"높은 데 서서 내려다보는 맛이라니! 내가 이왕 중이 된 바에는 한번 천하 중을 눈아래로 내려다보아야 할 터인데."

하고 어깨를 으쓱거리었다.

　"대사가 양이 적구려. 이왕 사람으로 난 바에 한번 천하 사람을 눈아래로 내려다본다고 말 못하고 만만한 중만?"

하고 꺽정이가 소리내어 웃은즉

　"천상천하에 유아독존인가."

하고 그 중도 역시 소리내어 웃었다.

　그 중은 허우대가 크고 허울이 끼끗하고 또 언변이 좋았다. 그 중의 말이 시골 작은 절구석에 엎드려 있기가 갑갑하여 뛰어나온 길이라 장차 경산京山 절에 가서 있어 볼 작정이라고 하여 꺽정이는

　"서울 삼각산三角山에도 좋은 절이 많지마는 우리 양주에 회암사檜岩寺, 봉선사奉先寺 같은 큰절이 있으니 양주로 오구려."

하고 말하니

"회암사는 서천西天 아란타사阿蘭陀寺와 같은 유명한 대찰大刹이고 봉선사는 세조대왕 광릉光陵의 재사齋寺이지. 세조대왕은 불교를 숭봉하던 갸륵한 임금이야."

하고 그 중은 수다를 부리었다. 꺽정이가 웃음의 말로

"우리 선생님도 대사와 같은 중이니 대사가 내려다볼 만한가 가보지 아니하려오?"

하고 물었더니 그 중이

"내려다보든지 치어다보든지 같이 가세나."

하고 꺽정이와 동행하여 수미암으로 왔다. 대사는 꺽정이와 수어를 말하고 그 중이 합장배례하는 것을 본체만체하고 앉았으니 겸손한 대사의 전에 없는 일이라 꺽정이는 그 중을 데리고 온 까닭으로 맘에 민망하여

"선생님, 먼 곳에 사는 중이 선생님을 뵈러 왔습니다."

하고 깨우쳐 말하니 대사가 눈을 들어 그 중을 한번 바라보고

'오, 너냐?'

하는 듯이 고개를 끄덕이었다.

"소승은 임피 용천사龍泉寺 보우普雨올시다. 안변安邊 석왕사釋王寺에 와서 있사옵다가 금강산에 들어온 지 두어 달 소수 되었소이다."

병해대사는 말이 없었다.

"스님 말씀을 총각에게서 듣고 일부러 뵈려고 왔소이다."

병해대사는 여전히 말이 없었다. 보우라는 중이 못 당할 소조

를 당하는 듯이 귀밑까지 붉히고 앉았더니 한참 만에 다시 입을 열었다.

"묻자올 말씀이 있소이다. 부처님이 전생에 상불경보살常不輕菩薩로 재세在世하셨을 때, 경멸하는 사람이나 모욕하는 사람들을 한결같이 공경하셨다 하옵는데, 여래如來로 출세出世하셔서 인천대중人天大衆의 찬양을 받으실 때 그 경멸하고 모욕하던 사람들은 어떻게 되었을 것이옵니까? 아귀도餓鬼道, 축생도畜生道에들 빠져서 세존世尊을 우러러뵈옵지도 못하였을 것이 아니옵니까?"

말은 공손하나 말하는 어취語趣로는 지금 나를 경멸하고 모욕하면 나중에 네가 아귀나 축생이 되리라 하는 말로 들리었다. 대사가 별안간에 큰 소리로

"보우야!"

하고 이름을 부르더니

● 방할〔棒喝〕 도를 묻는 질문에 몽둥이질〔棒〕을 하거나 고함〔喝〕을 지름.

"네가 법화경 삼천 번도 읽지 못한 것이 머리를 땅에 대지 못하느냐? 수악청산설월권手握靑山雪月權이란 되지 못한 글 한 짝이 법화경 대신이냐!"

하고 방할˙하듯이 말하였다. 보우의 놀라는 모양이 옆에 사람의 눈에 보이었다. 보우가 놀랄 것이 그 글짝이 자기가 고향 절에서 뛰어나올 때 방석에 써놓고 온 글짝이었다. 보우는 풀기가 죽은 말로

"스님께서 임피를 가보신 일이 있습니까?"

하고 묻다가

"보고야만 알까?"

하는 대사의 말 한마디에 다시 말을 묻지 못하였다. 수미암 중은 고사하고 꺽정이까지도 처음에는 대사가 심하거니 생각하였다가 대사의 꾸지람에 풀기 죽은 모양을 보고서는 무슨 숨은 죄악이나 있는 중으로 알고 보우의 얼굴을 한번 다시 보게 되었다.

수미암은 높은 곳에 있는 작은 암자라 방은 큰방 작은방 둘뿐이고, 중은 노장 상좌 둘뿐이었다. 그날 밤에 대사는 노장중과 둘이 같이 자고 꺽정이는 상좌와 보우와 셋이 함께 자게 되었다. 밤이 들어서 모두 곤히 잠들이 들었는데 보우만 혼자서 잠이 들지 못하였다. 늙은 중에게 몰풍스럽게' 당하던 광경을 돌이켜 생각하고 분하게 여기었다. 생각을 이리저리 굴릴수록 분한 생각이 앞을 섰다. 분이 돋친 끝에 무슨 생각이 머리에 떠올랐다. 보우는 그 생각을 버리려고

'그까짓 늙은 놈을 셈에 칠 것도 없지.'

하고 생각을 돌리다가

'셈에 칠 것도 없는 놈에게 욕을 본 것이 더 분하다.'

하고 입술을 악물게 되었다. 보우가 소리없이 일어나서 가만히 밖으로 나왔다. 이때 스무날께 반달이 서편으로 기울었는데, 달빛이 겨울맛이 있어서 쌀쌀하게 밝았다. 보우가 식칼을 찾아 손에 들고 늙은 중들이 자는 방문을 바시시 열고 들여다보니, 마침 그 방에는 서창이 있어서 달빛이 우렷하게' 들여비치었다. 살그

머니 방안으로 들어와서 방구석에 붙어서서 내려다보니 처음에
는 잘 보이지 않던 것이 환히 보이게 되었다. 아랫목에서 코를
고는 것은 주인 노장이고 윗목에서 숨소리도 없이 자는 것이 늙
은 객승이었다. 보우는 살금살금 걸어 객승의 머리맡으로 가서
이곳이 멱줄이거니 생각되는 곳을 식칼로 푹 찔렀다. 늙은 중은
소리도 지르지 아니하고 또 몸을 꿈질거리지도 아니하였다.

　'이렇게 허무하게 죽나.'
하고 보우가 생각할 사이도 없이 옆에서
　"이놈!"
하고 일어서는 중이 있었다. 이것이 병해대사이었다. 대사가 보
우를 향하여 한번 손가락질하는데 보우는 두 손
을 치어들고 사시나무 떨듯이 떨었다. 대사가 식
칼이 꽂힌 목침을 집어들고
　"나를 따라 나오너라."
하고 앞서서 밖으로 나가니 보우는 목 매인 송아
지가 끌리어가듯이 뒤를 따라 나왔다.

　"목침을 사람으로 보는 것이 사람 해칠 뜻을 먹다니, 어리석
은 것이다. 날이 밝기 전에 어디로든지 가거라. 목침은 너를 주
는 것이니 가지고 가되, 내가 이다음에 찾을 날이 있을 터이다."
하고 대사는 꽂힌 식칼을 뽑아버리고 목침을 들고 서서
　"꿇어앉아 받아라."
　보우는 꿇어앉을 생각도 없이 꿇어앉고, 받을 맘도 없이 목침

● 몰풍스럽다
성격이나 태도가 정이 없고
냉랭하며 퉁명스러운 데가 있다.
● 우렷하다
눈앞에 보이거나
떠오르는 모양 따위가
좀 희미한 가운데 은근하면서도
뚜렷하다.

을 받았다.

"뒤도 돌아보지 말고 나가거라."

하고 대사가 다시 한번 손가락질하니 보우는 무엇에 쫓긴 사람 같이 허둥지둥 달음질하여 나갔다. 보우가 간 뒤에도 대사는 한 참 동안 혼자 서서 서편에 걸린 외로운 달을 치어다보며 무엇을 생각하고 입맛을 다시었다.

병해대사가 금강산에서 한겨울을 지내게 되어 꺽정이도 대사를 따라 묵었다. 눈이 깊이 쌓인 뒤에는 이 암자에서 저 암자에 통래하는 데도 설마*를 타고 다니는데, 위험한 곳에 잘 타고 다니기는 유년 타는 중보다도 꺽정이가 나았다. 이년에 걸치어 반년을 넘어 묵고, 이듬해 늦은 봄에 대사와 꺽정이가 금강을 떠나나와서 금성金城, 김화金化, 영평永平을 지나 양주로 돌아왔다. 대사가 양주서 십여일 묵은 뒤에 서울로 올라와서 김덕순과 심의를 찾아보았다. 심의는 갓바치 친구를 잃은 뒤로 별로 출입이 없이 들어앉았던 터에 대사를 보고

"죽기 전에 다시 만나네그려. 묘향산에 가서 중 되었단 소식을 듣고 내 근력이 웬만하면 쫓아가서 만나기라도 했을 터이지만, 그럴 근력이 있어야지. 송도서 작별한 것을 천고영결千古永訣로 생각했었네. 백두산에를 올라갔었다니, 환진갑 다 지난 늙은이가 어찌하면 근력이 그렇게 좋은가? 나는 쇠증衰症이 날마다 새로 생기니까 작년이 곧 옛날이야. 불구인생不久人生이 정근情根이 남아 있어서 죽기 전에 한번 다시 만나기를 은근히 바랐었

네."

하고 반가워하는데, 대사와 서로 못 만난 지 이삼년 동안에 근력
이 많이 쇠패衰敗하여 보이었다.

"인제 어떻게 할 터인가? 다시 서울 있어 볼라는가?"

"중은 절로 가야지요."

"절 다 고만두고 내게서 여년餘年을 같이 지내세그려."

대사가 고개 외치는 것을 보고

"절로 가더라도 묘향산 같은 먼 곳으로는 가지 말게. 간간이
만나기라도 하게."

"보아가며 할 터이지만, 묘향에는 다시 가지 아니할 생각이오."

"그렇게나 해야지 인정이지."

"중이 될 때 인정은 벌써 끊어버렸소."

"인정은 끊었다니 다시 말할 것이 없고, 절은 어느 문밖 절로
정하려는가?"

"남방에를 갔다온 뒤에 어디로든지 가지요."

"남방이라니, 또 어디를 가?"

"북으로 백두를 보았으니까 인제는 남으로 한라를 보러 갈 생
각이오."

"늙은이가 근력만 믿을 것은 아니야. 칠십지년에 천리 원행遠
行이 당한 일인가. 그것도 한번 말이지, 두 번씩 너무 과하지 아
니한가?"

"길에서 객사하는 것이나 집에서 고종명考終命하는 것이나 죽

음은 매일반이지요. 다리에 힘이 있는 동안 돌아다니는 것도 좋지요. 국내 산천을 두루 밟아보려는 것이 소싯적부터 소원이었는데, 공연히 수십년 동안 서울 먼지를 먹고 인제 늙바탕에야 소원을 풀게 되었소."

"인정은 끊어도 소원은 끊지 못하든가."

하고 심의가 허허 웃으니 대사가

"끊을 것도 없는 것이 오죽한 소원이오."

하고 역시 웃었다.

대사가 십여일 동안 서울서 묵은 뒤에 대단히 섭섭한 모양으로 심의를 작별하고 또 이다음 만날 것을 김덕순에게 말하고 다시 양주로 내려왔다. 대사가 한라산 간다는 말을 듣고 돌이도 말리고 섭섭이도 말리고 금동이까지도 말리었으나 대사는 말을 듣지 아니하였다. 꺽정이가

"이번에도 나하고 같이 갑시다."

하고 동행하기를 청하니, 대사는 두말없이 좋다고 말하는데 꺽정의 아버지가 대사를 보고

"전번에 도깨비에게 장가를 들었다더니 이번에는 또 무엇하러 따라간다고 주척대노?"

하고 꺽정이의 혼인을 타박하여 말하였다.

"혼인이야 잘했느니. 자네가 며느리를 상면하지 못해서 저런 말을 하지."

"산속에서 노루나 사슴같이 자란 계집아이가 잘나면 얼마나

잘났겠소. 여기 좋은 혼처가 있는데 싫다고 나가던 자식이 그런 데 가서 아비의 말도 없이 장가드는 것이 폐일언하고 망할 자식이지요."

"내가 이번에는 창녕 이판서에게를 다녀올라네."

"꺽정이도 그 누이는 한번 가보는 것이 좋겠지요."

며칠 뒤에 대사와 꺽정이가 또다시 먼 길을 떠나게 되었는데, 꺽정이가

"먼저 창녕을 다녀서 제주를 가시려오?"

하고 물으니 대사가

"아니다. 먼저 전라도로 내려가자. 그러면 제주 가는 좋은 동행을 만날 수가 있다. 제주를 들어갔다 나오는 길에 지리산을 구경하고 그리고 창녕을 들르자."

하고 노정을 말하여 대사가 정한 대로 호남대로를 좇아 전라도로 내려갔다.

양주서 떠난 지 한 보름 가까이 된 때에 대사와 꺽정이는 강진으로 내려가는 역로歷路에 영암읍을 들르게 되었다. 영암은 장흥, 강진, 해남을 느런히 앞에 놓고 나주를 등으로 가리고 있는 남방의 요해처要害處라 산천 형세를 살펴볼 만도 하려니와 그중의 월출산月出山은 국내의 유수한 명산이라 바쁜 길 아닌 바에는 한번 걸음을 아끼지 아니할 곳이다. 대사와 꺽정이가 도갑사道岬寺 동구洞口에서 선돌도 둘러보고 구정봉九井峰 아래에서 동석動石도 흔들어보고, 또 바위 구멍으로 빠져서 구정봉 절정에도 올

387

라보았다.

　대사와 꺽정이가 월출산을 돌아보고 다시 남으로 내려오는 중에 동행 한 사람을 만났는데, 그 사람이 신수는 점잖아 보이나 몸에 입은 의복이 추레하고 머리에 갓 대신 퉁노구를 썼다. 그 사람도 강진으로 가는 모양이라 서로 앞서거니 뒤서거니 하며 얼마 동안 동행하던 끝에 꺽정이가

　"여보, 머리에 쓴 것이 무어요?"

하고 물으니 그 사람이

　"쇠갓이다."

하고 대답은 하면서 묻는 사람을 거들떠보지도 아니하였다.

　"쇠갓? 좀 구경합시다."

　"구경할 것 없다."

　"없긴 무에 없어?"

하고 꺽정이가 날쌔게 대어들어 쇠갓을 벗기니

　"총각놈이 버릇이 없구나."

하고 그 사람이 짚었던 지팡이를 들어 장난조로 꺽정이의 볼기를 후려쳤다. 꺽정이가 껑청 뛰어 피하여

　"나 좀 써봅시다."

하고 퉁노구를 머리에 얹고 거들거들 앞서가니 그 사람은 맨상투 바람으로 따라오지 않을 수 없었다.

　"저 총각이 대사의 동행인가?"

　"그렇소이다."

"대사의 동행이 내 갓을 벗겨 갔으니까 대사의 굴갓을 상투 가림으로 잠깐 빌려 쓰겠네."

하고 그 사람이 대사의 굴갓을 빼앗아 쓰니, 구경은 대사가 중대가리 바람이 되고 말았다. 장난 같은 일이 인사 대신이 되어 대사와 꺽정이는 그 사람과 서로 이야기하며 동행하게 되었다. 그 사람도 제주를 구경가는 사람인데, 제주길이 두번째라 제주의 산천경개와 인품 풍속을 소상히 이야기하였다. 꺽정이가

"제주를 그렇게 잘 아시면 또 무어하러 가시나요?"

하고 물으니

"잘 아는 곳은 다시 가지 않는 법이냐? 너는 이웃 동리에도 두 번 가지 아니하겠구나."

"제주와 이웃 동리가 같은가요?"

"서해 건너편에 중원中原이 있고 동해 속에 왜국이 있고, 또 오랑캐 땅이 북편에 있는 것을 생각해보아라. 제주가 이웃 동리 폭이나 되겠나."

하고 그 사람이 꺽정이의 소견을 웃어서 꺽정이는 다시 말하지 못하였다. 날이 점심때가 된 때에 그 사람이 어느 냇가에 와 앉아서 머리에 썼던 퉁노구를 벗어 돌로 괴어놓고 허리에 찼던 양식 전대에서 쌀을 꺼내어 밥을 안치었다. 그 사람이 밥을 두 번 지어 대사와 꺽정이까지 요기시킨 뒤에 퉁노구의 안팎을 닦아 다시 머리에 쓰니 훌륭한 쇠갓이라, 꺽정이가

"세상에 편리한 갓도 다 많고."

하고 빈정거리듯이 말하니

"이놈!"

하고 그 사람은 꺽정이를 돌아보며 웃었다.

그 사람이 제주 왕래에 동행할 것을 허락하여 대사와 꺽정이는 그 사람을 따라가기로 작정되었다. 세 사람이 강진에 와서 배를 잡아타고 완도莞島로 나왔다. 제주 다니는 어선 한 척을 얻은 뒤에 그 사람이 큰 두룽박 네 개를 얻어다가 배 네 귀에 매어달고 제주를 향하여 배를 띄웠다. 제주 수로水路가 멀기도 하거니와 풍랑이 험하여서 복선覆船되기 쉽건마는, 세 사람이 탄 배는 두룽박 까닭으로 복선될 염려가 없었다. 배 속에서 몇밤을 지내고 어느 날 아침에 조천관朝天館 포구에 배를 대게 되었다. 대사와 꺽정이가 제주에 내린 뒤에도 그 사람이 하자는 대로 따라하였다. 그 사람이 대정大靜을 간다면 따라가고 그 사람이 한라산에 오른다면 따라 올랐다. 제주 와서 달포 묵는 동안에 꺽정이의 맘에 드는 구경거리는 한라산 백록담白鹿潭보다도 생마 잡는 것이었다. 꺽정이가 말 타는 법을 지성스럽게 물어 배우고 또 계제만 있으면 말을 얻어 타고 달리어보았다.

대사와 꺽정이가 쇠갓 동행과 함께 제주를 떠나서 강진으로 돌아왔다. 대사와 꺽정이는 장흥으로 작로하려는데 그 동행은 해남 한덤을 간다고 하여 달포 동행이 동서로 갈리게 되었다. 동행하는 동안에 성명을 말한 일이 없던 그 사람이 서로 작별할 때에

　“나는 이지함李之菡이란 사람이다.”

하고 성명을 알리어주었다.

　“이씨가 이상한 사람이에요.”

　“그 사람이 예사 선비가 아니다. 지모방략智謀方略이 삼군三軍의 대장이 될 만한 사람이다. 그러나 일평생 크게 쓰이지는 못할 것이다.”

　“그 사람이 양반인 모양인데 어째서 쓰이지 못할까요?”

　“양반이라고 저마다 쓰이게 되나. 때를 못 만나면 할 수 없지.”

　“때를 못 만나다니요? 양반이면 쥐새끼만 못한 것도 잘 쓰이는 때에 때를 못 만나면 다시 만날 때가 어디 있소?”

　“그 사람의 팔자도 있지.”

　“팔자가 아니라 아마 양반이라도 사람이 쓸 만하면 세상에서 써주지 않는 게지요.”

　“너의 말을 둘러 들으면 세상에 쓰이는 양반은 대개가 못쓸 사람이겠구나.”

　“대개뿐 아니라 일개로 못쓸 것들이라고 해도 좋지요.”

　“무엇을 가지고 쓸 사람, 못쓸 사람을 구별하는지 네 말은 모르겠다만, 이씨 같은 인재가 쓰이지 못하고 그대로 늙는 것은 아깝다고 하겠지.”

　“이씨는 양반이니까 일평생 천대만 받고 늙는 인재와는 다르지요.”

　선생 제자가 이와같은 문답을 하며 길을 걸었다.

대사와 꺽정이가 장흥을 지나고 보성을 지나고 순천 송광사松
廣寺를 들르고 구례 화엄사華嚴寺를 들른 뒤에 지리산에를 들어
왔다. 지리산은 두류산頭流山이니 영남, 호남 어름에 있는 큰 산
이라, 서편 반야봉般若峰에서 동편 천왕봉天王峰까지 상거相距가
백여리요, 산속에 있는 평전平田이 동서로 육십리, 남북으로 육
십리요, 쌍계사雙溪寺, 의신사義神寺, 신흥사新興寺와 같은 크고
작은 절과 불일암佛日菴, 천불암千佛菴, 칠불암七佛菴과 같은 높
고 낮은 암자가 이곳저곳에 있어서 그 수를 이루 다 헤일 수가
없다.

대사와 꺽정이가 지리산을 대강 둘러보고 섬진강 줄기를 따라
서 화개花開, 악양岳陽의 좋은 경치를 구경하고 하동河東으로 나
와서 다시 진주晋州, 의령宜寧을 지나 창녕에 도착하였다.

이판서는 근 칠십한 노인이나 근력이 엄엄하고,˙이판서 부인
은 나이 오십이 넘었으나 기부˙가 좋아서 아직 늙은 티가 많지
않고, 함동이가 삼십여세의 어른이 되어서 집안 살림을 총찰하
였다. 이판서는 특별히 대사를 보고 반기고 이판서 부인은 더욱
이 꺽정이를 보고 눈물을 지었다.

"너의 아버지와 같이 자라던 것이 어제 같은데 네가 나서 벌
써 헌헌장부˙가 되었구나."

"너의 아버지는 한번 와보지도 아니하니 야속한 사람이다."

"너의 누이는 잘 있니? 이름이 무어든가?"

"김덕순이를 만나보았니?"

이판서 부인이 수다한 사람이 아니건만, 한번 보고자 하던 꺽정이를 대하여서는 자연히 말이 많았다. 꺽정이의 면목이 너글너글한 것을

"아버지보다도 더 잘생겼다."

하고 칭찬도 하고, 꺽정이의 말씨가 거슬거슬한 것을

"아버지를 닮았구나."

하고 웃기도 하였다. 이판서 부인이 다정하고 이판서가 양반 티를 부리지 아니하여 내외는 다 꺽정이의 비위에 맞았으나, 그 아들 이서방은 꺽정이에게 형님 소리 듣는 것을 창피하게 여기는 모양이라 꺽정이가 화가 나서 주먹다짐으로 버릇 가르치고 싶은 맘까지 있었으나 이판서 내외의 면목을 보아서 참았다.

이서방 외에 꺽정이의 화증 나는 사람이 또 하나 있었으니, 그 사람은 양반도 아닌 것이 양반 이상으로 주제넘었다. 꺽정이에게 또렷하게 해라 할 뿐 아니라 대사에게도 말공대가 별로 없었다. 그 사람이 꺽정이를 보고

"내가 너의 외조부의 친구다."

"너의 외조부가 이름은 선이지만 작대기란 별명으로 행세하였었다."

"너의 아버지 장가들 때 내가 중매를 들었다."

"너의 어머니 이름이 애기였었다. 얼굴이 이뻤었지."



● 엄엄(嚴嚴)하다<br>
매우 엄하다.<br>
● 기부(肌膚)<br>
사람이나 동물의 몸을 싸고 있는 살이나 살가죽.<br>
● 헌헌장부(軒軒丈夫)<br>
이목구비가 반듯하고 풍채가 좋고 의기가 당당한 남자.

하고 묻지도 않는 말을 지껄이는데, 꺽정이가 듣기 싫어서

"그러니 어떻단 말이오?"

하고 그 사람의 말을 막았다. 꺽정이는 그 사람도 한번 쥐어질러 주고 싶었으나, 병이 들어 운신도 잘 못하는 늙은것이 앉아서 입만 나불나불하는 것을 손대기가 어려워서 역시 참았다.

김삭불이가 늙게 의지가지가 없이 되어 이판서 집에 있어서 이서방이 민주고주˚를 대는 중이었다. 꺽정이가 이판서 집에서 한동안 묵을 것이지만, 이서방과 김노인의 꼴이 보기 싫어서 대사에게 떠나자고 재촉하였다.

꺽정이가 떠나려고 하는 것을 이판서 부인이 지성으로 만류할 뿐 아니라 대사까지도

"모처럼 온 길이니 더 묵어가자꾸나."

하고 말하여 꺽정이는 주저앉아 다시 며칠 동안 지내게 되었었다. 그때가 처서處暑 전이라 참외가 끝물일망정 아직 먹을 만하였다.

어느 날 해가 설핏할 때에 꺽정이가 이판서 집 사람들과 같이 참외를 먹으러 나섰는데, 맛좋은 참외를 취하여 곰보외막이라 일컫는 참외막을 찾아오느라고 이판서 집에서 오릿길을 넘어 나왔다. 외막 주인은 얼굴이 얽었고 참외는 맛이 좋았다. 막 위에 들 올라앉아 참외를 먹는 중에 참외막 건너편 현풍玄風 가는 길로 행차 하나가 지나가는데, 맞잡이 보교 한 채가 앞을 서고 초립동이를 태운 방울나귀가 뒤를 따랐다. 보교는 내행이 탄 것 같

고 초립동이는 배행인 모양이었다. 하인은 보교의 교군꾼과 나귀의 견마잡이까지 모두 합쳐서 오륙명밖에 더 되지 아니하였다. 행차 가는 맞은편에서 키대 큰 중놈 하나가 길 복판으로 걸어오다가 보교와 마주치더니 길을 비키라거니 아니 비키거니 하여 말썽이 되는 것 같았다. 하인들이 중놈을 떠다박지르는 모양이나 중놈은 까댁 아니하고 선 자리에 서 있었다. 골이 난 중놈이 앞채 교군꾼의 등을 쳤는지 보교를 메고 섰던 교군꾼이 채를 긴 채로 주저앉으며 보교 속에 앉은 사람이 앞으로 쏟아져 나왔다. 고꾸라지는 소복한 부인이 주저앉은 교군꾼의 등에 업히려는 것같이 보이었다. 곰보 주인이 참외 멍구럭˚을 엇메고 참외막 위로 올라오며

　　"어느 집 내행이 창피한 꼴을 당하네."

하고 혼잣말하는 것을 듣고 광경을 바라보고 있

던 이판서 집 사람들이

　　"중놈이 괘씸하군."

　　"어느 절 중놈인고?"

하고 서로 돌아보는데 곰보 주인이

　　"연화사蓮化寺 중망나닌가 보오."

하고 말하는 것이 그 중놈의 본색을 짐작하는 것 같았다.

　　"중망나니라니?"

　　"수십일 전에 중놈 하나가 외막에 와서 외를 따서 달라는데 목자가 불량하여 보이기에 공먹고 갈까 의심이 나서 외 바꿀 곡

● 민주고주
지긋지긋하도록 귀찮은 일.
● 멍구럭
성기게 떠서 만든 망태.

식을 가지고 왔거든 먼저 내놓으라고 말했더니, 곡식? 하고 뇌면서 대어들기에 막아보려고 떠밀었소그려. 바윗덩이를 떠미는 것 같습디다. '다 떠밀었니?' 하고 중놈이 내 두 다리를 움켜쥐고 꺼꾸로 치어드는데 오장이 다 쏟아질 것 같습디다. 전정이 급해서 외를 따서 바치마고 항복했지요. 그랬더니 진작 그럴 것이지 하고 놓아줍디다. 나중에 들으니까 몇달 전부터 비슬산琵瑟山 연화사에 와서 있는 중놈인데, 천하에 망나니라 절에서도 두통을 앓는답디다. 중놈이 그날 외맛을 보고 가더니 그 뒤로는 이십릿길에 사흘돌이로 와서 외를 공먹고 가지요. 먹고 갈 뿐인가요? 상좌놈 준다고 가지고 가기까지 하지요. 심정이 사나워 죽을 지경이지만 참지 않고 어떻게 할 수가 있어야지요. 오늘도 외 먹으러 오던 길인가 보오."

"그렇게 행패하는 중놈을 버릇을 못 가르쳐?"

"버릇을 가르치려다가 누가 혼날라구요. 힘이 천하장사요. 나를 꺼꾸로 들 때 새꽤기 하나 들 듯합디다. 충청도 어느 절에 샘물이 있어서 그 샘물을 먹으면 힘이 난다는구려. 그래서 그 절에는 약한 중이 없다는데 망나니놈이 어릴 때부터 상좌 노릇하면서 그 샘물을 실컷 먹고 자란 까닭에 그 절에서도 장사로 유명했답디다."

이판서 집 사람들이 곰보 주인의 이야기를 듣고서

"그 샘물이나 먹으러 갈까?"

"힘난 뒤에 참외를 공먹으러 오려나?"

"곰보는 참외를 공먹히다 말겠네."
하고 서로 웃는 중에 한 사람이
"저것 보게."
하고 말하여 여러 사람이 일시에 건너편을 바라보았다. 중놈이
보교 뒤채를 꼬나들고 길에서 수십 간 떨어져 있는 나무숲 속으
로 들어가는데, 초립동이는 나귀 등에 엎드려 있고 하인은 모두
도망질을 친 모양인지 한 사람도 눈에 보이지 아니하였다.
"보교 속에 부인을 담아가지고 가는 것일세."
"저 죽일 놈이 백주 노상에서 부녀를 겁탈하네그려."
"저놈을 어떻게 하면 좋단 말인가?"
하고 여러 사람이 지껄이기만 하는데, 이때껏 말참견 아니하던
꺽정이가
"어떻게 하는 것은 다 무어요. 중놈 버릇을 가르쳐야지."
하고 벌떡 일어선즉, 곰보 주인이 깜짝 놀라면서
"총각, 가지 말게. 목숨이 위태하니."
하고 붙드는 것을 꺽정이가 손으로 뿌리치고 참외막 위에서 껑
청 뛰어내려갔다.
그 중놈이 소복한 부인을 보교에 담아가지고 숲속으로 들어가
서 몸부림하는 부인을 갓난아이 드다루듯 하였다. 치마, 속곳 할
것 없이 부인의 아래옷을 갈가리 찢어서 빨간 몸을 만들어놓았
다. 찢은 옷으로 줄을 삼아 부인의 두 팔을 벌리어 나무에 동여
매고 발버둥치는 것을 막으려고 두 다리까지 각각 좌우 나무에

동여맸다. 부인의 얼굴은 새파랗게 질리고 입술을 악물어서 입 귀에는 피가 흐르고 눈을 감고 뜨지 못하였다. 꺽정이가 뛰어오는 길로 초립동이에게 와서 보니 중놈이 양편 등자˚를 휘어붙여서 초립동이는 두 발을 빼지 못하게 되었었다. 꺽정이가 그 등자를 펴놓은 뒤에 초립동이를 안아 내리었다. 초립동이가 주주물러앉아서

　“우리 어머니를 중놈이……”

하고 숲을 가리키며 눈물을 흘리는데 꺽정이가

　“어서 일어서 같이 가.”

하고 팔을 치켜들려고 하니 초립동이는 어진혼이 나가서˚ 몸을 가누지 못하는데다가 발에 힘이 없어서 디디고 서지 못하였다.

　“이따위로 지체하다가는 대부인이 봉욕逢辱하겠소. 뒤에 오. 나 먼저 갈 것이니.”

하고 꺽정이가 한달음에 뛰어와서 숲속에 들어서니 눈앞에 나타나는 광경이 해참스러워˚ 볼 수가 없었다. 꺽정이는 우뚝 발을 멈추고 나서

　“중놈아!”

하고 소리를 질렀다. 중놈이 괴춤에 대었던 손을 떼고 흘긋 돌아보았다. 꺽정이가 재차

　“중놈아!”

하고 소리를 지른즉, 중놈은 저리 가라는 뜻으로 손을 내저었다.

　“개 같은 놈, 이리 나오너라!”

"망한놈의 자식이!"

하고 중놈이 눈을 부라리더니 골풀이할 사이 없어서 골을 참는 모양으로

"총각놈 수 생기게 해줄 게니 이따 오너라."

하고 농치고 나서 다시 괴춤에 손을 대었다. 꺽정이가 뛰어들어가서 중놈의 적삼 뒷고대를 쥐고 잡아당기니 중놈은 윗도리가 뒤로 젖혀지려다 말고 적삼 등판이 미어져 나갔다. 짐승 같은 중놈은 욕심 불길이 타올라서 눈알이 뒤집힌 중에 훼방을 만나서 눈에 보이는 것이 없이 분이 났다. 응 소리를 지르며 돌쳐섰다. 뒤로 물러선 훼방꾼에게로 몇걸음 쫓아나와서 단 한번에 박살내려고 무쇠 같은 주먹으로 사정없이 후려쳤다. 꺽정이가 슬쩍 손을 내밀어 팔목을 받아 쥐니 그 주먹이 소용없이 되었다. 중놈이 팔을 뿌리치려다가 잘 되지 않는 것을 보고 발길로 불두덩을 내지르나, 꺽정이가 쥐었던 팔목을 놓으며 나오는 발목을 거두어잡아 번쩍 위로 치어들자 중놈이 벌렁 뒤로 자빠졌다. 이것이 말하자니 길지 순식간의 일이었다. 중놈이 땅 위에 자빠져서 꺽정이를 치어다보고

"총각, 장사일세."

칭찬하고 그다음에

"총각, 그러면 내가 숲 밖에 나가 있다가 나중에 들어옴세."

말하고 흉상스럽게 웃는 것을 꺽정이가 발로 직신거리며

"어서 일어서라!"
하고 꾸짖었다.
　꺽정이가 중놈을 앞세우고 숲 밖에를 나오니 초립동이가 발을 질질 끌고 걸어오는 중이었다.
　"어서 들어가서 대부인을 풀어놓우."
하고 꺽정이는 중놈의 등을 밀어가지고 길가에 나와서 주저앉힌 뒤에 "여보, 여보" 하고 큰 소리로 하인들을 불렀다. 하인들이 하나둘씩 모여들고 참외막에 있던 사람들도 모두 이편으로 건너왔다. 중놈이 침 먹은 지네같이 꿈쩍 못하고 앉았는 것을 보고 외막 주인 곰보는 꺽정이를 도술하는 사람으로 생각하는지
　"장사도 도술 앞에는 소용없네."
하고 이 사람 저 사람을 돌아보았다. 꺽정이가 하인들을 숲속으로 보내더니 얼마 동안 아니 지나서 보교 뒤에 웃옷을 벗은 초립동이가 하인에게 부축을 받고 따라왔다. 초립동이의 웃옷은 그 어머니의 빨간 몸을 가리게 한 모양이다. 교군꾼이 보교를 내려놓고 바람에 열리지 않게 앞문을 단단히 동여매는 중에
　"이애, 은인의 성함을 여쭈어보아라."
하는 가는 목소리가 보교 속에서 나오며, 초립동이가 꺽정이 앞에 와서 양수거지하고 서서
　"성함이 누구십니까?"
하고 물었다.
　"성함 없소."

하고 꺽정이가 껄껄 웃으니

"그러시지 말고 가르쳐주십시오."

"성함은 없으니 총각 백정으로나 알고 가시오."

하고 꺽정이가 그 하인들을 향하여 바삐 떠나게 하라고 재촉하였다. 하인들이 놀란 정신을 수습하고 길 갈 차림을 차리는 중에 꺽정이가 중놈을 내려다보며

"조그만 힘을 믿고 행패하고 다니다니 우스운 놈이다. 처음에는 네가 세상에서 천대받는 중놈이기에 천대받는 것으로 보아 용서하려 하였더니 하는 짓이 용서하지 못하겠다. 계집이 생각나면 어디 가서 하나 업어가지, 백주 노상에서 겁탈이 무어야. 개 같은 놈 같으니!"

하고 꾸짖고 중놈의 팔회목을 두 손에 갈라쥐고 한번 힘을 쓰니 중놈이 상을 흉악하게 찡그리며 뼈 부서지는 소리가 자끈 하고 났다.

"너의 목숨 붙여주는 것만 다행으로 알고 어서 빨리 가거라!"

하고 꺽정이가 중놈을 쫓은 뒤에 이판서 집 사람들을 보고 돌아갈 것을 말하니, 옆에 섰던 곰보가 무서운 총각을 대접할 생각이 나서 말까지 공대하여

"아직 늦지 아니하니 외나 몇개 더 잡숫고 가십지요."

하고 다시 외막으로 가자고 청하는 것을

"다음날 다시 오지요."

하고 꺽정이가 머리를 가로 흔들었다. 이판서 집 사람 하나가 내

행 따라온 하인 한 사람과 무슨 이야기 하는 것을 꺽정이가 보고

"무슨 이야기요, 고만 갑시다."

하고 재촉하였다.

꺽정이와 이판서 집 사람들이 얼마 아니 와서 그 내행에게 길을 비켜주게 되었다. 그 초립동이가 홀로 된 어머니를 뫼시고 창녕 외가에를 왔다가 현풍 자기 집으로 돌아가던 길인데, 외가가 가까운 까닭에 모자간에 의논하고 길을 돌치게 된 것이다. 초립동이가 꺽정이를 보고 나귀에서 내려 걸어오는 것을 꺽정이가

"어서 타고 가시오."

하고 번쩍 안아서 나귀 등에 올려 앉히니 초립동이가

"미안합니다. 그러면 앞서가겠습니다."

하고 인사하는데, 꺽정이는 인사대답으로 고개를 끄덕이었다.

"헐이야."

"난간이다."

"바닥이 험하고."

"오냐."

앞채잡이는 주워섬기고 뒤채잡이는 대답하며 보교가 거침없이 나가니 따라가는 나귀가 초싹초싹하며 바삐 걸어갔다.

그날 밤에 이판서가 대사와 같이 이야기하고 앉았는데 부리는 아이가 방으로 들어와서

"성참판 댁 서방님이 오셨습니다."

하고 연통하니 이판서가

"그 사람이 밤저녁에 무슨 일일꼬?"

하고 혼잣말하였다.

성씨의 집은 이판서 집에서 그다지 멀지 아니하나 세시歲時 인사와 애경상문哀慶相問 이외에는 별로 상종이 없는 터이다. 이판서는 연로한 재상이라고 어른으로 대접하지마는, 이판서의 아들은 절름발이 양반이라고 친구로 사귀지 아니하는 까닭에 이판서의 아들과 노소 연기年紀나 되는 성씨는 고사하고 성씨 일문 중에 나이 젊은 사람들도 대개는 서로 서어하게˙ 지내는 것이었다. 이판서가 성씨가 밤에 찾아온 것을 괴상히 생각하며

"들어오시라고 해라."

하고 아이에게 말을 일렀다. 아이가 나간 뒤 조금 있다가 나이 사십여세 된 사람이 들어와서 이판서에게 절하고 꿇어앉았다.

• 서어(齟齬)하다
뜻이 맞지 않아 좀 서름하다.

"무슨 일이 있어 밤에 찾았나?"

"밤에 와서 보입는 것이 황송하온 일이나 시생의 자친慈親이 밤에라도 가라고 말씀하셔서 황송한 것을 무릅쓰고 왔습니다."

"자당이 가라시어? 대체 무슨 일인가?"

"다른 일이 아니올시다. 시생의 매부가 현풍 사람이올시다. 매부는 연전에 작고하고 생질 하나가 있습니다."

"그래서?"

"향일向日 자친 수신壽辰에 누이와 생질 모자가 와서 묵다가 오늘 회정하게 되었습니다."

“그래서?”

“길에서 흉한 중놈 하나를 만나서…….”

하고 성씨가 한번 대사를 바라보고 말을 이었다.

“큰 봉욕을 하였는데, 대감 댁에 있는 사람이 구하여 주었답니다.”

이판서가 꺽정이의 한 일을 들어 알고 있는 터이라 속으로

‘꺽정이를 찾아왔구나.’

하고 생각하며

“자네 매씨妹氏가 그런 일을 당하셨더란 말인가? 내 집에 있는 사람인 것은 어떻게 알았나?”

“하인이 물어보았더랍니다.”

“나는 몰랐네.”

“그래서 시생의 자친이 곧 대감께 가서 보입고 말씀이라도 여쭙고 오라고 하셔서 밤에 왔습니다.”

“내 집에 잠깐 다니러 온 총각아이가 기운꼴이나 쓰는 모양일세. 그 총각아이를 불러줄까?”

“총각이 백정이랍지요?”

“쇠백정의 아들이야.”

“불러볼 것은 없습니다. 대감께서 말을 이르셔서 한번 시생의 집에 보내주셨으면 좋겠습니다.”

“말은 일러봄세만 기특하단 칭찬 받으러 가려고 할는지 모르겠네.”

"아무쪼록 보내주십시오. 시생의 자친이 친히 불러보시기까지 하겠다고 말씀하십니다. 내일 하인을 보내겠습니다."

하고 다른 말을 수어하다가 성씨가 돌아갔다. 이판서가 대사를 바라보고 한번 웃고 꺽정이를 부르라고 하여 꺽정이가 윗간에 와서 앉은 뒤에 말을 완곡하게

"네가 구원한 부인이 성씨 집 딸인데, 그 집에서 너를 고맙게 생각하여 한번 청하러 온다더라."

하고 말하니 꺽정이가

"청해다 무엇하게요? 하정배받구 싶어서요?"

하고 입을 실쭉하고 앉았다.

꺽정이가 이판서 집에서 묵는 동안에 성씨 집안에서 꺽정이에게 버선을 보내고 벌 맞는 옷을 보내고 또 음식까지 보내서 이판서 부인이 먼저 받아놓고 꺽정이에게 말한즉, 꺽정이는

"아주머니, 그건 왜 받으시오?"

하고 사설하였다.

"주는 것은 받아도 좋지 아니하냐? 안 받을 것이 무엇이냐?"

하고 이판서 부인이 말하다가 나중에는

"주는 것을 굳이 안 받으면 그것도 욕거리다."

하고 타일렀다.

꺽정이의 한 일을 한 사람 두 사람이 차차로 알게 되어서

"백정놈 장사가 이판서 집에 와서 있다."

"장사 백정놈이 이판서 부인의 결찌다."

"정경부인이 나고 천하장사가 나니 이판서의 처가는 백정놈의 집이라고 우습게 볼 것이 아니다."

"백정놈의 집이라도 묏장이나 얻어 쓰면 사람이 나는 것이다."

이판서 부인까지 들추어 말하는 사람이 많았다. 이러한 말이 이판서 아들의 귀에 들어와서 그는 창피한 생각으로 어머니를 보고

"공연히 꺽정이 때문에 어머니 말까지 남의 입에 오르내리는구려."

하고 불쾌한 빛을 얼굴에 나타내니 그 어머니가

"그러면 어떻단 말이야?"

하고 나무라는 기색을 보이었다.

"백정이라고 놈이니 년이니 하고 말하는 것이 무엇이 좋아요?"

"백정을 백정이라는 것은 할 수 없지만 놈이니 년이니 하는 것은 입버릇들이 사나워 그러하지."

"사람이 창피해 못살겠소."

옆에 있던 꺽정이가

"잘하나 못하나 욕만 먹는 사람을 생각해보시오. 백정도 사람이지요."

하며 탄하고 나서니 몇십년 동안에 속이 썩고 썩은 이판서 부인이

"창피하다고 말할 것도 없고 속상하다고 탄할 것도 없다."

하고 가늘게 한숨을 지었다.

이판서가 대사와 꺽정이를 생량*한 뒤에 가라고 붙들어서 대

사는 그렇게 할 뜻을 보이었으나, 꺽정이는 그 전에 떠나가겠다고 고집하여 꺽정이는 먼저 가고 대사는 추후하여 가기로 작정되었다. 꺽정이가 떠나간 뒤에 대사는 다시 달포를 넘어 묵다가 떠나는데, 이판서가

"우리가 다시 만나기를 기필期必할 수 있나. 저생에 가서나 만나보세."

하고 늙은 눈을 씻고 다시 한번 바라보니 대사는

"저생에 가서 만날 것인들 기필할 수 있습니까."

하고 호젓하게 웃었다.

대사가 새재를 넘어서 연풍, 괴산을 지나 무기에 왔을 때, 중 동행 하나를 만났다.

● 생량(生凉)
가을이 되어 서늘한 기운이 생김.

"스님, 어느 절에 계시오?"

"죽산 칠장사七長寺에 있소."

"칠장사요? 제가 칠장에 있는 중인데요."

하고 그 중이 괴상히 생각하니 대사는 점잖은 태도로

"칠장에 가 있어 보려고 생각하오."

하고 빙그레 웃었다.

"지금 칠장으로 가시는 길인가요?"

"글쎄, 그럴까 보오."

하고 대사는 남의 일을 말하듯이 대답하였다. 대사가 그 중과 동행하여 죽산 칠장사에를 찾아왔다. 대사가 곧 법당에 올라앉아서 그 절에 있는 중들을 보고

"내가 이 절에 있으러 왔으니 넓고 깨끗한 방을 하나 치워라."

하고 자기 상좌들에게 말하듯 하니 중들이

"미친 사람이로군."

"내쫓아버립시다."

하고 수군수군하며 서로 돌아보는 중에 대사가 벌떡 일어서며

"너희들 모두 뜰아래로 내려가거라!"

하고 손가락질 한번에 여러 중들은 누가 내모는 것같이 정신 잃고 뜰아래로 몰려 내려왔다.

"거기들 꿇어앉아라."

여러 중들의 무릎이 절로 꿇리어졌다.

"내가 이 절에 있으러 왔다면 고만이지, 두말이 무엇이냐!"

여러 중들의 고개가 또 절로 수그러졌다. 얼마 동안 지난 뒤에

"처음이라 용서하는 것이니 다시 올라들 오너라."

여러 중들이 일어설 때 법당 마루에 나선 대사의 모양을 치어다보니 머리에는 금광金光이 둘려 있고, 몸에는 서기瑞氣가 어리어 있는 것같이 보이었다.

"생불生佛이 강림하신 것을 눈이 없어 몰랐습니다."

하고 여러 중들이 나란히 합장배례를 드리었다.

이리하여 병해대사는 칠장사에서 생불 대접을 받고 지내게 되었다.

〈피장편 끝〉

# 임꺽정 ❷ 피장편

1985년  8월 31일  1판  1쇄
1991년  11월 30일  2판  1쇄
1995년  12월 25일  3판  1쇄
2007년  8월 15일  3판 15쇄
2008년  1월 15일  4판  1쇄
2023년  5월 20일  4판 11쇄

지은이  홍명희
편집  김태희, 박찬석, 조소정, 이은경
디자인  오진경
제작  박흥기
마케팅  이병규, 이민정, 최다은, 강효원
홍보  조민희

출력  블루엔
인쇄  천일문화사
제책  J&D바인텍

펴낸이  강맑실
펴낸곳  (주)사계절출판사
등록  제406-2003-034호
주소  (우)10881 경기도 파주시 회동길 252
전화  031)955-8588, 8558
전송  마케팅부 031)955-8595 | 편집부 031)955-8596
홈페이지  www.sakyejul.net
전자우편  literature@sakyejul.com
블로그  blog.naver.com/skjmail
페이스북  facebook.com/sakyejul
인스타그램  instagram.com/sakyejul

ⓒ 홍석중 2008



ISBN 978-89-5828-262-4 04810
    978-89-5828-260-0 (세트)